萧殷全集

第一卷 文学作品

名誉主编 王蒙
主编 傅修海

SPM 南方传媒 花城出版社
中国·广州

图书在版编目（CIP）数据

萧殷全集. 第一卷，文学作品 / 萧殷著；傅修海主编. -- 广州：花城出版社，2023.8
ISBN 978-7-5360-9078-1

Ⅰ. ①萧… Ⅱ. ①萧… ②傅… Ⅲ. ①萧殷（1915-1983）－全集②中国文学－当代文学－作品综合集 Ⅳ. ①I217.2

中国国家版本馆CIP数据核字（2023）第142329号

出 版 人：张　懿
责任编辑：黎　萍　夏显夫
责任校对：汤　迪
技术编辑：凌春梅
装帧设计：黄龙明　张绮华

书　　名	萧殷全集.第一卷，文学作品 XIAO YIN QUANJI DI YI JUAN WENXUE ZUOPIN
出版发行	花城出版社 （广州市环市东路水荫路11号）
经　　销	全国新华书店
印　　刷	佛山市浩文彩色印刷有限公司 （广东省佛山市南海区狮山科技工业园A区）
开　　本	787毫米×1092毫米　16开
印　　张	28.25　2插页
字　　数	480,000字
版　　次	2023年8月第1版　2023年8月第1次印刷
定　　价	800.00元（全十卷）

如发现印装质量问题，请直接与印刷厂联系调换。
购书热线：020－37604658　37602954
花城出版社网站：http://www.fcph.com.cn

《萧殷全集》编委会

名誉主编：王　蒙
顾　　问：饶芃子　黄树森　黄伟宗　陈建华
　　　　　　　张培忠　林　岗
主　　任：江海鹰
执行副主任：叶振廷　曾永贞
副 主 任：陈得鹏　李君
委　　员：郭小东　梁少锋　贺仲明　傅修海
　　　　　　　张　均　夏和顺　林子雄　陈家基
　　　　　　　赖金凤　杨　坚

萧殷的意义
——《萧殷全集》代序①

萧殷是谁？

萧殷，新中国成立初期全国文艺批评战线重要的评论家，曾作为《文艺报》创刊初期三位主编之一；暨南大学中文系的创建者，为中国海外归侨子弟中文高等教育铺平了道路；广东省作协成立70年来在中国文学界领风气之先的代表之一；不仅曾以《论文学与现实》等大量接地气、蕴民气、有骨气的著述开创中国文学评论新境界，更以近百万字的文学书简悉心培育无数基层文学青年。萧殷的文学史价值和意义，深度同构在新中国的文学大厦里，蕴含在广大人民群众的文艺发展事业中。萧殷不是那种局限于学院圈子的高头讲章的论者，而是深深扎根于现实大地的批评家，以其朴素坚实的足迹回响着人民文艺事业的悠远回声。

一

中国当代文学史与中国特色社会主义道路探索进程是高度同步的，文学事业深度嵌入这一伟大事业的蓝图之中。因此，对中国式现代化道路艰难曲折的探索，同样也是70多年来中国当代文学发展史的显著特征。纵观20世纪中国文学史和批评史，萧殷将近70年的人生履历，置身于那个风云跌宕的大时代，可谓极为朴素而平凡。然而，萧殷的文学思想史意义，也正在于他的朴素和平凡。

---

① 此文曾以《为了人民的文艺——萧殷的意义》为题，刊载于《光明日报》2023年5月31日第18版，衷心感谢责任编辑饶翔先生。

萧殷一生，归纳起来有三大亮点：

一是他与丁玲、陈企霞一起主编《文艺报》。萧殷1932年开始从事业余写作，1938年辗转到延安就读于鲁迅艺术学院，同年加入中国共产党，后任延安中央研究院文艺研究员和中央党校教员。1949年2月11日，萧殷奉命进京办刊，先后任《文艺报》主编，《人民文学》执行编辑，中国作家协会青年作家工作委员会副主任，中国作家协会文学讲习所副所长，北京大学中文系和中央美院兼职教授，暨南大学中文系系主任。1960年萧殷从北京调到广州，历任中共中央中南局文艺处处长，广东省文联副主席，中国作家协会广东分会副主席，《作品》月刊主编等。

二是他在文学界非常乐于支持年轻人登上文坛，做了许多细碎、具体的群众性的文学帮扶工作，培养、提携了许多基层文艺工作者。其中最突出者，王蒙是也。王蒙为此心心念念称萧殷为恩师，他深情地说："我读了萧殷的书，他循循善诱，结合写作实际，提倡生活的真实与艺术的真实，主张文学创作从生活出发，告诫文学青年不要搞公式化、概念化，字字中肯，句句有用。我见了萧殷恩师的面，六十五年前，他肯定了芜杂粗糙的《青春万岁》初稿，赞扬了青年王蒙的'艺术感觉'，指出了经营小说结构尤其是主线的重要性，鼓励我把小说改好，并推动了中国作协为我请得了本年的创作假期。然后有了写作人王蒙，有了许多故事。"（王蒙：《永远的萧殷》）

三是萧殷长期置身文艺工作领导岗位，曾组织大量重要的文学批评与研究活动，其间包括文学作品或现象研讨、写作讲习和文学通信问答活动，譬如关于小说《金沙洲》的大型讨论。因此，萧殷的文学史意义包括了四方面的努力和贡献：文学论、创作论、写作谈、文学问答与通信。从形态上说，萧殷的文学思考和工作成绩，也就对应着四大类型的文字：主题报告、专题论文、写作谈（创作谈）和通信书简。

从萧殷的人生轨迹和文艺著述类别、文艺活动形态看，萧殷是随着民族独立战争和民族解放战争走上文艺学习和工作的道路的。萧殷说："我之所以走上文学的道路，原因就是我很早就对新的社会制度有朦胧的理想，因之对剥削阶级的所作所为，怀着强烈的憎恨。同时，我对周围的农村生活十分熟悉，不仅熟悉邻居们的愿望和思想，连他们的痛苦和悲哀也了如指掌……心中有许多激情要迸发，有许多积愤要呐喊，有些不平的事要宣泄，描摹古美人既使我厌倦，我便急不可耐地拿起笔杆来倾诉心中满腔悲愤，正是这种种促使我走上文学道路。"（萧殷：《我怎样走上文学道路》）因此，萧殷的文艺道路是那个时代所造就的，是在革命事业与社会主义建设事业的实践中展开的。萧殷既是革命队伍中的学生,也是革命队伍中的先行者和教员;既是文学艺术的工作者,也是新闻、宣传和文教组织机构的骨干乃至和领导者。由此,萧殷渐渐成为文艺队伍中的组织者和领路人。

考察20世纪中国文学思想史、文化史、文学制度史和文学活动史,倘若不包纳萧殷这一类从生活底层和革命实际工作成长起来的文艺工作者,将是极大的一个疏漏。萧殷,就是基数庞大的百年中国文学史上的文学队伍、文学战线和文艺工作链条上的一员。他是战士,是作家,是批评家,是官员,是文员,是教员……萧殷不仅是革命文艺队伍中人,也是社会主义文艺事业系统中的一分子。萧殷是横跨中国现当代文学史,从延安走出来又走进中国当代文学批评史和思想史的一名文艺战士。

二

研究20世纪中国文学思想史和文学史,不能不注意到中国当代文学制度、党和人民的文艺事业的规划性在当代文学发展进程中的重要性和历史意义。在一个以追求民族解放、国家独立为奋斗目标的民族伟大复兴的时代里,擘画中国当代文学发展蓝图的,并非哪一个文艺理论家,也不可能是哪一个小说家或诗人,而是领导伟大民族复兴征程的中国共产党。每一个有志于此的文艺工作者,首先都是作为皈依于这个历史目标的人民文艺事业的一分子。层层传导和落实这一历史意志和文化蓝图、实践这一革命理念的,仍旧是具体的人。萧殷就是其中成长起来的"那一个"。他既是被前辈培养起来的一个后来者,也是培养无数后来者的一个前辈。他是积极主动并成才的一个,也是肯主动帮助更多人成才的一个。他是在伟大事业中受到集体培育而兴起的成长者,也是接力队伍中乐于育人的接力者。在这个意义上,萧殷是中国文学思想史上的文艺决策落实者与领导者,也是当代文学史本土本色的文艺工作组织者与辅导者。是故,萧殷的文学批评实践的产物,既有文学论、创作论,更有写作谈和大量的文学问答与通信。作为人民文艺集体事业的工作者、领导者、组织者和参与者,萧殷更是集多种角色于一身。甚而至于在战争时期,萧殷还是一个战地记者和新闻工作者。萧殷对摄影有独特浓厚的兴趣,既是战地记者角色的锻炼,更有他以特殊时代的过来人身份对历史参与感和现场感的留心与在意。

萧殷是一个注重参与感和现场感的当代文学史的存在者和记忆者。他对解放战争时期战地通讯写作现象的历史见证即是一例。当"一个朋友从浙西写信"抱怨,说"'看到后方一些杂志上的战地描写,觉得可笑得很',那对我们实在太辽远了。我真不懂这些作家为什么会这样'富于幻想'",萧殷认真回复说:"这说明了目前一个严重现象,就是参加实际工作者没有很好地来尽报道的任务,而纵容某些文化人依据粗浮的材料和片段的回忆,去产生一些'瘩痳求之'的作品来替代。可是是不是那些实际工作者真的不想写呢?不是的,抗战把人们卷进空前热烈、紧张的丰富斗争生活里,也卷起了他们将这种生活实践展示给社会的渴望,特别是反应力最强,感受力最敏锐的青年们。抗战后通讯报告的飞速发展,便是很好的说明。"(萧殷:《展开战地通讯运动》)

翻检广东河源图书馆里的萧殷文学馆馆藏文档,最让人难忘的,还是萧殷那些数量巨大的读书笔记和写作笔记、写作提纲,还有他那些即使是部分呈现也足以令人震撼的数量巨大的编读往来的书信。更令人吃惊的是,曾经历过战地通讯写作的萧殷,其摄影兴趣之浓厚、拍摄照片数量之大、内容之丰富,在那个特殊的年代,是个尤为独特的存在。如此种种,萧殷的文艺日常的独特构成,切实展现了支撑新中国文学主体的群体风貌和集体力量。然而即便如此,萧殷也仍旧存有富于个性的部分,那就是他总是自觉置身于人民文艺事业中,始终保有自觉而顽强地向人民学习、向生活开掘的信心与决心。甘于为群众奉献光热,俯首甘为孺子牛,这也是萧殷总在时刻表示自己写作的困难与毅力,总在强调自己从事评论工作的吃力,坦诚交代自己的学习状态,记录自己在群众基层互动的工作状态的原因。对萧殷来说,文艺批评和文艺创作,如果说前者是勉为其难而又必须担当的神圣职责,那么后者就是"一向很感兴趣,并且还亲自参与其实践"的艰难而快乐的劳动。

萧殷是那个时代的参与者与同行者,也是那个时代的稳健的实践者与思考者。从底层中成长的文艺生涯体验和人生经历,使得萧殷在时代大风暴中转而做出回到地方、回到农村沉淀的选择。也正因如此,萧殷的文艺道路相对而言是较为稳健的,不仅接地气,而且有民气。贯穿萧殷起起落落的数十年间的文字因缘者,正是来自生活中的无数民众中间涌现出来的积极向上的习作者和读者。正是萧殷那不计其数的改稿、荐稿,以及他与写作者(甚至只是写作爱好者)的真诚交流、谈话和写作通信,让萧殷的文艺生命浸透着土气息和泥滋味。萧殷后半生,为普及文学和写作知识付出了大量心血。其间,当然也不能或缺萧殷自己的创作和批评活动,正如他在《〈月夜〉后记》里所说的:"虽然当时担负了很重的理论工作及评论工作的任务,感到十分吃力,以致需要加紧学习才能勉强应付;但还是本性难改,对自己一向习惯了的形象思维,依然很有兴趣。只要有深入基层生活的机会,我从不轻易放过……每年还有一定时间的创作假期;就这样,我只要一离开办公室,一深入到农村中,深入到人民斗争的漩涡里,深入到人民生活气氛的中间,我每次都不由自主地提起笔来,不是写一两篇小说,就是写几篇散文。"

由此可见,萧殷是甘愿以业余的文学爱好者与组织者,而非以文学创作为专业的作家、批评家自居的。萧殷是以集体奉献为乐的文艺教员、辅导员,是以民众事业前行者定位自我的文艺干部,而非激扬文字、指点江山、运筹帷幄自居的文艺权威者。这样概括萧殷,并非意味着萧殷不是一个重要的作家和批评家,而是试图表明萧殷特殊的文学史和批评史角色形态。正是萧殷这种独特的批评角色和文学心态,才生成了专门的一类极为朴素而日常的批评风格。萧殷的文学工作,我们或许可以概括为凝重严肃的工作风格与刻苦勤勉的学习心态的融合。这是一种集读者、作者与编辑者、评论者于一身的,多种角色同时介入、混杂而居的文学批评。

因为这种脚踏实地、皈依人民的心态和姿态,萧殷的文字是接地气、有人气的,是饱含人民性的。例如,对于"文学题材的多样化",萧殷的看法就非常朴素、大气而通达,他说:"现实生活既多彩多姿,值得用彩笔去描绘它,又有汲之不尽的源泉;只要作品不腐蚀人们的心灵,不败坏人们的趣味,能将人们引向一个美好的方向——为无产阶级事业的最后胜利;这中间,尽管还有直接与间接之分,但只要有利于战略目标的实现,有助于团结广大人民为共同目标去努力,我看,在这样的前提下,题材的选择,可以有最广阔的自由,也应当有最广阔的自由。"(萧殷:《别忘了目标》)萧殷式的批评,往往是作家作品读后感和批评者、写作教员批改意见相结合的文字,是时政策略提点与文学创作规律两厢考虑、相辅相成的、形成互动的文学批评。萧殷这种平视的批评风格,这种主动与被动良性互动的批评风格,这种介乎知识分子和文艺劳动工作者之间的心态与情态,事实上,在相当长一段时间内,正是中国当代文学史、文艺工作活动史和组织史中的洪流、主流和潜流。萧殷就是主流和潜流里极为典型的那一个。

基于此,萧殷式的文学批评往往显得太过于朴素,显得非常中规中矩,一招一式都那么严谨,一笔一画都非常认真。然而,那是一个时代特有的真诚,是一代人发自内心的对属于革命事业一部分的文艺工作的严肃和认真：一方面，这样的文艺评论工作，对人对己、对文对事，都有它特殊的意味。它已经与一个时代的文艺蓝图，和一个时代的事业休戚相关，是血肉相连的成长与依存关系。也正因为如此，当文艺与社会的结构关系变得更丰富多元，当一代新人的成长与文学的关系变得更为细腻入微的时候，萧殷这一类的文学创作和文学批评就更显得朴素深沉。另一方面，萧殷等人的工作又是令人感慨和欣慰的。他们以自己的严肃和真诚，踏踏实实地带出了下一代文艺批评家和作家的队伍。在甘于平凡的同时，萧殷敢于和肯于培养了一大批文学工作的后继者、写作的爱好者。萧殷之后的中国当代文学的创新一代，恰恰就有不少人来自于此，如王蒙、陈国凯等。这或许就是萧殷那么多编读往来、读者通信、创作谈（创作论）和写作常识系列的因果吧。

三

萧殷是从广东走向全国的文学批评家，也是从北京回归到广东的文学批评家。萧殷还是有着丰富创作经验、新闻报道与编辑经验的文学批评家，更是一位与新中国同甘共苦、一路同行，有着实际革命战斗经验的文学批评家。作为文学批评家的萧殷，他的文论有着鲜明的个人特点和时代色彩，更有着极为显著的实用和实践经验底蕴。正如温儒敏先生所言："萧殷的第二个贡献是文学评论。他不是那种局限于学院圈子的高头讲章的论者，而是深深扎根于现实大地的批评家。"这种状况显然与萧殷独特的人生经历和文学批评轨迹有关。萧殷不是职业的文论家和文学批评家，但他却是始终在不同的职业生涯中心系文学的论者和评说者。他没有将批评职业化，而是很热诚地在自己的人生历程中把对文学的热爱化入了每一个曾经战斗过的岗位中。

作为独树一帜的文论家，萧殷无疑是他那一代文学批评家的典型。我们不能用过于学术和学理层面的规范要求他，而应该怀着历史的温情与敬意，尽量贴近语境和心境，去聆听他的文学发现与体悟，去辨析他的理论洞见与智慧闪现，去感受他点点滴滴的融入与掘进。如此，我们便可以在这个时代语境下的典型文学思考者和批评家的文字中，感受到切切实实生长在民族国家发展层面的文学识见，体会他兢兢业业奉献于国家独立富强、民族解放复兴的历史语境中的文学情怀，进而理解他的真善美。

萧殷写过不少小说、散文和特写，也从事过新闻记者的工作，算得上是有着较为丰富创作经验的文论家。因此他的文论自然就能按照文学创作自身的特点来总结和提升，说到点子上，也想到了文学本身。这一点，便是萧殷文论的文学本位特征。也就是说，萧殷文论从谈文学开始，以论文学和写作为鹄的。在一定意义上，萧殷文论的文学本位特征也可以说是他的文学写作主体意识浓烈的一个体现。萧殷始终没有忘记自己论文学、说文学、讨论文学的目的、基础和前提，核心都在于把一篇文字写好，把文章写好，把文章写得像文章，有文采，有文学意味。你只要看看他的论著，《给文艺爱好者与习作者》《与习作者谈写作》《给文学青年》《鳞爪集》《习艺录》《萧殷文学书简》……大量的文字都是在提点他人要怎么写，怎么样写才会写好。尤其重要的是，萧殷在说这些道理的时候，他不是居高临下地教训，而是时时刻刻注意到自己在与别人"谈"写作，讨论、对谈和切磋，这便是萧殷作为一位文学从业者的朴素态度，也是他对待文学批评的本位态度，更是他文论言语中自然而然追求的文学本位工作意识的呈现。

说起萧殷文论的文学本位，并不意味着萧殷文论没有理论深度，没有理论色彩。相反，这恰恰表明萧殷对于文学的理论性的融化态度和深度。萧殷文论具有理论普及性、现实性和原则性。刘伟林说："萧殷的文学评论除上所论，还有许多特色。如所持观点的一贯性、评论逻辑的严密性、以具体作品说明理论的具体性、评论语言的通俗性，以及褒不溢美、罪不加过、实事求是的评论作风，等等。"

萧殷文论的理论普及性、现实性和原则性是紧密联系在一起。他说："文艺批评的任务既然如此繁重，那么，从事文艺批评工作的同志，就必须有高度的责任心，和相当的马列主义的修养和文艺修养。否则，所谓实事求是地分析作品，就没有可能。"（萧殷：《谈谈文艺批评》）由于萧殷长期工作在党的文艺战线上的领导岗位，在他看来，无论工作需要，还是自己的文论底色，都要求他必须时刻关注文学的现实功用和社会功能。萧殷关注文学的社会功能本身，并不是与其强调文学本位相互矛盾的。鉴于理论普及的现实和岗位角色的双重需要，萧殷的文论往往从特定社会历史时期的理论和创作实际出发，强调使文学评论与时代生活和作家的创作同步前进。

四

萧殷文论另一个鲜明的特征是始终注意到原则性，即"要把立足点移过来"，

"无论是反映哪方面的生活,但有一点必须是一致的,那就是都必须从无产阶级的根本利益出发。因此,必须有助于社会主义革命和社会主义建设,必须有利于巩固共产党的领导"。(萧殷:《一定要把立足点移过来——纪念〈在延安文艺座谈会上的讲话〉发表三十五周年》)

他十分强调文艺工作者认真学习马克思主义的重要性,强调一定要用马克思主义去指导文学评论和创作。他说:"应该从生活出发,要按照辩证唯物主义反映论来反映生活。辩证唯物主义的反映论,是不能停留在对于现象或偶然事物的反映上,而是要从中反映出生活的本质和规律性。"

作为一代人的文学批评家代表,萧殷文论无论是文学本位意识也好,理论普及性、现实性和原则性也罢,归根结底都可以概括为一点,就是问题意识的鲜明与强烈。萧殷的文学批评和文论是针对具体文学问题和文学现象的,它们或者是生活现实中出现的实实在在的作家、作品和文学思潮,或者是切切实实发生的文学争议、讨论与分歧。萧殷文论的指向,是介入并主导讨论的走向,是切入并透彻分析问题与争议的所在,是归结问题的解释或解决的方案、方法与思路。萧殷文论的问题意识的价值就在于此。

萧殷文论展开方式是极为独特的,也是极富有生命高洁色彩的。也正因为如此,萧殷才得以以多姿多彩、多渠道的文学批评方式,从各个方面、各个层面深度而全方位地融入一个时代、一代人的文学事业,用自己具有普及性的、通俗化的文学知识、写作知识开启了下一代乃至几代人的文学之门,拓宽了他们文学的大道和小路,甚至在一定意义上改变了许许多多文学从业者的人生命运与现实道路。萧殷文论的这种实践品格,无私的"公谟"原则,有历史时代的规定性,也有其自身的人格魅力。

尽管萧殷不算是20世纪中国文学史上的名家大家,但他是一个力图为基层写作者开启更高的文艺知识通道和实践渠道的传道者、清道夫和搀扶者,是共和国文艺事业中最勤恳的文艺帮扶事业的实践者、献身者之一。一言以蔽之,在20世纪以来的中国文艺思想史上,萧殷的意义在于,他就是一个接地气、聚民气的文艺写作燃灯者。他所有的文艺工作,都是为了更广大的人民,尤其是底层的人民。他既是人民文艺的弘道者、铺路石,更是共和国文艺大众化事业的脚手架搭建者。萧殷是真真切切在民族独立和民族解放斗争中成长起来的文艺战线上的战士,是共和国"文学和新闻工作者"中的一分子。也正因为如此,萧殷作为一个时代文艺大厦的基石与底座,反而显示出其独特的存在价值。在这个意义上，对萧殷在文学思想史和批评史上的贡献和意义的讨论，事实上已经不是对他一个人的估量与判断。萧殷的道路、成长和努力、付出与贡献是很有典型意义的。他不是一个人，他代表了一类人、一代人的文艺思想风格，他显现出了一代人的文艺勤勉与文学沉思。

萧殷的意义，不仅仅在于文艺或者文学，也在于他在当代中国文化史上的特殊贡献。这一点从《萧殷全集》构成即可见出。《萧殷全集》共10卷，除了主体部分的"文学编"4卷和"书信编"3卷之外，还有"岁月留痕"1卷，"影存集萃"1卷，"年谱"1卷。"岁月留痕"收录了萧殷早年发表的作品手稿、手写简历、口述、笔记摘抄、未完稿、珍藏品、去世后收到的唁电与悼念书信、相关研讨与纪念文字等。"影存集萃"以丰富影像展示萧殷的工作、写作、与朋友交往、培养青年作家、家庭影像和对家乡的眷恋等。这些影像，再现了许多珍贵的历史瞬间，将成为考证某些历史事件的依据。"年谱"则来自萧殷的22部著作、340篇文章、笔记、照片以及与亲友的大量往来书信。

萧殷是一个非常朴素的人。在弘扬民族文化自信的新时代语境里，广东省委宣传部特批资金，花城出版社、河源市图书馆、萧殷文学馆等多方筹措、共襄盛举，群策群力编辑出版《萧殷全集》，此举意义极为丰富。一方面，这固然是为了致敬这位朴素的共和国文化事业的燃灯者，因为他奋斗一生留下的精神财富值得我们珍惜和学习。另一方面，这也是为了更开阔、更丰富、更饱满地理解20世纪中国文艺发展的场态和生态，更深刻地理解中华民族在伟大复兴征程上艰辛走过的中国式现代化进程。如此，则萧殷之幸，《萧殷全集》之幸，中华民族之幸！

傅修海
2023年8月

凡例

一、《萧殷全集》"文学编"计四卷。

二、第一卷为文学作品类,收入文学创作类的作品,包括小说、散文、报道、诗歌、杂感随笔。

三、第二、三、四卷皆为文学评论类,收入萧殷论文谈艺的有关文字。萧殷识见广博,阅历丰富,尤其是他热心培养后进,故而文学书简一类的文字特别多,形式亦多样。有鉴于此,我们将萧殷笔下有关文学评论的文字,按内容和形式相结合的办法,分为第二卷(文艺探索、作家作品论、文艺时评、其他)、第三卷(创作论、文体论、写作谈)、第四卷(文学问答、文学访谈、文学飞鸿、文学序跋)。其中,第四卷里收入的文学书简,主要是针对那些没有具体通信人,或是萧殷将通信人隐去后删节发表在报刊上的那部分。该卷的文学书简,主要是指萧殷有意选择采用书信体裁谈论文艺的内容,以此区别于"书信编"(第五、六、七卷)。

四、有些作品转录自当年的报刊,年岁既久,难免漫漶,识别不易。有些实在辨认不清的,一律以"××"代替。其间或有错讹,期待方家指正。

五、《萧殷全集》"文学编"四卷的编纂,是全集编纂组集体劳作的结果。所收文字以写作时序为纪。未标明写作时间的,按发表时间。暂无法断定相关时间的,一律排在同类文字末尾。收录的作品,凡署名"萧殷、肖殷"等发表的,今既明确为同一人,则不在注释中另行说明。

目录

小说 001~198

战阵中 / 003

芦苇边 / 005

乌龟 / 008

疯子 / 014

生路 / 022

除夕之前 / 028

父与女 / 032

芋园 / 037

一夜 / 043

狗运的一生 / 047

车夫阿火 / 054

倒闭 / 060

沉落
　　——"倒闭"续篇 / 068

阿牛 / 073

灾 / 080

曹家庄的怪剧 / 089

年关杂写 / 094

传令兵之死 / 100

引路 / 102

四方脸 / 104

疯子
　　——小故事之一 / 109

高经理 / 112

变色蚊 / 132

五月间 / 135

月夜 / 144

天旱的时候
　　——陈小培的日记 / 155

在深山里 / 172

在柳庄 / 183

亘古以来 / 195

散文
199~313

饿 / 201

变 / 203

牵牛花 / 205

第一次颤栗 / 207

旅途速写 / 209

哥哥的脸及其他 / 212

夜的永汉路 / 213

永别了，勇敢的战士！ / 215

街头 / 217

一个忧郁的旅伴
　　——旅途杂记之一 / 220

一个忧郁的旅伴（续）
　　——旅途杂记之一 / 222

哀健公 / 224

毛主席的像片
　　——发生在北平××小学的故事 / 226

买米 / 228

论墙头草 / 229

伟大的人类灵魂工程师 / 232

伤疤 / 237

"孟泰仓库" / 246

石湾陶瓷雕塑 / 251

姚玉贵
　　——记一个劳动模范的事迹 / 255

佗城古塔 / 267

严寒的夜晚
　　——回忆散记之一 / 268

龙门印象 / 275

桃子又熟了……
　　——忆仓夷 / 281

保卫为人民服务的权利 / 299

我怎样走上文学道路 / 301

诗歌 315~328

月光浴着我的孤灵 / 317

再见吧，北平 / 318

一位县委书记
——省党代会速写 / 321

把村庄喊醒
——记一个村支书的话 / 323

番禺印象 / 326

直顶天上北斗星
——仿客家山歌 / 328

报道 329~366

鲁迅艺术学院的轮廓画 / 331

延安记者开始组织 / 333

中国青年新闻记者学会延安分会成立大会记 / 334

井圪塔的血 / 337

母与子 / 341

苏联报业的轮廓画 / 344

通过敌人封锁线 / 348

大破击在冀南 / 351

平固故事 / 354

活跃于冀中大平原的群众生活 / 357

《解放》（三日刊）出版前后
——北平通讯 / 361

杂感随笔 367~431

上海《大美晚报》被禁发行与纵容侵略 / 369

以打击庸报的手段去打击一切民族罪人 / 370

利用汉奸内部的矛盾加速其崩溃 / 372

日本法西斯死灭的前夕 / 373

展开战地通讯运动 / 378

时感二题 / 383

"阴谋" / 386

只有恨 / 387

论架子 / 389

"武力崇拜"与"盲目服从" / 391

大家遵守法令 / 393

随感 / 394

爱国运动与自卫战争 / 395

抵制美货 / 396

下命令是不民主吗？ / 397

两条道路，你选择吧 / 399

美国的自由原来如此 / 401

谈严肃 / 403

华尔街战贩们的逻辑 / 406

劳动人民爱美么 / 408

漫谈自由 / 411

谈旧影响 / 413

英雄事迹的"垄断" / 415

"弯弯曲曲的前进" / 416

私欲的碰壁 / 419

过关 / 421

如果敢来挑衅，就消灭它 / 423

拿起枪来！被激怒的人们！ / 425

纠正一种错觉 / 427

洋奴思想 / 430

001~198

小
说

战阵中*

黑夜，在山中。

星光熳熳地在天际烁闪，很黯淡。仿佛在恤怜人类的流血的惨剧。西南天角处，有黑的浓云，轻轻地浮上来；几乎把深蓝的天幔遮蔽着了。冷风老是吹着，吹遍了高岗深谷，吹动了一切既凋零的树梢，更吹疼了他们的皮肤。

××部队已在前线迎战了。炮声一阵阵的传过来，在使人发抖，心悸。大炮的火花，刻刻在岗上爆迸。后阵部队也隐隐的看见了。

既经是残秋的时候了。随处是非常凋零地上，有薄薄的雪片，后阵的部队是散伏在斜坡上，每个都蜷伏着，唏嘘着，抱着枪，各有各的姿势，卧着，踞着，坐着……有静躺着休息的，有双手放在唇边嘘热气的；互诉细语的，总之所有都显得非常疲倦！

因为他们刚才在前线替换回来，而且一天没有进口的东西；此刻，个个的肚都闹着慌。

冷风刮来，他们委实难挨。

"老张，刚才陈经中弹你知么？……唉。"在青石边两个小兵开始谈话了。姓王的这样问张。

"是，我和他最近……唉，这样英俊，真可惜！……"张说。

"但是为国捐躯毕竟是有价值的呵！"

"……"老王此刻觉得非常空虚，旁的一切似乎难去估量，其实他肚饿得利害，始终他说出来：

---
* 载龙川1931年《抗日救国特刊》上，署名郑文生。原刊物现藏于龙川博物馆。

"唉，饿极了……"仿佛无力说下去。

"是呵，个个也是一样的闹着慌呢。"

"听说马主席昨晚由热轮来粮食是么？……""粮食？未必罢！唉，真危险。纵使我们孤军竭力肉搏，有什么用呢？关内的人只空口高唱，（助马占山）那里有实力相助？"

"唔，一省终难敌一国的……"颤颤地说，"何况兽兵又陆续加增呢？……"他的泪溢在眶外了，是为自己饥饿，还是为国患担忧？

"粥来了。"工兵嚷着。大家都如饿狼见了肉的兴奋起来，抬头苦笑着……

热腾腾的粥，他们静静地吃着，吃饱了，各人回到原处。而张又说起话来。

"中国人自私心大深呵。"他蹙紧眉头，"只时时通电安慰，这狡猾的手段，有什么用？"

"是呵，现在粮绝尽，又无人……"王叹口气，随即把枪机擦了几下……

话默沉了，彼此静听着前线的枪声。

冷风吹着，不知在什么地方，送来一阵呻吟的声音，很惨痛，哟，这是在伤者的呻吟呀。

轰——轰——大炮又在前线爆发了，枪声更密。

"政府或者希望国联能解决，——一次、二次敷衍了。其实国联出席的各国也不过各抱野心，互相监视罢了。那里有实力呢……"王说。

"是的，如果仍然这样……唉，堂堂中华……绝望了。"张很抱怨，而且很抑郁……

队长来了，他们把话停住。

"快些！往前线！"这命令一发，立即森严起来；各英挺的站起，发出一阵很杂的子弹和用具相碰声。沉重的步声……

天慢黑黑的，布满了浓云，没有星光；风刮很急，这样的景象，似乎很暗淡，而且很庄严的。

斜坡没有前一时充满细语了，此刻非常沉寂！

前面的山岗里，驰骋着这往前线的部队。

廿，十一，一九·写于川中

芦苇边*

夜色非常幽暗，没有星光；他摩索的爬到一丛较为浓密的芦草下，蜷伏着，随即从怀里掏出一支短短的手枪；装上弹子……他静待着敌人的来临！

他似乎有点恐慌，心搏很紧。伏在这芦苇叶里，像一只猎犬样子，锐敏的使用他的听觉、视觉，不时还幽幽的把头伸出路边来。但是，始终见不着兽影，只远远的有密密的枪声和着人的悲啼、兽的呐喊……其实，他听了这片音调，他感到心里比刺刀还要酸痛。他的血更沸腾！但是他恐因此被兽兵窥见，所以始终不肯走动一步，就移动手脚也要轻轻地。

毕竟雪花飘得厉害；冷风吹来急紧。把芦草刮得沙沙的响，风越转大，他仿佛越发勇猛。但是纵风使芦苇刮得这样噪，他却保持着镇静。

雪花沾满他薄衣，然而他并不觉得冷——因为沸到百度的热血，正在他心中爆迸！

他的目的是要刺杀一个兽，所以他毫不放松的盯着雪路上。

* * *

他是十八岁，今年在辽宁一中三年级！本来一家人住得很是安适，父，母，弟，妹一同住在家中，充满和谐的气象。不料，日本兽兵，借中村案，竟出兵攻藩阳。原来他的家是在城边。自然当兽兵进攻时，其家恰在火线冲点，所以一屋可亲的弟、妹、父、母、叔、伯都遭了兽兵的刺杀；高高的屋和家中蓄积的东西尽被兽抢夺，余下的烧为灰烬了。幸得当时他在学校中，听兽兵在第一次开枪时他们同学大多数都发

---

* 载龙川1931年《抗日救国特刊》上，署名郑文生。原刊物现藏于龙川博物馆。

觉了，因此他得避免死祸。

待兽兵攻下潘阳城时，兽兵曾蹂躏一中，强奸该校女生。女同学们被其侮辱而因此自杀者，真不知几许？

这时他投到他住城内姑母家里，暂时弄点糊口的口供，——其实城内更是危险的，但是他不得已，既无家可归，无亲可近，纵然这里时时有兽兵叩门，或对门开枪，他也没法再往别处。

门整日闭紧，做什么要事也不敢出一步。但是水完了。因为自来水公司无人办理，而又不敢出来担挑。结果，姑母的媳妇郁得自尽了。他的姑母见媳妇自杀，自然放声大哭起来，其余家人也哭了。

黑夜了，他们还在哭，

或者兽兵知道里面有许多人，故叩门，用枪头去碰。屋内的他和姑母，忍着酸痛止了哭，避入厅里。

门，一阵阵碰得紧了，结果卒至碰破，兽兵闯进来即刻开枪。他知事不妙，急跑房里藏了手枪窜到厕所里。他听姑母求恕，兽兵的凶狠，后来听了枪声便再听不见姑母和她的哭声了，听得兽兵到各房去搜取物件。最后，放起火来，他趁火还未亮时，暗暗的在后门避逃了。

他冒着冷风和雪花，拼命的窜，走到一所荒漠的平野，才稍安定：

——唉，人为刀俎，我为鱼肉，我眼见许惨剧都是兽兵演成，张学良纵有三十万之众，见了兽兵来到，他就急急的入关，弃了我们民众，任人蹂躏，让人劫掠，唉！既然这样，那么还有什么留恋，有什么生存的必要呢？……但是，政府不去，我自己去罢……就去死也有代价。

夜色非常幽暗，没有星光；他摩索的爬到一处较浓密的芦苇下，蜷伏着，随即从怀里掏出一支短短的手枪：装上弹子……他静待着敌人的来临！

* * *

他把眼睁的很大，向后面巡视一遍，仿佛有物在他背面抓动。

怕这里没有兽兵来罢。始终瞧不见呢？

他似乎很不耐烦，曲一曲脚，伸一伸腰，把手枪紧握在手中，幽幽的爬到别处去。他想。

在那里去，直在雪路上去吗？这样明显，遇了兽，岂不是送死？那么绕那背面去。于是他偷偷的爬向别处。

他时时顾及四周，非常恐惧的爬。

风吹着他的头发，颤颤的摇。

突然，四个兽兵，从这边跑来，他急欲避入芦苇里但是来不及了。只望着那持指挥的，挂精神带的那个，开枪射去。兽兵扑地，那三个怆恐四散，——其实兽兵还不曾见到他在甚地方，等他欲开第二枪时三支枪对准他的胸膛……

——中华万岁，这是最后的一句。

胸膛迸出鲜血，死一样，突出眼睛……

一九三一，十二，廿二。于怡泰隆

乌龟*

一

早上,母亲替我穿好了衣服,洗过脸,我照例一溜烟地跑到码头上去。

太阳高高地挂在那士敏土厂的烟囱上。码头上坐着许多码头工人,身体都很脏,脸又黑,他们都有一副敏锐的听觉,去听每个旅客的叫唤声。我轻蔑地望了他们一眼,便昂然地走向空场去。在那里有许多和我差不多大小的孩子,我们每早都上这里来玩耍的。

他们正在那里演兵操,我一眼便瞥见了狗林做队长。我气愤愤地现出不高兴来。这坏家伙时时都来欺负我们,他要我们拿糖果给他,不然,他就不准我们入伍。他妈的,他的年纪比我们都大些,气力又大;什么事,你总得听他的。

初始我赌气不想加入,只站在旁边瞧,见他们玩得那么有趣,便忍不住地要加入进去。可是当我走去插队时,忽然狗林抓住我的胳膊用力一拉:"不准你!"没办法只好向他讲了和:"明早我带些糖果给你,好不好?"

于是他准了。我们瞎闹着,操演过了,便要去打仗。

我们的敌人,就是码头工人和一些过路人,木棒子算是枪,"拍拍"的喊,算是枪响。但是人们见了,只是笑。

"乌龟,老婆偷汉子的!"狗林忽向一个工人这样喊,我们也跟着这样叫。这人有气没力地追过来,但我们跑得快,他始终没法追上我们。这老头子我认得,他和我

---

* 载1935年8月8日《广州民国日报》副刊《东西南北》三六八期,署名郑文生。本文为1984年2月版《萧殷自选集》收录的版本。

住得很近。人人都叫他陆伯。听说他是靠码头上扛行李来糊口的，有时积得余钱，便去喝烧酒，喝醉了，便躺在床上呼呼大睡。他住的是一所破漏不堪的木房子。除了他自己，没有第二个人。他常常经过我的门前。不知怎的，我总不喜欢这类人。当他走到我面前时，我常常举起脚来威胁他。但他对于我始终是和善的。他是很瘦削的人，额纹很深，眉毛蹙成一束，胡须已经很长了。他的脸异样的青黄，总是穿着芒鞋，拖着有气没力的脚步。他扛东西有时还透不过气来。我常见他坐在码头上喘气，眼睛暗灰的，没有半点生气。我见了他这样可怜，却不曾有过怜恤。有时我见了他的胸脯一高一低地喘，反令我哈哈的笑起来。我笑他，他也不曾对我发生过反感。这样，我们便混熟了。

我们都齐声向他喊，但我却不晓得"乌龟"是什么意思。我们大声喊，他便发怒地追来。可是没有追到，我们又跑远了。等他气喘喘地现出无可奈何的神色而退回时，我们便迎向前去高喊。

最后他就不理我们……

二

这天，我一个人蹲在门前的石阶上，正在玩蚂蚁。我捉些虫给那些蚁群扛去，而我的视线紧紧盯着那些虫。那些蚁竭力要将虫抬到穴里去。我见它们抬近洞口，便又将虫子夺回来，放到比前一次更远的地方。不一会，又有一群蚁来到更远的地方……可是快抬到洞口，又给我照样夺过来。就这样，真不知几多次了……

我玩得正有趣时，不知是谁的手摸到我的颊上。我愤愤的抬起头来，原来就是这"乌龟"。

我把两眼睁得圆圆的，握紧一只拳头，便向他乱擂。他并不曾躲避，反而把两手伸出来，像想抱我的样子，说："孩子，玩的是什么？"

听了他这么说，才记起蚂蚁来。我迅速地低下头去，虫子都被抬进洞里去了。只剩下几只蚂蚁在那里作侦察似的爬行着。这时，我憋着一肚子的火。一生气，所有蚂蚁都一个个被我踩死了。

他打断了我的兴趣，激起了我的怒火。我恨恨的把他的手用力一拨，便站起来，举起脚尖向他乱踢，并且还骂："乌龟！乌龟！"

他微笑着,把脸孔凑近我的脸,温柔地说:"孩子,你骂我吗?永久都不喜欢我吗?我讲一个乌龟的故事给你听,好吗?"

我不理他,飞一样溜进堂房里去……

三

渐渐地,一年一年的,他也跟着时间老了。我也进了学校,受着什么教育一类的东西。我听先生说过许多穷人的故事,好几次,我被感动了;可是,这是短暂的事,过后便忘记了。我的心,仍然是被骄傲的意识包围着。我有个小康的家庭和一个爱我的母亲。她爱我比什么都要体贴。我不喜欢上学,她不敢强迫我。有时我更喜欢跑到码头上去玩,玩倦了才回来。母亲对我总是那么说:"宝宝,从学校回来吗?"

我偷偷地笑了。

夏天了。我仍然不喜欢到学校里去。天天跟着那群顽皮的小孩子在码头上玩耍。

这天,孩子们都跑到沙滩上去,见太阳那么烧人,都跳进浅水里去洗澡,我也跟着去了。初始,我还不晓怎样去拨水,经他们用简单的方法指点了之后,我也跟他们去游泳。可是我的身体总是沉重的,浮不上水面来。然而我很快乐,跟着他们走。当走近一个深潭时,他们轻轻的在水面上游过去,我还像涉着浅水一样地跟过去。哪知脚一滑便跌进深潭里。我的头,突然沉入水底。据说还起了几个泡。我饮了许多水,昏去了。……

待我清醒过来时,我发觉我自己躺在一张床上,身体软软的,额上还在发烧。

"宝宝,险些断送了你这小生命呢——幸得陆伯伯救了你。"母亲坐在床前,用怜恤而且恐惧的眼光望着我。

我躺在床上,头很沉重,全身常发冷……于是,我病了,母亲很担心地守在我的床前。在病中除了医生时时来看我,还有一个人,就是这个"乌龟"。

陆伯来到时,我母亲总是显出很感激的样子。经母亲说了许多话,我才明白救我的人就是他。他爱握我的手,在母亲面前,我不敢过分地去拒绝他。有时他伸过手来时,我却无意识地把手缩回来。

"怎么!宝宝,你这么没礼貌?"

"我不要他!"我顽强地努起嘴来。

渐渐地，我的病好了。但我仍然偷懒、贪玩……

一天，我刚刚起床，母亲正替我穿衣服，这时陆伯恰恰从窗前走过，他似乎有意来看我们。我一见便跳起来大叫："乌龟！"母亲正替我穿裤子，被我吓了一跳。原来母亲还没有看见他。她跟着我的叫声把视线移到窗外去，便和他打了招呼，他也就走过去了。母亲说以后不准我这样骂人，并且还说陆伯是个善良的好人。

四

我们一天天地亲近，后来居然成了好邻居。

近来见他的机会很少。我倒有点挂念他。但是我说不出挂念他的理由来：他的胡须这么粗硬，常常会刺痛我的脸颊；身上这么肮脏……也是我不喜欢他的理由，我干么要挂念他呢？

母亲也似乎在挂念他。他是一个穷人，这么老了，还要靠自己的劳力去挣饭吃。而我们的剩菜，常常倒到垃圾桶里，从不曾救济过一个穷人。这天母亲聪明了，叫我送些剩菜给陆伯，说：

"宝宝，你想陆伯吗？他也许是病了，或者是没有饭吃……现在你给他送些菜去，顺便去看看他。"

我听了母亲这些嘱咐，便顺从地拿了竹篮子，飞一般的跑到他那里去了。

他的房门半掩着，里面是阴暗的，有一种泥土的气息。我跨进去时觉得很朦胧，渐渐的，我才看到陆伯。他躺在床上，脸部瘦得可怕，张着嘴在那里喘气。眼光毫无神采，呆呆地望着我。他把身子微微地侧转来，睁开了眼睛，一道较强烈的光射过来，像来认识这来人是谁的样子。他的嘴唇翕动了一下，像要说什么话，但又没出声。

我的心完全被震动了。我不敢出声，只等着他说些什么。

"陆伯伯，怎么了？"静默了半响，我着急了。

他摇摇头，脸上依然是这么悲楚。

"陆伯伯，这里有饭菜！"我将这篮子提起来，拿到他面前。他又睁开眼来望了一眼，显然他是饥饿了。我将饭菜端起来，他也挣扎地坐起来。脸上开始有了点笑意。

他吃着，一块块的菜梗往嘴里送……咀嚼着，一粒饭也不剩。

吃过饭的他，显然不同了。目光很有力地盯着我，动也不动。我有点怕起来，很想跑出去。

"小宝宝，你怕我吗？"他的声音很温柔，眼光也柔和起来，我的心才较为平静。

"不，陆伯伯……"

"宝宝，你为什么不叫我乌龟呢？"

"……"我答不出话来。

"宝宝！"他望着我，"我告诉你，有许多人都骂我是乌龟。是的，我的妻，确曾被人强奸过。"把话停了好一会，眼睛里射出一道忧郁的光，"可是她已死了，死了很久。她的死也很特别。她是一个人悄悄地死在草莽里……"

"怎么会这样？你逼她到草莽里去？"我奇怪地问。

"不是逼她，而是我没有能力养活她，我没有能力使她过人的生活。并且这世界也太龌龊了……结果，她竟做了苦命的冤鬼！"

"你不救她？……"

"宝宝，事情并不这样简单，你听我说下去吧。——那时是辛亥革命，我因不满于帝制便投了革命军，几次在广州、惠州起事，都归于失败。那时，我的妻在广州一个富商家当使妈。

"这个家庭有一夫一妻和几个孩子。男主人的人格一向很坏，他雇用我的妻，是居心不良的。当她初到他屋里，他见她这样年轻，便想霸占她。据说，有一次她走进屋里去拿茶壶，他一手抓住了她的手，像要求什么似的，我的妻为着生计问题，只好竭力挣脱了就完事。哪还敢向别人谈起呢？

"她终日很忙：扫地、打水、冲茶、洗衣……没有闲过。孩子时时又要她，伺候稍一不周到，便要挨女主人的巴掌。

"但是这坏家伙，却一天比一天来得厉害。她每次进房，他总爱摸手摸脚……她几乎没有勇气再到他的房里。但是迫于无奈，也没有法子不进去。

"我的妻在这种生活中，渐渐心里感到不安了。但是一点防护的方法也没有。倘使他果然敢用强力来擒她，她该怎样呢？为了生活，又不敢扬声。一扬声饭碗即刻就会失掉，就会在街头讨饭……她想不出一个办法来，整日为这事苦恼着。

"一夜，她躺在床上，突然房外悄悄地走进一个人来。她一看，原来就是那个富商。她惊骇得跳起来，想逃出去，无奈来不及了，一手被他抓住，你想她还有什么方法挣脱呢？力气没有他这么大，又不敢扬声，挣扎也没有用了，只有暗泣着……

"不幸这次就怀了孕，我的妻从此暗泣着，诅骂着……

"肚子一天天的鼓起来。女主人也知道这事了。她只骂我妻子的不是。我的妻一面经不起女主人的毒骂，一面见肚子渐渐胀大，无脸见人。将来又怕见我，深恐我因此抛弃她。于是她抱着死去的念头。

"据说，在一个黄昏，她悄悄地离开了主人，一直跑到一片离这里很远的林子里，倒在草莽中。

"就这样她完了……

"我从军部回到广州时，听说她已失了踪。于是我到处找寻。结果，得到她死在草莽中的消息，并且还得知她是怎样被人害死的。当时我决意为妻报仇。

"于是，我把富商的罪状，告上法庭。这样，我以为可以把他囚禁起来，世界上会少一个害人虫。嘿，奇怪，他不但没受处罚，我倒在一个黑夜里，被几个警察抓了去。我在铁窗下，时时摩拳擦掌。我知道这样的社会我们是不能活下去的。我相信我没有犯过什么罪，会被囚禁起来，那不是官府受了贿又是什么呢？

"我冤屈地坐了两年监狱，待我出狱时，我没有能力去复仇了……

"至今，我的仇还未报。唉，孩子，我今生是太冤枉了。你们每次叫我'乌龟'，我一听到这句话，便会想起我的亡妻，想起我的仇人。每次，我都暗地里流泪……"

我听他讲了这样多，有很多话我是听不懂的。但我完全被他的悲伤的情绪感动了。呆呆地站在他的床前，说不出半句话来，我的眼眶也红了。

五

半月后，我和母亲来到一处乱坟岗，在一堆新土前站住了。土上还有一个石碑，刻着"张陆公墓"几个字。

我们深深地拜了拜……望了好久，我觉得寂寞了……

惨淡的夕阳，照在岗上。墓边的枯草，被晚风吹得摇摇摆摆……

一九三二年八月初稿于广州

疯子*

一

把稻稿铺好之后，我便从牛栏走进厨房去。和平常一样：砍碎了柴，便生火，火熊熊地燃烧着。我就开始淘米，打水，一切都预备好了，才静静地在炉前坐下来。这房子本来就很狭小，又没有天窗，所以显得格外阴暗。炉里一生了火，那古铜色的旧壁，还隐约地可以辨认；可是都已破了而且封满了灰尘。然而，我对于这些并不厌恶，也不觉得十分阴暗，大约因为我已在朦胧中生活惯了。

外面的西北风吹着原野，牛栏顶上的瓦，也被吹得微微地打颤。这原是一所破漏的小屋，如今作了一个年轻寡妇的牛栏。这寡妇自己住在山下的高屋子里，留下我和两条牛在这里挨冻。在这寒冷的冬季，这里越显得孤独与寂寞。

我寂寞地坐着，常常用铁钳去搅炉里的火……

"疯子来了！"忽然外面有许多小孩子这样嚷着。嗡嗡声，愈来愈近。我感到惊奇，便迅速地跑出门口，我很奇怪会有这许多小孩子都拥到我的门前来。

在孩子们的前面，有一个面色赭黑的老人。他头上裹着一块破布，穿着肮脏而且褴褛的衣衫，还背着一个竹筒和一些布袋。他的手脚都被寒风吹裂了。他的眼睛射出一道强烈的无理性的光芒，向我狂笑着，嘴里还说话，但不知他究竟说些什么。看了这情形，我便明白这是个疯子。我想万一他将我的钵、锅子、铲子、木桶都打碎了或拿走了，我可怎么好？

---

* 载1935年8月3日与8月5日《广州民国日报》副刊《东西南北》三六四、三六五期，署名郑文生。本文为1984年2月版《萧殷自选集》收录的版本。

于是，我用异乎寻常的眼光盯着他，用手拦住门："走开！"

"这是大路呀。"他讷讷地说。

"嘿！"我向着那班小孩子挥手，"走开！"

孩子们果然渐渐的走了。这疯子硬要跟我走进厨房来。我再没有勇气去阻拦他。然而我又为我的用具担忧，于是我重又用了我不常有的凶恶的眼光怒视着他。但是，他只是向我狂笑着，那眼睛闪出无廉耻的光芒，尽向着我笑。我的心被他的眼光软化了。

他走向炉前，我不放松地跟着他，生怕他搅翻了我的用具。到了炉前，他出乎我意料地平静地坐下来，伸出两只冻裂了的手去烤火。

他默默地坐着。这时我有几分着急：因为主人是个很刻薄的寡妇，若把出牧耽误了，准得受她一顿毒骂。

"你坐在这边，我自己要烧饭呀！"同时我指给他一张板凳。然而他仍然没起来。

"给我一碗饭吃呀！"他似乎清醒了一点，说话时，样子很可怜。

我在他旁边坐下来，一面把柴塞进炉膛里。熊熊的火光照着他。乘这个机会，我端详了他一阵；背伛偻着，胡须长满了整个下巴。脸色肮脏，鼻子突起，两片嘴唇厚厚的，上唇微微向上卷起，所以两唇便合不拢来，几个黄牙，在唇隙里露出来，眼睛很润湿，像刚刚哭过似的。他这时正在出神地望着炉中燃烧着的柴禾。

"老伯伯，"我用柔和的口气问他，"你家在哪个村？"

他像没有听到我的话，仍然默默地烤火。我想他本来是疯子，若想探寻他的身世，着实是件不可能的事。于是我也默默地烧饭。

"妈的，"他的脸忽然变得忧郁而严肃，自语着，"害人的恶霸，把玉姐拖走了！"

"你说什么？"我奇怪地问。

"呵，玉姐你回来了么？"他转过脸，像要扑过来，抱我，"玉姐，我的乖女，你复活了？……他们侮辱你么？……你，你怎么逃出来的呢？……"

他这突然的举动，这颤抖的话语，大大地引起了我的好奇。但是从他的话，我探不出一点线索，反倒越想越糊涂。

"我的乖女，我肚饿了，你给我拿饭来……"

他把脸凑近我的脸，脸红红的，现出一层喜悦的光泽。他双手摸着我的双肩，摸我的耳朵、头发……尽是"我的乖女！我的乖女"的叫着。在这时候，我没有勇气去阻挡他的手。因为我很明白，这对他是个很沉重的打击。

　　饭锅里"咕咕"地沸了，我迅速地从他手里挣脱，赶忙去捞饭。

　　"我的乖女，怎么你变成这样？……不睬我了么？……"

　　他的脸变得忧郁而悲哀了。两道泪光从眼帘下伸到颊上。我因见水煲里的水又滚了，忙去掀起煲盖，便不去看他。不料，他竟凄厉地哭起来……

　　"玉姐，你忘了……你生下一个月，你的妈妈便死去了……我经受多少苦楚……才把你抚养成人……现在你……竟瞧不起……爹爹，噎……"

　　看了他悲伤的脸，我竟手足无措，不知该怎样来安慰他。搜尽了枯肠只有一句："我不是你的乖女呀……"

　　"没良心的小东西！……"他愤怒地诅骂了。

　　"我是一个牧牛的男孩，不是你的乖女呀！"

　　我竭力解释着，用尽了我平生少有的忍耐。然而他照旧这样凄厉地哭着。我的解释，他像没有听进去。于是我再说："你的乖女不在这里呀！"

　　"你不是玉姐吗？"他几乎跳起来。

　　我惊异地向自己全身端详：我穿的并不像女人的衣服。我的长相也没有一点女人的样子。我愣住了。

　　时间一分一秒地过去，他终于停止了哭泣，只用颤抖的手起劲地抓胸膛。我疑心他的心在剧痛，也许是因为寒冷与饥饿罢？

　　"老伯，等一会，我给你盛一碗饭来！"

　　想不到他会突然地站起来，看也不看我一眼，向外就跑，我吃惊地追出去，可是他已跑远了……

二

　　第三天黄昏，我又遇见这可怜的疯子。据说他在几分钟之前，是独自蹒跚地走着。走到这村前，他遇见一个道貌岸然的绅士。他便追上去，并愤怒地盯着这绅士，抓着绅士的肩膀："妈的，害人的狗东西，快把玉姐还来……"那绅士见他那突如其来的傻劲儿，便不由分说地向他的胸膛打了一拳。可是那疯子，仍牢牢地抓着绅士的肩膀不放。

"看你还人不还人？"

"岂有此理，蠢货！"

那绅士愤愤地一脚便把他踢翻在地上。许多村民和过路的人都围拢过来，我也是其中的一个。我急忙钻进人丛里，一见是那可怜的疯子，我便发抖了。那时他已全无力气，好容易才爬起身来，重又抱住绅士的腿。哪知这绅士竟毫不吝惜他的凶恶，一脚又踢到他的头上，于是他倒在地上直流血，眼睛呆呆地朝着天，尽是半吞半吐地骂："害人的狗东西！……"

那绅士愤然地走了。许多眼睛送着他的背影。那可怜的疯子，额门已被皮靴踢得稀烂，鲜血涔涔地淌满了一脸，正痛苦而无力地呻吟着。人们只好奇地望着他，却没有一个人知道他的悲哀。

"为什么没亲人把他背走？"

"躺在这里，恐怕会被冻死的！"

"究竟他是哪里的人？"

周围的人，都把这可怜的人作为谈论的中心，可是无一句稍关痛痒的话。他默默地躺在地上，脸孔显出痛苦的表情，鲜血还在涔涔地流着。

他的叹息一声比一声沉重。我再也忍不住了，即刻蹲到他身边，抚摸着他的肩膀："我扶你回我那小屋去……"

许多人的目光，很奇怪地看着我。我从破衣服上撕下一片布条，给他包上脑袋，但不够长，包不过后脑；于是我将牛绳扯断一截，把他的伤口包紧了，血才止住。他呆呆地望着我，似乎有点惊异的模样。

看他的眼睛，已恢复点光彩，我便扶他回家……那两条牛在后面跟着，异乎寻常地驯服，仿佛它们也知道人类又发生了惨剧。

到了家，我便急急地在房中的一角铺了许多稻草，把他安放在草窝上，很快我拆下那顶破布帐，罩着他。这时他全身抖着，眼睛望着破墙壁，两滴眼泪从眼里淌下来。我知道他正在痛苦中挣扎。

"哎哟……"又是一声凄厉的叹息。

"现在怎样呢？"我担心地问。

但他只用一种痛苦的眼光看我,默默地,没有回答。我明明知道他不能回答我想知道的问题,但我还是这样问他。仿佛只有这样才算尽到自己的责任似的。其实,我能有什么办法呢?

我忽然想起牛还不曾赶进栏里,便迅速跑出门去。这时天已黑了,两条牛还在门外挨着寒风。我费了近半点钟的时间,才将它们赶进栏里。

当我回到他的身边,他似乎清醒了一点。他用尖锐的眼光向我望着,说:"你是谁?"

"我是一个牧牛的人。"

"这里不知怎么会这样痛,有血?"他用手去摸额门上的那些绷带,"怕是因为昨天跌了一跤?"

"不,是被人踢伤的。你怎么不知道呢?"

"用脚踢?呸,你不要骗我。"

"是恶霸……"

我只说到这三个字,他就抢着说:"他妈的恶霸,拖走了我的玉姐……"

"为什么呢?"

"妈的,拖走了我的乖女。"

他的话很零碎,所答非所问的。因为他已失了理性,什么都变得糊涂了。忽然他皱着眉毛,跟着是一声沉重的叹息。

我只同情地看着他,问问他。因为我这贫穷的牧人再也想不出什么能使他减少痛苦的方法了。我用良心去看护他,每次问他"要水喝吗",他总是默默的。

夜深了,外边的寒风吹着原野。一切都在悲风惨泣中,屋里只有颤抖的松明。空气也颤抖了。我默默地看了他一会,便站起来说:"老伯,睡觉吧,夜很深了。"

半夜,我被寒风惊醒了。仿佛还有人在惨泣,我辗转了一会,便又静下来,寒风吹着屋顶,呼啸地响着。还有野犬,在远处时断时续地狂吠……

"妈的总要报仇,总要抢回我的乖女!"

"什么?"我问。

可是没听到他的回答。他的鼾声又起来了。我很明白,这是梦呓呢。我睡不着了,为了这可怜的人,我不知费了几多心思。我眼前忽然幻现出许多黑影,我仿佛见他那不知轻重的脚步踏上崎岖的小路,一跋一踬的……

"哟……"一串凄苦的惨叫,断续地从他口里发出来,全身也颤抖地辗转了一下。

我淌下了同情的眼泪,蜷伏在破被下暗泣。我实在不能再想下去了。

不久,我便睡着了。

待我起床的时候,我发现门已敞开。我知道他已走了。可是我很不安,便迅速地穿上衣服,跑出门外去找他。然而只见一片原野,冷风呼啸着,他竟不知去向了。

我带着一颗悲伤的心,回到屋里……

三

一个月过去了。

这天,我照例牵着牛走到原野,天气很温和,阳光晒着麦田;远山、丛林和一切都显得温和而静穆。有时远村也会传出一两声午鸡的啼声,我寂寞地躺在一条墓道上,呆呆地望着那梦幻似的远山,哼着山歌……

忽然有沉重的脚步声,从山岗那边传来。我迅速地爬起来,张望着,果然那田埂上有两个人在追逐着,可是距离还很远呢。

前面那个人渐渐跑近了。我认出是那个疯子,可是不一会他又跑过去了。我一时有点迷惘,竟不知怎样是好,只呆呆的望着他径向山边跑去。我又扭转头去看追来的人,他的脸非常苍白,气喘喘的,向着我:"帮助我,救救那……那可怜的人……"

我很明白,这人大概就是那疯子的亲人了。我不曾迟疑,也来不及想一想他的话,便跟着他跑去,跑到山岗,我们的距离渐渐近了。那疯子也似乎疲倦了……

临到悬崖,我们发现了一条狭路,是傍着一个很深的山谷。于是我们把脚步放缓了。可是他还是向前跑着……

"哥哥,我们不追你!"那人忽地站住了,发出悲惨的叫声。我也跟着站住了。

那疯子却是跑着。他跑近那个山嘴,竟也不转弯地向深谷里踏去……可怜他像一块石头坠到深谷里。我的心像一块生肉贴在红热的铁上,全身很剧烈地抖了一抖。

"哟,哥哥……你……"他惊呼起来。

我们发呆地望着山谷,可是一切都寂静了……

他哭不成声了。在这岑寂的山中,暖温温的太阳下,我们只是默默的相对着。各人流着伤心的眼泪……

"他是你的哥哥么?"我问。

"是,他真可怜呵!"他满脸都是眼泪。

"他疯了很久吧?"

"你怎知道他是疯了?"他含着眼泪,很奇怪地问。于是我将那次他跑进我厨房里以及他被绅士踢伤的情形都跟他说了。最后问:

"究竟这是不是他的冤家呢?"

"那也不明白。他一见绅士模样的人便会发怒。"

"怎么?他的女儿被拖走了么?"

"是的。"他故意把话停顿下来,眼里射出一道很强烈的光芒,作了一个手势,又继续说下去,"这事发生在一年之前……

"那时遍地旱灾,穷人都挨饿。我哥哥,也是一个可怜的穷人。虽然他终年辛辛苦苦地种田,可是全是借耕的,有时因为年成不好,还要借债。他穷得一块田地也没有,唯一的财产算是一所破漏不堪的小屋子。他常常还得受债主的气。幸得他的女儿时时帮助他,安慰他。不然,他早已被债主气死了。

"这年头,还有什么法子不去借债呢?他为了活下去,竟以这小屋作抵押向曾乡长借来二十块钱。

"不料曾乡长一到了年关,便带着家丁来追债。可怜他正饥寒交迫,哪里有钱来还债?本来契约上明明订定以二年为限,过了这期限,才能封屋。可是乡长竟毫不容你说理……

"当下,乡长用种种手段来威吓他。那些家丁像贼一样到处乱搜。他默默地不能作声,脸色由苍白转成青灰。待乡长拿出手枪对准他进行恫吓时,他便抖着身子转进黑房里去……

"唔,你想我可怜的哥哥进黑房去干什么?唉,他竟在黑暗处解脱裤带上吊了。幸而他的玉姐这时正从市场回来。她把贩篮送进黑房里,发现了有个人从楼板上吊下来,便吓出了一身冷汗。不问是谁,她忙把吊索剪断,用尽力气扶着他的身体躺下来,再用一只手放在他的口角边,试了还有些微热气,她便开始用种种方法救醒他……

"那乡长，见他父女俩在房里这么久，便命家丁把玉姐拖出去。你想，他的女儿，当时是怎样地伤心呀。她死力挣扎也无用……她到底被拖走了……

"我的哥哥没有死，过了一夜，他自己爬起身来，四处去找寻他的爱女。结果，他听得他的玉姐已被乡长拖走了，并且就在当晚，由于玉姐不愿受辱，大骂乡长，最后，她竟被杀害了。可怜，我的哥哥，听到这消息，竟昏倒过去。直至第二天醒来，他便疯了。他时时都这样喊：'我的乖女，我的玉姐呀！'

"到第四天他便失踪了。我因为兄弟的关系，到处找寻他。我也很穷，只得一面讨食，一面找他。我这沿门求食的生涯，已经过了一年多了。我的心老了。从此我认识了社会上的龌龊、人心的险恶……可是在乞食期中，我眼前时时都有我哥哥的脸影，我忘不掉和善的哥哥呀……我随时都抱着一颗希望的心。无论如何，总要在今生和哥哥见一面……

"果然在今朝，我正由一条小巷进去，便遇他出来，他那温和的眼睛变呆了，全身衣衫……他更老了。唉！……这时我向他叫了一声，他狂笑地向我望了一会，匆匆地转身就跑，于是我追着他。可怜因为我的腿前天才被恶狗咬伤，跑起路来，很不方便。可是我不肯放松，我想救他……不幸他竟死得这样悲惨呀……"

他的眼泪早已流了满脸，连衫袖也湿透了。他神情非常忧伤，我实在不敢看他，其实我也流着眼泪。

太阳不知在什么时候被乌云掩住，寒风又微微地吹着山岗……

两张泪脸呆呆地相对着……

一九三二年十一月写于龙川

生路*

一

老太婆坐在破院落里的板凳上,垂着头,全神贯注地修补着一只破袜子。

淡黄的阳光,温暖地照在她的背上,使她一身都暖烘烘的。她一边将针线在袜子上穿插着,一边不时抬起头来,望望院落的四周。

嘎的一声,门突然裂开一条缝,同时闪进一个瘦个子来。这个人三十出头,鼻梁和颧骨都高高地突起来,眼睛却深深地陷了下去,射出一道很阴郁的光芒。他的嘴巴,似乎由于眼睛深陷,显得更阔大而难看了。虽然是个中年人,可是,这时他的身躯,却给疲倦困倒了。他简直是拖着两条沉重的腿一步一步地走进来。

老太婆一见了他这副样子,便晓得事情不妙。她的眉毛即刻紧缩起来,用舌尖舐了舐上唇,便沙着嗓子问:

"荣儿,砖厂的工作怎样?"

"怎样?哼……"

"三伯不是说那里有空缺么?"老太婆低声说。

"空缺当然有,不过,我们跟厂长没有亲戚呀!"

他一边带气地说,一边笔直地向里间走去,连看也不看她一眼。见他进了门,她才又垂下头去补袜子。可是她的心,却没有像前一刻那么宁静了。这时,心里真像有副辘轳在转着,她也预感到儿子的工作准是无望了。今后一家人的生活,靠什么来维

---

* 载1935年12月6日《广州民国日报》副刊《东西南北》四五四期,署名郑文生。本文为1984年2月版《萧殷自选集》收录的版本。

持？要是她自己饿死了，倒不打紧，使人担心的，是命根子阿金和她的儿子阿荣。他们的日子还长着，今后怎么挨。

想着，眼泪便一滴一滴地滚下来，跟着擤了一把鼻涕，又坐着出神。

"哇哇！哇哇！"小孙子阿金忽然在屋里哭起来，她仓猝地站起来，一颠一跛地跨进去，"啊，金仔，乖孙孙，别哭哪！妈妈回来给奶吃呀！"这样哄着，孙子才止了啼哭。

不一会，阿金给抱了出来。由于刚刚离开黑房间，眼睛还紧紧地闭着。

"好乖乖！金仔乖乖！……"她抱着金仔使劲在胸前摇晃。使她伤心落泪的心事，暂时忘掉了。

"哇哇！哇哇！"阿金睁开眼睛向老太婆望了一会，又哭起来了。老祖母唯一使他不哭的办法，只有加紧摇晃着；可是这种方法不能解决饥饿，于是孩子的哭声越来越急，反使她也烦躁起来。

"妈妈快回来哪，妈回来给金仔吃奶呀！"她没法，只好不停的哄着。

不久，她的媳妇真的回来了。

二

媳妇兰嫂是刚两岁就给抱来的，她的圆脸儿常常都出现一副笑容，她的性情，也跟她的脸儿一样的令人喜欢。生就了一身健壮的皮肉，仿佛专为人服役似的。十来岁时，就能从事很笨重的劳动，一直到现在她还一样地担负着牛马一样的苦役。她从来没有怨恨，也没有偷懒。她认为这一切，都是自己命里注定的。怨恨当然无用，想有"好日子"，唯有自己"苦干"。

她刚从车站里回来。这种挑夫生涯，是在一星期前才开始的，为的丈夫已失了业，家庭的负担更多一分搁在她的肩上，因此，她不能不到车站去出卖自己的力气。她一回来，便急忙放下扁担，抱起孩子就喂奶。她走得浑身发热，脸都通红了，呼吸也很急促。她低头望望怀里的儿子，又望望四周，最后转问老太婆：

"妈！他回来了么？"

老太婆坐在一边，正望着媳妇喂奶，听媳妇这一问，便蹙紧眉毛，皱着额纹，低声地说："回来了。可是看他的样子，像无希望了……"

"唉!"媳妇叹了口气,不敢再问下去了。

阿金吃饱了奶,便在地上爬。

兰嫂忙着去洗菜。她拿了一篮芥菜,一径跑到河边去。她低着头,将菜泡到水里,用手揉着,可是她的心却飞得远远的,想着更远的事。

"阿兰嫂!"

突然有人叫她,惊得她一跳,抬头一看,才知道是邻居四婶娘。她急忙将仓皇的神色收敛,换了个笑脸扭转去:"四婶娘!你也洗菜呀!"

"是呀!"四婶娘这么说了,就蹲下来,把菜浸到水边,用手搅着。大家都默然了,只有溪水还潺潺地响着。

"阿兰嫂!"在静寂中,四婶娘仿佛想起了什么,抬起头,望着她:"听说阿荣哥,给科里撤了职,是么?"

她被问得脸也热起来,迟疑了半晌,才从牙缝里挤出这两个字:"是……的。"

"为什么事呀?"四婶娘惊异地睁圆眼睛。

"听说是迟到过一次,哼……"她仍旧淡淡地说。

"啊,迟到过一次?……迟到一次就不让工作么?太欺负人了!"四婶娘很气愤,声音越来越高。

兰嫂嘟着嘴,也气愤起来:"可不是么?局长的亲戚迟到一百次,也不会撤职!"

"咳!这世道太不公平了!……"

兰嫂正要说话,突然有人喊她,同时小路上也传来沉重而急促的声音,兰嫂忙把头扭过去,只见一个十多岁的孩子,气喘喘地赶来,脸色很苍白:"阿兰姨!阿金的脑袋跌坏了!"

她听了,愕然地睁着两只眼睛,脸色都变青了,呆了好一会,才挽起篮子往回跑……

三

兰嫂赶到家里,院落里已挤满了许多人。她一挤进去,便蹲到阿金的面前,可怜阿金正躺在一张小床上,满脸淌着鲜血,仿佛已不省人事了。

兰嫂的眼泪忍不住地滚下来。她想抱起来，可是孩子的全身正在剧烈地痉挛着，她只垂下头，呆呆地望着孩子的脸，无助地抽泣："儿呀！怎么样呢？"

四周的人，都显出一种愁楚的脸色，这时都静默了，仿佛等候一件什么事的来临。

空气也紧张了。

"孩子怎么跌伤的？"一个胖子刚刚从门外挤进来，就急促地发问。

"孩子自己爬，爬到天井边，便一骨碌地跌下来，又碰在一块砖头上。"有人这么解释着。

"怎么没人看着？"

"有，只因为他祖母想心事想得出了神，事情就在这一刹那间发生了……"

"唉！……"老太婆像个泪人，一直发愣地站在一边，听了这些话，才突然抹着热泪，爆发起忍不住的悲痛，号啕大哭起来，"……我的乖孙孙，可怜……跌得这么惨啊！……罪过！……嚯嚯！我罪过！一家人怎么办……我的心都愁得碎裂啦！阿荣阿兰都遇上困难！……今后怎么活下去！……嚯！嚯！嚯！……"

哭得大家都丧着脸，尤其是几个妇女差不多都不断地抹眼泪。正在这时候，阿荣忽然挤进来，他那瘦长的脸孔笼罩着悲伤，他仿佛竭力镇静波动的心，只用呆滞的目光盯着孩子，又望四周的邻人，可他始终不开口。

兰嫂见他走近，细声问他："你看怎么办？"

他的回答只有几滴眼泪。他有说不出的痛苦：听说儿子跌伤了，曾想设法送医院，可是一打听，最少也得十来块钱，这不比上天还难么？本来自己失业已给家里一个沉重的打击，一家人吃饭已成为大问题，哪知祸不单行，偏偏在这时候，又摔伤了孩子……悲哀渗透了他的心头，堵塞着他的喉咙；这时，只有站在那里，低着头，愣愣地望着地下……

四

阿金终于死了。兰嫂虽然非常悲伤，然而，到底不能不含着热泪到车站里去挑担子。

阿荣上镇去谋求出路又绝望了，然而一家人的粮食，却不能没有。最后，他索性抛开了一向的心愿，决意去出卖苦力了。

那天灿烂的阳光照着大地，阿荣的希望仿佛也在这太阳下苏醒了。吃完早饭，便拖了一条扁担上镇上去。

走到车站，他找了一块僻静的地方坐下。这时有好些人都奇怪地瞅着他。

"这瘦个子，不是统捐局里的卫兵么？"

"我看也有点像。"

这天他接触过许多奇怪的眼色，也听了许多奇怪的话，可是他并不难过，他觉得这才是自己应走的"生路"。

车站上有许多走动的人影，近售票处那边，挤着许多旅客，都在那里喧嚷着，骚动着。

"啵！啵！……"

由城里开来的长途汽车，已到了，于是一群挑夫蠕动起来，接着，大家都急忙地奔过去。阿荣也拿起担杆，跟着向前跑。

可是由汽车上搬下来的行李，意想不到地一刹那给人抢着挑走了。他失望地、发呆地望着他们的背影。

"卖苦力也没人要么？"他自己开始怀疑起来，他的眼前忽而又闪出了一个阴影，待他回头去看时，跟他一样找不到雇主的还不只是他一个人。于是他嘘了一口气，把希望寄托在第二次的来车上……

五

半月后，城里的车站给日本鬼子兵占领了。各处的汽车也不能通过。于是，这镇上的汽车也停止了活动：再不敢开到城里去，城里也再没有车到镇上来。

这镇上的车站，再也没有挑夫的影子了。

这消息一传到阿荣的耳边，他便像着了魔似的跳起来窜到房里叫："难道这种卖苦力的生涯也不容我们过下去么？"

"什么？"兰嫂从里面跳出来问。

"鬼子兵占了城里的车站了。"阿荣说时显出非常愤恨，一只手在空中挥动着。

"那，城里的汽车，还再开来么？"她的声音有点颤抖了。

"当然没有了,听说镇上车站也没有人了。"

他的脸变青了,眼睛里射出一道很可怕的光芒。兰嫂听了这话,喉咙里像给什么堵住似的:"天啦,这世道叫我们怎么活下去!……"

两人都默默地流泪,绝望的情绪,占据了他们的心头。

窗外的寒风虎虎地吹着,那风声,跟房里老太婆的念经声一样地使人颤抖。

一九三三年九月于佗城

除夕之前[*]

十二月的冷风，在街上呼呼地奔驰着，把沙尘吹得在街里飞扬起来。这里本来是一个冷落的小市镇，然而现在却有点不像平常：黄脸，赤条条的腿，篮子，鱼贩，年糕铺，瘦个子，大肚子的绅士……各样各色的人都有。而且各人的脸上，都有一层忙乱的表情。

头发长而且乱，面孔瘦黄得怪可怜的阿毛，在人丛里钻动着，到了那当铺门口，便拐了进去。可是当铺里也很拥挤，他耐心地等着，等到了一个空隙，便很迅速地挤进去，将一捆布送到高台上。那胖伙计翻了一翻，照例要问："当多少？"

"大洋两块罢？"

"一块六角！"一个胖子说。

"可能多一些？"

"当么？"仿佛要下逐客令了。

他踌躇了一会，颤颤的说："当！"

一捆布换来的一块六角，轻轻地，往袋里一送，玎玎的。一转身就走到街上来……

一阵冷风从街头吹来，吹得他全身发抖。

这布是妻的汗血的结晶，现在仅换到一块六角，若不是挨饿，无论如何也不会这么便宜送出去。

低着脑袋，他又想起昨夜的事了：

---

[*] 载1935年7月9日《广州民国日报》副刊《东西南北》三五二期，署名郑文生。本文为1984年2月版《萧殷自选集》收录的版本。

暗淡的松烛光照着他们两张黄嘴脸，呆呆地坐在打麻绳的凳上。各人的脑子里都盘旋着一件心事，默默地绞脑汁……

"怎样？债又这么多？"阿毛嫂愁着脸说。

"这年头多么糟，怎么做也没法偿还。现在又是年梢了，一忽儿就是新年，我们当然不敢希望像别人一样过年，但饭总要吃呀……"

"没有钱，也没有米呢！"

"你还有法子么？"

"什么也想过了，现在只有一捆布，但是这布预备裁几件裤子。你看，毛儿的，我的，你的……全是烂透了……"

"是的，但是现在吃饭更要紧呵！"

阿毛嫂低了头，想了很久。

"那么，你拿这布去当罢。"

声音颤抖的，那眼泪淌落到脸上。她哭了。汉子还是汉子，他把悲痛压抑着，假装得很静心地坐在那里打麻绳……

他尽是低着脑袋，默默地想。脚在街上拖着，拖着。到拐角的地方，他的脑袋，碰着另一个脑袋。他抬起头来，瞧见一个胖子，眼珠子发着可怕的棱光。射到他的脸上，一时令他着慌了。

"嘿！没眼珠子的，倒霉鬼！"

他低下脑袋，假装没听见，像鳝一样，一溜烟的溜开了。

到了饽饽铺子的玻璃箱前，他便停下来。那箱里的新鲜的饽饽，够逗人垂涎。他瞧了很久，他脸上忽然浮上了一个微笑。

——在除夕那夜里，我们坐在灯光下。毛儿坐在一旁，各人的嘴都嚼着饽饽，各人的脸上，都有笑痕……

他想着笑了。

冷风在街上咆哮着，尘沙像烟雾一样在街上飞扬。可是他对这些，却满不在乎。

街上，全是黄脸瘦个子，白脸儿似胖猪，穿着白的、黑的、法兰绒的，着长靴子的……

他想着，笑着。心绪全浸在愉快的海波里，什么也没心去看，他只顾在白脸黄脸的脸堆里攒，像鳝一样的钻过去。

忽然有一只手，紧紧的抓住了他的胳膊。他惊异地转过脑袋来，原来是一张严厉的嘴脸，睁着圆眼珠子，扁着嘴，凶恶地盯住他的脸。

"走啦，不用还了？"

口水四下里溅，溅到他的脸上。他带了几分害怕，颤抖地停在那里。

"汪大爷……实在……没法……哪。"

"那么你想不用还了？"

"不是。汪大爷，你也晓得今年……"

汪大爷的怒气不可遏抑地冒上来，阿毛的话还没说完，他就恶狠狠地说：

"不管你怎样，在年梢，债无论如何是应该还的。"

"实在没有啦。"

"没有？"

汪大爷像响马武士一样，一只手抓了他的腰，另一手便很迅速地插入他的袋里，叮叮的，掏出了一把银子，轻视地向他投了一眼，就往自己袋里送。

"你这捣蛋的东西，有钱只顾瞒着！"

手把他的胳膊一扔，瞪了他一眼便走了。

他见汪大爷已在人丛里隐没了，只呆呆地站着，泪淌落到颊上，滚落到地上……

当阿毛嫂在门口送走了阿毛，她就往园里去寻猪菜。毛儿也跟到园里去。跟妈妈蹲在地上，忙乱地拔着蓼菜儿。

冬天的阳光，暗淡的，微弱的照着园子，把他们的影子照到地上。他们默默地劳动着。

"妈，爹怎么还不回来？"

毛儿抬起头，无头无绪地向妈问。

"也不晓得怎样。"

毛儿是聪明的孩子，他知道爹妈的苦衷。这时，他虽然觉得肚子很饿，但也不敢说，只叹口气说："这样晚了，怎么爹还不回来呢？"

"也许就会回的。回来了我们便有饭吃了。"

"唔……"

于是毛儿便静默下来。可是他时时都盼着爹爹回来，时时都想着白饭……

当他们从园里回到屋里时，却还不见阿毛回来，于是她就奇怪了。

这时，阿毛顶着西北风，垂着头，拖着沉重的脚步，像幽灵一样，尽向家里走……

"唉！怎么着？毛儿和她都在等着米呵！"

他自己叹着气，眼泪又不由自主地滚出来。

"怎样对他们说呢？"

家门渐渐的近了，他真怕见他们的嘴脸哟！……

嘎！门开了。走进来的，果然是爹爹。

他手里是空空的一无所有。毛儿急忙走上去抱住爹爹的腿，呆呆地瞧着他的脸。但是，他满脸愁楚。

阿毛嫂见他这个样儿，知道他又碰着什么倒霉的事了。她忍耐地站在檐前，战栗着像大祸就要临头一样。

"怎么呢？"她耐不住地发问。

他只流泪，没有回答。

"碰了什么倒霉鬼么？"

最后他说："唉！我们是该完了。一捆布换来的一块六角，才走出当铺门不远……就碰见了……他妈的……汪大爷……他将我袋里的钱都拿……走了……唉……"

可怜！这些话竟像硫酸一样渗进了她的心里，她昏倒了。毛儿抱着妈妈哭着。

这时阿毛已像木偶那么地……

一九三三年十二月于佗城

父与女[*]

一

"爹！现在怎样呢？"

瑛心里愁，皱紧眉，望着床上的爹。爹曲着身子，气喘喘的在那里嘘气。那瘦黄的脸，像开矿工人那么地贴着许多污腻的东西，从破棉被里露出半截来。他用那凹陷而阴郁的眼睛，向她望了一眼，便摇了摇头，吃吃的说：

"我……我没……希望了，女……"

窗外照进落日的光，房里涂上了橙黄的色彩；那简单的家具底后面，也留下了惨灰的暗影。瑛扭转头来说："爹，我想出街找点药费来。"

"找药费？到哪里去？"爹伸着脖子张开嘴巴问。

"我……我想……"

瑛的话吞吞吐吐的，嗓子像给什么堵住似的。可是她的爹像想到了什么，扭转脸，抢着说："是呀。瑛！你出街去，切不要跟薇薇那婊子去！那婊子，嘿！时时做不要脸的事！"

她竖了竖眉，便迟疑起来。她觉得自己的秘密给爹看破了。于是低下头，很不好意思地答着："是！……是！……"

爹叹息地在床上辗转了一下，咳了几声，便又气喘喘的低声问：

"你究竟找谁去？"

---

* 载1936年1月15日《广州民国日报》副刊《东西南北》四九八期，署名郑文生。本文为1984年2月版《萧殷自选集》收录的版本。

瑛只低着沉重的头，全身很不自在，她在犹疑去不去的问题：若不跟薇薇去，再也想不出找钱的地方了。然而她爹爹的病，又是那么危急！嗯！她默默地沉思了很久，才抬起头来，决计说谎说到底了。于是她用了很悲苦的声音说：

"我想去找尧琰表哥。"

"找他借钱吗？"

他睁大了眼睛，惊奇地望着她。她很难过的低下头，轻声地说："去试试看，也说不定的！"

他的头，在被头边缩了一缩，就"唔"的一声答应了。

二

瑛换了一套衣服，就一径向马路上走去。

时间已入夜了。马路两边的霓虹灯，血一样红，怪耀眼的，照到行人的脸上，人的脸都通红了。汽车、人力车跟行人一样地挤拥在街上。时不时一阵寒冷的北风打街头刮来，人们个个都缩头缩脑的。瑛挤在人丛里，怯怯地一行一抖地走着，怪羞涩的。

走到了××公司的门前，她想拐进去，闯进游乐场里。然而一想起自己口袋空空，买不起入场券，便不禁又退了出来。在街旁迟疑地东张西望地站了好一会，便又惴惴地拔脚走到街上。

"唉！到哪里去呢？"她边走边喃喃地自语。行人都投给她一种冷冷的眼光，仿佛都看穿了她的心事似的。有的故意望着她，待她回眼去望时，那人便又冷笑了。她的身腰时时都和温热的肩膀紧挨着，然而当她扭转头去望，看到的又是一张冷冰冰的脸孔，这时她的心坎便像给谁淋了一勺冷水那么地冰冷了。她抖着，走着。

她觉得这世界快要死灭了，一切都是可怕的。马路上的行人、车辆，仿佛都有无限的魔力在向她威吓。她尽低下头去。好一会，她像察觉出她的生涯的危险与耻辱似的，暗暗地哭了。那眼泪一滴滴地淌落在脸上，给灯光映得发出红光来。

"我不干这生涯……我要回去！……"她觉得自己的生涯太可怕了，咬一咬牙根，做出很坚决的样子，把头向上一仰。

"唉，我真能回去么？"这么一转念，她心坎又涌上一股冷气来。事实上，她总得去挣点钱来给爹做药费。然而，还有什么路子呢？自给工厂里裁了出来之后，她虽曾到处去攒求过，但是到处都碰壁，到处都使她失望，今晚她第一次出来，必须挣几角钱回去为爹买药。她若就这么硬着心肠回去，爹爹会怎样呢？她简直不敢想。于是她又哭着，向前走了。

走到公园门口，她笔直地走进去。这里是冷寂寂的，连播音筒里的音乐也停止了。一棵棵的树，给淡黄的灯光映出许多暗淡的影子，都直直地躺在地上。她一直沿路走进去，橐橐的鞋声清晰地响着，走到一块较僻静的地方，拣了一张石凳，便独个儿坐了下来。

北风，沙沙地吹过树梢，猛袭到她的身上。这时，她才感觉到身上的衣衫太薄了，全身起了鸡皮疙瘩，手足也很厉害的颤抖着。她向四边巡视了一遍，觉得四边行人太少了，纵有疏疏落落的几个，也远远地站在亭边。

于是，她又站起来，走到一块较多人经过的地方坐下来。

一坐下来，许多人都扭转脸来望她，可是都是冷冷的眼光，可怕的鬼脸。她只得把头垂低了，眼泪又滴了下来。

"咦！不要脸的东西！"

"哈哈！不要脸的……"

旁边有人这样嘲骂她。她像受了冷箭似的难受。只竭力把头垂得更低，直贴近胸膛。然而无论什么她都得暂时忍受下来；反正要有饭吃的时候，才能谈到什么体面的。

闲散的人都在前面闪了一闪，又过去了，渐渐的，寂寞和失望的情绪占据了她整个的心坎。这时北风吹得更厉害了，沙沙的，越听越心抖。

夜渐渐的深了，她石人一样地动也不动地坐在石凳上。

忽然一条影子来到她的跟前。她半惊半喜地仰起头来，原来是个脸白白的青年人。穿着一套挺漂亮的西服，用了多情的眼神看着她，像想拔脚就走而又迟疑的样子。待她也用一种眼色去告诉他自己是一个"出卖肉体的人"时，那青年才住了脚跟，扭转身，很大胆的"喂"了一声，一屁股坐到她的身边来。

她受了这种新奇的刺激，心里便卜卜的跳起来。她沉沉地垂着头，沉思了好久，才扭回头，红着脸去望他。他也笑着低下头来，一手摸到她的肩膀上，说："你叫什么名字？"

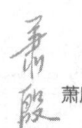

她迟疑了一会，便吃吃的说："阿……瑛。"

"啊，阿瑛，好美的名字呀！……阿瑛，出去逛逛吧！"

瑛脸红红的答应了，就跟他跨出公园门来。两人并肩走着，绕过了几条马路，便拐进了一间酒店里。

三

自从阿瑛出来以后，她的爹老躺在床上等她回去。他气呼呼地辗转着，喉咙干燥得说不出声来，只睁大了眼睛瞪着那豆大的洋油灯光发愣。

"瑛究竟……到哪里去了？……"

他这么想着，便躁急起来，心坎里像一个沸了的油锅，烫烫的，一身都发烧了。跟着，他又躁急地辗转了一阵，咂了咂干裂的嘴唇，便静寂下来。

可是，他还舐着嘴唇。他觉得这时他只需要一盅热水，仿佛一盅热水就能医治他沉重的病痛。虽然他的床前放了一只水壶，然而他爬不起来，他只向水壶望着，咂着嘴。

忽然一阵猛风打屋顶上扫过来，虎虎的呼啸着。他以为有人来了。于是竖起耳朵，眼睛望着帐顶，静静地听着。但是一阵风吹过去了，空气便又沉寂下来。他失望地摇摇头，皱着眉，哭了。眼泪一颗颗地滴落在床板上。夜深了，瑛还没有回来。

他一想到瑛，便又来一阵躁急。接着他那病了的心脏，就剧痛起来。这样，他疲倦了，只气喘喘地躺着，滚着。

直到第二天早晨，他还未熟睡。只是张大嘴，喘着气，呼吸仿佛快要窒息了。同时，心坎里一阵阵地剧痛着，他辗转地干咳了很久，又"咯"的吐出了两口鲜血来。

血倒流到腮巴上边，流到床上。

嘎的门边闪进一条人影来，可是他像给什么压着，再也没气力转身去望了。

"舅舅！"

来人气喘吁吁地叫着。听声音，他知道是外甥尧琰。他竭力侧一侧头，望了一眼，像要说什么似的翕动了一下嘴唇，但始终未听到他说出什么来。

"舅舅！我告诉你！瑛姐昨晚跟一个男人上酒店去……现在给警察捉去了。你看，这张报纸！"尧琰仓促地说了，就递过一张报纸去。

瑛的爹那铁青的脸，受了这话的刺激而痉挛起来，瞪了眼，张大了嘴巴。那尖利的眼睛，像一炷磷火似的望着尧琰。跟着，他伸一伸腰，像要爬起来似的，咬紧牙根，把两只拳头伸到胸脯前，抖着。然而，他终于爬不起来，脸色渐渐地变得更可怕了。

"舅舅怎么了？"

尧琰惊呆了，他一时感到手足无措，只望着他那铁青的脸。

"呀……呀……不要脸的……女……"瑛的爹咬紧牙关很痛苦地说着。额筋突得高高的，那眼睛像要瞪穿什么似的，睁得圆圆的。

这时，他的心像给一条麻绳绞着，胸脯一高一低地喘着。他觉得有一股可怕的郁气，还在胸部搅动着，吐不出来。于是他的牙咬得越紧，拳头握得更实。最后，他呼了一口气，头一侧，身体跟着就僵冷了。

一九三四年十二月十九日夜于广州

芋园*

一

　　季节是初春。天空高而且清，那上面除了几片浮云轻轻的荡漾着，什么也没有了。乳青色的远山，罩着一层薄薄的青烟。一丛丛的树林中隐约地有一些茅屋，望过去，就令人有一种辽远的感觉。远村里蠕动着各样工作的人，这里的树丛是苍老的，间或也有嫩绿的。山下的农家，有些屋顶上冒出炊烟来，袅袅的向着天空飘散。从这里还传来一些稀疏的犬吠和鸡鸣。

　　村前是麦田，那里是一片平原，除了麦田，还有各种的豆荚芋园……这些芋园的圳是很深的，而且因为芋苗高，所以又显得幽深，浓静。圳里长满着各样野草，蓼菜独多。不过很少人知道，除了梅姐，没有第二个。

　　这天梅姐照例拿着一个篮子，从她丈夫的家里走出来，到了芋园，她向四周望了一望便坐下去，拣些肥嫩的蓼菜一簇簇的拔起来，拍去了泥，便抛到篮子里。有时她向四周望着，可是都是微风吹动芋苗，微微的颤动着，并没有她意中的事情。

　　……她仍然低下头去工作。

　　她想起昨天的事了：

　　她正在这里静下心来，突然一个汉子跑来，她认得是林子，她奇怪地望了他一眼，便低下头去，那知林子也在她不远的地方停了下来。他望了她一眼便说：

　　"梅姐，怎么你天天在这里的？"

---

* 载1935年8月16、17日《广州民国日报》副刊《东西南北》三七五和三七六期，署名鲁德。本文为1984年2月版《萧殷自选集》收录的版本。

"唔。"还有些不好意思的样子。

渐渐地,他们谈起话来,由正经的谈到粗野的,当他每一句话说完了,她瞅了他一眼,便迷迷地就笑了。最后他竟很粗野地走到她身边,握住她的手,像要求什么似的,但她因为一时不好意思,将他一推,他还缠着她,假装着几分傻气。她站起来,他也站起来,她坐下,他也坐下,她最后很正经地对他说:"留生每当日斜时,便会来的。"这样他才走了。她现在想起林子来,实在觉得是挺甜蜜的事。

在这寂静的芋园里,她最爱一个强壮的男人来强欺她,来做出一些更大胆的事,她不喜爱丈夫,她嫌她的丈夫太老,并且脸上的两块肉瘤,一身粗毛……但林子并没有这样坏,肉虽不白,但总比留生好……她时时回头去望。

这里面,全是绿的芋苗。上午的阳光明耀地照进来,把芋苗映得美丽。林子看见梅姐既经进了芋园,便蹑蹑着走进这美丽的光的掩映里,他伏在这芋苗中,偷望着梅姐。他望见她活泼的眼睛、白皙的臂、那高突的乳峰……他见她时时抬头去望,但是总看不见他自己,他暗暗的笑着,从她后面爬过去,轻轻的脚步不使她听见。这时适巧有一阵微风把芋苗吹得微微作响。他便乘这机会跑进去,走到她背后用两手将她的腰部抱着,她吃惊的回头去看:"吓死罗!是你?"

她从惊讶中一见是林子,便微笑了:"林子,到这里干吗?"

"我不晓得。"林子的两手还抱着她,故意这样说。

她已停止了工作,假装去拒绝他,用力推他的手。但他更加抱紧了。

"留生会来,被他看见是了不得的。"她还是微笑着。

"不,昨天你说过,他日斜了才来的。"他顽强地说。

"……"她这矛盾的话语,既给他一个明显的暗示,她暗笑,并没有回答,低着头,好像说,"由你怎样了。"

二

他们自从在芋园中发生了这样的事情以后,两人的会见,差不多日日有一次。她因为每天要在芋园里打猪菜,他也假装去打猪菜的样子,拿着一只篮子走进芋园里去。

他这一次去时,他的三毛哥便瞪着眼,气愤愤的使着粗嘎的嗓子骂:"你又去那里会婊子了?整天什么事也不干。"

"你看,猪菜正多?现在又少人打,价又贵,不如自己去。"他反怒视着三毛哥,瞪了一眼便出去了。

他暗笑了,手里拿着一只轻巧的篮子,很愉快地向芋园里走去。

这田里,尽是很可爱的青豆,他小心地踏过去,一直跑到幽绿的芋苗底下才停止。他瞪着大眼向四周去望,可是并不见梅姐,他的心有些着急起来,很想跑回原路去迎接她,若在路上见了,可以和她瞪着眼笑一笑,或者去摩她一次手心。那也是很有趣的事。但他一转念间,事实不能这样允许他,这地方不是玩的,况且这田里时时有人,假如给这些人知道了,嘿……

他想着,终于暂时耐心地坐在那里打猪菜。

脚步声终于来了。

他回头去望那蠕动的脚,咦,这不是一双白臂,却是一双赤而多毛的脚,他慌张起来,想躲避,但那只毛腿靠近了。他昂头去望,红着脸,声颤颤的说:

"牛叔,去哪里?"

"到麦场上去,你在这里干吗?"他不经意的问。

"打猪菜。"

"唔……"这声音远了,芋园又归于寂静。

他苦苦的在这里等,他随便拔着那些粗老的蓼根……她还没有来,可是日已斜了。

他烦躁地跑出了芋园。太阳暖烘烘的晒在他的头上,他才到那竹闸门边,恰巧遇了梅姐,瞪她一眼,便向四周望了一望,才说:"怎么你不到芋园去,害死人罗。"

"因为留生明天要到城里去,今天硬要我给他洗衣服。"

"呵!……"他听得留生要到城里去,他笑着,"怪不得。"

"他明日八时便起程了,一天不回来,你可到那里玩玩么?"

"很好!"

他向四同望一望,笑着走了。

三

这天,很早她便起来,烧热水,等留生起洗脸,同时她又忙碌地烧饭,她希望他早点去。种种都做好了,她便踏进房里去,可是留生的鼾声还很响。她放大嗓子去叫他。

他在甜梦中给她尖锐的声音闹醒了,懵昏昏的张开口便骂:"妈的,吵醒了你老子。"

他骂,她没有怪过,因为每早要受这样蛮骂的。她也不因为他的骂而终止她的叫声。这天,她怀着了别意,更不愿他多留一刻钟在家里。

她看他仍然没有动,便骂:"已经六点钟了,还不起来吗?"

他给这一声闹醒了。睁开眼一望,果然天光了。他起来,走出檐阶下坐着。眼还是惺忪的,他擦着眼屎,从衣袋里摸出一个烟匣,拿了烟杆,擦着火柴,便含在嘴里,用力地抽,青烟一圈圈的飘到空气里,消散了。

"还不洗脸吗?"梅姐又叫了。他平时早上是不洗脸的,这朝特别要他洗脸,自然有些不习惯的样子。他依旧懒懒的坐在那里抽烟。那神气像木偶一样,挺直的坐着,眼皮厚厚的,还贴着许多眼屎。厚的嘴唇在那大鼻子底下,翕动着,用力抽着烟……

四

"到城里去还不是时候吗?"这声音很高,含了几分怒气。他便站起来,走进房里拿了一条乌灰色的汗巾,将手巾浸入水中,揉了几下,便向面部乱擦,后来将巾的一角塞进口里去擦那黄牙。这时梅姐便含笑的走到他的面前来,轻轻地道:"今天,青茂叔叫你去帮忙,至少有一块钱给你。"

他还没有回答,她又说了:"假使你帮忙得好,青茂叔一定喜欢你在他店里,给你一份工作,我希望你今天不要像在家里一样,天还未黑,便要回家休息了。今天你该迟些回来,好给人家讲些好话。"

他听了这段话以后,眼睛里忽然冒出火来:"说起青茂叔,我至今还记着他的阴险。那时,我的父亲刚刚死去,我因一时太难过,也生了病,因为没钱医,便求他借几块钱,他硬要我将这间房子作抵押。这样的事,我始终干不成,情愿死,也不愿这样做……倘使真的给了他,分明自己会没有房子住了。所以我到底没有这样蠢,到底他的计划也没有实现。后来不知怎的病又好起来了。现在,他见我强壮有力,想用我做他的牛马……嘿,没良心的鸟东西……"

他愈说愈怒了，两只眼睁得圆圆的，像要冒出火来，同时他把手巾带进房中。那拳头又在空中舞动起来，突然他平心静气地坐在桌旁："现在，幸得反省的早，不然又上了当。"

梅姐见他这样发脾气，窘极了。她怕林子闯进来会被他问得答不出话来，同时又怕林子误会了她。她见留生的态度，十二分决定不到城里去了。她想起林子，很想即刻跑出去，告诉他不要来。她正在迟疑不定，忽然林子的声音已传到她的耳边，她几乎吃了一惊，望了林子一眼，便走进去。

"怎么你今天会到这里来？林子！"留生淡淡的问。

"……"林子的确有点窘状，他迟疑了一会说，"很久不来了，今早上后山去，顺便到这里来坐坐！"

"很好。"留生微笑着，前一刻的愤怒完全消逝了。

梅姐听了他们的话，即刻轻松下去。

"今春豆怎样？"

"因为少雨多枯了。"

"呵。三毛哥现在怎样？"

"照常，他时时都在我面前发脾气，真没法……"

"怎样？"不待他说完便插嘴，"他很和气呀！"

"我也不晓得……"

"他为人很好，当你的父亲死了以后，他一人维持家政，且还带着你和二狗，真算有本领。"他停了一会，"可惜你们还没有娶老婆，你还是孩子一样，很规矩的……"

"……"没有回答，微笑地，低下头。

留生望了桌上的烟杆，便拿过来递给林子："抽烟呀！"

"谢谢，你先抽。"

"不要客气，我已抽了。"

林子接过了烟杆，塞满了烟草，便寻火柴，留生叫他自己进房里去拿，他很正经地道："不，有女人在里面，我不好意思。"

"哈，你这孩子，"他笑起来，同时叫梅姐拿火柴，梅姐故意低下头，送出来，是十足正经的模样。

林子抽着烟,那青烟袅袅的从他鼻孔里喷出来。他去看那檐阶的阳光,已上了第二级,他便道:"很不早了,我回去了!"

留生送他出去,他在田垄上走。

五

林子和梅姐的事,渐渐有人注意了,虽然没有见过,但他们常常在这么幽静的芋园里,的确有令人怀疑的可能。

许多人都怀疑着。

多嘴的黄九,他竟去将这事告诉留生,说他们时时在芋园同出同入,很令人怀疑。可是留生不相信。

"你知道什么,林子这孩子,规规矩矩的,你不要胡乱地讲坏人的名誉。"

六

这日子真可爱。暖暖的阳光照到绿的芋苗上,在上面像一池荷叶,若你走进里面,仿佛是进了翡翠宫,又凉,又清。尤其是当这太阳强烈地照下来时,这里更有趣。

在这么美丽的芋苗底下,他们喁喁地说着情话,快乐占据了他们的全身,外来的声音都不知道了。

黄九见他们日日这样,这天决意先伏在芋苗里,预备捉一个证据来。他们都果然来了,他们的一切,黄九看得很清楚,但是他并不想去捉住他们,只想抓住他们的一点证据。

黄九径自跑到留生的家里,他很快乐,好像他做了唯一得意的事。他告诉留生说林子和梅姐已在芋园里:"你如不信,你自己去看!"

留生跑进了芋园,一看林子和梅姐正是紧紧地偎倚着坐在那里,他也明白了。但他一句话也没有说,只是睁大着眼睛,那眼光就像要刺进梅姐的肉里去似的。

梅姐慌忙地站起来,正要逃跑,屁股上给留生踢了一脚,随即和留生一同来的人们便将林子和梅姐捉住了。

就在这一天夜里,小河里浮着两个尸首,那是牢牢地捆在一起的。

一夜*

一个寒冷的冬夜。

风在荒村里呼啸着。村野上的林木也摇摆着；除了还听得到几声稀疏的犬吠，一切都被黑夜吞没了。

这路边的茅店里，透出一点灯光来，暗淡的，像萤火一样，照到那狭小的路上。

这茅店的主人是一个四十多岁的寡妇。这时正坐在微茫的烛光下，用一副忧郁的、焦急的眼光，凝视着她那病倒在床上的儿子。

儿子只有九岁，是他丈夫留下唯一的宝贝，丈夫死了已经八年了，她十分小心地养育着这孩子。她的希望，全放在儿子的身上，因此，她甘愿吃苦，甘愿在这茅店里去继承丈夫的遗业，虽然这种小生意是很冷淡的。然而在这样生活之下，居然她的儿子渐渐长大了，而且儿子生来很乖，很聪明，他一见母亲有哀愁的脸孔，他晓得去安慰她。于是，母亲的心，也暂时能平静下去。她以为有了一个这样的儿子，将来一定是幸福的。并且他还知道帮忙做些小事，如坐在摊前收顾客们的钱，他会将铜仙一个一个的数下去，从来没有错过，有时他还晓得拿出顾客想买的东西，如烧饼、烧酒……他也很小心……因此，母亲爱他的心更加深切了。

他们母子俩，六七年来生活得很平静。

不幸到了这寒冷的季节，儿子忽然得了一种危急的症候，至今已三天了。她整日整夜的看守着，流着泪，用了许多的方法，请了许多医生，但，结果，儿子的病，只见日加沉重，身体火样的发热，有时还昏昏懵懵的。她不时去摸他的头，但每次摸了

---

* 载1935年8月19日《广州民国日报》副刊《东西南北》三七七期，署名郑文生。本文为1984年2月版《萧殷自选集》收录的版本。

之后,她只有一种更忧郁的情怀。

儿子的脸,呆板而瘦黄,眼睛是灰暗的,没有一点灵活的样子,唇是干枯了,呼吸很急促。她的儿子明明是在危险的病态中。

她忧郁着,又去握着儿子的手,手是灼热的。

"怎么了,儿?"她忧虑地问。

"痛……"儿子很费力的说出了这一个字。

"你是穷人,恐怕没有能力去医这种病……至少要六十元。"她又记起今天西医的话了。

这医生由邻人从城里介绍来的。不幸他要的药费竟这么高,她可没法了。别说六十块,就是十块钱,在现在的她也很有问题。在过去三年,还有点积蓄,但近年,连买烧饼的人也跟买别的货物一样地减少了。每日若能赚得到买米的钱,已算是幸事,哪里还有积蓄呢?自从儿子病了,连烧饼也没做,旧时积下的钱已用光了。

"唉,难道穷人一病,就等死吗?"

她又悲痛地暗泣起来。……

*　　*　　*

十年前,她有过很平静的生活。那时,她的丈夫还生存着,而且小生意也很可以赚钱,同时因勤俭的结果,一年年地蓄积,也丰厚起来。

生这孩子时,许多邻人都来道贺。那时的人,对于她总是显得十分有礼貌,她无论到哪里,总能听到"××嫂""×姑",同时,许多人都向她微笑。她很明白,这是因为她有钱。(她知道在这以前,谁都瞧不起自己。)那时她虽有钱,但她仍然过着刻苦的朴素的生活。她并不曾骄傲过,因为她知道人情是常常变化的。

当孩子满月时,许多邻人都来饮酒,他们都很快乐,说了许多话,有的看了孩子,便笑眯眯地说:

"刘嫂,这样的孩子,将来一定是有身份的人!"

但她只是赔笑,她很明白,这些话都是说来奉承的。

一年后,丈夫遭了暑病死了。她为维持自己长久的生活计,仍继承丈夫的遗业,而且生意还如往昔一样地可以赚钱。

然而近两三年来,情形就不同了:生意再也挨不住了,从前赊出去的,现在收不回来，但现在却连小小的货物也少人买了。因此她们的生活便一天一天地艰难起来。积下的钱，在这几年内用光了。

几天来，她只搔头搔脑，脸上老是忧郁着，邻人，在这时昂然地过去，谁也不去叫她。她的茅店，除了她和儿子，简直就没有第三个人。

儿子病了以后，必需的钱要更多了。她终日为这问题苦恼着。但有谁来替她想法子呢？况且儿子的病又是一种很危险的疾病。

想到这里，她又把视线移向儿子的脸上。……

* * *

夜很深了。

房里更冷了，空气颤抖着，烛光也颤抖着，室内简单的家具越显得萧条。她时时用忧虑的眼光盯住床上的儿子的脸。

脸是小而瘦黄，在这暗淡的微茫的烛光下，越发令人可怕，一对灰暗的眼睛，无表情地笔直地望着低低的楼板。长头发的下面，还罩着狭小的额纹，嘴唇灰白而蜷缩了。这一切都明显的告诉着：病是沉重了。

"儿，痛吗？"母亲第四次问了。

但这次竟连回答也没有，孩子的眼光，板滞得令人害怕。于是做母亲的更着急了，她迅速地站起来，把脸垂到儿子的脸前去，哀痛着，想哭的样子，其实眼泪早已流到腮边了。

"怎……么？……儿！怎么？"

"唷——"儿子又呻吟了一声。

她去摸摸儿子的额，热得烫人，她只是焦急，却不知道怎么办才好，牵牵罩在儿子身上的被，摸摸儿子的手，算是她唯一的工作。

儿子的呼吸似乎舒适了一些，于是她也不敢说什么了。果然，不久，他便睡着了。

她寂寞的，又沉入想象中。——

儿子这么聪明，过几年便会长大成人了。那时，不但会像阿林哥那么会做生意，或者还会像小明那么认得字，会替人写什么信。那时候，自己可以靠儿子吃饭了。从前那么辛苦，到那时总该是自己享福的时候，或者替他娶个媳妇，那么，不是就成了一个很像样的人家了吗？像儿子那么聪明，说不定会像志荃那么有能干，在城里做官，接我到城里去……

儿子突然在床上剧烈地转动着，同时嘴里还像在说什么，但很模糊，一点也听不清。她的沉思被惊散了，躺在床上的，分明是病中的儿子，她又焦急起来，可是这次儿子的转动是不停地继续着。他的脸上显出一层痛苦的表情。她呢，烦躁的站起来，又坐下，尽是"儿呀，儿呀"的喊着，声音已是颤抖着了。

可是……

她又想起了金钱，她觉得儿子的病，非金钱不能医治的，虽然曾向人借过，但有钱的人是残酷的。回想起自己有钱的时候，那些甜言蜜语，那些上门借钱的笑脸，向她借钱的，只要是借来做正当的事，她从未拒绝过。然而，现在自己不但借不到别人的钱，反遭人冷骂了。

她的脑袋为了这些事而昏沉沉了，儿子的转动仍在继续着，不时还有一两声沉重的叹息……

她像一个失了理性的疯子，坐在灯前发愣，她的心，没有一刻的宁静。摇晃在她面前的，又是一些可怕的黑影。

* * *

远村里，渐渐有鸡的啼声了。

她仿佛才从梦中惊醒，迅速地去望床上的儿子，但儿子平静的睡着，脸更苍黄了，嘴是张开着，她一见这种姿态，便吃惊了。同时她抱着一种绝望的心境，迅速地伸手去摸儿子的额，她惊异得哭起来，原来儿子的额已是冰冷了，手足也僵了。躺在她面前的，是一个已死的儿子。

她一切希望，在这时全都幻灭了，她梦想着的幸福，也都无影无踪了。她发狂地抱着儿子哭，这哭声激荡着黎明的沉寂。

大概因为她过于伤心，一时竟昏倒在地上。

待她醒转来时，她真是一个疯子了，她似哭非哭地走近儿子的床前，向儿子抚摩了一下，便向门外跑出去。

狗运的一生*

正在静下心来构思一篇小说的时候,突然楼梯上传来了橐橐的脚步声,于是我忍不住地烦躁起来。

这步声是熟悉的——这是惯会唠叨的汝扬叔。他常常很不知趣地来聊闲天。可他的话又长又琐碎,有时我实在听得不耐烦了,便借故走出去;然而他永远不知道我对他这么反感。这次汝扬叔一踏上楼,便急忙地说:"狗运自杀了。"

这句话倒引起了我的惊奇,于是我问:"怎么他会自杀?"

"也许因为生活不下去了吧?"

"像他那样的脾气,我知道准忍受不了生活的折磨。"

"是,"汝扬叔低声地应着,"说到他的脾气,实在也是生活的折磨和痛苦造成的。"

"他不是才二十二岁吗?"

"是呵。他虽然还很年轻,可是已活不下去……"

* * *

也许是命运支配了他?他偏偏在一个黑夜里投生到一个贫穷的扛伕家里。更不幸的是他才出生一年,母亲就病死了。从此,他寄养在他的叔母家里。叔母是一个没肝胆的妇人,对待这孩子,总是那样残酷;他常常饥饿着、啼哭着,而且常常寂寞地躺在床上。他的父亲一见这孩子这么受虐待,心里便很难过,但他又有什么办法呢?无

---

* 载1935年8月30、31日《广州民国日报》副刊《东西南北》三八七和三八八期,署名郑文生。本文为1984年2月版《萧殷自选集》收录的版本。

论如何,自己总得去做扛伕,无论如何,他也没有时间去照管孩子。

这孩子渐渐的长大到六岁了,和他一样大小的孩子们,都快乐地玩耍着,只有他还这么寂寞地凝望着他们。他虽曾向叔母讨过玩具,可是才开口,便被恶狠狠地骂回来。

他八岁那年。一天,他正在门外玩着一块小木板,忽然一个顽童跑来,见他玩得那么起劲,便去抢他的木板。他发愁地站起来:"干吗要抢我的东西?"

"抢就抢,看你怎么样?"那孩子反装起鬼脸狞笑着。

狗运一向被人欺负惯了。见那孩子这么无理取闹,只好默默低下头来。因为经验告诉他:和人斗嘴总是惹祸的。

"怎么不敢出声呢?小猴子!"

这么说着,便一脚踢到他的屁股上。他全身陡然一震,几乎摔倒了。可是当他抬起头来,那家伙已跑远了,并且还扭回头来喊着:"看你又怎样?"

他哭了,便走进门去。

一踏进了门限,便碰到叔母那张毒恶的脸孔:"又哭你的骨头吗?"

"他踢我。"他哭着用小手指到门外去。

"谁踢你?"

"他……他……"

叔母探头去望了望,见那孩子跑远了,便回头来恶狠狠的一巴掌落到狗运的颊上:"总是你这人多事!"

于是他哭得更厉害了。

"还哭么?不停,叫你尝刀!"叔母的嘴脸真像一口刀那样地斩过来。他不得不压抑住哭声。可是他这小小的心里这时已痛苦够了:受了别人的欺负还不算,还挨了两个更沉重的巴掌。

他越想越伤心,可是他竭力压抑着,只抽抽噎噎地坐在檐下。那沾满了眼泪的眼睛,只望着远处。他的嘴唇还翕动着,像嘟哝什么似的。他的手在胸前不停地扭着。

几个月以后,他的爹爹似乎是受了什么刺激,便送狗运到一间小学校里去念书。

说也奇怪,他在学校,也一样地孤独而寂寞。看见孩子们都聚在一起玩,教师们也常常和孩子们玩,但为什么不和自己玩呢?他常常这么想着。

一月、二月、三月过去了,他还是这么寂寞地生活着。纵使偶然有几个小朋友来和他在一起,但不一会,就会离开他,不睬他,骂他"不讲卫生"。

是的,他的确太脏了!脸上时常都流着鼻涕,而且还抹上一些墨迹。爹爹回来时见了他这么肮脏,虽然常常说他,然而,一个一向在叔母家受虐待的孩子,哪里晓得什么清洁呢?

一天,恰恰轮到他值日。在下午放学之前,照例,值日生有将本级的堂铃送到级主任房里的责任。自然,他不能例外。他一踏进了主任的房门,发现里面极阴暗,且阒然无人,他匆匆地放下了堂铃,便跑出来。刚跨过门限,便碰着了主任的腿。

"干吗这样紧张?嘿!"一个凶恶的声音。

他羞涩地缩了缩头颈,便一溜烟地跑开了。

不幸,祸就这么降到他头上:第二天,那级主任说他的手表在昨晚被窃了。后据该级主任的怀疑与各职教员的推测,都以为那行窃的,一定是王狗运。因之,他被叫去审问了。

他对教师一向是畏惧的,这次被叫去,只颤颤地抖着身子,主任每一句问话,他总是用发颤的声音回答。

那主任说了些威吓的话之后,他便害怕地哭了起来。

"还哭吗?快拿回来!"

"实在不是我!……先生……"他说得很苦楚。

"还不承认么?岂有此理!出去!"主任那样凶狠地骂了他。他便忧伤地走出来。

那夜,他睡在床上,还记起那主任铁板似的脸孔……

第三天,他被开除了。

当他最后一次走出校门时,固然没有一点留恋的心情,但他还这么自言自语:"究竟谁偷了那只手表?"

*　*　*

狗运的爹爹知道了这事之后,非常伤心,仿佛他的希望因此而幻灭了。他由伤心而愤怒。每次去质问狗运,狗运总说不曾偷过别人的东西。结果,爹爹也忧郁起来。

自他被学校开除了,他的爹爹便常常骂他。他不知受了多少的委屈,但是,谁来劝解呢?他只有暗地里流着眼泪。

幸而，不久以后，狗运去做了一个富农家的牧童。从此，他的岁月便全在山野里消磨了。

然而他的主人也是个极刻薄的人。对于他，自然也是肆意虐待；迟点出牧，便要挨骂，太早了，也不讨好。有时和主人顶上两三句嘴，一天就要饿肚皮。有时还要替主人做其他的苦役。稍稍不合意，又要挨棒子。在这样环境下，他几乎每夜都流泪。

狗运十九岁的那一年夏天，他的爹忽然病死了。这个打击，可真不小。你想，他这样年幼的人，怎样来处置他爹爹的身后事呢？最后，还是他叔母的意思，叫他和富农商量，经他跪跪拜拜才借到数十元，把丧事了结了。

以后呢？他仍然过着牧童的生活。然而，他更沉默，更忧伤了。他从幼年就受着不平社会残酷的虐待，直到现在，还是照样地继续着。你想，他哪里还忍得住呢？于是他渐渐由忧伤变为反抗的人了。

他的爹爹才死了六个月，他更苦的命运又开始了——事情是这样，主人的房里不见了一个钻戒，向各处找寻，都没找着。结果，便硬说是他偷了。这件事，使他苦闷了几天几夜，日里也曾几次对主人剖白过，但有什么用？结局，他又像在学校里一样，很冤枉地被赶了出来。

可是这一次，他不像从前那么顺从了。受了多次的冤屈，实在再也忍受不住。于是他使着性子骂着，两只眼睛睁得大大的，仿佛要飞出来一样，两掌在空中晃动着："妈的，谁偷过你的钻戒？……妈的！"

他这样骂着，就踏上田埂去了。

* * *

重又回到叔母家里，而叔母再也不理他了。在这时候，他也不免因感到身世的落寞而洒了几滴眼泪。他自己虽然给人放了十年的牛。但，现在连想吃一碗饭也不能。况且这叔母，又这么狠心，随时给他以冷眼。毕竟他自己是汉子，无论如何总得挣扎。最后他决定去继承爹爹的扛伕苦力了。

于是他每日便到车站旁边去，午后才回来。下午便在自己园里整理蔬菜。然而一般邻人对于他却像对于一只狗一样的漠视。于是他越感到孤独，内心的苦闷越深了。这只有他自己知道，他从未对任何人发泄过。

因而，他的脾气，在这种生活重压之下，便一日一日地坏起来了。

有时，他因在车站里受了旅客侮辱，或找不到主顾，回到家里，便使着性子把用具摔碎。虽然过后也会懊悔，但他没有把这脾气改善过，因为他这样实在是借来泄气的……

一天，他因为找不到一个主顾，回到家里，肚里又轧轧的叫起来。家里什么也没有。这时他的脑子像辘轳一样地转动着，他不知怎样好。他只东撞西闯的，像疯子一样地在檐下阔步行走。他的眼睛，已是红红的像要哭的样子。突然他的眼睛一睁，把头抬起来，像发现了什么似的，跟着跨起大步子，向屋后走去，到了那林边的叉路口，他便停下来。

原来这里有一个土地庙。他的脸这时显得极凶恶，睁大着两眼，便直直的踏进庙门去，到了那狰狞的神像面前，便仰起头来，凶狠狠的对着神像说：

"你为什么这样没眼睛，偏偏要和我开玩笑？"

说着，便用力一推，把神像推倒在地上，哗啦一声，神像已跌得粉碎。他用脚踩着："没有眼睛的神，该有这样的处罚了。"

不久，他走了出来。他的心，像轻松了许多。

* * *

季节渐渐的迫近年梢了。这时候，他正饥寒交迫。那寒风仿佛有意这么地狂吼着，像刀一样刻入他的皮肤里。可怜他还穿着这套单薄的破衫。冷得耐不住时，便竭力搓着两手，用口气拼命地嘘着。

他终日都希望着寒天快点过去。

偏偏在这时候，那富农来讨债。当富农一踏进门限，他便吃惊地瞥了富农一眼。这时，他正冷得要命，缩做一团坐在木凳上，全身颤抖抖的。富农一见了他，便说："你才回来吗？"

"是的。"狗运淡淡的回答。

"那借去办丧事的钱，现在怎样了？"

"还没有。"

"到底要几时？"

"有能力时，会还你。"他说这话，是带了几分愤怒的调子。

"为什么你说得这么轻巧？"富农也像有点发怒了。

"轻巧？"说着瞪了富农一眼。

"那么想不还吗？"更洪亮的声音，像雷样在狗运耳边响起来。

"没有钱还什么？"他也使着性子。

听了这一句，富农大怒。于是他吼道："如果你不还，请你去尝尝铁窗风味！"

"铁窗风味？"狗运把一只手伸出来，指点着富农的嘴脸，"怕什么！"

* * *

"吓……"富农怒视着他，眼珠子像死鱼的两眼般没有转动。

狗运恶狠狠地伸着一只手摇晃着，两眼像失了理性的疯子一样，对富农怒视着："老乌龟，你别欺人！"

这话，刺伤了富农的尊严；于是他很威风地踏着大步子走前来，迅速地，一手便抓了狗运的胳膊："你说什么？"

"我说你是乌龟！"狗运气愤愤的，用力一拨，把富农推倒在地上。他像要飞起来一样地冲过去，想踢死他。这时一个邻人，突然出来用力拦住了他。

他还想竭力冲过去，但来阻拦的人更多了，于是他使着嗓子骂："妈的，反正我也不怕你有钱！"

那富农从地上爬起来，便悻悻的走开，并且还骂："嘿……岂有此理，看你蛮横得几久？"

* * *

第二天，狗运果然被几个县警抓去了。审判官以"无故殴伤他人"几个字，便判定了他两年囚禁的重罪。

他常常想，社会上的事事物物为什么全是这样胡闹。他每次被损害受侮辱，全是由于人类胡闹的结果。若真有人主持公道的话，他也不致于受那么多的冤屈了。

在狱中，他常常失眠，常常摩拳擦掌，也常常对监卒大胆地谩骂着。但一般人都以为他是疯了。所以对于他的骂反而觉得好笑。于是他更伤心了。尤其不幸的是，入狱不久，他便染上了痨病。病情一天天加重，到后来，人已瘦得皮包骨了。

* * *

两年的悠长岁月终于过去了。于是他恢复了自由。他拖着晚期痨病的身子回到家里，而那叔母却像对待陌生人一样的，看也不看他一眼。因此，狗运的心，又沉在极深的悲哀里了。

第二天，狗运爬起来。他的病的确不轻。但是他往何处要药费呢？做扛伕吗？哪里还有可能。本来出狱后，是需要安慰的，但他却仍然到处受到冷遇。

他低头想着，又不觉流了几滴眼泪。

突然他又像触电一样地站起来，用忧郁的眼光向四面望了一会，便像疯子一样拿起各种家具向地上乱扔。直到把家具都扔碎了，他才把头伏在桌上哭起来。

* * *

第三天早上，便有人发现他的尸首悬在他家的屋梁上。眼睛是张大着，那舌头是长长的伸出来。

这早晨许多人都嚷着："狗运自杀了！"

八月廿二日夜完稿

车夫阿火*

阿火困倦地蜷缩在篱笆边的洋车上。他迷迷糊糊,好似从篱笆的罅隙里望到他的老婆。

他的老婆正在向一个威风凛凛的乡绅求情。她的眼睛是红肿的,这时闪动的放出一道很凄凉的光芒,向着那乡绅说:"老爷,在现在,我们真的没有能力去还债呀!"

"我也要钱来维持生活的。无论如何,你总得叫阿火快点还清!"说着,那两只眼睛像电火一样的闪烁起来,额上的青筋可怕地抽动着。那粗浓的眉毛,本来就很令人害怕,这时直直地竖了起来,更给人一种恐怖的感觉。

"这年头……我们……实在……想……想不出办法。"她说着抽噎起来。

"你们老喜欢用这一套,你哭,难道我就不叫你偿还不成?不和你多说了,快些想法还清就是,哭是无用的。吓!老用这么一套!"

"我们为了这事已费了很多时间了……但真没有办法啦!"

"你还说得这么固执么?"乡绅一手抓住了她的肩膊,用力一拉,便向大路上拖去,"那么你跟我去作抵押!"

这时,小门里,突然跑出一个八九岁光景的小孩子,见了妈被人拖走,便哭丧着脸,跑过去:"妈妈!妈妈!妈呀!……"

她也舍不得地扭回头来望着儿子,流着伤心的眼泪,像一只将被杀的老羊;那孩子追上去,抱着她的腿,"呀呀"的哭起来。

---

* 载1935年10月12日《广州民国日报》副刊《东西南北》四二二期,署名郑文生。本文为1984年2月版《萧殷自选集》收录的版本。

"妈的,贱种!阻手绊脚的。"乡绅这么说着,便一脚踢到孩子的背脊骨上,孩子"唷"的哭了一声之后,便像一块石头那么地倒下去了。

阿火全身突然沁出了一身冷汗,这乡绅的脚仿佛落到他自己的身上一样,他吃惊地喊着。他想追过去拼个死活,可是他的脚是意外的沉重。他的脚这么用力一拉,便很有力的踢到洋车上。于是车身很厉害的震了一震,他的神经才清醒转来,他的心里想着:"啊,可怕的梦哟。"

他微微地把眼皮睁了一睁,手臂在空中挥了起来,可是他仍然斜躺在洋车上,仿佛惫倦还支配着他。在白天,他整日在马路上奔跑,一直到疲倦得拉不动脚腿,还要那么死力地拉着,为了生活,为了实现他的美梦,他不得不这么苦干。在夜间他便像死了一样地睡着。纵使寒冷还在四围袭击着他,然而疲倦已使他失去了这种感觉。

他的手在空中挥着,眼便睁开了。这夜,他不能再熟睡了,那梦境里的悲剧的确令他寒心……

他睁大了眼睛,向四周望着。……

在一条骑楼下的行人路上,正有着许多跟他一样的车夫,都在靠着车子睡着,他们都像一条条的死尸,肮脏的、悲苦的,摆出许多不同的姿态。他看了,不觉也有点害怕。

宽敞的马路和宏伟的建筑物,都照着凄清的月色,马路上还停着几辆汽车,光亮的,闪着怪灿烂的月光。然而它们这时都像是死了。白天那种活跃的生命力,已死灭了,高耸的洋房的石柱子,和热闹的马路,这时也失掉了活跃的生命力了。在远的马路或近的马路上,虽然不时还飘来一两声汽车的叫嚣声,然而,在这静寂的夜里,反而觉得更加凄凉而寂寞。

他望了望熟睡的洋车夫们,便又低下头去,回想着刚才的梦境。

"真的,他们母子现在怎样了呢?"他一想起了他们,便禁不住地流眼泪。他已离开他们两年了,可是一点消息也没有。他常常都怀念着。可是他自己终日过着牛马的生活,那里还有时间给他去求人代写家信呢?他只是怀念着。他又想起刚才梦中的乡绅的那副恶毒的脸孔,他便禁不住全身要战栗起来。于是他心头便浮出一个可怕的推想:"也许他们真的已不在世间了。"

这么一想,眼泪便涔涔的淌下来。他的心像一副辘轳这么地转动着,他带着一种迷信的观念回想着过去。

"唉,天呀,我究竟作过什么孽呢?"

是的,他作过什么孽呢?他一生都是忠厚地生活着,他待人接物,一向是很和气的,他更不曾开罪过什么人。他一向就沉默寡言。在十年前他很强壮,有气力,他终日像一匹牛那么地耕着田,他常常是沉默着。就是年成丰收的时候,他的脸上也很少有笑容的。他只很迷信,很勤劳。他仿佛像一架机器,终日都没停止地使用着。那时所有的农人都是过着平静的生活,无论年成好坏,农人的生活,总不致发生什么了不得的问题。他自己有点积蓄,上门借钱的人,从未曾遭过他的拒绝,他像女人一样有一颗怜恤穷人的心。……

想不到三十岁之后的他,会变成一个这么可怜的洋车夫。现在他瘦了,胡子长得更粗,两颊可怕地陷了下去;粗浓的眉毛下,还闪着一对臃肿的眼睛。……

他越想越伤心,怨恨自己的命运不好。……

* * *

曙色渐渐在马路里伸展开来,街上也有蠕动的东西了。他振起了他的精神,拉着洋车向街上去。

街上的洋车,渐渐的跟晨光多起来了,他漫无目的地在马路上走着。用那睡眠不足的眼睛去留意街上每一个行人,如果是巷口,则在那里稍停一会。可是每个巷口,都同样的拥挤着洋车,在等候着顾客。

巷里忽然闪映着一些整洁而高贵的人影,跟跟跄跄地走出来。他和其他许多洋车夫一样,都移动着车辆,有的移近巷口,有的在后面挤。阿火他也想把自己的车辆挤进去,可是都拥满了。他只好从另一边挤上去。把车放下,便用他那着急的眼色,望着巷内。

从巷里走出十几个人来。

"坐车!"

"到哪里?"

洋车夫们在一阵忙乱中招徕生意。然而那般顾客只静静的巡视着车辆,像在拣那一辆较好的样子,阿火的旁边,也站着两位顾客,其中有一位,还瞧着阿火的车辆,于是阿火便向他说:"上这辆来!"他这么说着,就去提那人的皮匣,希望他就坐上去。不幸,当他正在低下头去提皮匣时,一个沉重的巴掌便落在他的脸上。

"妈的，拿什么？岂有此理！"

那人怒视着阿火，这么说着，跟着他自己提起皮匣踏上另一辆车，走了。

阿火见顾客们都被拖走了，他才伤心地悲愤地低下头去。两只臃肿的眼睛已蕴满了泪水，厚厚的嘴唇只微微地颤着："唉，我究竟作过什么孽，今日要受这么多的苦呢？"

他沉思着，沉溺在记忆里。

"赚到钱，就快点回来呀！"他老婆送他上路时的话又在耳边响起来了。他每次一想起这些，心头便感到一阵难过。他的心只像一块石头，他现在只留着一把躯壳，他的心被某种冷酷的人类与凄苦的生活而渐渐僵化了。……

三年前，他悲苦的生活便开始了，因为谷价太低，把所有的谷卖光了，还是不够开支：买肥田粉的钱啦，牛税啦，田租啦……但是有什么法子呢？结果，只好向他们求情，再拖欠一年。

卖肥田粉的店伙计时时都来追索。说他的生意也维持不住了，但我们有什么法子呢？

到第二年，他已负了更多的债了，从前的自耕自食的平静的生活，给时代敲碎了。前一年收获到的谷还不够还债，第二年当然更不可能了。于是债数越积越多；上门讨钱的人，差不多天天都有。那时他和他的老婆，只好竭力忍耐着，低声下气地向债主们求情。

秋收时，程乡绅便亲身到他家里追缴田租。老实说，这时，什么也没有，连一家人的生活也没法解决了。乡绅的眼光，像两把刀似的盯着他们："无论如何，总得偿还！"

但有什么办法呢？最后他哭丧着脸向乡绅说："程大爷，迟几天我们无论如何会还你！"

这样乡绅才走了。

当夜，阿火便偷偷地走出来了。当然，那时他还梦想着都市有遍地的黄金，他以为想求安适的日子，非到都市里去不可。另一方面，他为着躲避债主们的脸孔，虽然妻和孩子还在家里，但在这种情形之下，他不能不硬起心肠来离开他们。

"唉，来到都市，已有两年了，但究竟得到了什么？……"

他这么自语着，冷泪便滚滚的落下来了。

* * *

街上更热闹了，车辆更多，汽车在马路中间像飞一样地奔驰过去。他一见这种怪物，便有点气愤。他想："如果没有它，我们这行生意一定会较好的。"

他一边想着，一边走着。那视线注视着每个行人，每到一个巷口，便作片刻的逗留，然而行人、汽车洪流一般的涌着，他像一块石头，被人抛弃了。

太阳高了。街上，高高低低的投了许多高耸的建筑物的影子，像巨魔一样。他在街上拖着腿，显出无力的样子。

"当！当！当！"那巍峨的大钟楼的钟声在空气中飘荡着。他像才恢复了感觉似的，抬起头来。

大钟上的短针已指到十二点。

他的肚皮已陷了下去，而且渐渐的剧痛起来，他把眉毛蹙成了一束，似乎再也不能挨下去了。本来这时候是早饭的时候了，可是袋里老是空空的。他竭力忍耐着，以为想饭吃就得忍耐地等顾客。他仍然在街旁拖着洋车走。

"喂！车！"突然，街边有一个男人叫洋车，他拼命地奔驰过去，他最怕有人来抢去了这个顾主。

"到哪里去？"他急急地问。

"中华北路。"

军官上了车，他便拼命地拉着。这里是十八甫，要跑到中华北路，委实太远了。他想着，便有点害怕。可是生活的鞭子在后面鞭挞着他，无论如何总得要挣扎。

到了一德路的西段，他便感到肚子起了难堪的剧痛，可是他忍痛地走着。然而跑得很慢了。命运偏偏要这么去作弄他：肚子越痛越难挨，他几乎走不动了，可是还死力地拖着那沉重的腿。

"怎么呢？拉快些！"

那乘客又追逼了，声音是恶狠狠的。

他只是拉着，拼命地拖着沉重的腿。

"妈的，有急事偏偏遇着这样的倒霉鬼；不拉就停下！"

他怕找不到早饭，他还怕拉不出车租钱。这是一条生命线，如果今天不付车租，明天就没得车拉了。于是他还是拉着走，他的每一个脚步，仿佛都要费很大的气力。

肚子里像有一把刀一样地割着,每遇到剧痛时,纵使死力拉也拉不动。

"妈的,停下来!"

这是一种极强恶的命令,他不能不停下来了,他只以为他会少给他几个铜仙,唉,想不到那乘客一踏下车,愤怒的瞪了他一眼之后,便愤愤的走开了。那背影是挺威风的,这给他一种威吓,他不敢出声。

他呆呆的望着那威风的背影在人丛里消隐了,才扭回头来。可是,他已哭了,眼泪淌得满腮巴儿,连那胡子也给湿透了,厚厚的龌龊的嘴唇又微微的翕动着:"今天的车租怎么办呢?"

肚子还是剧痛着,头又晕起来了。突然他眼前闪烁着一片黑影,在黑影里晃动着许多狰狞的绅士的脸孔和车主的脸孔……

他突然的伸起两只手来,跟着便不省人事的跌倒在地上。……

一九三五年九月十八日夜稿

倒闭*

一

兴和米铺的老板何侃，坐在账柜内，一只熟练的手老是不停地拨动台上的算盘珠子。他的嘴唇一动一动地翕着；那眼睛也很灵活地转动着，一时注视到货单上，一时又移到算盘珠子上。算盘珠子被拨动得很快捷，直到他的手停住了，他的眼睛跟着扬了一扬，便抬起头来，向站在台外的顾客说："共计米价一块二角。"

"一块二角？"顾客是兴和米铺老主顾，是高鼻子王阿毛。他听了这数目，便耸了耸肩膊，吞吞吐吐地说："可是现在拿不到现款。财主！"

"没现款么？……"何侃很不高兴地说着。额上的皱纹，分外皱得深些；那胡子撇开两边地竖起来，"那么怎样呢？"

"现在赊给我们吧！秋收后一定交清。"阿毛哭丧着脸，说得怪不自然的。

"我的银根也很紧……"这铺子，本来一向就很多赊账，前几年的赊账是很多的，到收获后，便拿农产物来。那时的洋米还很少，本地方多用土米，可是，现在不同了，农人拿不出现款来买米，的确是不得已的事。

"那么秋收后，千万要交来！"老板何侃这么喃喃地说了，便去注视那两个正在做交易的伙计。

阿毛背着肿胀的米袋走了。

见阿毛走了，他不觉又懊悔起来，自己的本钱，本来差不多就要亏空了，若继续

---

* 载1935年10月3、4日《广州民国日报》副刊《东西南北》四一五和四一六期，署名郑文生。本文为1984年2月版《萧殷自选集》收录的版本。

赊出去，将来怎了得。这年头，他们哪里还有农产物可换商品呢？有的被田主挑去了，就是余下的，但有什么用？洋米太便宜了，土米还能再降低价格么？这年头，无论如何，再也不能赊出了。

店面是挤着许多顾客，两个伙计，不停地把量米器转动着，像翻筋斗一样地纯熟。

跟着，一个顾客走到账柜外面来："何财主，赊一斗米……"

听声音是康家庄的康四喜。他是脸色很黑的高个子，他一向不曾和兴和有过赊数，可是近来，再拿不出现款了，就是肥田料，还靠借款去维持。他用颤颤的声音说："现在真没法子，秋收后一定送来。"

"赊么？我的铺子太空虚了，没办法！"他探长脖子，用慈和的口吻说，"现在真的不能赊了。四喜！"

"救救急！——况且我从未赊过。"脸是悲丧着的，声音是颤颤的说出来。

"是的，我很知道，不过我也没法；若再赊出去，我的本钱也拿不回来了。……"

四喜用悲苦的目光，呆呆地对老板望了许久，何侃仍旧那么坚决似的，只好带着失望的心绪默默地走出去。

* * *

晚间，老板何侃又在账柜上结算今天的"流水账"：共卖进十二块八角，然而有八块是赊账，他对这数目，呆呆的瞧着，眉头越蹙越紧缩起来，唇边禁不住"嗯"的哼了一声。

"何先生，有人找你！"一个伙计从木棚里探进一个头来说。

"是谁？"他着急的问。

"像是张富翁的样子。"

于是他跟跄地跨出来。来的果然是张达贵先生。他有一张绅士的嘴脸，鼻尖老是红红的。态度挺冷静，待人接物也很冷静，仿佛失了感觉的石人似的，好像这样才现出他的高贵来。何侃给他斟过一杯茶，他冷静地向桌上轻轻点了一下。

"张先生，请坐！"

"唔。"茫然的答着。

富翁在板凳上坐下来，用高傲的眼光，向何侃盯着，便直截了当地说："我要移居到香港去，你所借去的款，请于两天内交还我！"

嗯，这一次，可真着急了。欠款是三百元，是去年用两分息借来买洋米的，现在怎么办呢？他要移居，当然不能再拖迟了。三百元的数目可真不小！黄三奶昨天又来过，嗯，还有张任生的一百五十元呢。……这几宗债款，迟早总得想办法。自己铺子的信用要紧。张达贵无论如何也拖不下去了，早就听到他将移居了，因为近来土匪太多，他这样人家，终日都为这事不安，所以要移到城市去。现在他已决定了，而且动身的日期又这么急促，这真令人万分艰难。他迟疑了好一会，扭过头来对富翁说："两天内，恐怕太急了……"

"太急？——三天后，我就要动身的，无论如何，请你想办法，无论如何！"富翁的嘴脸是铁板似的冷酷，说话也含有几分不高兴。

何侃受了这种暗示，更着急起来。那脑袋像一副辘轳在转动着。他觉得四面都是绝壁，都是黑影。嗯，富翁那刻薄的"无论如何"的话，刻刻都在他的脑里响着，刻刻都在向他的心坎压迫。他真觉得透不过气来，最后他带着苦笑地说："好的，我总得想法还你。"

富翁慢慢地站起来："唔，无论如何，你得如期还我！"

说着，便踏着大步子踱出去。

富翁的背影在灯影里消隐了，何侃才"嗯"的哼了一声，扭回头来。

* * *

第二天，天色还很朦胧，何侃便从床上爬了起来，昨夜一整夜他未曾阖过眼，他的疲倦，被"钱"的问题驱散了。他无论疲倦到怎样程度，也总睡不着。

"怎样找到三百元呢？"时时像巨棒一样地打击着他的脑袋。他的脑子，真像一副辘轳那么地转动着。那壁上挂钟的摆声，一下一下的，沉重地击着他的心板，这时一切对于他仿佛都含着悲哀、绝望、灭亡的暗示。

"怎样呢？"他似乎是绝望地叫了。"钱庄恐怕再拉不动了！"身子发热的辗转着，脑袋也沉重起来，心板上像压着一块石块似的沉闷着，呼吸仿佛立刻就要窒息了。

"呃，没办法，也得硬着头皮去钱庄里试试看。"

他在绝望的深渊里，只有希望这是一条走得通的路。

第二天爬起床来，看时候还早，只坐在柜内发愣。他那热病似的眼睛，只呆呆的发红的对着那些半空虚的货架。

那天十时，他便到隆泰钱庄去。可是，钱庄里因何侃所欠的四百元放款还未交还，一口便拒绝了，多说也没用，他只好沉默地拖着腿回来。

当他经过富翁李公青家门的时候，他像计上心来似的，扬了一扬眉，自语着："李先生也是朋友，试试看，或许帮忙也不定。"

这么自语着，便拐了进去，一种希望的情绪，竟使他连平时进门的拘谨习惯也忘掉了。他径直地进去。

"找谁？"一个声音忽然从旁边飘来，说话的是个家丁模样的人。他奇怪地盯着何侃，笔直地站着。

何侃突然的经这一问，竟慌张起来，心不定地说："李先生在……在家里么……"

"是的，他在家里，有什么事呢？"

"有点小事。"

"那么，你暂时在这里等一会。"家丁说了，便一径跨了进去。何侃站在这厅里，只向四面望着。这屋里的一切都很整洁而高贵。他心里微微有点羡慕。

十分钟过去了。

"李先生就出来了。"家丁回复了何侃，便又进了另一间房里。

不久，果然李先生就出来了，他为人是较和气的，可是他的心狠，仿佛也不落人后。他从屏边一走出便露出一排黄牙来，微笑着说："来了很久吧，何老板？"

"哈哈，不很久，哈！"他现出一种顶不自然的语调。

李先生假装着笑脸，看了他一眼，跟着便很严肃的问："你来有何贵干呢？"

怎么说好呢？这样突兀的问话，倒令他支支吾吾的，说不出来："李先生……这年……头，真……艰难……现在铺里，有……有一大批……米……米来，可是……一时太紧……请……请先生……帮忙……请借我……三……三百元……"

"三百元？"李先生睁圆了眼睛，用尖锐的眼光盯着他，"恐怕我出不来。"

"像李先生这样大富人家，三四百元是不成问题的。"

"是的，你既然说得那么紧，我就去向别处借来吧，"说着，闪烁着一种得意而狡猾的光泽，"不过，我要给利息。"

"那么利息多少呢？"何侃迟疑了一会才低声地说，仿佛有一种什么暗示促使他发问。

"至少要三分。这年头，你也明白的。"李先生狡猾地说。

何侃几乎跳了起来。可是再想起张达贵的脸孔和他说的"无论如何"时，他便只好耐下心来。其实，哪里还有钱可借呢？他低下头去沉思了一会才说："二分半吧。李先生！"说着便强笑了一下。

"我给人也要三分的。不必多说了，这是实话。"李先生也笑起来。

"二分半利息一定可以了？"

"不。"这是肯定的答话。

何侃这时是十分踌躇，经过几分钟后，他只好死下心来，就是受了高利的剥削，也得忍受了，有什么法子呢？

"那么就……借……三百元来！"这是从牙缝里挤出来的颤抖的声音。

三十分钟后，由李先生亲手交给他三百元。他笑着接收过来，可是当他再将这三百元交到了张达贵手里的时候，他的手便奇怪地发抖了。

二

秋收后，由火轮载来的洋米更多了，于是，市面的米价，因此又降低下来。

兴和米铺的生意，早已冷落了。这天，何侃和两个店伙仍然坐在店里。各人都现出极落寞的样子，呆呆的望到街上。

"阿毛！进来！"突然何侃奔出门边向街上一个行人尖叫起来。那两个店伙被吓得几乎一跳。

阿毛被叫了进来。他更瘦削了，脸上显出非常憔悴的色泽。

何侃用尖锐的目光向他盯了一眼，便问："阿毛，秋禾已收尽了，那些赊账怎样？"

"嗯！赊账？现在真没办法！"说着，嘴脸便像是哭丧似的。

"我也要本钱的，你总得想法呀！"何侃也现出无可奈何的神色。

"谁也不愿有债数，然而的确没办法，唉！这年头，嗯！新谷都被田主挑走了，剩下的，又粜不出去，就是粜了，还不够交肥料钱。唉！还有什么捐什么税呢。嗯！

先生，又有什么办法？……"

阿毛这么说着，眼皮便红起来。

何侃听了这话，只眼睁睁的瞧着阿毛的脸，这是什么用意，连他自己也说不出。他像昏了，一句话也说不出来。

"呃！……"最后他哼了一声，才扭了扭头。

*　*　*

满希望在秋收后收回多少赊账，不幸，连半成也收不到。于是，铺子里的货架渐渐的空虚了。

虽然何侃自己曾亲身下乡去，但事实昭然地摆在前面，到底有什么用处？……

三

年关到了，而兴和米铺的生意更清淡了。这时候有人散出许多谣传与推测。

"兴和一定撑不到大年夜！"

"何侃想私逃了。"

何侃常常间接地由伙计嘴里听了这些话之后，他便觉得厄运就要来到了。现在铺子里的信用已破产，没有人再肯借钱给他。而且债款又收不回来。谣传也许是对的，然而这种推测和谣传，多少总带着一点侮辱，于是他一听到便气愤。

这天，天气很冷，西北风在街上呼啸着。那些倒悬着的布质招牌，给吹得东西飘荡。街上的人，都缩着头颈嘘热气。行路时也抖着身子。何侃自己呢，只发呆地坐在柜里，那热病似的眼睛，出神地盯在街上，有时又低下头去沉思。其实他的脑里正缠绕着一件事，就是昨天张任生来过，他答应他今天来拿一百五十元的债款。可是，这笔款究竟从哪里来呢？天晓得。……

"何老板！"他听得是黄三奶尖锐的声音，于是他慢慢地抬起头来，用茫然的眼光望她，表示他正是"无可奈何"的样子。

"年关了，这笔借款怎样呢？我们妇人家，呃！"三奶一进来就这么使性子似的说了一大串的话。

"是的，三奶，我将设法还你！"声音给悲哀压低了。

"还？只像哄孩子一样有什么用？"

妇女的性子真奇怪，说不上两句就发怪脾气。何侃的全身麻痹，粗浓的眉毛，跟鼻尖皱了起来；那嘴唇像僵硬了似的翕动着："哄……不是……只……只再待我……想法。……"

黄三奶是使性子的女人，没有钱，就赌着气骂，每次来讨债，都是这么一套。可是何侃对于她这泼辣的脾气，也想不出应付的方法，只呆呆的着急地瞧着。

这时候，忽而门边又闪出一条大汉，他定睛一看。原来就是李公青的家丁，这人是粗犷的阔肩膊的汉子，一身壮而有力的筋肉，就给人一种威迫的感觉。他直直的走进来，对何侃用洪亮的声音说："财主，我的主人说那三百元借款请你今晚设法筹足给他。"

"唔，是的，今天我会托人送去。……"他不负责地说了。

"真的，信用要紧！"两只眼睛很有力的盯着何侃。

"……"回答是没有的。

"究竟怎样呢，我的？"黄三奶又狠狠地发问了。那家丁用奇怪的眼睛望了她一眼，便挺着身子走出去。

"好的，明天交还就是。"

何侃给一班债主逼得真透不过气来，他一见每个债主的脸孔，都不由自主地全身抖栗起来，他暂时，只希望避开他们的脸孔，所以只有伤心地哄骗着。

    *   *   *

下午三时，隆泰钱庄又来过，这一次，真难堪。何侃几乎哭了。最后他给他们写了一张限明天交清的限单之后，那伙计才悻悻的走了。

这时，有一件更可怕的事，又从他脑子里闪出来。原来他还欠了三个月的米谷捐，当局要限他明日交清，不然，又将去尝铁窗风味了。他记得一个月以前，也是因欠米谷捐，其实何侃并不是有意拖欠，实在是因为钱柜里太空虚了。当时他低声下气去请求也没有用处。结果他被抓进监狱里，白白受了两天两夜的寒冷的侵袭。最后，迫他写了限单，才释放出来……

"可是限期就是明天了，怎么办？"他一想起了这笔捐，便又战栗起来。……

*　　*　　*

是上灯火的时分,他仍呆呆的坐在柜里想,他什么也想到了,可是一点有效的办法也没有。铺子一定会倒闭了,但是,怎样去开支一切的债数呢?……

"怎样去开支一切债数呢?"他自己想着,头立刻就昏重起来,许多可怕的鬼脸,都在他面前出现了,在这些朦胧而凌乱的鬼脸中:他发现了他自己在被人践踏着,鞭挞着……

他几乎哭了起来,其实,现实的境地比幻想里的更可怕,更有令他非逃避不可的暗示。假如不走,铺子当然没有希望,而且有那么多的债数又无力偿还。嗯,那些债权者,肯放松他么?……

"呃……"他的热泪滚落柜台上。他的身子战抖着。暗淡的灯光,只把铺子里各件东西涂上一层更可怖的颜色,越觉凄凉!

"唉!走吧!离开这里,离开债权者的脸孔!"

这么说着,便迅速地站起来,转进账房里去,他像偷儿一样把柜里的两块毫洋轻轻的放进袋里,呆呆的直立着。他惆怅的向四面望着,好像有点舍不得的样子。跟着便悄悄地走出来,在门上锁上一把锁就偷偷地沿着到大城市的铁路枕木上走去……

虽然在路上他时时刻刻还听到急锣声、求救声、噼啪的枪声,然而更可怕的债主的脸孔,使他对于这土匪已失了害怕的感觉力。

四

第二天大家都发觉兴和米铺倒闭了,何侃逃走了。一班债权者都忙忙碌碌地来争分这铺子的底货和其他的不动产。……

一九三五年九月廿三日写

沉落[*]
——"倒闭"续篇

早晨,珠江岸边的马路,已非常热闹。宽敞的柏油路旁,耸立着蜜蜂巢似的洋房:笔直的,耸到丈把二十丈高。尖顶上,还挂着飘飘荡荡的国旗。平滑的路上,奔驰着各种奇怪的车辆,汽车、人力车……都连续地飞奔过去。还有在乡下梦想不到的那么多的行人,也在街上像一个大洪流一样,涌来涌去。

人群中,忽然闪出一个四十多岁的中年人,他是在小镇上因商业不景气,把铺子倒闭了,而独自逃走出来的老板何侃。他的脸是慈祥的,胡子很长的丛生在下巴边。这时,他害怕而羞缩地走着,他对于这生疏的都市的建筑物,都觉得奇怪;他那热病似的眼睛,目不暇接地转动着。街心里每辆汽车的驰过,他总是很机敏地闪开一下,他生怕这怪物就碾到他自己的身上。就是人力车夫的叫声,也一样地令他害怕。最后,他终于闪在一边。

在慌张而惊异中,他拖着沉重的步子。他的腰肢疲倦得像要破裂下来一样。是的,步行了四天的路程,这种难堪的疲倦是必然的。

疲倦支配了他的全身。他仍旧拖着无力的步子,无目的地在街上走着,当他走过一条小巷口的时候,他模糊地听到巷内有锣鼓的闹声,他一听到,仿佛记起了什么似的,扬了扬眉,跟着便自语起来:"啊,今天还是大年初三哩!"

像叹息那么地说了,便转进了一条更壮丽的马路。这里的电杆,邮箱,各色的柱

---

[*] 载1935年10月16日《广州民国日报》副刊《东西南北》四二四期,署名郑文生。本文为1984年2月版《萧殷自选集》收录的版本。

子,警察……都给了他一种新的感觉。他觉得样样都是新奇,每样东西,都给了他一种无名的威吓。

太阳高了,马路上,很凌乱地投上了许多走动的车影和人影;还有巨厦的黑影,也投到马路的中间。看太阳,他知道是吃饭的时候。于是他脑子里便竭力搜索这里的朋友,他预备去揩点油:吃饭。

因此,他记起了他在路上想到朋友中的曹亚廷了,在从前的通信里,他还模糊的记着他的住址,像是永汉路仰忠街××号。

"是的,我记得很清楚!"他这么自信地说着,便停住了步子,抬头向四面去瞧;但是仰忠街的字样,始终不曾出现于他的眼前,于是他踌躇起来:"然而这样阔大的都市,仰忠街究竟在哪里?"

在乡下时,他曾听人说过在都市里迷失了路去问警察的事。他向前面的警察望了一望,这警察是挺威风的,他真有点害怕。若不是他在相片里看过,他真不敢认这就是能指出迷津的警察。他迟疑了几秒钟,便带着几分慌张的心情,走到一个警察的面前,操着不纯粹的粤语说:"大佬!仰忠街……在……在秉处?"

"乜野话?"警察听不懂似的反问。

"仰……仰忠……街……在秉处?"他颤抖起来。

"仰忠街?"

"是……"无意中又漏出了乡下话。

"唠,由里处,一直行上去右边第一条小巷,就系咯。"

那警察,用岗棒顺着右手指到那边去。他听了,也没感谢,也没回头,就一直的顺着警察所指的地方走去。他很注意地看着两边。行人路上,是挤满了人,他只像黄鳝一样的钻过去。到了第一条小巷。果然,"仰忠街"三个字,映在他的眼前,他很喜欢:警察所说的,他居然没有听错。

他拐进去。这里的行人,较稀少了,他抬起头数着一户一户的门牌号码。

"一百二十五,一百二十四,一百二十三……"顺序的数着,他仿佛很得意,他所要找的地址,果然被找到了。然而,这里是关着门。

他吃了一惊,跳起来,因为在乡下,白天是不关门的。他仔细地向门边看了又看,最后他大着胆子去敲门。

里面出来开门的,是一位出乎意料的很漂亮的姑娘,她用骄傲的目光瞪着他:

"揾秉个?"

"曹……亚……廷……系在这里吗?"他慌慌忙忙的,全身都在战栗。

"你话乜嘢?"

经这一问,他便发觉了刚才自己又说乡下话了,于是又操出粤语来:"曹……曹亚廷……系唔系在里处?"

"乜嘢,操亚停?"她翻起白眼想,一会她便肯定的说,"里处毛里个人。"

她这样说了,便"格"的一声把门关上。他愕然的只瞧着这块铁门板发愣。一种绝望的情绪,占据了他的脑际。顿时眼前现出许多凌乱的星点,像火花一样,烧着他的脑袋!于是他的头颅渐渐觉得昏重而发热了。眼睛闪烁着,一滴泪水从眼角边挤出来。

"唉,他搬走了不成?"

这么叹息了一下,脚步又扭转来,茫然地走到马路上去。

* * *

太阳很高了,街上的行人和车辆拥挤得更多。饭店里的饭菜的香味,引起了他更强的食欲。其实,他这时正迫切地需要一点充饥的口粮,他的舌头只向唇边舐着,唇是微微的哑着。然而有什么用?两块钱,已在途中用光了。

"怎么办呢?……"他感到绝望地叫起来了。是的,怎么办呢?一个人遇到了这种境地,还有什么法子,地方是生疏的,又没有熟悉的人。他的眼泪,纵使汩汩的流着,在这么大的都市里,又有谁见得到?

他仍然闪着红肿的眼睛,在人堆里钻,他希望碰到一个熟悉的朋友。然而所见到的,尽是陌生的、狡猾的脸孔。……

当他走到永汉北路时,他的饥饿达了极点。在这无可奈何的绝境中,他的脑里老是想着"怎样挣到饭"的问题。在乡下听人说过拖洋车的事,他也想过了,然而到哪里去接洽呢?这都市里的每一张脸孔,都给他一种威吓。因此他怯于去问一切不相识的人。他觉得他们都是了不起的人物。

"先生,大发慈悲呵!……"突然从他旁边飘出一个颤抖的叫声来,他陡的回头一看,原来是一个衣衫褴褛的老妇人,坐在行人路边伸出一只瘦削的手。

他注意地望了她一会,才明白这是求食的乞丐。这妇人大约四十多岁,可是头发已花白了,脸是赤褐而消瘦的。只是低着头,不敢向行人望一眼。……

"丁当!"突然一个铜仙落到她的瓦钵里,原来是一个过路人施给她的。因此她仰起头来,唇边翕动了一下,像对布施者感谢的样子,随后又低下头去。

他望了一会,便又无目的地向前走去。……

"现在还有什么法子去挣饭呢?"他这样叹息地叫了,便又低下头去沉思。流浪到这人地生疏的都市,除了做乞丐讨饭来和生命挣扎外,还有什么法子呢?然而所见到的街边的求食者,都异常可怜。他越想心里越酸痛,于是热泪不觉又从眼角里淌下来。

在街边无目的地走着,肚子便怪叫起来,饥饿欲使他失了羞耻的本能,他几次想索性在街边坐下来;然而又像有某种力量在阻拦着他。

"饿呵!"哭丧着嘴脸,这么叫了,又喃喃的自语着,"在现在,究竟到哪里去找饭吃呢?做乞丐吧,唉!……然而,除了自己做乞丐,还有什么生路?……"

他的肚子里像转着一架辘轳,难堪地攒动着,他像挨不住似的,把全脸的筋肉都掀了起来,跟着他终于像挨不住剧痛似的,坐在地上。不久,他也学人伸出一只苍白的手来。

从此求食的生涯便开始了。

* * *

旧历正月的夜里,是寒冷的,冷风"虎虎"的在街上直冲,行人都缩着头颈,一步一抖的走过,有钱的,穿着厚厚的皮袍,一身都很臃肿。这时何侃缩成一团,坐在电光掩映的街边,发抖着,这冰冷冷的地上,像刀一样刺着他焦黄的皮肤,他只有咬紧牙根死力地和寒冷挣扎。然而,全身始终还是索索地抖着。他的眼睛,只望着一双脚腿很迅速地移过,他觉得没人看他。真的,他像一块石头。

街心的汽车,人力车挤满了,各种杂乱的叫嚣声怪刺耳的冲到耳边来。他真不敢正视一切。饥饿使他软弱而畏缩了。他只是低着头,面前尽管闪烁着发光的皮鞋、怪可爱的巴黎舞袜。然而只一动一动的移过去,跟他是无关的。

他顺着一道强烈的电光,微微的侧过头去瞧一间杂货铺,这里面,只是冷落落的,有两三个店伙很无聊的坐在账柜后面。

"唔,这年头,到处也许一样糟?"

他这么想着,便又回忆起十年前的兴和米铺来。那时的生意是平静的,一般交易的乡民只消拿农产物去便可换些商品,因此没有人有过隔年账,也没有亏本的事。所以那时他生活得非常平静,就是在荒年,至多也只不过有些少的欠账。然而铺子里的总结算,还是有赚数。……不幸,这年头,一切都变了;农人穷了,因为米谷贱,以致偿不起欠账。……

他想到这里,陡的一块硬东西压到他那裂着龟纹似的脚胫上,他一时感到难堪的痛楚,"唷"的一声把脚缩了回来,跟着才抬起头去瞧。

原来是一对玉柱般的腿,套上一对发光的高跟鞋,可是一动一动的移得远了。他仇视地盯了一眼,便又低下头来看:本来破裂而含血的脚胫,经高跟鞋这么着力一压,已流出淋淋的鲜血了。

他的全身,像发麻地抽动着。他觉得每一个纤维都在剧烈地攒动,使他全身作痛。他那沾着热泪的眼睛,只一开阖便挤出更多的眼泪……

冷风仍旧呼呼的咆哮着……

一九三五年九月二十九日夜稿

阿牛[*]

一

阿牛从赌场里走出来,袋里的零钱,已输光了。他的头烫烫的,像给什么压住似的发晕。

拖着怪沉重的脚步,经过了泰兴酒馆,他又闯进去。可是,这时他已忘掉他袋里已空了。拐进了内堂,便大声叫酒保打烧酒来。

像牛饮水一样,一连喝了四五盅,身体便烫起来了:头更昏重了,脑袋里像有副辘轳在搅动着。额角上的青筋很厉害的抽搐着,两腮巴儿像生牛肉那么红,眼珠子也现出怪可怕的红丝来。他心里像有一股热气,正在找寻发作的对象。

他躁急的,用那眼睛,向堂内四周扫了一遍,正见了个胖胖的酒保;于是,他咆哮起来:"喂,伙计,打两盅酒来!……嘿,妈的,当什么酒保?……"

许多食客,都跟了这声音,掉转头去望他。阿牛见那么多人来看他,他便喃喃的:"妈的,看你的爹爹做甚么?"酒保一见那样子,知道他已醉了,便不大理会他,只再送上两盅酒来。

阿牛接到了两盅烧酒,便像牛饮水那么地灌下去。跟着,一身都沸烫烫的,心也卜卜地跳着。他自己没感到什么,痛苦与悲哀都忘掉了。一站起来,就笔直地走出去。

到了街上,他的肩膀猛的给一个酒保抓住。

---

[*] 载1935年12月9日《广州民国日报》副刊《东西南北》四七〇期,署名郑文生。

"喂，酒钱还未付哪！"

他掉转身，就翻起那有红丝的眼睛，用力盯着那酒保，额上的青筋还抽动着：

"嘿！妈的！你说什么？"

"说你不给酒钱！"酒保给他刚才一句话激起了怒火，也睁圆了眼睛，伸长了脖子，怪响亮的说。

"吓！岂有此理，不给酒钱！"这么说着，阿牛自己便笑起来。

"你想怎样呢？妈的！"酒保翻着白眼，挥起拳头，恶狠狠地向着他。

"我想怎样？……我想操你十八代……"

阿牛的话还未说完，那酒保的拳头，已很有力的落到他的背脊骨上，像棒子那么地打下去。然而阿牛不曾抵抗，也不曾反攻，那拳头像不曾落到他的肉上。他只喃喃的："你妈的！你妈的！……你想吓我么？嘿！"

街上许多行人都围上来看热闹，酒保也住了拳头，抽身回去。他像还积着满肚子怒火，踏上了门阶，又掉转头来，伸长手向着大众："嘿！饮了酒不给钱，真岂有此理！"说了就跨进店去。

"想吓我！嘿，你再出过世来！"阿牛一面喃喃地自语着，一面走着。许多看热闹的人，都跟在他背后，个个都现出一副满足的笑脸。

他的脚胫像驮了石块似的沉重，走起路来，总是那么一颠一踬的。

他走向归家的路上……

走进家门，一眼便瞥见了他的老婆阿七。他睁大了圆眼，大踏步地走前去，把她的头发抓成一把使劲地向地上按下去："倒霉的，你干么不死！干么不死！……"

阿七的头，给按得低低的，臀部反而突得很高。她给用力按住挣扎也挣扎不起来。她只流着泪，"噎噎"地哽咽着。

"还哭么？妈的！"

这么一说，拳头便像一只棒子那么在打落她的背脊上。于是，她忍不住的大哭起来，全身都抽搐着。

"你干么不死！干么不死！"阿牛还用力按住她的头，像要塞到地穴里。他心头正燃烧着一股怒火；可是，可不知道是恨谁。这，他自己也不明白。他只有抓着老婆来泄气。他使劲地用力向后一拉，阿七便四肢朝天的倒在地上。

待她爬起来，阿牛已走出去了。

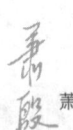

她的眼泪已沾满了两腮巴儿，抓了一把鼻涕，便站起来。这时候，门边嘎的闪进一个人影来。她生怕又是阿牛回来，心里卜的一跳，冒了一身冷汗，再定睛一看，才松了口气：来者原来是阿金。

"妈妈，你……又哭么？"

阿金一进来，见妈这副模样儿，就绷着眉头，噘起小嘴问了。

"……"她一听女儿的话，反而更伤心的垂下头去，哽咽着。

"妈呀……妈！告诉我……什么……事呢！"

阿金走上妈的身边，双手握着妈的衫脚，仰起那瘦黄的小脸，用那黑而含泪的眼睛，呆呆的望着她的脸。她见女儿那么激动，自己就更伤心了。她抬起头，揩了眼泪，又抓了一把鼻涕，才吞吞吐吐地说：

"金儿，你别为娘伤心……只怪娘的命薄……刚才，你爸又打……"

阿金听到这里，便哇的哭了：她记得爸在几天前才打了妈，怎么今天又来一次。

阿七用手掌摸着女儿的腮巴，竭力咽着啜泣："儿，你别哭，这是我们的命……"

阿牛使性子，她很明白：这种狂饮酒的气习，也是在工厂里被辞工归来后才有的。她不怨恨自己丈夫的脾气坏，她只恨厂主为什么要革去他的职。这一点，她就认为是"天意"了。

阿金那瘦黄的小脸，还仰着呆望着妈，那眼泪一颗颗的滚下来。

二

在家里泄了气，阿牛就迈着大步子，向到七家屯的路上走去。他的脑子还一样昏重而发热。心坎里总有那么一股沸腾的热气，在使他痛苦。他的步子，很不安稳的拖着，一颠一跛的。

走到一个土地庙门前，他便拐进去。里面坐着几尊大神像，都是面目狰狞的紫酱色的鬼脸。平时，他很常去膜拜它们，尊敬它们。然而，这当儿，一切都变了：神也跟他作了对头，不然，他怎会有这穷相。照理，一个敬奉它们的人，该有一个好结局呀！哼！

庙里是静穆而阴沉的，几条深红的大圆柱，支撑了有金龙的天花板。神像都挺威风的在神龛里站立着,怪可怕的。

"妈的,没眼睛的神!……哼!……没眼睛!"阿牛睁圆了眼睛,咬紧牙根,向一个黑脸而多胡子的神像盯了好一会,就像翻筋斗那么地一跳,飞跃上神龛,一把便抓住了它的胡子,用力一拉,胡子全脱了,连下巴边的脸皮也扯了下来。他一边用力把胡子向地下一扔,一边便举起脚,向它的背脊上使劲地踢了一脚,那神像,便"哗"的倒卸下来。跟着就把第二、第三的踢翻了。直把神龛里的泥像都踢了,他才松了一口气的跳下来。地上全是碎泥和稻稿。他出神的望了好一会,又迈着步子走出来。

九月的太阳很温暖的晒在他的背上,像火烧一样地使他发烫。他眼里的红丝像是刚才用力过猛而更红了,那腮巴儿却渐渐的变青了。

路上的行人,见阿牛来了,都快快的避开他。他见他们那么闪闪避避的,就扬起眉头,咬着牙根骂:"他妈的,鸟东西,你们别瞧不起我!"

边走着,边想着,忽地他心里涌起了一股无名的怒火来:他觉得人类都是狠心的看他不起的东西,只要找到机会,他就得去复仇。

在一个小坪里,他又见了几个正在做戏的孩子。他便匆匆的走过去。孩子仍静静的围着玩纸牌,他也蹲下去,跟孩子一起。那浓厚的霉酒味,从他嘴里直喷出来。一个孩子突的高叫起来:"咦!谁的酒臭呀?"

跟着这声音,几个孩子都掉转头来,一见他那有红丝的眼睛,个个都害怕起来。其中有个叫小慧的,便尖着嗓子叫:"咦!原来是酒鬼!"

这么叫着,大家都惊走了。

"嘿,小东西,你们也瞧不起我!"阿牛见他们都跑了,便气愤愤的追上去。那个叫小慧的,被他一手抓住了。他使劲地在他背上用力一推,孩子便扑的倒在一块尖石上。

孩子倒在地上,没有动弹,血涔涔的在口里流出来,流了一腮巴儿。他望了好一会,拔脚就走。

这时,四狗刚从田里回来,见阿牛推倒了孩子,便匆匆的飞奔过来,气喘喘的嚷:

"阿牛,你……你干么打人的孩子?……"

"嗯,混帐!……妈的,干你妈的事!"阿牛青着脸,讷讷的说着,一边却大踏步的走了。

"喂，阿牛，你想逃么？哼！打死了人的孩子！"

四狗见了倒在地上的孩子，脸青青的，追上几步去。

"打死孩子？……你妈的，你妈的给人……哼！"

这一句可把四狗激起怒火来：想追上报复，又没阿牛的气力大，叫助手，这里又没人。他气愤愤地站着踟蹰了一会，心里忽生一计：快些跑回屯里去告诉小慧的爹妈。

三

四狗气喘喘的跑到屯里，跑进小慧的家。可是里面空寂寂的，他顿时感觉失望。他仓猝地东张西望了一刻，便尖着嗓子叫："阿鸿哥！小慧给人打坏了！"

应着声音，果然横屋里跑出几个人来，连阿鸿哥也在内。

"什么？四狗！"阿鸿一出来就仓猝的问。其余的人都静静的张开嘴巴，像等待一个可怕消息的来临。

"你的儿子给人打坏了。——是邻村的阿牛…"

四狗说了，大家都咆哮起来，嚷着，跑着。阿鸿只脸青青瞪大了眼睛。最后，他也跟着几个人跑出去。

"什么事？"邻人见了那一伙人跑出去，有的出来问。

四狗边走边说："小慧给人打……快去抓那人来！"

好看热闹的，都涌出来，一齐跑开去。大伙儿都跑到空坪里。

孩子在太阳下直直的躺着，那腮巴儿淌满了鲜淋淋的血，从唇缝里露出来的牙齿，也沾着红红的鲜血。

空气异常肃静，大家都互投着恐怖的眼色。

忽然有人哭了。哭声怪凄惨的。

四狗才站定，便气喘喘地指着山坡那边说："那家伙就在那边跑了"。

"谁在那边跑？"一个刚刚跑到的瘦个子，莫名其妙地问。

"谁？还不是阿牛是谁？"四狗气愤的噘起嘴唇。

小胖子，这时也在人丛里探进一张严肃的脸来，他眨了眨那细眼，便沙着嗓子问:"你亲眼见他打么?四狗!"

"是。——我刚从田里回来,到了这里,就见他将小慧推倒了。"

四狗指手画脚的说着,怪有劲儿的。

"嘿!过村来打人,还得了得吗?"

"揍他妈的,怎么要打小孩子!"

"阿牛素来就怪粗犷的,不给他一次教训,他真不懂得是非!"

许多人都聚集在坪上,东一堆、西一堆的谈着,嚷着。中间还夹着哭声。跟着,空气又肃静下来。

这时,四狗挺了挺腰肢,向四围望了望,就翻起衫袖,高叫着:"喂,最好去抓他来,给他个教训!……哼!过村打人,还得了么?如果不给他个教训,将来,哼!……"

"好呀!"

"到他家里去,我赞成!"

许多人都摩拳擦掌地嚷起来。接着,一大伙的汉子,便向阿牛的家里进发了。

四

阿金跟妈妈哭得困了,便打起盹来。

"阿金……起来看门吧!"阿七看阳光已爬过了石级,知道城里开来的汽车将到了,轻轻的说,"我要到车站里去挑担子!"

"是,妈妈。"那对玲珑的小眼睛,又抬起来望着妈妈的脸。

这时候,突然门外拥进一大伙汉子来,个个都摇晃着拳头,嚷着。小厅里,一时挤满了黑压压的男人,都骚动着。

"搜屋!"

"怕他不出来么?拉他的老婆呀!"

阿七见这一伙人突然挤进屋里来,这么骚动着,真猜不出究竟是为了甚么。她只张着口,睁大了眼睛,呆呆的瞪着他们。阿金也害怕地抱着妈妈的腿,愣在一边。

"拉他的老婆去!"四狗忽的高着嗓子提议了。

"对!"接着,几个人便拥到阿七的面前。她几乎哭了,绷着眉头,翕着嘴唇,带哭地说："你们干么要拉我呢？"

"嘿！还假装不知！"四狗恶狠狠的，伸长了脖子，口沫向四周飞溅着。

"我……我……的确……不知道呀……"

她的眼泪涔涔的滚下来，那脸色也变青了，阿金也吓得哇的一声哭了。

又是四狗的声音："你……阿牛打死了人。……嘿！"

阿七听了这话，便目瞪口呆地望着他们。那眼睛渐渐翻白了。陡的她便颓倒在地下，口里吐出白沫来。

这时一屋子的人都嚷着，叫着，阿金的哭声也给这一片骚动的声音掩埋了。

五

就在这天晚上，阿牛便给那伙人在归途中抓住，送到区公所里去了。这时他的酒已醒了。当他被送进牢房时，便开始伤心地流泪了，并且还喃喃地："唉，她们母女以后怎样过活呢？"

廿四、十二、四夜。广州

灾*

一

在七月的上弦月光的笼罩下,那山岭的右边,静悄悄的躺着一块大平原。这里有着许多村落,和许多绿油油的禾田;在较远的那边,还有一条滚滚的大江。这时在朗清清的月光底下,白布似的横着,仿佛蕴藏着无限的神秘!

风,苏苏的吹着禾苗,什么都静谧了。

突然的,在大田埂的那边,响起了沉重的足音。那足音不是谁的,原来是阿赤。他掮着锄头,裸着上身,只在颈项上挂了一条用作手巾的"布条"。一身都是结实而棕黑的皮肤,那嘴脸微黑。在那粗浓的眉毛上边,深深的,已刻画出几条皱纹。这就是他三十年来痛苦的象征。

他自小就跟着爹爹在痛苦中生活着。因为他们兄弟都很努力劳作,故还可以维持一家人的生活;不幸,爹妈都在这十数年间相继死去。结果,他负了一身的重债。在这情势之下,他们兄弟唯有拼命种田。满希望在这田间获到还债的余利。然而,数年来的米价太贱了,除了肥料钱、牛税、车水租钱,连一家的粮食也发生了问题。他们只望着丰年的来到;只想如何使自己的田禾长得结实。所以阿赤时时都去看他的田禾。真的,他爱护他的田禾,真比什么都来得宝贵。

这时,他直着身子在田埂上走着。他的眼睛,总是向着两边的禾田留心地观察着。有时,他停了步子,蹲下身去,轻轻地用手指去摸那细嫩的禾苗。接着,他便微

---

* 载1936年1月7、8、9日三日《广州民国日报》副刊《东西南北》四九一、四九二和四九三期,署名郑文生。本文为1984年2月版《萧殷自选集》收录的版本。

笑地站起来，又走到另一条田埂去。

他这么由这田埂走过那田埂的望了许久，见禾苗都长得又茂，又黑，于是微笑又浮在他的脸上。

"今年也许有丰收的希望了。"一边放了锄头，一边喃喃的自语着，耸了耸肩膊，便又从腰里抽出烟杆来抽着。同时还望着面前的一片禾田，用着像鉴赏什么珠宝的眼光望着。

"今年……哈哈！……许是丰年了——"他的嘴唇翕动了一下，脸上又泛起了笑痕。他的心里也很愉快；这年头若是丰年，还债也有点希望，至少，一家的粮食总可以没有问题了。

他用力吸了最后一口烟，便敲去了烟烬，跟着，慢慢地拿起了锄头，就向归家的路上走去。这时，他很想唱个山歌，可是干瘪了的喉咙，总是唱不出来。于是，他只好嘟着嘴，吹起口哨，脚步也很匀称的拖着，怪轻快的。

回到家里，已是夜饭时分。淡黄的洋油灯光，照在小厅里：这里散漫的，放着许多农具，地上，投着许多巨大的黑影。那角落里，放着一笼鸡，这时，"咯咯"的，还叫着，动着。

阿赤向厅里望了一望，很愉快地嘘了一口气，就迈步踏进厨房里。他的老婆秀姐突起大肚子，正在那里炒菜。他一见了就嘎着喉问："夜饭还不熟么？"

"再等一会儿！"

他像很饿似的站在灶旁边，眼瞪瞪的瞧着锅里爆着的花生米。他今晚似乎特别有兴致，他心里仿佛有件了不起的事，要向人告说似的。然而，他的嘴唇翕动了几次，始终没有说出来，只默默的站在灶旁边。

夜饭煮好了，秀姐便走出门口去，高着嗓子叫："小么叔！吃夜饭了！"

应了这叫声，门边就走进一个肤色微黑、身材短小的汉子来，他一踏进门，便问：

"哥哥从田间回来了？"

"回来很久了。"

小么便跟嫂嫂进来，走到厅里，一见阿赤，他就挺起腰来问：

"哥哥，这几天的苗，有什么变化没有？"

"没有什么，只觉比前时更繁茂了。"他说着，便微笑了，停了好一会，便又说,"今年一定比去年较好一点。"

"那么,债项也有办法还了?"

"是——不过,那还要靠着天啦!"

阿赤虽如此说,实在他也以为今年有十足把握了,因为这以前的雨量很合度的落下来。几乎每隔十天,就洒一阵大雨。这不是好的预兆吗?

"自爹死了以后,我们真不曾有过安乐的日子……"小么沉思了很久,忽地抬起头来,咽了口沫说,"如果今年的收成好,那么,看有没有转机!"

阿赤听了小么的话,便扭转头去,耸了耸肩,扬起眉头说:

"自然!穷人难道永远就那么苦下去么!天也有眼睛的!"

恰在这时候,突着大肚子的秀姐,便捧着饭菜出来,热气喷喷的。

于是他们都坐到桌边去……

二

那天阿赤从田间回来,便一径走进秀姐的房里。秀姐躺在床上呻吟着。他在黑暗中站了好一会,便哽咽着问:"……怎样了呢?"

"仍……然……是……是一样,全身发烧。"秀姐的声音,像是从牙缝里抖出来的。

"唉……怎么好!"他显出无助的口气,摊开两只手。

她的呻吟像刺刀那么地刺到他的心里,使他一身都抖栗起来。然而一想起他刚才见到的起了龟纹的禾田,心头又更难堪地剧痛起来。最后,他硬起心肠索性踏出房门去。

走到厅里,他踌躇了半响,又进房里去翻箱子,像是拿了一张"纸"样的东西,塞进袋里,便笔直地向门外走了。走到了张永发富翁的家门,便拐进去。

第一门,是静悄悄的,阿赤左右望了一会又向内进去,恰恰在第二门的门口,就碰见了张永发,他突着大肚子,穿着白长衫,正打算出来。

"张财主,你出去么?"阿赤仓猝地吃吃的问。

"是!"两撇胡子向两边一挺,像顶不高兴似的,"你来干么?"

阿赤低下了头,踌躇了半响,才抬起头来,吃吃的说:"我……我……来向……

财主……借二十块钱！"

"借钱？……"

张富翁张大了嘴巴，睁着眼，瞪着他，他见富翁这副样子，一定是故意为难他，他早就料到了，于是他急急从袋里抓出一张契据抢着说："是我将田契给你作押的！"

"给契作押？……"张富翁说到这里，便不说下去，将舌卷到上唇上舐了一舐，眨一眨眼，接着伸出四只手指来晃动着，"但，一定要四分息才有办法！"

"三……分吧！"

"三分？三分半也不能！"富翁挺直胡须，向别处一扭，显出一种极骄傲的神气。

这时，阿赤的心里，别别地跳着，他真不知怎么着：老婆病了，又无诊医费，田禾快干死了，又没钱请人来车水。这村里再没人有钱出借了，张富翁的钱，又要这么高的利息。想到这里，他咬了咬牙根，想即刻走出去，然而，再转一念：若不借，一切可就完了。于是他的眼睛便红了起来。

富翁也静静的站在他的面前，像已看透了他的弱点似的。他耸了耸肩膊，移动着步子说："借么？我不能再等你迟疑了！"

阿赤给富翁催促，便抖栗起来，颤着唇说："那么，就借来吧！"

三

阿赤闪着红眼睛，出了张永发的家门，是正午了，阳光像火一样地烧着他的背脊，汗珠一颗颗的滴下来。空气仿佛就要窒息了，连树荫下也一样地郁热。然而他不想停下来休息片刻，他的脚仍然在黄泥路上拖着。

经过了几条狭小的空巷，便转进一间小屋里。一进门就碰见了王九的儿子，于是他低下头去问："三兴狗，你爹爹在家里吗？"

"是，爹爹在家里。"孩子噘起小嘴唇答。

阿赤一径跑进去，里边是空寂寂的，只有一条小花猫，在那桌下打着滚。他左右望了一会，便高叫起来："王九哥！"

应着这声音，王九便仓猝地跑出来，惊异地瞪着两只眼："什么，阿赤……你……"

"有事商量!"阿赤笑着走前去。

王九望着他笑了,把手拍到阿赤的肩上低声地说:"有什么事呢,阿赤?"

阿赤沉思了半晌说:"我想请你帮我车水!"

"什么?车水?秀姐不可以吗?"

"她病了!"

"怎么会病呢,像她那样的人!"

"因为劳作过度,胎儿流产了。"阿赤的声音说得很低,"小么虽然可以车水,然而,那么多的田,两兄弟怎够气力?"

"好!我可以!"王九点了点头答应了。就在这天晚上,他们就开始车水了。

到第三晚,他们的毛腿还踏着水车;可是都疲倦了,汗珠一滴滴的打背脊上流下来,毛腿像僵硬了一样,再也拉不动了。

"我们停下来休息一会吧,实在疲倦得要命!"阿赤嘎着喉,开始打破沉寂。跟着,嘎的一声,水车便停止了。

这时月色正亮,天空的浮云,像野马一样地飞驰着。平野上,到处都笼罩着一层清白的月色,和许多树影、屋影。远处传来"轧轧"的水车转动声,反觉得这平野更平静。

阿赤向四周望了一会,嘘了一口气,便颓然地坐在地上。王九也跟着坐下去,大家都显得非常疲倦,呆呆的望着辽阔的平野。

"这天气真闷热!"王九把两手背撑着地,左右望了一会便扭过头来说。

"是!……"阿赤像在想什么,毫无主意地答了一声。

忽然近处飘来了尖锐的口哨声,于是王九扭转头去瞧着:一个黑影,一晃一晃的,在田埂上走来。于是他便细声说:

"小么来了。"

阿赤这时只梦幻似的望着远方,一面还抽着烟杆。听了王九的话,便抽身转来,低低的应了一声。

小么一晃一晃的走近了,足音怪沉重的踏过来。他一走到便坐下来气愤愤的说:"听说镇上的米价又低落了。"

"又低落了?前几天,不是每百斤七块半么?"王九奇怪的问。

"咦,现在已低跌到六块八了……"小么说完了,长长的叹了一口气。

"唔……"阿赤听了他们的话,却也在一边叹息起来。

接着,大家都沉默了,彼此都为这问题纳闷着,这时平野上,忽而吹来了凉风,他们的衣角也给吹动了。

王九望了望阿赤,便皱紧眉毛说:"阿赤,米价那么一年年的低跌下去,叫我们怎么好呢!"

"反正总是我们吃亏!……唔!"阿赤很愤激的说着,拳头便在空中挥起来。

"究竟是什么鬼,米价怎会跌得这样低?"

王九摇着头,唉声叹气的说。小么一听了,便转了转眼睛,像煞有介事的伸长了脖子说:

"唔,听说城里、镇里,都用鬼子米了,人都说鬼子米都很平,我们就减到成本,也减不到像它那么平呀!"

"吓,真奇怪,他们怎么能这样呀?"

"谁知道!"小么嘟着嘴,翻了翻白眼答。

"嘿!鬼子!……"

阿赤骂了,却又低下头去。

于是大家都沉静下来。风越吹越紧,月亮也给云掩没了。

"哈!今夜一定有雨了!"

小么抬头见了满天黑云,便跳起来叫着。阿赤一听了就抬起头来,动了动嘴唇:"也许老天还有眼睛!"

"我们总不曾得罪过老天呀!"王九望着天空说,"照理,老天爷应该知道我们的苦处!"

半点钟之后,雨点果然一大颗一大颗的落下来。雨点滴落他们的身上,一身都湿了。可是他们并不奔走,反而很愉快的唱着山歌,迈着步子回去。

四

哪知雨一淋下来,便怪有劲儿的一连下了十几天。

阿赤烦闷地坐在厅里,皱着眉头,望着门外发愣。

小么忽而从门外跑进来,仓猝地说:"哥哥,堤外的三家村给水淹了。听说张伯的屋也给冲塌了。"

阿赤跳起来,瞪圆了眼睛:"三家村也给水淹了?"

"是。……是!……而……而且河堤也危险了!"

"唉……我们……"

阿赤的话还未说完,紧急的锣声便在门外"当当"的响了。在这锣声里还有高尖的叫喊:"河堤给冲毁了,快来救罢!"

阿赤和小么的心都颤抖起来,脚腿也抖着,一身都冷冷的。

"小么,你秀姐嫂,怎么好?"阿赤在仓猝地绝叫了。

"有什么……么办……法呢?她病得这……这么厉害,又走不得!但我们去抢险罢……再看……水势怎样?……以后再回来!"

锣声又紧急地响了。小么便飞一样的奔出去。阿赤见小么去了,便愣着,半晌,也像疯狂了似的奔向堤边去。

河堤边,黑压压的拥满了人,都望着那决口处发急。那决口的阔度,总有五六尺,湍急的洪流,像千军万马那么地挤拥进来,那来势,真可怕,黄喷喷的水,一冲进来,就四泻到大平野上,直冲得远远的。

许多人都手忙脚乱的掘泥,奔着,嚷着。有的掮着木板发疯似的跳着,叫着。还有一大伙子,就赤着胳膊,直挺挺的站在决口处乱忙忙的,将他人挑来的石泥,木板,都堵塞进决口里,大家都忙着嚷着,可是当那石泥一填塞上去,那湍急的水势马上就将它们冲去了。

这时候,有人抬到一块大木板,于是一大伙的人,连阿赤小么也在内,都用力拦水势截下去。大家都站稳了脚尖,用两只手死力撑着那木板。这么一干,水,果然给堵住了。于是又是一阵忙乱:挑泥的,掮木的都乱忙忙的,想快快把这决口堵住,那知这江里涌来的水势太大了,那一大伙的汉子,都站不稳脚步了,那木板像一只猛虎那么地,挣扎着,时时都用极大的力向他们猛扑过来。

"唉,快些挑泥来堵!……等一会……木板也支不住了!……"

阿赤忽而尖着嗓子高叫起来,声音是颤抖的,这时,他赤着胳膊,咬紧牙根,把身子向木板斜过去死力对着木板撑着。

空气异常紧张,大家都发抖!……

"哟,这里又要决了!"离这里三十多丈远的地方,又有人高叫起来。

于是又有一大伙人,都像身临大敌一样的奔向那决口去……

这时,这河堤上,一片都是可怕的喧嚷。……

五

决口渐渐的多起来,平原也给淹没了。

阿赤在一阵忙乱中跟着一大伙人爬上了一个土山上。到了那里,他就乱忙忙的东奔西走,用极尖利的眼光,像找什么似的去望每一堆人群。他东张西望地走了很远,仿佛绝望了,于是就皱着眉毛,缩着双手,像要哭的样子。

"阿赤,找谁?"忽然有人问他。

"你见小么吗?……"

"不见他,他没上山来么?"

"也不知道,也许在决口里就给水冲走了。……"

他的眼泪滚滚的滴下来,用红红的眼睛望了那人一眼,便又走了。

经过了一昼夜的抢险工作,他疲倦了。这时,他才感到他的背脊在难堪地剧痛着,于是他便颓然地在这里坐了下来,抽了一口冷气,抓了一把鼻涕,就呆呆的望着天空发愣。

"老天,怎么这样没眼睛呢?"

他这么叹息着,旁边忽然发出一个熟悉的叫声。他仓猝地掉转头来一看,才知是王九。他愁着脸,两只手紧攥在胸膛,唉声叹气的说:"唉……这次真惨!……"

"唔!……"阿赤望了他一眼,低低的应了一声,便低下头去,接着又慢慢的抬起来,闪着润湿的眼睛说:"王九哥,你见小么吗?"

"我没有见他……"

"唉,他……也许给冲……"

阿赤的话未说完,王九便抢着说:"真说不定,听说靠近桥边那决口就冲走了几个人,但究竟不知是谁?"

"唉……唉!"阿赤用泪珠狼藉的眼望着王九,只是摇着头,叹气。

静默了好一会,王九忽然又用很悲惨的调子说:"这次,真惨,你看,山上的人,全都哭着!……最惨的,还是前一刻,我在南斜坡上,看见南汉嫂子,她因为见了自己的屋给冲塌了，便很凄惨的倒到地上，叫天叫地的滚着哭……"

阿赤只望着他的脸。有时动了动嘴唇，像想说什么似的。

"阿赤，秀姐嫂呢？"王九望了邻近大肚子的女人，便又扭回头来问。

"她？……"他睁大眼睛，噘着嘴，望了王九一眼，便又渐渐的垂下头去，"唉！她还睡在屋子里的床上。"

"什么？还睡在屋子里……"王九惊奇地说了，便迅速地站起来，向平原上望去：可是那上面是白茫茫的一片，除了几棵较高的树梢，还在水面摇动着，什么也没有了。王九再瞧了一会，打了一个寒噤，便坐下来："唉，什么都给淹没了！"

阿赤听了这话，全身便很厉害地抖动了一下，接着，眼睛像死鱼眼那么一转，上半身，就颓然倒在地上，晕过去了。

这时天空更阴沉了，从不知什么时候起，就刮起了寒冷的秋风。

一九三五年十二月十四日夜深于广州

曹家庄的怪剧*

一

铁狗一跨出了监狱的门限，就睁圆了眼睛，咬着牙根，扭回头去向门警扫了一个恶毒的眼色，嘴里咕哝着：

"妈的！你踢过我一脚！"

于是一肚子又冒着怒火：是的，这一脚可真不轻，到现在，他的尾尻骨还隐隐作痛。最使他不服气的，还是给曹三老爷硬抓去坐了七日黑牢。

这事情谁也明白：秋收时，曹三老爷亲自到铁狗家里去催租。可是这年头，老天又作孽：六月里一连下了二十几天大雨，于是到处都是一片汪洋。禾给淹死了，秋收也绝了望。许多人都哭着逃到城市去了。他铁狗却铁一样硬，一见了人便说：

"怕什么？大家不是一样穷么！谁有钱纳租？"

"不对。铁狗！昨晚三疤子不是就给催租的逼得偷偷在房里自己吊死了吗？哼，这曹家庄，我们可住不下！……"

"嚇！妈的，我不怕！"

于是，铁狗就暂时住下。他只等着邻人在城市里替他找了职业，而有信来时，他才打算启程。

可是事情很不幸，那天，曹三老爷果然来催租，事实上，铁狗确没法缴纳。那曹三老爷却恶狠狠的，一定要他缴。铁狗因受不了这种威胁，就使起性子来骂他。在这

---

* 载1936年1月27日《广州民国日报》副刊《东西南北》五〇九期，署名郑文生。

时候，门外就挤进几个小伙子来，将他抓住了，就一迳押到××监狱里。

想到这里，全身便发烫了。心坎里像有股热气，在乱撞着，憋在里边，总觉是怪不舒服的。

"坐了七天黑牢，白白给人踢了几脚……嗯！"这么想了，就举起拳头，咬了咬牙关，那眼睛像一双铜铃那么地突了出来，瞪着那高高的曹三老爷的屋顶上。

太阳暖温温的，使他身上挤出汗水来；他觉得他一身都在给什么烧着似的。

转进了一条狭巷，忽然一个声音落到他耳边来：

"铁狗哥，你回来了么？好了！"

抬头一望，才知道说话的是癫头九。他那干疤了的脸上，只露出一种惊喜的表情。跟着，就压扁了嘴，摇头说："铁狗……这庄上的人，除了姓曹的……多都逃跑了……"

铁狗睁开大眼，用惊讶的眼色望了癫头九一会说："那么，我的老婆呢？"

"哼！……"癫头九，绷着脸，又摇头说，"阿赤嫂么？可没走。但是，哼，那老王八，天天都到她屋里去！"

"谁？"铁狗扬了眉，翘起下巴来，像给钉住了似的，没有动。

"还不是曹三老爷么？……"

癫头九左右望了一会，就低低的说："但谁也不敢多嘴。"

铁狗愣了一会，眨了眨眼，把头一仰，"嗯"的哼了一声，就咬了咬牙根，迈着大步子向家里走去。

二

他趔趄的踏进了房门，就瞥见了曹三老爷的胡子脸。他正使劲地抓着阿赤嫂的肩膊，坐到她的膝上。

铁狗一见了，心头马上就涌上一股火来，握紧结实的拳头，像狮子一样地飞过去，对准曹三老爷的肩胛，使劲地一拳。

"妈的，王八羔子！"

铁狗骂着打了一拳。曹三老爷吓得一跳，像失了知觉似的苍白着脸，抖了一抖，就急急的站起来，奔出去。

"妈的，王八羔子！看老子来揍死你！"

那些屋门口，都探出许多头来，出奇的瞧着铁狗的脸。

"什么，铁狗？"

有谁这样细声地在问他。

他停了步子，显出非常愤怒的样子，气呼呼地说："他妈的，那老剥皮呀！王八羔子想奸我的老婆。……他妈的……我要揍死他……"

"嘿！这老剥皮！"四全也在一边探出头来骂了，他也吃过曹三老爷的亏的。这肚火，至今还没发泄出来。这时他嘟着嘴："妈的，他总有一天，会死在我们手里！"

"四全，你不要说得那么响！他们姓曹的人多，又强，别惹翻了他们！"胆小的矮脚程听了四全的话，把两掌向低处一压，吃吃的劝着。

"是呀！他们强！有什么法子？"接着，便有几个人这样附和了。他们都颤抖着，你瞧我，我瞧你的。

可是铁狗却还气呼呼的，那胸脯一高一低的喘着。他又咬着牙根说："强？妈的！我铁狗，他无理，我到底不怕他！妈的！"

三

一星期过去了。

一晚他从田间归来。在归途上，他只沉沉的垂头想着一件心事。忽然，后边响起了急促而沉重的脚步声：橐橐橐橐橐。

几个人捌着枪，使劲地飞一样的跑过来。铁狗惊异地站在路边，看看他们玩的是怎么一回事。

哪知他们一走近了，都举起枪杆来对着他的胸膛。

他抖着，全身像给淋了一勺冷水似的。他想道："是怎么回事呀？妈的！"

"不准动，动就开枪！"一个汉子这样说了，就走到他跟前来，接着第二个又走近来。这个，铁狗可认得是曹三老爷家里的家丁，宽大的胳膊，粗浓的胡子，和那钉了起来的大眼眉；都是一张忘不掉的凶恶的脸谱。他用凶恶的眼睛向铁狗望了一眼，便向另一个汉子翘了翘下巴。那人像已得了暗示似的，挺了挺腰，就扑过去，把铁狗的肩肘连腰肢抓成一把，拼命地抱住。那家丁和其余的人都聚拢上来，大家手忙脚乱的将他的两手反缚着。

他明白这是怎么一回事了：曹三老爷给他揍了一拳，这次就是特来报复的。

他们将他反缚在一棵树干上之后，都冷冷地瞧着他，装鬼脸。空气异常静寂，黑夜也降临了，只在那西山的岭头，还抹着一线红光。

"妈的，贱骨头！白天就拦途抢劫！"那家丁嘟起嘴向他作了鬼脸，就一脚踢到他的屁股上。

铁狗猛地一跳，一肚无名的怒火便兜上心头来。他明白了那伙子是来陷害他的，他很想挣扎，可是给缚得太紧了。他的怒火有增无减的烧着他整个的心。那胸膛一突一突的，像要爆裂开来，这时他像忍不住似的迸出一声来："什么？"

"什么？拦途抢劫！嗯，妈的，请你吃铁榄子！"

"拦途抢劫？"他躁急的问着，像要哭了。两只手，尽拼命地挣扎着。

"还能否认么？吓，你瞧瞧！这不是赃物么？贱骨头！"

一个捐着枪的高个子，仿佛也是曹三老爷家里的用人，扁着嘴，提了一皮嗯、一把雨伞和手巾之类，放到铁狗的面前来："我们明明见你抢了人的。嗯！"

这时夜色很深了。不知谁的脚尖又踢到他的脚胫上和屁股上。于是他像老虎似的忍着痛，作起猛力，使劲地挣扎着。接着就有鞭子抽到他的肩胛边来。这时，他没有言语，只滚滚淌着冷泪。挣扎着，挣扎着。

"抢劫的贱骨头，明天请你吃铁榄子！"

跟着这声音，突然有只手指，像一枚钢钻一样刺到他的眼珠里，他感到难堪的剧痛，便没命地嚷着。

到这时候，他仿佛才知道了他生命已系在他们的手上了，再缄默也不能了。于是破了嗓子大骂着："你们都是曹王八羔子的走狗，都是丧心病狂的癞子。……我很明白，你们都是给那王八收买了。"

声音在黑暗的空气中震荡着。那一大伙子，都站在一边私语了。接着，就是可怕的沉寂。

磅，磅！……

铁狗的脑袋，突地给甚么穿进出，鲜血就一块块的涌出来，流了一脸……

四

第二天，曹三老爷的家丁那一群，到处都告诉人家，说昨晚铁狗拦途抢劫给人打死了。……

这消息一传到四全的耳边，他的眼泪便滚滚地滴下来，他愣住了，他的心像给刺刀刺着似的作痛。口里还嗡嗡的自语着！

"唉！铁狗会拦途抢劫，谁能相信？……唉，我们不能不逃亡了！……这曹家庄，再也不容我们住下去！……"

廿四，十二，廿四夜，在广州

年关杂写*

一　烟七

街上，拥挤着各色各样的嘴脸，荡漾着愤恨悲哀不同的声响。他们都怀着一颗躁急而忧虑的心，像鳝一样，老在人丛里溜。

烟七嫂——一个为贫穷压倒了的妇人，衣服都是破烂的，甚至，她的皮肤也是破烂的。这时她睁圆一对忧郁的眼睛，焦急地向着每个人堆巡逻着，仿佛要找寻什么似的，时时扭动她的脑袋。

她心里像给压上了一块冰块，抖着又痛着。在她眼前的一切，都是令她流泪的资料。然而，这儿她不能就哭：她心坎里还压着一股更高的郁气。

她走着，走着。刚走到一间烟馆的门口，她便瞧见了她的老公烟七的瘦嘴脸。她像找到了泄气的对象似的，急急的跑去，在背后用力抓住了他的胳膊，使劲地向后一拉。

"烟鬼，你，你，你……你！……"

烟七嫂一肚子的郁气，便急急的呼出来。然而她的脸色太可怕了，她的性子使得太急了，郁在肚里的话反而没说出来，却吃吃的抽气了。

烟七刚刚从烟馆里走出来，忽地受过这猛力的一拉，险些儿就倒了下去。待他立定扭回头去瞧时，才知道是自己的老婆，于是颤颤的说：

"什……么？"

"还说什……么？嗯，该死的……那六毛钱呢？……"

---

* 载1936年2月5日《广州民国日报》副刊《东西南北》五一七期，署名郑文生。本文为1984年2月版《萧殷自选集》收录的版本。

可是烟七嫂还紧紧地抓住他。他本来的脸色就挺可怕，这时又受了点威慑，更显得青黄而瘦削了。他定了定神，睁着黄色的眼睛说：

"哪里六……六毛……钱……呢？……"

"还说哪里？该死的……在破壁罅里藏着……的……唉，真惨，我前生有什么冤孽呢？"骂声渐渐地响亮起来，眼泪也就一滴滴的淌落腮巴上："唉，那……那六毛钱是……是我……俭俭……省省……省下来的，偷偷藏在壁罅里，本……本来打算留下来……来过年的……今天待我去拿时……唉，该死的烟鬼，……你你你你……"

烟七只呆呆的站着，动也不敢动。那深陷的眼睛，只呆呆的望着观众。他像发现了良心似的，愣着。

烟七嫂这时只哀哀的哭着："唉，到这时候……什么也变不来了……我前生作了……什么孽？要嫁了你这鸦片烟鬼？……"

二　催账

这天，是廿四年最末的一天了。

我为了一点小小的事情，来到农夫阿赤的家里。他的嘴脸似乎更消瘦了，言语也少了，跟我说话，仿佛就是不得已的敷衍；因为我很明白：一个贫穷的农夫，在年关期内，能有宁静的心去跟人闲谈么？

时候既迫近黄昏了，可是太阳却躲在云缝里，不让漏落一点光芒出来：天色怪阴沉的，跟穷人的心一样地"沉"着。这时，我和阿赤正商量着一件事情；忽地，门外就传进一两声恶狠狠的声浪。阿赤仿佛明白是谁来了，他全身很厉害的颤抖着。

我为了一种好奇心的驱使，便从小窗里探出半截头去：小厅里来了一个大圆脸，他的鼻梁和额纹很光滑，那眼睛却像患了热病一样，裹着许多红丝。这时，他像刚喝了酒，那股劲儿，令那六十多岁的老太婆也顶难堪。

老太婆也发抖了，她慌得两手不知怎样才好，好像连安放的地方也没有一样，只伸在胸前抖："先生……我们再想不到办法了！"

"想不到办法？嘿，你儿子呢？快叫他出来！"

这时，阿赤便离开了房子，一步一抖的走出去，样子是十足的可怜。

那催账人用冷冷的眼色望了望阿赤就压扁了嘴巴说：

"阿赤，那款项怎样呢？"

阿赤望了他一眼，便吃吃的说："先生，今年确无办法啦！"

"确无办法？"那催账人竖了竖眉毛，把脖子伸长着，"那么，你想怎样呢？"

"我……我我我……"

阿赤给吓得发抖了，脸色渐渐的苍白起来，脑袋也跟着垂了下去。站在那里，像给钉住了似的，动也不动。

"喂！快作主意：给钱呢，还是愿坐牢？"

阿赤给用力在肩胛上抓了一下，便有点恍惚了："我今年确是想不到办法……"

"妈的，还是这一句！"他咬了咬牙关，使劲地抓住了阿赤的胳膊，就向门外推，"去，到牢狱里去过年！"

这时老太婆可忍不住了！她很悲恸的哭着："先生，慈悲点吧！我六十几岁了……我家里只有他一个人……拉了他去……叫……叫我怎样呢？……先生，我们是穷人，这笔账，今年的确想不出办法了……还是……明……明年吧！"

眼泪淌满了一腮巴子，嘴角儿还痉挛着；全身又很厉害地抽搐起来了。可是那催账人，却毫不感动似的，还紧紧的抓住阿赤的胳膊。阿赤却像给押赴刑场的犯罪者那么地，没有挣扎，没有言语。在这时候，他只有任人处置，只好暗地里流眼泪。

然而那老太婆可急了：她这么老，儿子给抓去了，她自己可就像失了手脚，连饭也吃不着的。于是她又哀求着：

"先生！慈悲点吧！你们是有钱的人……我……我已那么老了……"

"我有钱又怎样？是抢来的吗？"

这么恶狠狠的扭转脸来骂了，又用力拖着阿赤出去。老太婆的心，真的怕已碎了，她见阿赤给拖着，便急急的蹒跚地追着他，在拦住催账人的前面，"骨"的跪了下去："先生，慈悲点！请不要抓我的儿子去！……我……我们答应……明年再设法呵！……"

看到这里，我也抖索起来，然而我没有解救的办法。结果，我也只有在房子里抽咽着冷气。

三　糖贩的诡计

×镇的×江上，正驶着一只大船。北风飒飒的，在船篷上抖叫着。

船舱里只有两个搭客。其余的空位，全给几十桶片糖占着了。

"阿万哥，你这些糖，卖到那一间铺子去？"一个瘦个子，名叫老四的问他。

"卖给兴隆杂货店的。——这次，我该谢谢你借给我许多大桶。哈哈，实在有劳神的地方！"那狡猾的阿万，时时都喜欢说这种类似抱歉的话，在老四听来，已不止一万次了。这时他显出有点讨厌的样子，默默的不答腔。

等到船泊近×镇的小码头，阿万便急急地跑到兴隆店去，叫店伙来看糖。那店伙把糖桶开了一只，随随便便地望了望，便问：

"共有几重？"

"三千多斤？"

"唔，那么我回店去叫人来起货。"

店伙说了，便拔脚跨上码头。阿万也随后跟了去。到了店里，阿万忽向店老板说：

"老板，我想买点急需的货物，并交多少旧账，请你先交我二百块现款？"

"二百块？"老板挺着腰肢说了，便扭回头去问店伙共约有多少桶。

"一共二十多桶。"店伙说。

然后他才回转来向阿万说："明天来吧！"

"哈哈！李老板，别跟我开玩笑吧！我是急需的呀！"

"那么，先拿一百块吧！"

"我至少要百八十块才够开销。"

"好，就是百五十块，哈哈！"

"唔，就暂收一百五十块了。"他咧开了嘴巴，笑了笑。阿万拿了百五十块洋钱就出去了。

糖一桶一桶的拉到店里来，老板一见了，便令店伙去换桶，于是店中的店伙们都忙忙碌碌地搬许多空桶来，着手换桶。

伙计们的手晃着：把糖由这桶里转到那桶里去。大家都"转"得挺起劲的。

"哎哟！怎么下面全是沙石呢？"

忽然有人这样叫起来，一时惊异的情绪充满了全店。这时老板也从房子里跳了出来，瞪着眼，瞧着桶里的沙石。

"咦，我转的这一桶也是沙石呢。"又有第二人叫了。于是几十对眼睛跟着这声音转到那边去。大家目瞪口呆地说不出半句话。最后还是老板说：

"快些！看其余的怎样！"

店伙们接得了这个命令，都忙着开桶，然而每桶都是一样：都是上层叠了两层糖片，底下的十分之七全是沙石。

店里的空气忽的紧张起来。大家你瞧我，我瞧你，默默的都说不出话来。

几秒钟过去了，忽然有人提议去追人。

"追？早已搭长途车跑了。"有人反对。

"我想，最好去追那借糖桶给他的铺子。你看，这桶上还刻着什么店名的。"

大家瞧了瞧桶上的字。

"呵，这铺子就是老四他们的，这次他也跟阿万同来，他一定有份！"

于是大家决定去抓老四，如他也逃了，这案子当然挂到他的铺子上。

然而，老四却没逃，而且他对于阿万的诡计却也完全不知道，可是，他辩论也无用了，他只好跟了几个警察进牢狱里去。

四　锁押房子

北风在外面呼啸，天井里的枯苔也发抖了。

阿方缩做一团，把一手撑着他的下巴，坐在一条破木凳上发抖。然而他又像为一件事苦恼着。两只眼只呆呆的望着天边发愣。

"刚才唐××先生怎样呢！阿方？"从厨房里走出来的老太婆抖着声音问他。

"怎样？……嗯！……他们无论如何要……"阿方发愁地说着，额上掀起几条青筋来。

"他们不肯通融……吗？……哼！……"

他只默默的没答腔，一种难以形容的痛楚，泛上他的腮巴上、眼睛里。这时在他的心坎上像给谁绞上了一条麻绳；于是他咬了咬下唇，竖了竖眉毛，那股劲儿，像会冒出火来。

沉默了好久，嘎的，门边又闪进一个三角脸来，他笔直的跨了进来，第一句就像雷鸣一样的声音：

"阿方，那款项结清吧！"

阿方的心坎上又多了一重威胁,弄得他一时透不过气来。然而在这当儿,他不能不忍耐,不能不把那股"火气"压抑下来,于是他细声地说:

"我……今年没办法……请通融到明年吧……"

"什么?明年?"那人目瞪口呆地盯了他一会,又说,"这,怎么了得!你快想法!……"

"唉,我们确想尽了……"

"岂有此理,做什么奸计,快些!不然,就锁押房子!"

阿方把声音放得更低地发抖的哀求着:"真的,没……没办法啦!"

"真的?嘿!"那人扭回头,睁圆眼睛,盯了阿方一眼,便从袋里掏出两把铁锁来,"谁理你这些,你既不交,那么,我就得锁房子!"

这么说着,将他所有的两间房子"格"的锁牢了。跟着就昂然地跨出门去。

阿方对着那给锁了的房门,愣了一会,他的血便在全身滚沸起来,那股久郁在心头的怒火,再也压抑不住了:他认为这房子就是他们母子唯一的财产,现在给锁了,连睡的地方也没有。于是咬紧了牙根,睁圆了大眼,像着魔似的跳了起来:

"妈的,王八羔子!人家少几百块还不敢锁押人家的房子……王八羔子……老子要捶死他!……"

说着……就飞一样的追出去。挥起拳头,活像一条老虎。

可是老太婆听了儿子要这么干,反而担忧起来,她老人家怕儿子又惹了祸,便很辛苦地追出去叫:"阿方呀,别惹了祸,你打死了人……我们可就完了……"

阿方气呼呼地还骂着:"妈的,老子要捶死他!欺人的王八羔子!"

老太婆拼命在后面喊着,追着;幸而,阿方终于给追到了,她没命地拉住他,要他回去。可是阿方的气可就难平了。

"妈妈的!……"

一九三五年除夕写于佗城

传令兵之死*

荒漠的，癫痫似的山头，无边无际地在灰暗的天空下绵亘着。峭峭冷的西风，从高原上卷起一股尘砂卷发似的打旋，呼叫。

一条小路在陡斜的山坡上弯弯曲曲的蟒蛇一样环绕着。一个微小的黑点，突然出现在小路上，它向下面蠕动着，像一只蚂蚁。

这是××司令部的传令兵赵挺——一个结实而倔强的小个子。眼大，脸黑，但却眉目清秀。峭冷的风飒飒地打着他的衣襟，他的脸颊给吹红了，然而他仍用迅速的步伐行进着。他的眼光搜索地望着前方……

"前面就是敌人封锁线了。"当他翻过山坡，一张"红膏药"的旗子映入他眼前时时，他这么想。可是他没有惊慌，只下意识地摩了摩手枪，和挂在腰间的公文袋，仍旧向前行进。

噼……啪……

突然一颗流弹，从空中鞭打过来。赵挺来不及分辨流弹的出处，便即刻卧下。

三十几个日寇在山麓出现了，而且已开始乌贼似的在坡上爬着。——毫无疑问的，这般（团）伙正要吞噬传令兵赵挺了。

赵挺见形势不妙，急急伏爬到路侧的一块大石旁边，卧伏着。一面抽出手枪，一面掏出公文……

"我不能让它给敌人抢去，它是关系整个游击队的生死！"他这么想着，就将公文握成一团，塞进嘴里，鼓胀起面颊，用力嚼着；一面把枪瞄着路口，猎犬似的紧紧

---

* 载1939年8月25日《新中华报》，署名萧英。

地盯着前面……

公文还未完全嚼碎,一个满脸胡子的敌人已爬上陡斜的土坡,出现在赵挺的眼前。他心里一沉,用力在扳机上一按:蓬!——那家伙应声倒下了,接着一骨碌滚了下去。

跟着。第二个又爬上来。赵挺不等对方爬上土坡,就靠着石块瞄准射击……

这样一直打死了六个。

一颗手榴弹在石块前二丈多远的地方蓬——隆地爆炸了。一块弹片擦过赵挺的绑腿上,然而只拖去了一片皮。他仍安然地伏卧在石块的后面。

炸青烟尘给风吹散了,坡下就飘来一阵得意的笑声:"昆多科所瓦,新达得阿罗!哈哈!(这次可死了吧,哈)"可是,当第七八个爬上来时,石块后面同样蓬蓬地发出枪声,敌人同样被射穿了头脑,滚下山坡去。

"昆直沽小,次克昆得九开衣(妈的,冲上去)!"一阵吆喝哗然地起来了,嚓嚓,脚步声杂乱地响着。赵挺忽然想起袋里只剩下十余颗子弹而着急起来,但他竭力镇静着眼睛仍盯着路口……

五六个敌人果然很快的爬上来,然而敌人显然都很害怕,脸色发青。赵挺沉着地射击着,敌人东斜西侧地倒下,有的像哨兽一样直扑过来。……

正在这万分危急的一刹那,传令兵发觉是最后颗子弹了。他惋惜地叹息一声:"可惜子弹没有了,不然我要多杀他几个!"

一个黑影急速地飞奔过来。赵挺很快地把手枪侧转来:蓬!——一颗子弹穿进他的脑袋,于是他倒在血泊里,含笑着死去了……

引路*

中午,春天的太阳灿烂地照耀着××村。一行雁子一摇一摇地在澄碧的天空中叫着飞过去了。

这时候,庄稼汉宋宝才正坐在坑上打麻绳。阳光从窗格子里透进来。他感到无边的寂寞:在半月之前,家里还是热闹的,妻子和弟弟都在一块儿。可是在一夜混战后,敌人闯进了这破碎的村庄,于是他们都在山沟里被敌人结束了生命。

想到这里,宋宝才长长地叹了一口气,那平板而不善于表情的微微发黑的脸上,笼罩着一层不可揭开的忧愁。可是,他很快的又转了念头:"奶奶的!都是日本鬼子的罪恶……"

正在这时候,院子里突然响起沙沙的步声,和一种生疏的听不懂的话语。他疑惑地睁开眼睛正想探头到窗格边去望一下,意想不到的两个脸目狰狞的日本兵和一个穿长袍的中国人已踏进了窑门。

他们好像要吞噬这善良的庄稼汉似的。一个日本兵向中国人使了一个眼色,就把枪口向着宋宝才,并且凶恶地"哗瓦哗瓦"地说着,可是,质朴的宋宝才听不懂,只蹙着眉头,呆呆地听着。

"蠢猪!皇军叫你去引路!"那个穿长袍的家伙板着脸孔说,涎沫喷到宋宝才的脸上。

"什么?引路……"

"对!就是引大日本皇军去剿中国的土匪!懂吗?"

---

* 载1939年9月1日《新中华报》,署名萧英。

庄稼汉默默地没有回答。他在想：我不能引鬼子去杀中国的军队。

"怎么？你打算怎样？不去就即刻送你去见阎王！"中国人说了，就扭过脸去，用献媚的脸去瞧两个日本兵。日本兵像领会了他的意思似的，马上野兽似的直扑上去，拉着宋宝才的胳膊拖狗一样拖下来："去！八格亚罗！"

庄稼汉被推出窑门，知道不能逃避了。他忧伤地被两杆枪口押送着。他心里充塞了矛盾的情绪。然而，突然他像得了救似的欣然回过头来说："好！我去！"

下午一时，宋宝才领头走着，后面跟着五六百日本兵、无数的马匹和大炮……宋宝才一路走着，一路想着。他清楚地知道中国军队埋伏在什么地方，什么地方是中国军队控制着。想到这里，他心里便高兴起来："奶奶的鬼子，这次可请你们都见阎王！"

五十分钟过去了，这五六百人马，便跟着宋宝才转进了一条深沟。这里阴森森的，两边都是峭立的高山。这位质朴而聪明的庄稼汉很清楚的知道；在这夹沟的高山上，正埋伏着成千成万的坚强的游击队和正规军。

果然，当这野蛮的一队进入山沟约二十分钟，后面山嘴嘴上便吐出了密集的机关枪弹，于是前面和中间的人马像一锅沸水似的慌乱了。正在这时候，两边山壁和前头的机关枪也格——格——地吼叫。子弹从四面呼——呼地集中在山沟呼啸着，慌乱的人群，一排排的倒在血泊里……"哈！哈！奶奶的……"宋宝才快乐得朗声笑起来，他简直忘记了一切。

"昆直沽小（畜生）！"随着这吼叫，一把刺刀就刺进他的胸膛。于是我们忠勇的庄稼汉就在朗笑声声中倒在血泊里；斜照过来的阳光，正温暖地抚摩着微笑的脸……

四方脸*

十月的一天，下半夜七点钟光景，公鸡起劲地啼叫着；平汉线上的火车，隆隆地驶来，但不久，又隆隆地远了……

这时候，铁路西边×村一家北屋里，亮着一盏暗淡的菜油灯；在微黄的灯光下，坐着一个四方脸圆眼睛的大汉。他姓陈，是个勇敢又机警的区干队长，黑夜里，他腰里掖着"搂子"，大胆地在敌人的"治安区"里穿来穿去。他性子很硬，身体又结实，区公所的同志们都叫他"石头蛋子"。现在，他正拔出枪栓，聚精会神地擦抹着他那支"八搂子"的枪膛。

忽然，侦察员郝小三急忙地跑进来。陈队长一瞅见他那张冰冷的脸孔，就问：

"怎么？外边坏了事么？"

侦察员每次都这样，一探到坏情况，就板起脸孔沉默着。他没有即刻回答对方的问话，只挪下蒙头的白手巾，拍着身上的灰尘，慢悠悠的说：

"哼！王仲武那狗舍的，昨天又领鬼子到×庄扭抗属啦……"

"怎么？他又领鬼子去扭抗属？""石头蛋子"不等到对方说完，就气急地嚷起来。

郝小三继续说："刚才×庄的人跟俺说，这次去扭抗属的，又是这村四炮楼的鬼子……"

话还没说完，披着羊皮袄的伪村长（实际他是同意抗日的）又仓皇地闯进来，讷讷的说："老陈，你们提防些！炮楼上的吊桥放下来啦，说不定今早晨又要有什

---

* 初载1944年11月12日《解放日报》，署名萧英。1946年1月31日载《晋察冀日报》，署名司徒达。

么事。"

"石头蛋子"怔了一下，一把抓起枪筒，按上枪栓，拿一梭子弹往弹巢里一压，向伪村长激昂的说："王仲武又领鬼子扭去了两个抗属……"

"噢，对呐。"村长也气愤的说："俺差点忘了，王仲武今黑夜在家里哩。你们不早就要干他吗？这很正巧啦！那狗东西诡得赶，很难捉摸，有时他在家，你们不在，你们在，他又不在家。"说到这里，他又略停一下，继续说："村里人早就盼你们干掉他，现在天快明啦，要干他就快动手！"

陈队长沉默地听着，一边想："武委会早就叫俺找机会干掉他，要不是那次他跑得快，今年夏天，他就该回老家了……"

王仲武是个死心塌地的汉奸，是个暴戾而又诡诈的"土复兴"。在侯汝庸部下当过排长，他什么罪恶都干得出来。他挂着"中央军"的牌子，在这一代耀武扬威，逼死好几个村长。许多抗日的干部和老百姓，他都知道。四〇年他投降敌人后，就常常领着鬼子来扭抗日干部和抗属，算起来，已给扭去了二十来个人。……哼，这钉子要不拔，这地区的工作准会垮台……

想到这里，"石头蛋子"的手指铁钳似的紧抓着"八搂子"，用力的空中一扬，咬紧牙根说："狗肏的。老子要拧死他！"

郝小三，本来发愣地望着菜油灯，听了队长这句话，突然转过脸，兴奋地说："干，现在就动手吧！过一会天就明啦！"

"石头蛋子"没有理他，只向村长说：

"俺们决定现在就干。你到村西头去警戒炮楼上的鬼子，要是鬼子进村，你就喊'牛跑啦，牛跑啦'，一直喊到东街来。"

"对。"

当陈队长和侦察员走出院子，天色还很幽黑，没有星子，只听见轻微的落叶的声音；除了鸡的啼叫，真是一片无边的寂静。走到大街，突然听得远处有开门的音响，"石头蛋子"就向郝小三作了个手势，两人掏出手枪，避入一家门洞里。不久，大街上迎面来了一个黑影和走路的步声，夜色虽昏暗，但过细一瞧，那确定是王仲武。侦察员性急的想冲出去，陈队长却狠狠的碰了他一下，赶步声近了，他们才从门洞里走出来，满不在乎的迎上去，挨到身边，"石头蛋子"冷不防，就猛地一把抱住王仲武的两臂，侦察员直扑上去，摘下"匣子"；陈队长才气呼呼的说：

"走！到村边说几句话去！"

王仲武一听是"石头蛋子"的声音，就知道坏事了。他吓的说不出一句话，只哆嗦着。

"走！"

"不！我……不去！"

陈队长扬起"搂子"，对着他的脸孔摇晃着："去不去？"

"不去，死就死在这里。"

"死汉奸！"陈队长一边咬牙切齿地骂着，一边朝着对方的脸孔就是一枪，王仲武像一截被砍断的树干，摇晃了一下，就啪的扑倒到地下。

侦察员摸了摸伤口，觉得满嘴血浆，怕他装死，朝胸口又是一枪。他们知道他活不成了，就撒开腿，像两只小松鼠似的，一出村，溜过密密的东树林，就隐入夜的黑暗里……

炮楼里的鬼子一听见村里的枪声，就惊惶得拉起吊桥，乱打起机枪来，一直等伪村长报告了，才知道皇军忠实的走狗，在村里被人枪杀了。

日本小队长听完报告，瞪着眼睛，好像不相信自己的耳朵似的，又听伪村长重新说一遍。当他第二遍听完之后，他摸着脑瓜子，神经错乱地咆哮起来。

"八路军胆子大大的，敢到皇军据点来！嘿，要搜村的，快！"

小队长虽然这么说，可是他一望窗外那昏黑的夜色，就怕下炮楼来。一直过了一点来钟，天大亮了，他才领了八九个"喽啰"，背着机关枪，如临大敌似的窜入村庄。先把住村口，然后全村老百姓到村东场子里集合。

小队长和伪村长走到王仲武挨打的地方，人说王仲武才咽气不久。据他老娘说，在临死之前，他曾费了很大气力想说出谋杀者的名字，可是舌头给打烂了，满嘴又是血，他始终说不出一个字。最后他用手向他家人做手势，比了好一会，他老娘才领会了：谋杀他的共两个人，其中一个是四方脸圆眼睛的人。

小队长沉默地听着，不断地点头。

等小队长走到场子里，远远的地平线上，已升起一轮橘红的太阳。场子里站满了老百姓。小队长装腔作势地在人群前面来回巡视着，吆喝着，他挨个挨个地端详着每一张脸孔。太阳的光芒太强烈了，人们的眼睛都给炫射得眯起来。可是当中队长的目光落到一个四方脸、浓眉毛的脸孔上，他就像一只公猫端详它的猎获物似的，侧着

头,用戏弄的眼光,长久的观察看着。然后说:

"你的眼睛,张开来!"

那四方脸把眼睛一睁,睁得圆圆的。小队长突然一把扭住他的胸脯,死劲拖出来:"嘿,你的心大大的坏!"

人群都蠕动起来,大家心都收缩了。但看清被扭的是王贵兴时,大家不但松了一口气,甚至暗暗地叫"好"!这小子是无法无天的大恶棍,当过土匪,抗战后,就专心跟一批最坏的伪军,合伙去抢掠老百姓的财物。村子里的抗日活动,只要他知道了,准向鬼子告密。

现在村上住的鬼子是才调来的,所以不认识他。村里的人都明白他的底细,处处都得提防他。除了王仲武,他就是村子里最坏的家伙了。

小队长死力扭住他,哼着鼻孔,一直等另两个鬼子把王贵兴的两手倒剪的捆紧了,他才松开手。但他立即把两手往背上一靠,就得意洋洋的朝着四方脸问:

"你的八路那部分的?"

四方脸觉得受了委屈,颓丧地说:"太君,俺不是八路军。"

人堆里唧咕起来。一个年轻人挨近一个老头子的耳朵说:"可别保他,这小子死日临头了!"老头儿说:"谁会保汉奸呢?"……大家七嘴八舌的叽咕着。

小队长扬起手,向大家摆一摆,意思是叫大家不要说话。等嘈杂的嗡嗡声平息了,他就低下头,背搓着双手,在王贵兴跟前踱着缓步,又问:

"你的同志去了哪里?"

"太君,俺真不是八路军……"

这一下,小队长突然挺起腰杆,朝四方脸的脑瓜子上就一掌:"八格牙罗!快快的说!"

四方脸踉跄了一下,脸色变得很苍白。

"不说,就撕拉撕拉的!"另一个拖着指挥刀的鬼子,走到队长身边,摇着刀鞘威吓着。

就在这霎,伪村长抢上去说:"刚才听仲武老娘说,有两个人一块儿谋害的,那人是谁呀?你快向太君说!"

小队长见他仍然低着头,就向他身边那鬼子"瓦西瓦西"的唧哝了一阵,意思就是"如再不说,你就杀了他"。

那个鬼子点了点头，就直奔过来，一把扭住王贵兴的胸口，死力摇了几下，暴虐地吼叫着："跪下！"

他柔顺的跪下来，用一副求救的可怜相望着那闪亮的刀口，和那狡狯的眼睛。

"快快的说！"鬼子现出更厌恶的、更不耐烦的神情催促着，但四方脸只哭丧着脸，困惑地结巴结巴的说："俺不是……""八格牙罗！还不说！"

鬼子愤怒得唾沫四溅，挥起刀就往对方的脑袋劈过去。血向空中直涌，一颗头颅沉重地滚落地上。……

太阳已丈把高，平汉路上的早车，隆隆地从南方驶来，但等场子里的人一走散，火车又隆隆地向北边远去了。……

疯子*
——小故事之一

杨大全从十五岁起，就一直给人做短工，拦羊，推蹍子，挑水，管水磨，种庄稼……一切短工们做过的活计，他都干过。他也受过所有短工受过的痛苦和辱骂。但他性子硬，遇到不能忍受的辱骂和压榨，他要反抗，有时候，他激怒了，就不管三七二十一的跟雇主大吵大闹一场，因而他常常失业，常常挨饿，到了走投无路的时候，他还得挨门乞食。

就这样，他一直生活了十几年。由于痛苦和仇恨长久压在他心头，他的性子变得更暴躁。只要一句话撞到他伤痛的地方，他就要冒火。于是村里人给他起一个小名，叫他洋火头。

三九年冬天，敌人在一个大清早把他的村庄点燃了，他那破烂的屋子，也给毁了。当晚，杨大全从镇上回来，一见那堆灰烬，和那斜斜歪歪的断梁和瓦砾堆，就气得脖子通红的大嚷着：

"日他娘的，老子非揍死你那狗日的，就不姓杨！"

说罢，他抄起一把镢头，就气呼呼的要到炮楼里去拼命，可是村支书拖住他说：

"别去送死！一个人顶球事！要复仇就得等机会大家一起动手嘛！"

虽则他站住了，但是没有说服他。他仍然沉着脸，喃喃地咒骂着。

……不久，敌人又出来"扫荡"，他本来猫在山沟的草堆里，敌人并没有看见

---

* 载1946年11月17日《晋察冀日报》，署名司徒达。此篇与萧殷早年以郑文生名字发表的《疯子》题目相同，但内容各异。

他。但狡猾的日本人，却拿枪瞄着草堆，喊着："出来，我看见你的，不出来就开枪了！"

杨大全以为鬼子真瞅见了，猛地搬起一块石头，向鬼子头上扔过去，鬼子受惊地叫了一声，闪躲着，石头落空了，鬼子们立即爬到石圪捞里向草丛打起枪来。虽然洋火头没受伤，但他给捕捉住了。

敌人见他那股勇猛的气势，就断定他是八路军便衣，把他两手背剪着，就往临时据点里送。在路上，几个认识他的民伕老望着他，不时悄悄地丢来同情的眼色。

山野上，敌人的搜山队，像一群黄色的狼到处活动着，东一股地西一股地乱窜着。他们一相遇，就远远的摇三下旗子，等那面也同样回答了，才敢走过去，杨大全想："唔，这准是他们的暗号。"

紧紧跟着他的那个鬼子兵，这时得意地笑着说："你们匪区的人，都大大的坏了的，都受了匪军欺骗了的！"

"放你的屁！"杨大全扭转头愤怒的骂，"你们才是匪军。你们……"

"你说什么的？"

"说什么的，我说你们才是匪军！"

鬼子一把逮住他的胸脯暴怒的举起枪刺来……

"不，"一个民伕急惶得结结巴巴地，"太君！他，他是疯子，是一个癫癫疯疯的疯子。"

虽则鬼子放下枪，但还摆着一副凶煞的脸孔咆哮着："坏了的人，通通要死了死了的！"

经这老乡一提，他索性佯装疯子，故意说了许多胡话，鬼子们都信以为真了。

……当夜，杨大全被当作一个疯子，给关在一间破牛栏里。鬼子兵凭着木栏，用欣赏喜剧的心情观看着，谑笑着，有的还打亮电棒去照他的脸，但洋火头却激怒的咒骂着：

"狗日的，你不要乐，八路军要叫你吃黑枣哩！"

看了他那股"疯劲"鬼子们更乐了，有的还笑哈哈地说：

"金赤厄！金赤厄！"

……到半夜，外边静得很，只淅淅沥沥的落着雨，天一黑，杨大全就准备逃跑了，但他被捆着，他开始挣扎，使劲地扭动着手关节，一直到半夜，才把绳子挣脱了，他向院子里瞅了一眼，什么也瞅不见，只听得院子里那株老梨树响着沥沥的雨声，于是他轻悄悄爬过木栏，就走向门洞去。

但突然，他听到一种呼噜呼噜鼾声，他详细一听，原来是一个抱着枪的家伙，斜靠着门洞墙上睡着了。

"好家伙，你就该死！"他想着，随手在地上摸起一块石头，就垫着脚趾走过去。挨到那家伙身边，他拿石头猛力向对方的脸上一砸，那家伙哇的一声，顺着墙壁倒溜下去。

枪也来不及摘下来，洋火头撒开腿奔到大街上，拐进了一条小胡同，就溜到村外去。

但才出村不远，后面忽然响来急促的马蹄声，还有耀眼的电光，光柱在黑暗里来回搜索着，他即刻把白单衣脱下来，迅速伏卧在地上。一直等马蹄声"得得"地远了，他才又爬起来往前走。可是刚爬上山坡，山包上却喊起口令来。那是个哨棚，鬼子和伪军已望见他了，杨大全觉得往回走也不是路，就说：

"我是给皇军探消息的。"

可是哨棚外的鬼子还不相信，吆喝着，同时拿旗子摇三下。杨大全忽然想起这是暗号，便顺手从腋下挪下那件白衣服，抖开来，也摇了三下……

"啊，是自家人，走吧！"鬼子和伪军满意的说。

杨大全大胆的通过哨棚之后，就冒着雨点，飞奔起来……

高经理[*]

一

晚上十点钟光景，月光照着空荡荡的胡同，天空墨蓝墨蓝的，但天气很冷，雪泥还堆在街边。西北风不时从胡同口卷着雪泥刮过来，杆子上的电线，呜呜地直响，街灯被刮得摇摇晃晃的。一阵风过去之后，胡同里又死静了，接着又是一阵冷风刮过来。……这条胡同里的住家、钱庄、被服厂、糖庄，照例都是很早就把大门上了，就是夏天，也不例外。这时，不时地，从胡同的转角处，传来"桂花元宵"的叫卖声，此外，只能听到一两声狗叫。

突然，狗叫声紧急起来……

随着狗吠，胡同口闪进几个人，这正是刘旭明和他的节约检查小组。他们一共八个人，走得很整齐，但没有一个人说话。走到一家大红门前面，刘旭明拿电棒子一照，"鸿发糖庄"碗大的红字招牌，耀眼地出现在他们的面前。黎军——这个初次参加斗争、充满了无限新奇心情的大学生，这时像发现了攻击的对手一样，声音发颤地向刘旭明说："组长，我叫门吧？"

实际上，事情并没有他想象的那么紧张，只一按电铃，里面就有人来开门了。门开了，看门人看见来人的胸前都挂着一个符号，微微有点吃惊，可是他什么话也没有说。

刘旭明穿过前院，一直走进堂屋去，那是鸿发糖庄的柜房，也是会计室，靠西的一个里间就是经理室。这时，经理高鸿茂、副经理高敬泰正坐在堂屋里的沙发上，像

---

[*] 载《人民文学》1952年3—4期，署名郑文森。本文为1984年2月版《萧殷自选集》收录的版本。

正在兴奋地谈着什么，看见一个陌生人突然推门进来，都不自然地站起来，他们的神情都有点吃惊。等刘旭明问明了哪一个是经理之后，将市节约检查委员会的介绍信递过去，高鸿茂一看信封上的钤记，好像就知道内容是什么，连信纸都没有掏出来看一眼，装出很镇静的样子，说："啊，是从节约检查委员会来的，请坐，请坐！"

副经理高敬泰正伸手给刘旭明倒茶，但"呀"的门又开了，拥进来四五个人。他觉得事情不妙，心里有点慌乱，一时不知怎么办，手里还拿着那只空杯子，脸色发白地呆在桌边。

高鸿茂是一个极狡猾的资本家。他沉着地站在那里，弯着腰，两只大巴掌像给钉住了似的压住桌面。他那张肥胖的四方脸，被灯光照得像一只葫芦瓢，光脑袋，小眼睛，鼻子像钩子一样长长地垂下来，在厚嘴唇的周围还长着稀稀拉拉的几根硬胡子。他一声不响地站在那里，两只眼睛骨碌骨碌地直转。

刘旭明即刻召集了全店人员，说明来意，阐明政府政策，话一说完，就叫高敬泰从东院里搬到经理室来，叫高鸿茂从经理室搬到东院厢房里去……

二

提起高鸿茂，他的来历可不寻常，他的父亲是一个地主，打二十三岁起，高鸿茂就参加走私的活动，他常常跟着几个有经验的走私老手，划着一只小艇到港口附近的偏僻处，去偷运日本人的私货。就这样，他一直干了六七年。以后，他又干起私运烟土的勾当，常常出现在北平到青岛的火车上，但他觉得这样下去容易出事，就在北平购置了一处房院，开了一家杂货庄，企图为他的"黑买卖"作掩护。

那时候，高鸿茂就已经神气十足。在他的杂货庄里，养着三只狼狗，还喂着六七笼小鸟，他一上街，手里顶着一个鸟笼，身后牵着一只狼狗，当时，虽然不像现在那样肉墩墩的，但那副神气，却已经十足了。

北平、青岛解放以后，他的几个"老伙计"相继在火车上被扣押了，为了这事他很是不安。最后，他决定放弃烟土买卖，把杂货庄扩大成糖庄，并且把他的哥哥高敬泰从家乡接出来，叫他当了糖庄的副经理。可是高敬泰这个土财主，并不是当副经理的货色，对于一切冒险事业，他还缺少经验，比起他的弟弟来，他就显得眼光短浅，也很小气。对于糖庄里的任何小事，他都抠得很紧，譬如炒菜呀，他就站在锅台旁边唠叨着:"哎呀,为什么搁上这么多的油呀?"夏天,工友熬糖弄得满身大汗,偶尔打点凉水抹抹脸,就嫌费水了。有时晚上,职工们想听听广播,他不管人家兴致多高,他一上来,就"得"的把电门关上。……

他们虽然是兄弟,可是因为经历不同,个性也就两样。有一次,工商联要鸿发糖庄按期订出爱国公约,高鸿茂正忙着"交际活动",临时推给高敬泰去草拟。高敬泰整整琢磨了一夜,第二天才把"公约"送给高鸿茂:

一、减低成本、不浪费材料
二、保持卫生、不浪费柴米
三、早起早睡、不浪费电力
四、搞好冬季扫雪工作、随下随扫、下完扫完

可是,高鸿茂拿来一看,直摇脑袋,说:"不行,你把心里的话都写上去啦,这样的公约,人家就不会通过。好,等会我来写一个吧。"

两小时以后,高鸿茂把昌茂海味店的爱国公约抄来了:

一、贡献一切力量,支持抗美援朝运动
二、不欠税不逃税不投机不倒把不扰乱市场
三、加强时事学习,进行时事宣传
四、减低成本提高质量,供应军需民用
五、保证货真价廉清洁卫生,忠诚为人民服务

高敬泰看了,佩服得五体投地,他想:高鸿茂实在比自己能干。不过,并不是高鸿茂所有的活动他都看得顺眼。譬如有一次,高鸿茂和合福成合伙在青岛买了九千多万元的粉条到上海去卖,这是一宗账外的非法营业,营业税和所得税都要一起逃掉。高敬泰认为这事太冒险,他一直不赞成;高鸿茂呢,却笑着说:"嗨,你胆子太小,不敢作这样的事,还算什么买卖人?"

另一次:贸易公司的联络员任作良,把公司糖价的标底透露给高鸿茂,因而他用最低价钱购买了四万斤土糖,不到半月,他足足赚了八千万元,高鸿茂马上给了任作

良三千万元。高敬泰对这事一直很不满意,他说:"拿这三千万,可买多少地啊!"可是高鸿茂说:"这叫做长竿钓大鱼!只要任作良尝了甜头,以后肯替咱们出力,赚大钱的机会多着哩,这三千万算什么?"

就这样,高鸿茂的腰包逐渐地鼓胀了,他常常向人夸口:"嘿,我高鸿茂从来就没有失败过!"的确,他"财运亨通"地过了一九四九年,又过了一九五〇年,现在一九五一年又快到年终了……

恰在这时,"三反"运动开始了。起初,高鸿茂还以为这是机关内部的事情,可是报纸连续揭露了干部被奸商拖下水去的事实,市工商联又号召不法商人自动坦白,他开始觉得心里有些骚动起来。

这一天,他醒得很早,穿上衣裳,还顾不得洗脸,就匆匆找李国光去;李国光这几天也有些慌,正不知该怎么好,高鸿茂上门来了。

"老弟,'三反'运动快结束了罢?"

李国光有点沉不住气:"正进行哩。……你给我的那四千万元,天天像大石板一样压着我,饭也吃不下,觉也睡不好。"

"你想怎么着?"高鸿茂问。

"组织上已经怀疑我……我觉着上当了……"

高鸿茂冷冷地说:"什么,上当了?老弟,你千万可别报了,只要你报了四千,他们就会说你有八千。"他附在李国光的耳边,"我告诉你,你给我的是国家机密,说出去,你我都要挨枪子的。我有兄弟,还不碍事,可怜的是你的老婆和孩子,你想想,以后谁来养活她们?"

李国光发呆地坐在床边,脸色发灰,一句话也说不出来。高鸿茂见他的话发生了作用,就继续说:"事情是两相情愿商量着办的,我拿钱是我情愿,你收下,你把公司里的行情告诉我,也是你情愿。"他停了一会,又说:"依我看,现在能想出一个两全的办法,才是上策。"

李国光被说得没有主意了。

"我说嘛,"高鸿茂又说,"我们都不说,只要我们坚决不说,谁也不会知道。"

经过这样反复地说了十来分钟,李国光终于又上了他的圈套,等高鸿茂跨出李国光的院门时,他们的"同盟"已经订成了。

高鸿茂回到鸿发糖庄已经是九点半了,他跟高敬泰嘀咕了好半天,决定今年底给职工们发两份双薪。起初高敬泰坚决不同意，他说："嗨唉！白白花这么几百万，从来就没有这样的规矩。"可是高鸿茂压低嗓子说："这些人要不拉拢一下，他们把咱们偷工减料的事向工会一告发可就麻烦啦。"高敬泰最后同意了。下午职工得了两份双薪，都觉得奇怪，可是杂工张福禄却猜出这事的阴谋来，他把钱装进兜里，就跑到后院会计杨文进的小房里去，他们都是最近才入了店员工会的，两个人悄悄地嘀咕了好半天才出来。

果然，张福禄并没有猜错，到第三天，高鸿茂就召集全店职工开会，说要征求职工对柜上的意见。他一开头就说："现在政府号召坦白，希望大伙帮助我们，许多事我都想不起来，大伙帮着想一想，……"话还没有说完，张福禄就顶开了："你作的事你向工商联坦白，我们大伙知道的，我们会向店员工会报告。"高鸿茂气得鼻子通红，但又不好当场发作，还是装出一副笑脸说："向工商联，向店员工会报告都一样，这两三年柜上做错了什么，只要大家想到的，都提提，这是帮助政府，啊？"可是一直呆了二十分钟，谁也不哼声，最后只好不欢而散。

新年以后，高鸿茂总盼着跟李国光见面，可是上了几次油市，都看不见李国光的影子，一天夜里他特地跑到他家里去找他，可是他老婆说，他已经有一星期没回家了。他又摇过多次电话，但接电话的人总是追问他是谁，有什么事，此外什么也没有告诉他。他又打电话给任作良，接电话的人只说他不在家，什么也问不出来。他觉得事情有点不妙，心里开始慌张起来。他知道节约检查组正在万记糖庄检查，他想："真要来检查我么？"想到这里，有点烦躁，他走到后院去，见那些挂在走廊上的鸟笼，觉得有些碍眼，他上去把笼门一拔，小鸟吱吱喳喳地都飞出来，有的飞到院里那棵大槐树上，有的停在屋顶上，有的一下子就飞远了。这时高敬泰忽然敞开堂屋的玻璃窗，把脑袋伸出来，惊愕地望着他的弟弟："你怎么啦？"

高鸿茂冷冷地答："都放了吧，省得以后麻烦。……"

三

已经是半夜了，鸿发糖庄还是满院灯光。这时小组长刘旭明正在东厢房里和高鸿茂谈话。高经理把眉头皱得紧紧地站在床前，他沉默着，装出一副受屈的神气。黎军本来坐在火炉旁边，一直没有说话，这时他见高鸿茂那副神气，就说："刚才组长已跟你说了很多，现在摆在你面前的有两条路：一条是彻底坦白，这是一条光明大道；另一条是抗拒'五反'，逮捕法办。"

高鸿茂望着黎军，用舌尖舔着上唇："你们对我的好意我是明白的，是来挽救我……可是我的确没有做过什么犯法的事儿。"

"你别胡诌，"刘旭明突地站起来，严肃地说，"你没有什么犯法行为？"

"一九四八年，我贩卖过烟土，解放以后，我敢保险，我没有做过什么犯法的事儿。"

"你不要这样信口开河，你的犯法行为，政府早就知道了，现在给你机会，是看你有没有决心改邪归正，只要你能彻底坦白，政府还可以从轻处理，我希望你不要这样狡赖，不要老往井里跳。"

"政府的好意，我很明白，但是，我没有呀，叫我坦白什么呢？"

"那么，照你的意思，是不是说我们冤枉了你？"

"不是那个意思，"他半低下头，支支吾吾地把话题岔开去，"要是有，我还能拿我自己过不去吗？政府的法令又不是闹着玩的。"

"高鸿茂，"刘旭明睁大眼睛，心里冒火了，"你嘴里倒说得很漂亮，但是，我要警告你，你的这种狡赖态度，只会加重你的罪过！"

一说完，刘旭明用力地盯了他一眼，"呼"地走出去，"砰"地把门关上。

刘旭明一直走到堂屋的外廊，从玻璃窗里，他看见高敬泰耷拉着脑袋，发愣地扶着桌子。崔大伟正对他说着什么。刘旭明轻轻地推开门，走进去。

"……好，你说红白糖掺假，"崔大伟继续说，"那么你就说下去，怎么掺假，掺了多少？"

高敬泰脸色苍白，手微微发抖，但他不言语。

"你说呀，你说清了，政府一定从轻处理，否则，你将受到处罚。"

高敬泰还是一言不发。

"说！"崔大伟不耐烦地用手指头点了一下对方的鼻子说，"抬起你的脑袋来！"

刘旭明忙向崔大伟横了一眼，意思是："不要在人格上去侮辱他，要在斗争中使他在政治上低头。"这个脾气急躁的青年领会了组长的意思，偷偷地扭转头伸了一下舌尖，立刻改变了语气说："我告诉你，你们的偷工减料的事儿，我们是全部知道的，你以为只有你一个人知道吗？现在留机会让你坦白，就看你是不是有决心改过。

你要不说，政府也一样可以判罪。"

又沉默了一会，高敬泰才抬起脑袋来："好，我说了吧。我们在白糖里掺过白面，有时也掺过滑石粉，在红糖里就掺高粱面，每百斤掺十斤。……"

"这三年来一共掺了多少？"崔大伟问。

"白糖嘛……一共翻过八万斤，掺面带滑石粉八千斤……红糖我记不清了，"他拿手指计算了一下，说，"大约翻过四五万斤，掺高粱面四千多斤。"

"这些暴利，现在折价多少？"

"现在白糖每斤八千元，八八六十四，白糖得暴利共六千四百万，红糖六千一斤，四六二十四，得暴利二千四百万……共八千八百多万。"

"还有呢？"

"别的再也没有啦。"

"没有啦？"崔大伟掏出本子翻了一下，睁大眼睛望着他，"要是有怎么办？"

"……"他又低下头，不言语了。

"我问你，有怎么办？"

高敬泰向刘旭明望了一眼，恰恰遇着刘旭明发亮的眼光，他又低下头，像自言自语地说："我实在想不起了。"

"那么，"刘旭明插嘴道，"好吧，你想不起，你就继续想。但是，我要告诉你，你们所干的犯法行为，你们一辈子也忘不了的，现在的问题，要看你下不下决心。"

刘旭明向崔大伟耳边悄悄地说了句什么，就走出来。一到院里，一阵冷风吹得他全身直哆嗦，月亮照得院落发光，他紧了紧大衣，刚走出廊子，一个人影从东院里迎面跑过来。

"组长，"黎军的声音，接着他凑近刘旭明的耳朵，悄悄地说，"我刚才又追问了高鸿茂，可是，他总是说没有什么可坦白的，他的态度很坚决，他甚至说可以具结，如果有任何犯法事儿，他说他愿拿他的脑袋担保。依我看，组长，他恐怕没有什么问题……"

"黎军同志，你太天真了，"还未等黎军把话说完，刘旭明就说，"我告诉你吧，鸿发糖庄的问题是非常严重的，高鸿茂拉拢我们的干部偷窃国家情报，勾结奸商，向国家贸易机关捣鬼……他们诡计多端，你千万别上了当！更不要自己麻痹自己！"

"那他为什么说敢具结呢？"

"他不过想拿这一套来欺骗你!"

"不过……"黎军没有把话说出来,但他的确有些不服气:既然高鸿茂敢说具结,他就得有本钱,一个人总不愿意随随便便往火坑里跳呀。如果他确有严重的犯法行为,他的态度怎么能这么坚决呢?……黎军靠在木柱上,月亮正照在他脸上,他皱紧眉毛,像有一件心事在苦恼着他。刘旭明看见他这副神气,知道他并不同意自己的意见,于是走近了一步,一只手搭在他的肩膀上柔和地说:

"黎军同志,你不同意我的意见么?不要紧,你可以随时提出你的看法,不过,我要告诉你,这是阶级斗争,而且斗争的对象,是极狡猾极毒辣的资产阶级,要是我们首先解除了自己的思想武装,那我们就不能在'五反'斗争中打胜仗。"停了一会,见黎军还是那副神气,刘旭明就说,"好吧,以后我们可以好好谈一次。"

小组长走到后院,正准备进西屋里去,忽然棉布门帘揭开了,一个女同志匆匆走出来。她一见月亮地里那紧裹着大衣的影子,就问:"是组长么?"

"是,"刘旭明轻声回答,"君兰同志,谈的结果怎样?"

君兰显得很兴奋,带笑地说:"我正要找你去谈谈,张福禄跟杨文进都揭露了很多事实。"

"好,我们现在就到前院的小屋子谈谈去。"刘旭明的情绪好像受了君兰情绪的感染,也有些兴奋起来。他们走进小屋时,黎军已经坐在那里,他好像没有看见有人进来,仍然歪着脑袋,看着墙壁出神。君兰看了他一眼,觉得有些奇怪,正想开口问他,突然刘旭明说:

"君兰同志,你谈谈吧!"

君兰在靠近桌子的一张凳子上坐下来,她仿佛还有些不放心似的,用关切的眼色又望了黎军一眼,才转过脸向组长说:

"我先跟张福禄谈的,接着我又找会计杨文进来谈,杨文进知道得多一些,张福禄倒提了不少线索。他们都说,鸿发糖庄的大宗买卖,主要在油市上,而且是高鸿茂自己亲自去交易的。高鸿茂用各种各样的办法来偷漏营业税和所得税,比如在油市上,他很少填缴'成交表',在柜面上,他就不开发票,或一票数用,再就用'过桥'的办法来偷漏税款,据杨文进估计,三年来偷漏的纯税,至少就有两亿左右。……"

黎军忽然抬起头来,睁大眼睛向君兰望了一下,像吃了一惊的样子。但君兰和刘旭明都没有发现他这动作，君兰仍然继续说着："他们还在糖里掺白面，掺高粱面哩……"

"是的！高敬泰也说过。"

"高敬泰说些什么？你先说说！"君兰像小学生追寻谜底似的，突然兴奋地站起来。

刘旭明把高敬泰坦白的事实说了一遍之后，君兰哈哈地跳起来说："一样，完全一样，连暴利的数目也很相近。"

君兰这一笑，引得黎军又抬起头来，他瞪着大眼，张开嘴巴望着君兰。君兰忽然一转眼，看见他这副神气，就问：

"黎军同志，你觉得奇怪么？"

黎军脸上忽然一红，急忙想埋下头去，但已来不及了，组长立刻插嘴道："对啊，刚才黎军同志还以为他们没有什么问题哩。"

"可不能右倾啊，同志，"君兰天真地摇着脑袋，"我跟你说啊，他们的犯法事儿可严重哩，刚才张福禄跟我说，高鸿茂常常从百货公司李国光那里偷窃国家经济情报，靠这些情报，高鸿茂就在市场上投机倒把。有一次李国光告诉他，说公司里存糖不多了，高鸿茂当天下午就把百货公司仅存的三万斤白糖一起买了，过了几天，每斤糖涨价二千元，你想想，他多么毒辣！"

刘旭明微笑地望着黎军，黎军有点难为情地说："我真怕有右倾思想啊。"

这时崔大伟推开半扇门，探进脑袋来："组长，你去休息一下吧，已经是下半夜了。"刘旭明伸手看看表："啊，两点半了！"他马上站起来，向着崔大伟："老崔，你去将曹小宗和韩新两人叫醒，他们是值夜班的，通知其他同志即刻休息。"

崔大伟匆匆跑出去，立刻又转回来："组长，一共六个人，到哪里休息去？"

"沙发上，椅子上都可以，"说着，他自己哈哈笑起来，"凡是可以坐的地方，都是我们休息的场所，你说呢？"

"对！"崔大伟愉快地答应一声，就跑开了。

四

又过去三天了，可是高鸿茂的态度却没有一点改变，他仍旧那样沉着。这两天早晨，他还是按照他过去的生活习惯，一点不马虎地脱掉棉衣洗脸，用鸡毛帚拍打桌上的灰尘，给金鱼缸里的金鱼换水。……

崔大伟走进来，见高鸿茂正在浇他那盆"万年青"，心里就想："好家伙，你倒有点像诸葛亮耍空城计了。"他一直走到高鸿茂的身边，冷冷地说：

"高鸿茂，你倒很沉着啊！"

对方即刻停止了浇水，立正似的站在那里。

"你到底打算怎么样？狡赖到底呢，还是准备交代你的问题？"崔大伟狠狠地盯着他，正等待他回答。

高鸿茂还是不言语，用一只手掌摸着那个葫芦瓢似的脑袋，让眉毛紧紧地皱成一撮。

"不要装蒜了，时间越拖下去，对你是越不利的，懂么？"

沉默了一会，他抬起头来说："同志，前两天我的态度不对，毛主席号召'三反'，这是为了国家……"

"不要尽说空话，"崔大伟这两天来已经听腻了他那一套空话，"现在只希望你说出事实来。"

"是的，"高鸿茂点着头，"是的，这两年，我有许多不对的地方，我有浪费，家里孩子们常到柜上来要点心钱，我做事不跟副经理和职工们商量，是官僚主义……"

崔大伟听他一提浪费，心里就有些火，想道："这一套又来了。"想不到他又胡诌什么官僚主义，火便上来了，用手一指："谁管你什么官僚主义，什么浪费！你不要瞎胡扯！我们要你坦白的，是偷漏税款，偷窃国家资财和情报，是行贿和偷工减料。……我们一进门就向你说得明明白白，你装什么糊涂？"

"可是，这些我都没有呀，"他装出一副无可奈何的表情，低下头去，"叫我说什么呢？"

"高鸿茂，你不要装出那副样子来！要是你不彻底坦白，就算你再狡猾，也逃不出国家的法网！"

"但是，"高鸿茂还是那副神气，"我的确没有呀。"

崔大伟的脸孔，气得通红："没有？要是有呢？"

"有就愿受法律制裁。"

在高鸿茂脑子里，两种思想显然在打架，虽然他说得那样快，但从他的音调里分明听出当"制裁"两字在他舌尖上吐出时，舌尖有点颤抖。他的确有点捉摸不定，猜测不透：到底任作良和李国光坦白了没有呢？坦白了，对他们自己有什么好处呢？不会，不会。可是他又记起昨天崔大伟曾半吞半吐地点出李国光的姓名，敢情他坦白了？想到这儿，他心里有点乱麻麻的。他扭转脸，看见崔大伟正涨红脸，望着他：

"好，你愿受法律制裁！"

"我实在没有可坦白的，"高鸿茂说，"昨天你说李国光跟我有勾搭，我跟他有什么关系呢？我实在一点也想不起来了。"

崔大伟知道高鸿茂想拿这话来套他，连忙说："不但你跟李国光勾勾搭搭，你跟别的干部也勾勾搭搭。哼！你好诡！你想掏我们的底么？别做梦！"

这时，门"嘣"地开了，黎军搓着冻红的手跑进来，说："老崔同志，组长叫你马上去一下，说有事哩。"

崔大伟刚走到院里，刘旭明双手紧裹着大衣迎面走来，而且张嘴说着什么话，可是北风吹得呜呜响，什么也听不清，崔大伟急忙跑过去。刘旭明附在他耳边说："刚才我们几个人计划了一下今天的工作，而且已经用电话征得区委的同意，决定派你到贸易公司批发部去调查任作良和鸿发糖庄的关系，听说任作良是由××铁路局管理处调回贸易公司来审查的。好，你先到市节约检查委员会去要介绍信，马上就走！"

"行！"崔大伟爽朗地答应一声，就去大门侧旁扶车子。刘旭明望着这精神奕奕的青年，心里觉得怪痛快的，他像想起什么似的，把手套脱下来，交给崔大伟："大伟同志，外面冷得很，你戴着这手套吧！"

"你呢？"崔大伟亲热地望着组长。

"不要紧，我不冷。"其实刘旭明的手背正长着一块又红又肿的冻疮，可是他忙把手缩回袖筒里，故意不让崔大伟看见，"那么，你走吧，我马上要找高敬泰谈话去。"

他一直走进堂屋里去，高敬泰像一夜没有睡觉似的，眼珠子尽是红丝，他见刘旭明推门，连忙从椅子上站起来，刘旭明故意不看他这个动作，冷冷地问："怎么呀，下了决心没有？"

他用手抓着后脑壳，眼睛望着地板说："全坦白出来了，别的我再也想不起来。"

"那么，我问你，去年端午节你跟李国光，高鸿茂也在场，你们在东厢房里谈些什么?"

高敬泰一怔,有点沉不住气,结结巴巴地说:"我们谈怎么熬……熬糖,说要熬到什么火……火候,成色才会好。"

"还谈些什么?"刘旭明一边发问,一边在一张纸上记录着对方的答话。

"再就商量到……到什么……澡……堂洗澡去。"

"还有呢?"

他还是望着地板:"再没有谈别的啦。"

"啊?是真的?"

"真的。"他望了刘旭明一眼,声音微弱地回答。

"那么,我再问你,去年七月十六那天,任作良来跟你们谈些什么?"

他又一怔:"是,七月十六日他来过,他只说他要回……回家去,说要借……借点钱。"

"没有谈别的?"他同时在纸上记录着。

"没有。他待了不一会儿就走了。"

刘旭明对这两桩事情,知道得很具体,所以他继续记录着,一面又不慌不忙地发问:"既然没有,那么,你是不是可以在这记录上签个名呢?"

高敬泰见刘旭明的态度那样温和,以为已相信了自己的话,他顿时觉得轻松些,答应可以签上名字。当他拿起笔来,刘旭明仍然不慌不忙地说:"别忙,要是你的话不实在呢?你敢担保么?"

"敢。"他脸上显得活泼些,他以为,一切困难都会立刻过去了。

"怎样担保呢?"

"愿受国法最严厉的制裁。"

"那么,你先把记录从头到尾看一遍,再把你这句话写上!然后,签上字。"

等一切都做完了,刘旭明把纸拿起来,仔细地看了一遍,然后望定高敬泰,冷冷地说:

"啊,你好狡猾!"

副经理像被当面浇了一盆冷水,脸色刷地又苍白起来,他有点莫名其妙地望着刘旭明。刘旭明把纸在桌上摊开,压平,说:"你知道你签了字是什么意思?'最严厉的制裁'是什么意么?你说!"

他脸上发烧,鬓角上的青筋突地跳动起来,双手紧紧地扶着桌角,但哆嗦得厉害,同时他听见耳朵里嗡嗡地直响。

"你说呀!"

他偷偷地望了刘旭明一眼,龇龇牙:"我不……不懂得。"

"什么呀?你不懂得?你想拿这套来糊弄我们,是不是?"

"不是,"他的声音发颤,"我刚才脑筋糊……糊涂啦。"

刘旭明看出高敬泰的战术已经失败,要攻破这座碉堡,应该不让敌人有一点喘息的机会,一直穷追下去。于是他突然站起来,用尖利的眼光盯着他:"你耍手腕?你耍吧,我看你将耍出个什么结果来!"

"我……我刚才糊涂啦,长官,请原……原谅我!"

"那么你现在说实话吧!"

高敬泰像在脑子里搜索什么,没有言语。这时,两种思想在他脑子里打起架来:要是说出去,要牵连很多人。特别使他难过的,是一大宗罚款,钱是命啊,要拿出这么一宗款,什么都完啦。可是已经签了字,要是李国光和任作良真坦白了,不是白白毁了自己?不说嘛,他们指名道姓,连什么地方说了什么话都知道了,李国光他们大概坦白了?怎么办?他觉得头脑发胀。……

"你不要赖了,"刘旭明说,"我告诉你,你不说我们也都知道了。"

"我现在说……那一次,在东厢房里,高鸿茂说:天津糖市没挂牌,怎么回事?李国光就说:糖快要涨价啦,要有钱就快买一批糖囤起来。……"

"买了多少?"

"十五万斤。"

"你们哪来的这么大宗款子?"

高敬泰踌躇了一会,说:"跟汇南银号合伙买的,款子都是由汇南支出。"

"这次得了多少暴利?"

"每斤涨了二千元,二五一十,二一得二,共三个亿。"

"给了李国光多少?"

"四千万。"

"这次涨价的消息,你们还告诉了谁?"

"我只知道高鸿茂用电话通知了万丰、合福成、安发、福隆四家。"

"他们买了多少？"

"不太清楚，我只知道万丰向贸易公司买了八万斤，福隆买了九万斤，别的我不知道。"

"你再说说任作良的事！"

"那次我只待了一会，只听高鸿茂向他说：'公司里的行情有变动，你可要告诉我。'不久我就出来了。任作良走了之后，听高鸿茂说，贸易公司到了大批土糖，一定可以贱价买到。他当时很高兴，以后也确实买到了。他们怎么说的，我实在不知道。你们可问高鸿茂去。"

刘旭明正想继续发问，突然听得东院里传来乱哄哄的一片喊声，他急忙跑过去。只见东院里聚着五六个职工，张福禄领着大伙正在喊口号：

"高鸿茂快坦白！"

"不坦白，政府就拿你去法办！"

东厢房和院子只隔着一道玻璃窗，职工们一边喊，一边紧紧地盯着高鸿茂；高鸿茂呢，把头埋在胸前，不敢动弹。

刘旭明走上去，推开门，对高鸿茂说："听见了群众的喊声没有？不坦白，就要法办你！"

张福禄跟着走进去，可是高鸿茂还是不动弹，也不说话。

"你的臭茅坑，早就挖开啦，"张福禄喊，"你还耍什么无赖！"

高鸿茂还是那副架势，动都不动。

院里的职工们冒火了，高喊着："要求政府把高鸿茂逮起来！"

这样斗了几分钟之后，大家愤慨地走开了。但是这次袭击，却使高鸿茂感到不安，他真没有想到，这伙穷小子最近竟全变了。他心神不定，一时望着通红的炉火，一时又出神地望着院子里那棵给风刮得呜呜作响的槐树，心里想：

"从来我就没有失败过，这次敢情我要失败了？……"

五

午后两点钟，崔大伟回来了。这时刘旭明和黎军正在小屋里整理材料，刘旭明见他回来，忙让他坐在火炉旁边，他还未坐定就笑嘻嘻地说：

"组长，任作良已完全坦白了，材料具体得很啊！"

"好啊，那么你就说说吧！"

任作良原是贸易公司批发部的联络员，他在公司里的主要工作是和商人联系。高鸿茂跟他相识不久，就百般地向他献殷勤，请吃饭呀，请洗澡呀，开始任作良还婉言拒绝，但是高鸿茂却像一只狼窥伺一个野兔似的，不放过任何一个微小的机会。有一次，高鸿茂耳朵尖，听说任作良生了一个孩子，打听出他的住址之后，就托人给他家里送去一百万元，可是他老婆不知什么人送的，搁了一个时候，任作良手头正紧，便动用了。高鸿茂见他将钱收用了，便知道任作良这个人并不是那样干净，于是高鸿茂开始公开向他贿赂。以后，只要一晓得任作良有什么需要，他就说："老弟，有难处，可不要客气。"或者说："有饭大家吃，有钱大家用，老弟有困难，当哥的还能瞧着？"就这样，任作良像一匹马套在笼头上，落了圈套了。从这时候起，高鸿茂就提出要求说："老弟，公司里的行情要有变动，你就告诉我。"七月间，贸易公司批发部果然来了一大批成色很好的土糖，当高鸿茂知道这个消息时，他就问任作良：

"老弟，公司里的那位王股长怎么样？土糖的标底是他规定的，是不是？"

"不是，"任作良说，"糖价标底常常是我和他一起订定的。"

高鸿茂高兴起来："好极了。……这次，你要设法将标底定低，一定不要超过五千元，再高了，就划不来。定好了，就摇个电话来，明天我一定去买，你可要记住，我跟王股长说价钱时，你千万别插嘴，这样免得公司里怀疑你。"

当晚，任作良和王股长定标底时，任作良捏造了一些情况，向王股长报告，说："各糖庄都跑过了，他们出的最高价是五千元，有的只出到四千五百，你看怎么样？"王股长一贯信任他，这次也同样没有经过周密的考虑，就同意了任作良的意见，决定五千元作为标底。

第二天上午，高鸿茂和福隆糖庄经理陈福祥一起到公司批发部去，他们直接找到王股长，任作良当时也在办公室里，可是高鸿茂却装出跟他不太熟悉的样子。开始时，他们只出价四千五百元，王股长又咬定五千一百元，经过十来分钟的讨价还价，最后五千元成交了。鸿发买了四万斤，福隆买了五万斤。

三天后，高鸿茂在油市上见到任作良，就附在他耳边说："老弟，这次做得很漂亮，以后就这样做吧，这对你也有好处，公司里的糖卖得多，你也有威信了。"说完就从袋里掏出一千万元，塞到任作良手里。

贸易公司批发部一连来了三次土糖，三次都是由任作良定低了标底，让高鸿茂买去了，每一次，他都得到一笔油水。

可是，不久批发部调来了一位马主任，是个有经验的老干部，他到任不久，就猜疑任作良和高鸿茂的关系。有一天，马主任知道糖价要往下落，同时又想试探一下，就把他的怀疑告诉了王股长，并教王股长故意在电话里透露糖价要涨。这时任作良正在电话旁边的一张桌子上写什么，王股长只拨了三个号码，就把听筒搁在耳边："喂，总公司么？……你是谁？……啊，老陈。……你正要打电话来，什么事……啊，糖要涨啦……啊，知道了……没有别的事，我也只是问问行情……"任作良听完了电话，不久就出去了，马主任说："老王，你瞧吧，不一会高鸿茂就会来的，这一次，要叫他吃些苦头。"果然不到二十分钟，高鸿茂带着满脸笑容来了。他一来就说要买二万斤砂糖，王股长立即就卖给他。不过三天，糖每斤落价七百，高鸿茂气得直瞪眼睛……起初，他还以为是任作良存心捣鬼，整整过了一个月，才弄清楚跟他作难的，原来就是那个马主任，可是他一时又想不出办法来对付，只自言自语说："那个老干部呀，真厉害！"

就在高鸿茂购买砂糖的第二日，任作良被调到××铁路管理局会计室去工作。以后，他曾去找过高鸿茂，他对高经理的态度，还是像过去一样；可是高经理呢，却完全变了，他正在跟福隆糖庄陈经理闲聊天，看任作良进去，他只冷冷地招呼了一声，再没有理会他。不一会，高鸿茂约陈经理到澡堂去，临走对任作良说："你有什么事？……没有事么，少陪了，我们要洗澡去。"说完走了。任作良站在堂屋里又气愤，又难过，他觉得受了骗，自语着："你这骗子！流氓！把我当半夜便桶，用就要，用不着了就一脚踢开！"一生气，他立刻走出了鸿发糖庄，从此他再没有踏过这个门槛。……

崔大伟的话刚说完，黎军像放炮似的说："啊哟，高鸿茂这家伙真毒！"

刘旭明望着黎军那激动的脸孔，冷静地说："毒！真毒！不过，他的阴毒还多呢。最毒的，是高鸿茂联合别的奸商一同跟我们国家的贸易机关捣鬼。国家贸易机关用一切力量使物价平稳，他们就拼命扰乱市场，使物价波动……这不是向人民进攻？……"

这个青年学生，脸孔气得通红，在他的思想里本来以为在新社会里，除了少数反革命分子以外，所有的人都会爱这个新社会，都会严守新社会的秩序的。他想，资产阶级既是四个朋友之一，他们也一样会爱这个新社会。但他从来就没想到这个阶级在新社会里还敢这么猖狂，他们竟会向新社会捣起鬼来。……

"组长，"黎军更加激动起来，"对于高鸿茂这样的奸商，我主张立刻罚他到雪地里去跪！让他跪一个通宵！"

"不。"刘旭明打断了黎军的话，"他们的确可恨，你的愤怒也是正当的。但不要急躁，要是他们不坦白，不向人民低头，国家一定会严厉地惩罚他们！"

"那么，现在怎么对付他们？"

刘旭明把拳头一挥："斗争下去！"

六

下一天中午，高鸿茂忽然表示愿意将问题彻底坦白，崔大伟立刻把他叫到小屋里来，高鸿茂一进门就说："这件事像块石头压在心上，同志们为了挽救我也辛苦了好几天了。我实在太对不起政府，对不起你们，现在我决心把石头放下。过去做了一些对不起人民的事，我今天决心统统坦白出来……"

黎军听到这，激动地站起来："不要说空话啦！"

"你这套，我听过百把遍，听都听腻了。"崔大伟说，"快说事实吧！"

"是的，是的，我就说。"高鸿茂舔着嘴唇，"我在白糖里掺白面，在红糖里掺过高粱面……"

"掺多少？"黎军问。

"一共六七千斤。"

崔大伟翻着笔记本："你不老实，绝不止七千斤！"

高鸿茂皱起眉头，闪着眼睛，他想杨文进和张福禄一定说过了，他又舔了一下嘴唇说："记不清了，最多不会出八千斤。"

"继续说下去！"崔大伟说。

"别的再没有啦，我全都坦白了，政府这样宽大，我还能……"

"别又来这一套，"黎军正来回走动着，听到这里，他停住了，"嗨哟，你好狡猾！一开始来一套大话，说放下石头啦，说统统坦白啦，临了只说一点蒜皮大的小事，你，你是想哄谁?"

黎军正气鼓鼓地瞪着他，刘旭明轻轻地进来了。

沉默着，空气又开始紧张起来。

崔大伟等得不耐烦了："说呀！"

"实在再没有了，"对方装出一副受委屈的神气，"我不能把没有的事说成事实呀！"

"高鸿茂！"刘旭明走到他面前，望定他，"真没有了？好，我问问你，去年七月十六日，任作良和你在经理室里说些什么话来？"

高鸿茂不觉一愣：难道任作良这小子真坦白了？他坦白，对他有什么好处？不会。准是杨文进跟他们说的，可是杨文进只见他来过，但他不知我们说什么，高敬泰是知道一点，他当然不会说出来，谁还知道呢？谁也不知道。他们只想拿这点来诈唬我……于是他装出一种苦苦思索的样子，最后说："他那天是来过，但没有谈什么，的确是没有谈什么。"

"一句话都没有说?"崔大伟气愤地问。

"说过。"

"说过什么？你说！"

"说过……说过……哎哟，我脑袋晕啦……给我喝点凉水……"他说着，浑身摇晃起来，脑袋垂下去，装出要倒下去的样子。崔大伟看出他的眼睛子还是那样闪亮，知道他是装佯，便冒火了：

"你晕了？你别装蒜！"

高鸿茂还是摇晃着……

刘旭明也从他的脸色上看出他是假装的，又气又恨，忙说："高鸿茂！装死你也躲不过去！"

刘旭明的声音太大，高鸿茂急忙抬起头来，可是他不言语。

又沉默了一会，刘旭明又说：

"出去！"

这一下，他马上恢复了原状，出去了。黎军看着他那背影，用力吐了一口唾沫："卑鄙，卑鄙，百分之百的流氓！"

次日一清早，崔大伟找高鸿茂去，高鸿茂不像前几天那样平静了，他心事重重地坐在床边。崔大伟一进门,就说:"高鸿茂,昨天你装蒜,什么也没说出来,你今天快说!"

高鸿茂站起来:"我脑子不好,从小就有毛病,我在一九四六年患过一次脑充血……"

"谁有时间来听你这一套,我是要你说你和任作良勾勾搭搭的事。"

他突然举起手掌,左右开弓地打自己的腮帮子,一面连声说:"该死!我该死!我糊涂啦!我怎么说这些,我该死!"

崔大伟被这突然的举动弄得莫名其妙,但他马上猜出了对方的阴谋,就大声喊:"使劲,使劲打!使劲打!"

高鸿茂想不到崔大伟会来这一手,两只手立刻松了劲,愣住了。……

"怎么?装够了吧?"崔大伟冷冷地说,"好,现在该轮到我来问你了。"

沉默……

"说呀!又想再耍别的花样么?"

高鸿茂全身神经又紧张起来,脑子里又在打转:他认定这件事准是杨文进告发的,崔大伟只抓到这点来诈唬他,他不说,检查小组一定不会知道,说了,反要坏事。检查出了要上法院,要是检查不出,就不一定准上法院。于是他紧咬牙,心想:"宁死刀下,不死口下。"

"我跟任作良只是认识,"高鸿茂说,"跟他没有作过亏心事。"

"要是有呢?"

"有,就逮捕我。"

崔大伟啪地在桌上重重地敲了一下,严厉地问:"你要狡赖到底,是不是?"

"我没有呀!叫我说什么呀?"

砰!门关上了,崔大伟出去了。

七

下半夜四点钟,刘旭明和黎军还没有睡觉,外面静悄悄的,满院子给月光照得挺亮。黎军时刻留心着胡同里的动静。……

突然有汽车的声音由远而近,黎军说:"来了!"

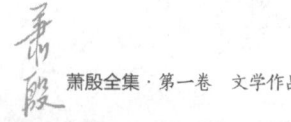

他们马上出去开门，吉普车已停在门口，两个公安局的同志从车上跳下来，刘旭明就领着他们走进小屋里去。

黎军即刻把所有的人都叫醒。不到五分钟，所有的人都聚集在堂屋里了。

最后，刘旭明领着两位公安局的同志进来。站在角落里的高鸿茂，脸色灰白，这种气氛已使他感到不安。

刘旭明走到桌子旁边，向大伙望了一眼，说："奸商高鸿茂，罪大恶极，三年来，他偷窃了国家财产五亿以上，偷漏纯税款一亿多，红、白糖掺假，取得的暴利达八千多万。最毒辣的，是以行贿的方式拉拢干部，偷窃国家机密，勾结奸商共同向国家贸易机关捣鬼，扰乱市场，使物价波动。这种种罪恶行为，政府早已知道得清清楚楚，但高鸿茂采取狡赖、抗拒的态度，虽经劝说与严厉批评，他始终没有改邪归正的决心。对于这样罪大恶极、抗拒'五反'运动的奸商，政府一定要严加惩办！现在，我代表政府宣布：依法将奸商高鸿茂逮捕！"

高鸿茂全身哆嗦，脸色灰白。公安局的同志一个箭步走近他，把手铐"卡"的锁上……

"走！"

当高鸿茂被押出大门时，月亮已经西斜，天也快闪明了。

一九五二年三月于北京

变色蚊*

两个愤怒的青蛙,勇猛地跳进浅水池里,正追捕着一大群肮脏的孑孓。

这时候,从树荫下飞来了一只变色的蚊子,——它本来是灰色的,现在却扬着红色的翅膀飞过来。——它看见青蛙的举动,不禁大吃一惊。这群孑孓原是它的后裔,也是它的爪牙;它原以为把它们养大养肥,一直养到它们长出了翅膀,嘴上的刺长硬之后,就可以继承它的"吸血事业"了;它有一种喝血的天性,它仇恨小鸡,仇恨青蛙,也仇恨蜻蜓和许多动物,它要叮瞎青蛙的眼睛,吸干小鸡的鲜血。现在见青蛙愤怒地鼓起眼睛,一边喊着"把蚊子的爪牙消灭干净",一边紧紧地追踪着孑孓,它呆了,全身颤栗起来,有些害怕;但它不敢表露它的心事,却冷冷地喊叫起来:

"哎哟!你们怎么屠杀生灵呀?"

这一喊,把蜻蜓、小鸡、螃蟹全都惊动了,它们急忙离开树荫聚到变色蚊的身边来,它们也没有去看看变色蚊那副奇形怪状,一见青蛙的举动,都激动起来,小鸡首先喊道:

"青蛙,你们为什么屠杀生灵呀?"

跟着蜻蜓和螃蟹也喊起来:"你们这些野蛮的青蛙,为什么这么横暴,竟侵犯人家的生存权利呀!"

青蛙们听见这片嗡嗡的吵嚷,立即浮到水面上来,一眼就看见那红翅膀的怪物;乍一看,还以为是一只红色的小蜻蜓,可是仔细一瞧,它嘴上的硬刺和那长长的腿却掩盖不住蚊子的原形。

---

* 载《新观察》1954年第十四期。

而小鸡却继续吵闹着:"残害生命是对的吗?你无端地伤害这些孑孓,是为什么呀,你说?"

蜻蜓和螃蟹也仍然嘀咕着,脸上流露出一种不满的表情。

变色蚊看见这情形,心里仿佛有了底,诡计多端地又说开了:"对于生命,我们一向是想各种方法来爱护的,不但不该屠杀它们,甚至也不该损伤它们的皮肤;拿我自己来说吧,我就从来不会损伤过任何一条生命的……"

还没等它的长篇大论说完,青蛙已捺不住心头的怒火,就问:

"你?你是谁?"

变色蚊狼狈了,支支吾吾地答:"我?还用问么?我是蜻蜓呀!"

"可不是蜻蜓嘛!"小鸡说,"这样问有什么意思呢?"

青蛙从池水里跳到沙岸上,站在一块青石上:"小鸡,你别太天真了!睁开你的眼睛瞧瞧它罢,它不是蜻蜓,它是一只伪装的蚊子!是你的仇敌,是咱们大伙的仇敌!这些孑孓就是它豢养的爪牙!"

蜻蜓扭头一看,首先跳起来:"唉唷,这只扬着红色翅膀、满口'爱护生命'的怪物,却原来是喝血的蚊子。"

小鸡也看清了,惊叫起来:"啊!你原来就是专叮我眼睛的仇敌呀!"说着,冲过去就要啄死它。

变色蚊忙躲到一边,心怦怦跳起来,它已经感到事情不妙了;可是要跑开已来不及,于是装出一副笑脸,用柔和的声调说:"别误会啦!我怎么是蚊子呢?谁愿意做喝血的蚊子呢?凡是稍有良心的动物,谁不痛恨蚊子呢?……"

另一只青蛙也跳到池岸上来:"你说的倒挺甜蜜,可是你自己瞧瞧你那长腿和那吸血的刺管罢!"

螃蟹本来还呆在一边,显出不以为然的神情,经这一点明,它也看清了;即刻气呼呼地扑上去,用钳子就去抓蚊子。蚊子恐慌地飞起来,想躲到黑树洞里去;蜻蜓也敏捷地飞起来,绕过变色蚊的前头,拦住它的去路……

小鸡和螃蟹急躁地喊:"别让这喝血坏蛋跑掉呀,捉住它!"

蜻蜓虽然拦住了它的去路,可是变色蚊死不愿飞下来,只在空中兜着圈子。

青蛙气急了,大声喊:"如果它不投降,就毁了它!"

蜻蜓迅速地冲过去,只一撞,变色蚊就四脚朝天地摔下来,一直摔进池水里,沉没了。……

一阵欢呼:"变色蚊消灭了!"

可是小鸡和螃蟹不再那样麻痹了,它们马上跟着青蛙跳进浅水池里,追捕着那群肮脏的孑孓。

这个寓言告诉我们:别让虚伪的外衣和动听的言词蒙蔽了我们的眼睛,要提高警惕,学会善于识别一切敌人的本领;否则,我们就会上当,就会被利用,甚至会大吃其亏的。

五月间*

　　这是五月的晚上。天色灰暗，大朵大朵的黑云，从象牙山背后拥过来，飞快地从头顶上掠过去。在淙淙发响的小溪旁边，纺织娘、蟋蟀、青蛙、蚯蚓和蚱蜢的叫声，闹成一片。从原野的远处却又传来了凄凉的杜鹃鸟的啼叫和隐隐的钝重的雷声。风是潮湿的，它夹着夜合花和合欢花的香气飘过来，飘过荔枝园，一直飘到乡政府的窗口上。

　　乡政府正在开干部会议。参加这次会议的，除玉槐乡的全体干部外，区委副书记李明远也赶来参加了。李明远个子不高，大眼睛，瓜子脸，脸色有点黧黑。这时，他正坐在靠近窗口的一只矮躺箱上，双手压着膝盖上的一本记事册，凝神地望着正在大发雷霆的副乡长苏发旺。

　　苏发旺站在八仙桌的旁边，二十五支光的电灯照着他的半截脸，大约四十岁，脸色通红，腮帮儿气得鼓鼓的，连络腮胡都颤抖着。听了支部书记兼乡长骆火狗的意见之后，他竟像一只中了箭的山牛，跳起来，把脸拉得长长的，还甩着胳臂，喊叫着："……我不晓得我有什么错误，我不会讲大道理，但我懂得怎样使农民兄弟得到好处。满足农民兄弟的要求，有什么不好呢？难道不照顾群众的利益才正确吗？骆火狗硬说我制止'火星农业社'将草坪改成水田，是违反政策；说制止他们植林，又是违反政策；硬说我主张多磨豆腐去卖，也是违反政策。我真不懂得，使农民兄弟多赚点钱，让他们生活过得更舒服些，不让把钱投到无底洞里，这又有什么坏处？我不懂……"

---

* 载《作品》1956年6月号。本文为1984年2月版《萧殷自选集》收录的版本。

"这是无底洞么？"屋角里忽然有人插话，"这是为将来的生产打基础呀！这问题已讨论过多次，你这人怎么老是这样，总不愿考虑别人的意见？……"

"别打断他的话！"乡支部书记举起一只手晃了一下，即刻又转向苏发旺，"你说下去吧！"

苏发旺向角落里那个小伙子盯了一眼，舔一下发干的嘴唇，说："阿德，我比你想得多，我的经验你挑也挑不起！当我出去当差的时候，你还趴在你妈妈怀里吃奶，我过的桥比你走的路还长。现在你想来教训我？还太早！……哼！老是'生产基础''生产基础'，我听都听腻了！这样一个基础，那样一个基础；这样搞下去，农民兄弟还有什么捞头？我常常想，农民兄弟从前过的太苦了，多谢毛主席，给了农民土地，现在应该让他们享享福，痛痛快快地乐一乐。哼！别人也说我不该喝酒，老子过去连一滴酒也没尝过，翻了身，为什么不该喝一点？难道只准那些地主、资本家和知识分子喝，咱们农民兄弟只能望着人家，自己咽唾沫吗？你不要皱眉，骆火狗！翻身不是为着享福吗？……你们都不愿意听么？好，我不说啦！"

他突然气呼呼地坐下来，两只巴掌使劲拍到桌面上。这一下，弄得大伙都瞪着眼。屋子里忽然什么声音都没有了，只有咽咽的蛙声和嘈杂的虫鸣从窗口传进来。

"苏发旺同志！"李明远看见大伙都紧张地静默着，即刻站起来，说，"这是干部会议，有不同的意见，尽可以争论，不要尽使性子，自以为是，应当多多考虑别人的意见！现在，你的话既然还没说完，你就继续说吧！"

苏发旺慢慢抬起头来，一肚子闷气，憋得浑身火辣辣的，腮帮子怕人地抽动着。他本来想反问"我什么时候使性子来着"，但话到舌尖却僵住了，改了口气说："我觉得我没有错误。"

"喂，我问你，"民兵队长阿德忽然从角落里伸出半截身来，用闪闪发光的眼睛盯着苏发旺，"你说你没有错误，那是不是都是别人错了？"

"你别乱扯！"苏发旺本来一向就瞧不上民兵队长，认为这小子唇上没毛，什么也不懂。现在，竟用这样的口气来质问他，他不知不觉地又像一根火柴头被擦着了，吼起来："你就是会拿大帽子压人！我告诉你，阿德！你吓唬不了我……"说到这里，他向李明远望了一眼，稍稍克制了一下，支支吾吾地说，"我觉得我没有错……"

"那么，好吧！"骆火狗站起来，"咱们大伙来讨论讨论。不过，我要向苏发旺提醒一句，你从来就不喜欢听相反的意见，也不愿意去想一想别人的意见。这牛脾气很不好！……现在，谁有意见？"

一阵沉默。

似乎谁也不想说话。有人望着天井里那棵摇摇摆摆的枇杷树，有人向着窗外出神。窗外正闪着绿色的电光，远远的象牙山上响着闷雷。蚂蚁似的飞虫成群地扑到灯泡上，落到桌面上，到处乱爬，有一只忽然落到妇联主任苏雪娥的眼睑上，她忙拿手一拨，同时站起来：

"我提个意见。发旺叔时时都把咱村农民的利益放在心上，还想各种办法使村里农民得到利益，这是实在的。他常常对人说，'朝代变了，应当把世界翻过来：那些从前骑在咱们脖子上的，咱们今天应当骑到他们的脖子上去；轻视过咱们的，咱们今天要轻视他们；过去只有别人才能享受，今天轮到咱们来享受了。'发旺叔，你说过这样的话罢？……"

"说过。"苏发旺泰然地回答。

"他私下对我说，"苏雪娥平静地说下去，"他说知识分子都是地主、资本家；他说教员是资本家，卫生院的医生也是资本家。他说这些人，将来都要消灭的。在乡行政会议上，他曾经提议过减低乡小学教师的薪金，他说二十元太多，至多只能每月给他们七八元。他说，'农民整日下田还得不到二十元，他们这些玩艺哪里值得这些钱？'发旺叔，你是这样说的吧？……"

"是呀！"苏发旺伸长脖子，把眼睛睁得圆圆的，盯着苏雪娥，"这又说错了吗？"

苏雪娥没有搭理他，继续说："他常常说，除了种田，别的工作都不算劳动。有一次咱们乡里两个教师申请参加区教育工会，他恶狠狠地把人斥回去了，说：'你们想加入工会？你们参加过劳动吗？'我邀他参加夜校学习，他却说：'文化有屁用？'人家读报纸，他却躲得远远的。还有，去年清明节，人家几百个中学生辛辛苦苦地在百草坡种了两千多棵松树，到今年春天，树苗都长到两尺来高，一片绿油油的；发旺叔领着大伙一下子就把一大片小松树砍得精光。我说他违反了法令，他反驳我：'什么法令，在春荒期间，解决农民生活困难最要紧！'你说过没有，发旺叔？……"

李明远迅速在记事册上写上几个字："苏发旺用农民意识来代替党的政策。"

这一次，苏发旺没有回答，只气鼓鼓地歪着脑袋；苏雪娥仍然冷静地说："你说你没有错误，这些事都正确吗？如果大伙都照着你的想法做下去，咱们还能走上社会主义？你自己说说！"

阿德见苏雪娥坐下了，急忙把半截烟卷在凳角上擦灭，抢着说："主席，我补充一点意见！"他慌慌张张地走到桌边，一边从衣袋里掏出一个小本子来，"苏发旺不但领着群众去砍松树，还领着他村里人去拆菩提山的古庙；群众不愿意拆，他就说人家是'死封建'；他自己不但把木头神像砸断，砸成片；连禅房里的金鱼缸，还有花盆带花草都砸得粉碎。最后，他还把庙前大院里的那棵喷香的巴兰树也砍翻了。你苏发旺翻了身，难道连树木也要倒过个吗？当晚他没有向乡长报告，第二天他又领着他村里人把古庙里的瓦也搬回来，让大伙平分了。他自己也分得一份，到现在还摆在他家的猪圈里，让猪拉满了粪。我说，除了在你的财产总额上多了几十块古瓦，你苏发旺得到什么呢？大伙又得到什么呢？毁了一座古庙，只为了得几块瓦，这是什么思想？以后我对他提过意见，但人家的话还没有说完，他就瞪着眼睛说：'你懂得什么！'他对群众也是这样，人家向他提点意见，他就恶狠狠地把人斥退，还说人家'造谣'；群众都怕他，对他有许多意见，因为怕他报复，都不敢说出来……"

苏发旺听到这里，浑身火辣辣的，他明知道阿德说的是事实，但一见阿德那股神气，就压不住心头的怒火，忽然从板凳上跳起来，一甩手，手撞到灯泡上，灯泡摆动起来："你别造谣！我报复过谁？"

"你报复过骆桂有！"阿德也不让步地顶着他，"骆桂有是火暴性子的人，有意见心里憋不住；他揭露过你，你把白玉川的水拦到你村里，让下流七盆村一带的田地断了水源，他说你自私自利。从这以后，你逢人就说骆桂有这人'落后''思想不正确'；这明明是你抱私怨！这次春荒，他困难得连粥都喝不上，你却不准他借仓谷。这不是你向他报复是什么？这件事，谁都清清楚楚的；连你自己也在一次小会上承认过，你还想抵赖？……"

苏发旺满脸通红，嘴唇抖动了几下，像要说话，可是阿德没等他插嘴，又讲开了："我同意乡长刚才说的那些意见，他时常都违反政策。大伙要走社会主义的道路，他却拦着人家。譬如最近'火星农业社'抽公积金，他也出来干涉。社里各种生产都超额完成了，社员们的收入也比去年增加了二成，为什么不该抽公积金呢？苏发旺的理由是'会减少农民兄弟的收入''影响农民兄弟的利益'。对不对呢？我讲不清楚，但我知道不收公积金，农业社就没法买双铧犁和肥田粉，也没有钱来添置牲口。……咱们天天嚷嚷着要积累公共财产，扩大生产，农业社不抽公积金，拿什么来扩呀？没有钱，叫咱们拿石头瓦片来扩吗？拿手指头来扩吗？"说到这里，阿德灵敏地向窗口瞥了一眼，惊叫起来："啊，风暴来啦！"

嗬，隆隆！嗬，隆隆……

风暴突然从远处袭来，急风冲过树丛发出来的呼隆隆的巨响，由远而近。会场上立即静下来，所有的眼睛都转向窗外。在闪电的亮光下，原野上的大树都猛烈地摇摆着，而且还呼呼地直响。狂风夹着大滴大滴的雨点，直扑到窗格子上，窗前的芭蕉树立时像敲鼓似的响着急促的雨声。李明远急忙离开窗口，坐到八仙桌旁边，桌上的纸和记事册被风刮得沙沙发响，有的纸片被刮得飞起来。骆火狗用手按着一叠白纸，同时向阿德问："你还有话么？"

"没有啦。"阿德把脸扭转来，"不过，我还想说一句，苏发旺的脾气应当改！他的意见，谁也不能碰，一碰，他就跳起来。你说了一百句，他连一句也不考虑。大伙说了这么多，恐怕都没听进耳朵里，你看他，老绷着个脸！"

苏发旺猛抬起头，盯着阿德："你在人头上屙屎，还要人家笑着来接吗？……"

骆火狗插进来："同志们，不要吵嘴，这是开会！"他沉默了一会，又说，"发旺，你还有什么意见？"

"当然有意见。"苏发旺站起来，"大伙说我违反了政策，又说我拦着大伙不让走社会主义道路，我不同意！咱们为了什么来革命？农民兄弟辛辛苦苦翻过身来，又是为了什么？难道不是为了过更好的日子么？要是不能过得更好，谁还愿意整天日晒雨淋？谁还愿意顶着星星来开会？又有哪个干部愿意东奔西跑，到处去当受气包呢？县委书记也说过，实现社会主义，可以使农民的生活过得更好。为什么我照顾农民兄弟的利益，大伙反而说我违反政策呢？大伙儿天天喊社会主义，为什么咱们乡干部就不拥护社会主义呢？……你们笑什么？我说的是实话！刚才大伙的意见，不都是反对社会主义的么？……"

又引起一阵哄笑。只有李明远没有笑，他感到心情沉重，匆匆翻开记事册，又写下几个字："平日对他缺乏教育，竟连起码的政治常识都没有。"

苏发旺继续说着："这有什么好笑的？不要以为我可笑，我比你们多长了几根胡子，我想的也比你们多。阿德常常自作聪明，他刚才说的那番话，全是废话。你要不是一脑子'封建'，为什么要替木头菩萨说话？还想趁机来打击我！我，我苏发旺就是见不得花盆、金鱼缸这一类的玩艺儿，这些一向摆在地主家里的鸟东西，我恨不得把它们都砸成碎粉！有时我在中学门前过路，一望见里面摆设着那些鸟东西，我心头就冒火！你不要眉头打结，雪娥！你不爱听就把耳朵塞起来！你跟我同样一个大字不识，却来替知识分子撑腰。我来问问，你这是什么立场？地主、资本家才稀罕知识分子！这些人只会坐在屋子里，动动嘴唇，他们就会浪费粮食……"

"不能这样看，同志！"乡支部书记轻声地插了一句。

"为什么不能这样看？难道他们坐在屋子里，会'坐'出粮食来不成？"

"他们虽然不能生产粮食，可是他们能够把咱们的后代教成有文化的人……"

"文化！文化有嘛用？"

李明远一直低着头，迅速地在记事册上写着什么；听到这里，他抬起头来，用严肃的眼光望着苏发旺："同志，不能这样简单地看问题。好，你往下说吧！有不同的意见就摆在桌面上来……"

"要让我说，再说一天也说不完！"

"那你就说吧！"李明远仍然望着苏发旺。

"这样说下去，到鸡叫也散不了会！"阿德激动地说，"他说话，从来就没有说完过……"

"不！"李明远截住说，"要让他把意见说完。"

"我不说啦，李副书记！"苏发旺盯着阿德，气呼呼地叫，"你看，人家不让我说话。"

屋子里没有一点声音。只听得大雨点滴滴答答地落在芭蕉叶上，树丛里还传来嗬嗬的风声。烟气弥漫了全屋，坐在离桌子稍远的人，连嘴脸都看不清，苏雪娥被烟呛得尽咳嗽，骆火狗用一种无可奈何的眼色望着苏发旺。阿德呢，仿佛已忘记了他刚才的激动，手指间夹着半截烟卷，把一条腿撑在地上，摇晃着，弄得竹椅子吱吱发响……

李明远苦思地转着眼珠。

"同志们，"李明远终于站起来，用慢悠悠的音调说，"听了大伙的意见，我认为苏发旺同志的思想有很多问题。他自己讲的话，没有多少党员的气味，脑子装的是目前利益。他想到的只是他自己和他村里一些人的利益，眼光只望到一寸远的地方，把农民将来更大的利益，抛到脑后。使人吃惊的，苏发旺同志一直到现在，连社会主义是什么意思还不知道。他简单地认为农民能享福就是社会主义，这是很片面的。大伙都很明白,只有在农村里建立了集体农庄,只有当私有的土地、农具、耕畜都成为农民们共有的财产,并利用这些公共财产来进行大规模的农业生产的时候,农民才能真正按照社会主义的方式去生活,才能真正过着幸福的生活。可是苏发旺同志阻碍大伙朝这个方向发展,他反对植林,反对改良草地,反对抽公积金……反对一切公共财产的积累,打击大伙的社会主义的热情。你想想,你走的是一条什么道路?据我知道的事实,绝大多数的农民都热情地拥护社会主义,他们的认识早已远远超过了苏发旺同志。苏发旺同志的思想,像一只寄居蟹死钻在海螺壳里一样,死抱着眼前利益不放!事实上,谁反对过照顾农民目前的生活呢?谁也没有这样的意见。农民们的生活实际上已比解放前好多了。苏发旺同志不是不知道这些事实,可是他要求'发家',要求马上就享福,这怎么可能呢?我还是劝苏发旺同志抛开这些想法,为了将来能真正享福,现在应当把自己过分的要求克制一下,再过十年八年,我们就会过得更好了。……"

"到那时,"苏发旺用两肘撑在桌上,顶着腮帮子,脸上显出"不以为然"的神气,说,"到那时,咱们早躺在坟墓里啦!"

李明远把话停下来,想听他再说些什么;可是见对方并不想多说,才又继续说下去:"咱们不只是为自己享福,更重要的,是要替咱们的后代安排好生活……"

"那现在谁还愿意日晒雨淋呢?"

骆火狗见苏发旺不断打断副书记的话,就习惯地晃了晃手,说:"你让副书记说完了再说好不好?"

"好,我不说啦!"

……接着,李明远又讲了五六分钟,批评了苏发旺的狭隘的报复情绪,认为他仇视教员和医生,正是这种情绪的表现。最后他沉痛地指出,在苏发旺身上之所以长期存在着这样严重的农民意识,区委会和乡支部没有及时进行教育,负有重大的责任。……

到散会时,阿德很兴奋,他走近李明远的跟前,激动地望着李明远,说:"李副书记!你的话使我弄清了许多问题。"

李明远只习惯地点点头,什么话也没有说。苏发旺正丧着脸木然地站在门边,那神情使李明远很担心,他即刻走过去,将手掌放到对方的肩膀上:"同志,别这样灰溜溜的,一个共产党员要勇敢地看待自己的错误。"

可是苏发旺只冷冷地应了一声:"嗯!"

已经十一点钟了。窗外仍然是漆黑的夜,风雨还没有停止。……

三天以后的一个炎热的晌午,苏发旺从支部大会的会场里走出来,他满头汗珠,鼻尖通红。他远远地避开人群,独自走向橘树园的小道去。可是,他平日走路时那股昂首阔步的劲头,却无踪无影了。脑袋挂在胸前,慢吞吞地走着,赤日当空,他觉得头脑发胀。

一刻钟以前,他还在会场里。像平日一样,他不习惯去倾听别人的批评,一看见那些发言人的神气,他冒火了,暴跳着跟人争吵起来,而且又把他在乡干部会议上说过的那一套搬出来。大家认为他眼睛里没有党,认为他坚持错误,最后,支部大会决定给他党纪制裁——警告一次。可是到现在,他仍然认定自己没有错,"错的是你们!"他在脑子里和对方争辩着,"在你们的脑袋里,早已把农民的利益忘得干干净净。你们就会左一个'长远利益',右一个'长远利益',我早听腻了!哼!叫人家天天忙得满身臭汗,却什么'捞头'也没有,你们去干吧!叫你们自己去干……"

但忽然旁边传来了一个声音:"副乡长,怎么啦?有病么?"

苏发旺猛地抬起头来,见骆四叔——骆火狗的叔叔正扶着一把锸头站在榕树下,望着自己;他不知不觉地又举起右手向前面用力一劈:"你别造谣!谁有病?"

骆四叔见他那架势,知道又要训斥人了,急忙转过身向灌木丛里溜走。可是苏发旺敲锣似的吼声,还是响开了:

"你懂得什么?瞎造谣!"

……苏发旺望着骆四叔在灌木丛里隐没了,才气呼呼地走到篱笆后面的一个稻草垛旁边坐下来。这儿很静,除了果园里飘来的蝉声和远处偶尔一两声鸡叫,仿佛什么声音都听不见,什么都好像离开他远远的。可是他仍然无法平静下来,刚才支部大会上的决定,仍然紧张地在他的脑子里打转。一方面他觉得自己没有错,一方面他又似乎开始感到有一种东西,像一块青梗石似的拴在他的脖子上,往下沉,坠着他往下沉。……这东西是什么?他自己也说不清楚。这思想使他心里觉得烦躁,为了摆脱这些思想,他使劲地捶着自己的脑门,可是没有一点用处,一转眼,这些思想又钻进了脑海里……

他想站起来,回家去,可是忽然有谈话声从小道那边传过来。苏发旺紧贴着稻草垛,连动也不动。声音由远而近,而且渐渐清晰起来:

"那股牛脾气呀,像一只封了蜡的罐子,你向他灌也灌不进去,他自以为经验多,什么都能来一下子,你只要一提出不同的意见,他就冒火了,以后你把舌头嚼烂了,他也不听,你越说他,他就越火。……"

"但是,你们当时怎么会介绍他入党呢?"

苏发旺已经听出来,谈话的是骆火狗和李明远。

"那时,"骆火狗的声音,"村里进行土地改革,在斗争地主的时候,苏发旺干得很起劲,又肯干,又敢干。当时乡支书黄玉书说他立场稳,我们大伙也觉得他有些办法,就这样,吸收他参加了组织。谁知道,他分了几亩地和一块果树园以后,就忘本了。生活逐渐好起来,自私心也重了,他再不愿往前看啦,天天在他脑子里打转的,是怎么才能多'捞'点。打去年当了副乡长以后,更加自满自足起来,他常常说:'这才是咱们的世界啦!'可是他讨厌有文化的人,连县上来的干部,只要他认为是知识分子的,他都怀着敌意……"

"这一点我也感觉到,"李明远的声音,"可是他这种情绪打哪里来的?"

"说起来,也实在叫人同情,他自小就穷,什么也吃不上,没有一点田地,只到处去帮人打短工。有一年,他连短工也找不到,跑到墟场上去,却又被人骗去当兵了。听苏发旺自己说过,有一次,因为他不留心摔了一个玻璃杯子,被一个戴眼镜的副官打得浑身血痕,烂了一个多月,差一点死了。不久,他找到一个机会逃跑出来,讨乞了半年才回到家里,就是从那时候起,他记下仇了。"

"这是阶级仇恨!可是,解放以后的情形不同了,许多知识分子经过改造以后,都愿意给老百姓做事,他的情绪为什么没有变?"

"这就正像你说的啦,乡支部和区委会没有好好教育过他……"

"……应当耐心帮助他……很可惜……"

声音模糊了,脚步声也听不见了。这里又恢复了刚才的宁静,远处的鸡叫又清晰起来。大滴大滴的汗珠仍在苏发旺的鼻尖上沁出来,可是他的脑子却空荡荡的……

最后,他站起来,一只手使劲地掀着自己的胡子,用另一只手摸着脑门,痛苦地思索着:

"怎么?见鬼!莫非真的是我错了!"

一九五五年五月于岭南

月夜*

　　窗外，月亮把池塘和小河都照得光闪闪的。天空又高又蓝，星星却暗淡了，特别耀眼的，是那轻轻地从树梢顶上飘过的几朵白云。

　　很静。除了果园里偶尔传来一两声鸟叫，和墙根底下那只蟋蟀不时地"唧——唧唧"地叫唤两声，就只能听到小河里那淙淙的水响了。

　　空气凉水似的从窗口灌进来。我站在窗边，默默地对着那满地树影的林荫小路出神。其实，那儿什么也没有，只有抖动着的树影。

　　忽然，响起"趸趸"的脚步声，接着在林荫小路上晃动着一个人影。这时，我才从遐想的境界里清醒转来。那影子逐渐地移近来，而且放慢了脚步，朝着我的窗口瞧着。我知道他什么也瞧不见的，因为我还没有点灯；于是我故意轻轻咳了一声……

　　"啊？"那人说话了，"老郑同志，你还没休息吗？"

　　我有点愕然："谁呀？"

　　"我呀！"那人兴奋地说，"老叶呀！"

　　"老叶么？这么晚了，打哪里来？"

　　他没有即刻回答我，却走过来……

　　老叶，就是叶道民，他是区委副书记，是我回乡来的第二天，在区委书记黄狄的办公室里认识的。

　　那天，我因偶然的机会，路过区委会的门前；当时灵机一动，决心进去看看那个

---

* 载《作品》1956年8月号，原名《月下》，1958年出版时改名为《月夜》，并以此作为书名。本文为1984年2月版《萧殷自选集》收录的版本。

中学时代的同学、现在的区委书记黄狄同志。当我上了楼梯，走到幽暗的过道，站在办公室门外的时候，听见黄狄像发表长篇演说似的谈论着什么，我以为区委会正在开着什么隆重的会议；可是，我探头一看，办公室里总共只有两个人：一个是黄狄，个子瘦瘦的，浓眉大眼，样子很精明；这时他正背着手，来回在办公桌前面走动着（后来我才知道，这姿势原来是他有意模仿地委书记的），嘴里却滔滔不绝地谈论着，满嘴"这个……这个……这个……"，再就是"原则上"或者"基本上"。……另一个，像个纯朴的农民，穿着这一带农民常穿的白布衫和黑裤子；脸色黧黑，四十多岁模样，但脑门上却横着六七道深深的皱纹。这时他坐在一张板凳上，像小学生听课似的，聚精会神地望着黄狄……

黄狄边走着，边讲着，还不时止住步，望着那个人："同志，这是马克思列宁主义的学说！没有长期的勤学苦练，你就没法掌握它，懂吧？只靠一点工作经验，是不行的，那一定会犯错误……"

那个人虽然还静静地听着，可是他脑门上的皱纹，却越来越深了。

我怕妨碍了他们的谈话，刚回转身，打算下楼去；就在这忽儿，黄狄忽然转过半截身来；他一发现门外有个人影，就大声问："找谁的？"

我站定了，心里觉得怪不好意思的。

黄狄一个箭步迈出办公室来，过道里很幽暗，他不可能看清我，他见我站着，就问："怎么随便就跑到楼上来？你找谁？"

看他那副神气，我怕他嚷起来，赶忙向他说出了姓名和来意。

"唉唷！是老郑么？什么时候回来的？"他兴致勃勃地一把拉住我，拖进办公室里，"老战友啊！又好几年不见面了！"

那个农民模样的人，拘谨地站起来，向我微微笑了一下，我向他点点头；可是黄狄却像没把他放在眼里，连介绍也不给我介绍，只顾问我："从广州回来么？""现在干什么工作？""这次回来打算住多久？"……我一边简短地回答他，一边注意到那个人仍然站在那里，他全身好像都不自在，仿佛站着也不是，坐下去也不是；留在这里也不好，走开也不好。

"别耽误了你们的事，"我忙说，"继续谈你们的吧，我改日再来。"

我把手伸出来，准备握手告别。

"别，别走！"黄狄忙摆手，"忙什么？"

"妨碍你们谈问题,不好!"

"那么,你也参加我们的讨论,好不好?"

我点头表示同意,于是我们都坐下来。这时候,黄狄才朝那个人望了一眼,然后对我说:"他叫老叶,叶道民,是刚刚提拔起来的区委副书记。"他把"刚刚"两个音说得很重,大概想借这来显示一下他自己的老资格吧。

为了不致使我摸不清头绪,黄狄还把刚才的讨论重述了一遍。在谈到他的观点时,他故意说得很慢,好像想把每一个字都深深印到我的脑海里;可是当他谈到对方的意见时,却谈得十分简单,而且是用他惯用的那套公式化的语言叙述出来的。单看他说话的神气,就知道他对于他的观点甚至对于每句话的措词,都是非常满意的。

这时,我倒很留意老叶的表情与举动。看他脸上的表情,他心里显然很焦急,一方面,他被黄狄那套似懂非懂的"学说",弄得头脑发胀,额门上尽是汗珠;另一方面,好像又有别的东西在折磨着他。他双肘撑在桌面上,拿大巴掌摸着脑门,好像要把脑门上的皱纹抹平似的,使劲地揉着,摸着。一直等黄狄把话说完了,他才把手掌摊到桌面上:"你反反复复说了很多道理,说农业社应当积累公共财产,这个,我同意;可是,农业社的粮食已经增产了,你为什么不同意改善社员们的生活,这个,我却搞不明白!……"

"你这个人呀!"黄狄急了,不等老叶把话说完,就插嘴了,急得连"这个""这个"也忘记了,"嗨!怎么连这么简单的理论都不懂!这叫做先公后私嘛!不先把社的基金很快地积累起来,还有什么社会主义?"

老叶显然又被这个"社会主义"弄得很困惑,思想里混乱起来,光瞪着眼,舌头僵住了;他又拿手掌在脑门上来来回回地摩擦着,沉默了好一会,他才怯生生地说:"我的文化水平很低,理论懂得太少,这是我的缺点;不过,我想的是一些乡里的实际问题,要是照你的意思,农民在建设社会主义的时候,是不是不要改善他们的生活?"

"这个嘛,"听叶道民承认了自己的理论懂得少,水平低,黄狄的心境比较平静了,"这个……这个……不是一般地规定要不要的问题,这个……是先公后私的问题。我认为,原则上,应当首先承认这条原则。这个……这个……如果我们不坚持这条原则,要想建立拥有大量公共财产的合作社,这个……这个……就会比登天还难,这个……这个……这个,要是不先公后私,我们又拿什么去支援国家工业化的建设?这个……这个……没有工业化,农业就不能机械化,也不能进行大规模的生产,这道理不是很简单吗?"

"谁也不反对支援工业建设，"老叶有点激动了，腮帮子红红的，但他抑制住自己的感情，极力压低嗓门说，"就拿现在乡里的情形来说吧，农民们盼望将来能用上拖拉机，都非常愿意支援工业建设，他们都懂这个道理；现在摆在我们眼前的麻烦事情，是好些社员缺少粮食，区里硬叫他们把一部分口粮当余粮卖了，他们生产情绪低落，整天嘀嘀咕咕；要是这样下去，我们拿什么来证明合作社的好处？拿什么来提高他们的生产热情？生产情绪这样低落，又能拿什么来支援工业建设？许多农民愿意走合作化的路子，就是认定合作社会使他们增加收入。要像现在这样，合作社就会垮台……"

"垮台?"黄狄也激动起来，"谁要退出，让他退出去好了！等将来机械化了，他来磕头也不许他进来！那种只想增加个人收入的思想，就是唯利是图的思想，也是资产阶级的思想！抱着这种想法来入社的人，他们的动机就是不纯的！对于这种思想，应当加以批评！奇怪的是你，一个区委副书记当了这种落后思想的尾巴！这就十分危险!"

这段话把叶道民弄得瞠目结舌，在他的思想里大概更加混乱了，黄狄那种肯定的坚决的口气，显然已经使他畏缩起来。他脸红红的，垂着头，我看见他的嘴唇翕动了几次，但都没有说出话来。

沉默着……

"我有个具体问题，"叶道民忽然又抬起头来，"早稻快要收了，收割之后，你的意见怎样？多分呢还是多扣?"

"现在合作社的基金还很少，要是把收成的大部分都分了，合作社还像合作社吗？这个……这个……基本上我主张多扣，粮食应当由社里统一掌握。"

"要是社员们不同意呢?"

"不同意?"黄狄把眼睛睁得圆圆的，那眼光像射出无数个奇怪的问号，然后拿手掌在面前使劲一劈，"谁不同意就批评谁！为社会主义嘛，还能光管自家！要么，他走资本主义的道路；要么，他放下个人私利，走社会主义的道路！这个……这个……我们在山里打游击的时候，就是这样的嘛，还能又是社会主义又是个人主义?"说到这里，他顿了一下，发现他说了一句很新鲜的话，于是又说："不能又是社会主义又是个人主义！老郑，你为什么尽坐在那里旁观，你觉得我说的对吗?"

我正在注意他讲话时那股"只能信服，不准怀疑"的神气，想不到他会扭转头来望着我。我苦笑了一声，说："要按我的想法，我以为你的意见很片面……"

我还想继续说几句，准备对他的片面观点简单地分析一下；可是，意想不到，他忽然"嗬嗬"地大笑起来："嗬嗬！老兄，你想替我们的副书记抱不平吧？可你又不是绿林英雄呀！"

这一来，弄得我无话可说了。他的自信力强到近乎狂妄的地步，着实令人吃惊。

当我离开区委会时，黄狄送我下楼，在楼梯上他悄声地说："唉，真头痛！提拔这样的人来当副书记，怎么行？幼稚得很，连起码的理论常识都没有。"

我觉得心里很别扭，再也笑不出来，只冷冷地说："过分自信是危险的！我们需要多到群众里面去看看，应根据实际情况来办事，不要光坐在办公室里背定义！……"

"当然！"他仍然是那副自得的神气，"那当然！要是实际不结合理论，我看，谁也无法领导群众前进了，比如老叶就是这样的一个人……"

现在，老叶走上楼来，我伸出两只手来和他握手；那天他和黄狄争论时，我从他的话语里和表情里，已看出他是个富有责任感的人，他身上有农民质朴的气息，也带着一般农民在接触新事物时所具有的慎重态度和实事求是的精神；这些，都在我的脑海里留下了亲切的印象，并对他产生了一种极其真挚的感情。

"嗨！"他一站定，向四周望了一下，"一楼全是月光，多好！"

我请他在窗前坐下来。他拿起杯子随便呷了一口茶，便把视线移向窗外。从窗口望出去，是一片暗绿色的果园，树丛像海波似的起伏着；要是在白天，这里真像一片绿海；碧绿，苍翠，一直绿到远远的白云岭山麓；这中间，有掩映在浓荫底下的池塘，有撒满了小鹅卵石的小溪，溪流里漂着各种颜色的花瓣，静静地在树荫下面流过；远处的白云岭浓绿得发蓝，更远处却蓝得发紫……这一切，现在都在月光下面，像蒙上一层淡淡的轻烟。

叶道民静静地望着白云岭朦胧的山影，轻轻叹了一口气，刚才那股兴奋的劲儿消失了；在他的眼睛里，却蒙上了一层沉郁的薄雾。

他忽然自己连连摇起头来，嘘着气："哼！真难呵！"

"又是什么事啦？"我问他。

"今天下午，我回白云岭去了一趟，一进村一直到离开村，到处都受窝囊气！真差点把我气晕了！你愿意听么？……好，我给你说说吧！……"

晌午，夏天的太阳像火一样烤着；叶道民爬上白云岭；已满头汗珠，到得村来，还是气喘喘的；可是刚跨进家里的大门，就遇见他老伴冷冷的脸孔。

他的老伴正在堂屋里切猪菜，见是老叶回来，就丧着脸，嘀咕着："粮食又快完了，过两日连粥也喝不上啦，你看怎么着？"

老叶没有哼气，只用无可奈何的眼光望着她。

老伴继续说："你这死人！你明明知道村里大伙有困难，你为什么不向上级提提意见呢？你就忍心望着大伙挨饿？"

"怎么是我忍心望着大伙挨饿呢？"叶道民摊开双手，声音说得很低，"我有什么办法？"

"你没办法？"想不到她会突然站起来，大声叫喊着，"又不是要你拿出粮食来给大伙吃，你不会向上面提意见吗？你又不是哑巴，怎么就不愿替老百姓说话呢？"

老叶只皱着眉头，脑门上那几道皱纹显得更深了。他能说什么呢？把区委书记的意见向自己的老婆说出来吗？这又有什么好处！……他找不到一句恰当的话来表白自己，只呆呆地对着天井壁间那几只"嗡嗡"叫的蜜蜂出神。

"别忘了本呵！你要想想你在刘老爬家里当长工的日子！你是穷苦人，你怎么当了区干部就把穷人忘了呢？"

叶道民的胸脯上，像给一股湿柴的浓烟狠狠呛了一下似的，喘不过气来；总像有一块东西在那里堵塞着，想咽又咽不下去，想吐又吐不出来。他难过极了！可是他老伴的吵嚷，却像永远不会停止似的，而且声音越喊越响，脸也越来越红……

"别这样嚷啦！"叶道民仍然压低嗓子，像怕别人听见似的，"事情最后总会解决的，我不相信事情会老这样拖下去！……"

他只在家里待了一顿饭的时间，最后，他走出来；可是在耳朵里却还响着"嗡嗡"的声音。这声音，老叶很明白，绝不是他老伴一个人的，而是代表着群众的意见。他一边走着，一边咀嚼着老伴的每句话，他越想越觉得不是味儿。

"哼，区干部光知道叫我们向上交粮，却不管我们的肚子！"

这声音，使叶道民吃了一惊，他忙抬起头，才知道这声音是从墙里面传出来的。

这是个果树园,熟透了的、红里透绿的大荔枝,成簇成簇地探过墙外来。园里面,树叶"簌簌"地响着,还夹杂着树枝折断的声音和人们的说话声,"他们天天嘴里喊着社会主义,可是像他们现在的做法,却是拦着大伙,不让大伙走社会主义,他们只记住'三定'的定产数字,却不管实际收成怎样,这是叫人走上社会主义呢?还是叫人离开社会主义?……喂,在你头顶上那簇最熟的,你为什么不摘下来?……"

叶道民没有停下来,他像一只掉落热水里的蟑螂,又焦急,又痛苦!全身都热乎乎的,鼻尖上,尽是大颗大颗的汗珠……

快走近白云农业合作社办公室时,却在一处篱笆背后,遇见了社主任刘乾福。

在这一带,谁都知道他和刘乾福是老伙计,他们从小一起在小溪里捞小虾,到田野里打猪菜;长大了,又一起在地主刘老爬家里当长工;甜酸苦辣一起尝,日晒雨淋一同受,因此,在他们之间从没什么隔阂,他们像亲兄弟一样亲密……

"你来得正好!"刘乾福一看见他,就迎上来,"我正打算挤个空儿到区里去找你啦。"

"什么事?"

"什么事?"刘乾福把眼睛睁得圆圆的,"我这里还有什么新鲜事?还不是总是那些使人头痛的事?来!我们找个清静的地方坐下来!"

他们走到村后的一处斜坡上,在一棵橄榄树荫里坐下来。

于是刘乾福说开了。他说,他每天早晨都要挨家挨户地去喊人,可是人们都冷淡地对付他,这个说,"喝粥喝得全身软瘫瘫的,怎么能下田?"那个说,"还没米下锅呢,我不去!"刘乾福什么话都说过了,可是没一点用处,他只好说,"要是现在老不出勤,到夏收之后,你的工分就少啦!"可是人们却满不在乎,冷冷地回答他:"工分多有什么用?连口粮都不管,我们还能拿工分当饭吃?"现在,在花生地和黄豆地里,青草长得比豆苗还高,可是没人肯去锄;烧好的石灰堆在荒山里让雨淋,谁也不愿去挑回来……刘乾福急得光跺脚。

"社员生产情绪这样低,叫我怎么办?"刘乾福越说越急,鬓角的青筋跳动着,唾沫从嘴角里飞溅出来;根据叶道民的经验,知道刘乾福快要冒火了,就劝他:

"别急!急又有什么用?"

"急?"刘乾福望着叶道民,"我要急吗?区里乡里只知道往社里布置生产任务,只知道催人去汇报生产成绩,却不管人家死活,要不完成任务,我就得去挨

'批'！憋得我快喘不过气啦！社员都说我不照顾社员的疾苦，骂我'闭着眼睛，死不解决困难！'你想想，我愿意群众这样吗？……"

他嘴里像放连珠炮似的，话语和唾沫以同样的速度喷射出来。他说，社员常常嚷着向他借粮借款，他常常被他们真实的困难情况弄得无话可说，他真想借给他们；对于那些劳动力弱的老人，他还想拿出点公益金来帮帮他们；可是乡里和区里都不答应，说这样搞法会把合作社支空的。刘乾福在这半个月来，几乎每天都要遇到好几桩这样的事，"现在，弄得我上下为难！社员确有很大困难，上面不解决；只来催生产成绩，可是，下面的社员却情绪消沉，这叫我怎么办？"

叶道民只同情地望着他，说不出一句话来。

"现在我问你，"刘乾福像要哭似的，眼圈都红了，"区委会打算怎么办？是眼睁睁地望着合作社垮台呢，还是想办下去？"

这使老叶很为难，他能说明什么呢？他和刘乾福虽然是老伙计，可是区委会内部的意见分歧，还是不应当告诉他的。他心里很焦灼，拿手掌在脑门上使劲擦了几下，轻声地说："现在社里的问题，想即刻解决，我估计还有些困难，但我相信，将来总是要解决的。……"

"将来？"刘乾福激动起来，"'将'到什么时候？"

叶道民没法回答这问题。他沉默着，脸红红的。但他却没预料到，刘乾福会忽然黑着脸，盯着他："嗨！当上区委副书记，架子大啦！装腔作势啦！"他一说完，呼的站起来，就走下山去，连头也不回……

老叶全身像突然给针扎了一下，太阳穴"轰"的响起来；他怔着，木然地望着刘乾福那愤怒的背影。

当叶道民独自离开橄榄树荫，向村里走去时，他心里咕噜起来："上下为难！我跟老刘一样的上下为难！怎么能继续下去呢？……不能，不能这样……"

他说着，还不时地向朦胧的白云岭张望一阵；从他的眼睛里，我已经看出他的内心埋藏着多么沉重的不安！我被他的谈话感动了，我完全理解了他现在的心情。

当他把事情说完之后，向我苦笑了一声，说："嗯！要是我不考虑群众的困难，只执行黄书记的决定，我也许不会这样苦恼吧？你说呢！"说完，他又苦笑了一声。

我给他倒了一杯茶，他接过去，一口干了。

这时，忽然有颗流星在窗外飞过，向远处坠下去……

"即使是苦恼，也是暂时的，"我说，"为人民，这是值得的！"

他茫然地点着头，可是他脸上却又露出怀疑的神色，立刻问我："依你看，你以为事情会有什么结果？"

我毫不犹豫地说："党绝不会容许这种现象存在下去！……问题要看我们敢不敢向这种脱离群众、脱离实际的作风作坚决的斗争？"

叶道民静静地望着我，耸了耸眉毛，然后微微一笑："你是说我么？"

"是呀！"我也微笑地望着他，"那天我见你总是怯生生的，你尊重区委书记，当然是正确的；可是对于他不正确的意见，为什么不认真争论下去呢？"

"哼！自己不行呵！……"

于是他告诉我：当他在乡里当支部书记的时候，他还能独立地考虑一些问题和判断一些问题；可是调到区委会之后，天天听着黄狄那成套成套的理论，他就觉得自己还很不够。他有个习惯，不管处理什么问题，都是按照群众的实际情况的；可是到区委会以后，他发现黄狄常常不顾实际情况就作出决定；当他提出怀疑时，黄狄就说他是"尾巴主义"，有时还说他是"经验主义"……这样一来，慢慢把叶道民的思想搅乱了，弄得他常常无所适从。

如果按照他朴素的想法，他无论如何是不能同意黄狄的某些观点的，可是黄狄又说"这是马克思、列宁主义的学说"，别的区委也说这是"党的政策"。可是，当叶道民在百思不解之后，去向别的区委请教时，他们却又说不出什么道理，只冷冷对他说："你去问问黄狄同志吧，他会给你解答的。"于是，慢慢地，叶道民开始怀疑起来，开始产生了自卑的情绪，他常常想："大概黄狄同志说的才是对的吧？"

可是，当他到了乡间，深入到群众中间去的时候，他马上又觉得黄狄的那套办法，是办不到的，也是行不通的。譬如口粮的问题，即使生硬地执行了，只会给群众造成很多困难，并引起群众的不满。这使他觉得痛心……

叶道民迅速向天空望了一眼，原来又有一颗流星飞过去，他继续说："一直到现在，我还是为这事苦恼着。我在社员面前，总是要他们多为大伙着想，多为将来更好的生活着想，不要总是为一点点私利争吵不止；在社的干部面前，我主张，只要不妨碍社的发展，应当逐渐改善社员的生活；可是我没法说服区委会的同志们，我一说，黄书记就拿一套不容易听懂的理论把我堵住了；虽然我不服，但我也没法驳倒他！

唉，反正是怨自己不行！"

话一停，他把两只手掌摊开来，无可奈何地摇摇头。

我心里很纳闷，沉思了一会，问他："区委会不是要传达上级党委的工作指示吗？你怎么会无所适从呢？"

"传达的！"老叶说，"县委开会，每次都是叫黄书记去参加的，他每次回来，都给区委们作一次报告。"

"最近，省委发出了农业合作社工作的指示，你们传达了吗？"

他点点头。

我继续问他，当我问到他从省委的这个指示中领会到什么新的东西时，他瞪着眼睛反问我："有什么新的东西？没有嘛！黄书记传达时，我只听他再三再四地强调要积累公有财产，要先公后私；社员的个人生活问题，他也讲到，可是这部分他讲得很难懂，尽是要'防止'什么'主义'和什么'倾向'。"

我仍然很纳闷，我想，黄狄难道在传达省委的指示时，只拣符合他观点的一面来"传达"吗？或者是他的偏见妨碍了他去理解另一面的精神呢？……我沉思起来。

沉默着。只听见小溪里淙淙的水声和蟋蟀的叫鸣。

叶道民扭转脸，望着天边。从白云岭背后，正涌来了几朵黑云；他正想说什么，却被我的话截住了，我问：

"省委的指示在报纸上公布后，你读过吗？"

"很想读！"他眼睛忽然灰暗起来，"可是时间太少，又读不懂！好些字不认得，靠翻字典又太慢，有些句子也太长，弯弯扭扭，读也读不断……"

他叹息着，拿手关节敲着脑门，喃喃着，他埋怨自己对学习抓得不紧……

"你这里有报纸吗？"他像省悟了什么似的，忽然问我，"把省委的指示给我念念好不好？"

我立即点上煤油灯，找出了报纸，就念起来；他静静地听着，好像怕听漏一个字似的，侧着脑袋，把耳朵凑近来，越听下去，他脸上就越舒展，越开朗，不时还微笑地点着头……

"咦！"他用兴奋的声调说，"刚念过的那段，请再念一遍！念慢一点。"

我念道："农业生产合作社全年收入的实物和现金，在依照国家的规定纳税以后，应该根据既能使社员的个人收入逐年有所增加，又能增加合作社的公共积累的原则……进行分配……"

"对呀!"他几乎要从椅子上跳起来,"这才对嘛!"……这指示规定怎么扣公积金的?"

"除了扣除本年消耗的生产费之外,规定公积金一般不超过8%,公益金不超过2%。如果是经营经济作物的合作社,因收入多,公积金可以多扣些,但如果合作社的生产增产不多,为了增加社员的个人收入,公积金还可以少留,如果遇到荒年,公积金可以少留或者不留……"

他边听着,边满意地点头:"那么,扣了公粮、生产费、公积金以后,剩下来的东西怎么分?"

"剩下的,全按照劳动日分配……"

"对!"因为太兴奋,他站起来了,"党想得真周到!要照这样办,什么问题都解决了!……"

他的情绪感染了我,我也抛开报纸站起来,笑着问他:"你还苦恼么?还会无所适从么?"

"不啦!只要照省委的指示去办事,白云合作社那摊使人头痛的事,全解决啦!社员的收入问题解决了,生产劲头就会大起来,越是增产,社里的公共积累就会大大增加,到那时,咳!拖拉机啦,漂亮的牛舍啦,托儿所啦,什么不愁没有了!"

老叶走动起来,刚走到窗前,他吃惊地叫了一声:"哎哟,又要下雨啦,你看!"

我走到窗前,可不是么?虽然月亮还没给遮住,可是南面半边天,全给黑云漫住了。

"我走啦。"他伸出手来。

当他下楼时,他的声音还响着:"现在我搞明白了,是我们区里没有执行党的政策!我要到县委会去!"

叶道民的影子,又在林荫道上摇晃着,我望着他的背影,远了,模糊了,隐没在浓荫里。

白云岭的背后,忽然闪了一下,接着是一声钝雷;风急了,暴雨也许很快就会到来。……

一九五六年六月于佗城

天旱的时候*
——陈小培的日记

七月二十七日

月光真亮呀！青蛙在水洼里"咽咽"地乱嚷。

我走着走着，忽然，听见榕树下有人说话。咦！谁们在那里？我站住了，只听见那里闹嚷嚷的：

"讲吧！"

"快讲呀！"

"怎么不讲呀？"

我猜想，准又是金生叔叔在榕树底下啦。

"讲什么呢？"果然是金生叔叔的声音，"整日尽车水，故事早忘啦。"

小伙伴们继续嚷着："不会忘的。""你的故事多啦！""咦！你这个团支书怎么不愿讲故事呀！"……

我踮起脚尖悄悄走过去。

阿娥一瞅见我，就叫起来："小培也来啦！"

金生叔叔一把拉住我，让我在他旁边坐下来。他抓了抓脑袋，说："好啦，我想起一个故事来啦。"

我们都鼓掌了。

---

* 1956年12月由中国少年儿童出版社出版。本文为1984年2月版《萧殷自选集》收录的版本。

"有一天,"金生叔叔慢吞吞地说,"有个小学生,他是小学五年级的学生,正在公路上玩哩,忽然来了一辆汽车;这汽车在树荫下面刚停住,许多人就从车里走出来;跟着,一大堆人抢着往汽车里挤,挤得好凶呵!有的人,凉帽给挤落了;背在大人背上的小娃娃也给挤哭了。这时候,那个小学生正站在汽车旁边,被这乱糟糟的人群弄得瞪着眼,他心里好奇怪:'咦!哪里来的这样不守秩序的人?'人们好容易都挤上去了;恰恰就在这忽儿,他发现地下有一只小红鞋,他捡起来,正想送上去,可是汽车开走了。他喊:'掉了小红鞋啦!是哪个娃娃的?'可是汽车没有停。他追上去,汽车却越跑越快。他急啦,一边喊,一边追。追着,追着,追得那小学生满脸是汗,汗从额门流下来,流过眼睑,流过腮帮子,一直流进脖颈里,又流到背上。汽车离他越来越远啦!可是他不放松,喊着,追着,还把小红鞋高高举起来摇晃着。……"

我听着听着,想:"奇怪!我昨天在公路上捡了一只小红鞋,怎么这个小家伙也捡了一只小红鞋呢?金生叔叔许是说我吧?"

金生叔叔继续说着:"他足足追了一里多路,眼看汽车快过大桥啦,汽车才忽地停下来。这小学生一直奔到汽车跟前,一个背着娃娃的大娘,才从窗里探出头来,把小红鞋接过去,还没听清大娘说些什么话,汽车又嘟嘟地开跑了。……"

金生叔叔不说了,大伙静静地等着。

有人问:"以后怎么啦?"

金生叔叔笑着说:"以后?以后他就回家啦。……你们说,这小学生好不好?"

"好!好极啦!……怎么?故事就完了么?"

"说完了。"

阿娥突然喊起来:"我知道啦!金生叔叔说的不是故事,是真事,我昨天还看见哩。"

一个小家伙问:"是谁呀?"

"是小培嘛!"

"不算!不算!""再讲一个!"大伙又嚷开了。

金生叔叔说:"你们看!月亮都快落山啦,还不睡觉去?"

可不是么,月亮离西山只一丈来高啦。

七月二十九日

放暑假已四天了,天天闷得很。今天我刚吃完早饭,就跟阿娥到黄泥岗去,我们每人牵着一条大水牛,一直走到山凹里。可是,那里的草,全黄了。那条牛牯啃了一阵就"哞哞"地叫起来。

"你叫?"阿娥把长辫子往背后一甩,走前几步,生气地瞪着牛,"你叫好了!还叫得出青草来?天老不落雨,叫有什么用!"

牛站着,睁着大眼,"傻咕隆咚"地向阿娥望了一阵,好像听懂了话似的,愁楚地闪闪眼睛,又低下头去啃草。

然后阿娥走到榕树下来。我们坐在一块大石上,望着远处的田野:天空亮青亮青的,一点云彩也没有,太阳火一样,田野里冒着抖颤的热气。远处的山,蓝得发紫,刚刚收割过早稻的田野,光秃秃的。

我问阿娥:"你也是合作社的社员么?"

"当然是啦!"她歪着脑袋望着我,"我天天给社里放牛,还能不是社员?你妈妈也是社员,可她就不愿给合作社做事,真自私!"

我脸都红了,可是我不能反对阿娥,阿娥说的是真话。合作社给妈妈派工,妈妈老说是胸膈痛,推着不去;可是她却天天到那块园子地里去,种豆角呀、番茄呀、莴苣呀、蕹菜呀……

阿娥拿圆溜溜的大眼望着我,看我脸红红的不说话,她又说开了:"你还不好意思哩!人家说你妈妈的脸皮有三尺厚。哞哞!发瘟牛!你们又捣乱啦!"阿娥呼地一转身,扬起鞭子,像一阵风似的奔过去……

原来那条牛牯跟一条老牛牯正拿角顶着角,团团转着,斗起来了。阿娥边吆喝着,边拿鞭子抽;最后才把牛打开了。当她回到榕树荫里,还气呼呼的:"真气死人!这条死牛牯,老是爱打架!小培,我刚才说什么来?对啦,你妈妈呀,真自私!园子地,她要多;社主任向她说道理,她却不听……"

阿娥还告诉我,前两天,她也是坐在这棵榕树底下,听见两个人在篱笆背后讲我妈妈的事哩:一个说妈妈自爸爸死了以后,脾气变坏了;另一个说妈妈太落后了,为了多争一点园子地,妈妈跟社主任闹了一晌午;社里的一点点什么事,妈妈都不愿干,说胸膈痛;可是她却天天都拾掇着那块菜园子。……

说到这里，阿娥又"哞哞"的吆喝着，那两条牛牯又斗起来，一直等挨了几鞭子，牛才走开。

太阳斜了，我们才牵着牛回家来。

八月二日

哥哥每天很晚才回来，天一亮就走了，说是到田里车水去。哥哥走后，妈妈便唉声叹气起来，嫌哥哥不听话啦；埋怨天不落雨啦；豆角卖价太贱啦；她咕嘟咕嘟的，要唠叨半天。

吃完早饭，我帮妈妈剥豆角。我问妈妈，嘉林表妹什么时候来，妈妈只坐在那里想心事，却不回答我。隔了半天，她才说："培儿，你要听妈妈的话，可别像你哥哥那样！妈是为你好，以后不要到处乱窜，对自己没好处的事，你别管它，免得惹是生非。……"

"要是对社里有坏处的呢？"我问。

"你也别管！"

"别管？谢老师说，看见坏事，就要反对；见人有困难，就要帮忙，怎么不管呢？"

"你嘴里一天到晚总是谢老师、谢老师的！你妈妈呢？"

"谢老师说的对嘛！"

"我说的不对么？"妈妈生气了，一扬手，把豆子撒了一地。

我心里不服，可是说不出来，只捡着豆子。奇怪！妈妈怎么不喜欢谢老师呢？谢老师多好呀！他带我们到合作社果树园里捉虫子；到田里拾麦穗；还领我们到山里打野火；还捉蝗虫；他自己帮社里算账，还在校园里给小朋友们讲董存瑞的故事，讲着讲着，他自己掉下眼泪来……小朋友们全喜欢谢老师，谢老师也喜欢我们。怎么妈妈不喜欢他呢？

剥完了豆角，妈妈扛着一把镢头出去了。我就温习功课。正想算一道算术，忽然见外面嚷嚷着：

"啊！好大的一个！我来摘，你够不着！"

"我够得着的，你别抢！"

我一听，已猜着几分，站起来，就跑出去。果然，有一群小家伙，正站在杨桃树下，仰着脖子，在等着什么。再仔细一瞧，有两个小家伙爬在树上摘杨桃哩。

我奔过去："谁摘人家的杨桃，啊？"

两个小家伙，从树上"嘣"地跳下来，一个冲着我说：

"又不是摘你的！"

"谁的也不能摘！这是社里的杨桃！"

这个小家伙瞪着眼睛，说不出话来；慢慢地，他低下头，走开了。

等人们走远了，我抬头看看杨桃树，可不是挂着几只黄透了的大杨桃么？想起那股酸甜味儿，怪不得那两个小家伙争着要摘下来呢。可是人家辛辛苦苦侍弄了一年，才盼到这一树果子，你就忍心偷了去？嘿！

八月八日

晌午，妈妈又到菜园里去了。我坐在天井旁边读第二册《语文》。只听得天井壁间几只蜜蜂"嗡嗡"地叫着，果园里的蝉子也正叫得起劲。

读完了两课《语文》，想起谢老师来了，想去看看他，又怕他不在家里。这样想着想着，我不知不觉已走到村边。天空还是没有一点云彩，一色暴青。当我走到黄泥岗坡下，正要上坡的时候，就望见了半山坡上，有个推"鸡公车"①的，是路太陡了吧，车子为什么老往下溜？不错，这里路很陡，又是黄泥骨；平时一下雨，路滑得连爬也爬不上去。现在这个推车的人撑开两条腿，用肩膀顶着车把，车子还是往下溜。我急忙上去，一看，原来就是那天偷杨桃的小家伙；我来不及细想，扶住车把往上推。车子可重啦，我一使劲，脚下滑溜起来，把我重重地摔了一跤；我急忙爬起来，又去推；费了好大气力，最后才把"鸡公车"推到平道上。这个小家伙累得气咻咻的，满脸是汗。

他站定了，用感激的眼光望着我，说："谢谢你！"

"不！"我说，"你推这车豆饼到哪去？"

"到姥姥家去。"

"你妈妈呢？"

---

① 鸡公车，即独轮车。

"我没有妈妈,只有爸爸,他在社里种田。"

他像不好意思似的,老拿眼睛望着地下,不知为什么。

我望了他一会,又问:"你叫什么名字?"

"陈狗仔。"

"几年级了?"

"我没有上学。"

奇怪?怎么不上学呢?在学校里多好:"咦,为什么不上学?"

"爸爸说上不起,没有钱。"

"没有钱?……"

我正想跟他说,杨玉娣没有钱,还上学;黄海元没有钱,也上学……可是,忽然我听见妈妈喊我了。

我撒开腿就跑。陈狗仔什么话也没说,扶起车子继续往前走……

等我跑到村边,妈妈一看见我就吼起来:

"你看你!一身都是黄泥,你在地上打滚来?"

这时,我才后悔自己没有把黄泥拍掉;要是把事情跟妈妈说吧,她准会不高兴的,我想撒个谎;可是,我为什么要撒谎呢?坏孩子才撒谎哩!我把刚才遇到陈狗仔的事,照实跟妈妈说了。

妈妈听着听着,又生气了;也不肯听我说完,一把揪着我的肩膀,拉着我就往家里走,她一边唠叨着:

"你就是爱管闲事,屁股上长了角吗?怎么就在家里坐不住?你弄了一身泥,谁有闲工夫给你洗?你帮人家忙,谁来帮我?……"

到了家里,妈妈还唠叨着。她一边淘米,一边唠叨;我坐在灶前,一边烧火,一边听她唠叨,耳朵边嗡嗡的,心里闷得慌!

八月九日

刚醒来,听见画眉鸟在窗外唱歌,多好听呵!可是,忽然我想起妈妈昨天的唠叨,即刻下了床,抱着衣服,就跑到小河边去。奇怪,河里没有一点水!那些流得淙淙响的水,哪里去了?现在只剩下一片晶白晶白的沙滩。

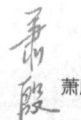

顺着河堤走了好远，但却找不到一点水。

沙滩上挖的井倒不少，可是井也干了。

我正纳闷，背后忽然有脚步声，回头一看，却是金生叔叔。他背上背着一把戽桶，笑眯眯地向我走来：

"小培！一大清早，你待在这里干吗？"他见我手里抱着衣服，"啊，是想洗衣服么？哪有水呀？"

"半夜里，我哥哥还来挑水哩，怎么现在全干了？"

"这几天都是这样：沙井里也没有水，等大半日才涌出很少的一点点；大伙挑一阵，戽一阵，水又完了。整整五个月不落雨，池塘里和小河里全戽干了；一直到现在，晚稻还没法插秧哩！"

金生叔叔有些愁楚，在他的脸上，平日那股乐呵呵的神情，没有了。我望着他，心里也觉得沉甸甸的，我问："哪里都没有水么？"

他默默地望着我，像在想着别的什么，过了好一会，他才说："只有大江里还有水，可是离这里太远！"

我还想问他，他看见谢老师没有？可是我还没说出来，乡长喊他了："金生！到处找你没找着，快来！我们来开个小会！"

金生叔叔急忙走开了。走了几步，像才想起我似的，又扭过头来："小培，我开会去啦！晚上我来找你！"

望着金生叔叔和乡长走进竹林里，我才想起手上的衣服。

我走过田埂，仔细看看田；可不是么，田都干裂了，野草都焦得卷起来啦。

池塘里只剩下一点点水，又绿又腥；我只好把衣服在这里洗一下，洗完了，就来到屋坪上，我正要把衣服晾到竹竿上，妈妈出来了，看见我晾衣服，就问：

"是你自己洗的？啊？"

"嗯！"

妈妈走近来，拨弄着衣服细看了一会，说："洗的满干净的！对啦！培儿，以后多帮助妈妈做点事，旁的事别管它！少管人家的闲事！……"

我没哼声。

可是，妈妈继续说着："妈妈还不是为你！人家也不来帮我们，你为什么总爱管人家的闲事？替人受惊担恐呢？你是用妈妈的奶喂大的，现在，饭也是妈妈给你吃的；古人有话：各人自扫门前雪，莫管他人瓦上霜！嗯！你为什么又噘起嘴来？不愿听妈妈的话么？"

我还是不哼一声，只默默地站着。

妈妈又生气了："死脑筋！你爱管，你就去管人家的闲事吧！看你吃什么？"

我心里很难过，很想向妈妈解释几句，可是，却一句话也说不出来。

"唉！"妈妈叹了一口气，忽然，一转身就钻进屋子里。……

八月十日

清早，我刚起来，就听妈妈在堂屋里嚷嚷着：

"菜都快干死了，你却不管！要是菜园子旁边那口池塘还有水，我自己就会去挑，就不用求你了！现在池塘干了，要走出一里地才能挑到水，叫我怎么办？你就知道给社里的田戽水，却不管家里……"

我走到堂屋，看见哥哥蹲在檐壁下边，低着头，拿手指在地上胡画着。妈妈继续嚷着："你今天向社主任请个假，说我们家里的菜园子快焦啦……"

哥哥瓮声瓮气说："今天大伙都要到大江里去挖沟，谁也不能请假！"哥哥一说完，站起来，溜出大门去了。

妈妈气得直跺脚。

我说："妈妈！哥哥去挖沟，是要把大江里的水引来灌田。"

"你又胡说了！"妈妈瞪着我，气鼓鼓的。

"真的！昨天夜里金生叔叔跟我说的，他说从明天起大伙都去。把大江里的水戽上来，田里就不愁没水了。"

"妄想！"妈妈还是那副面色，"田地离河面有二丈高，能把水戽上来？"

"金生叔叔说能戽上来的！"

"能？"妈妈瞪着我，"别听你那个金生叔叔胡诌啦！"

我傻了眼，心里怨恨自己没有把金生叔叔的话全记住；金生叔叔讲了很多：挖沟啦，筑堤啦，用水车把水车到沟里啦。……糟糕！我现在却说不清楚。

妈妈见我说不出道理，就进厨房里去，可是她的话却还没有完："金生这个人，你听他说的？他就像个无头苍蝇，到处乱撞！嗯，自古以来，从没听过能引大江的水来灌田！……"

我心里很烦！妈妈数落别人的话，在我耳边响着，嗡嗡的，好像永远没有完。

"小培！"

我忙抬起头来，原来是阿娥来了，她还是一脸又愉快又倔强的神气。我忙向她摆手，要她别大声说话；她瞪着圆溜溜的眼睛，向四周望了一下；妈妈的话这时又从厨房里传出来，阿娥会意了，便一把拉着我，轻手轻脚地溜出了大门。

到了屋坪上，阿娥就问："你去不去抗旱？"

"到哪里抗旱？"

"你还不知道？"阿娥拿圆溜溜的眼睛盯着我，"金生叔叔没跟你说？"

"啊！是到大江边去么？"

"是呀！"说着，她忽然一巴掌打在自己的面颊上，一翻手，一只花脚蚊子死在她的手掌上，"你去不去？小培。"

"当然去呀！"

说到这里，妈妈出来了，她看见阿娥跟我悄声地说话，就说："阿娥！你要管闲事，你去管！可别把我的孩子带坏了！"

阿娥把辫子往肩膀后面一甩，伸长脖子，睁大眼睛："谁把你的孩子带坏啦？"

妈妈没有理会，向竹篱笆那边走去；阿娥做了个鬼脸，扭转头来："你妈妈真落后！喂！我告诉你啦，明天一早，我们准得去呀！"

"你就不来说，我也会去的！"

又说了一阵，阿娥走了，像一条小牛牧那样一蹦一跳地跑远了。

八月十一日

太阳还没出来，金生叔叔就爬上那棵老榕树，大声地广播了：

"社员们，老乡们！请你们吃过早饭后，带着镢头，担着粪箕到大江边去！要想晚稻丰收，就得去抗旱！晚稻的秧苗插迟了，冬天就会歉收！希望大伙积极参加！"

广播一完，屋坪上的人们就谈论起来，有些人很高兴，说这样一来，晚稻准能插上了；但有人却不赞成，他们绷着脸说："老天不让你吃饭，你就使大江水倒流上来，也是白搭！"

我正在屋坪里，见金生叔叔来了。我跟着他，一直走进我妈妈的厨房里。一进门，他就乐呵呵地问："阿陈嫂，今天你到江边去吧？"

"我？"妈妈正在烩茄子，眼睛也不抬起来，"我怎么能去呢，昨天夜里，胸膈儿整整痛了一夜，痛得我在床上打滚；一早起就想找医生看看。等吃完早饭，我就得找医生去！"

金生叔叔说："要是你的病好些，大伙还是希望你去。多一个人就多一分力量！能早一日灌田，晚稻就多一分收成！"

"你这个人！"妈妈激动起来，"怎么我说了你不信？我不是明明白白说，我昨晚痛得在床上打滚么？"

"好，好，我不说啦！不过，你老不愿出勤，到分红时，你可别嫌工分少呀！"金生叔叔走了。……

吃饭时，妈妈气鼓鼓的，一句话也不说。等洗了碗筷，妈妈提了一篮大茄子，说要到镇上去。

"妈妈，"见妈妈向外走，我就说，"你不是说找医生看病吗？现在你卖茄子去，要是叫金生叔叔看见了，他会说你撒谎的。"

"我怕他？哼！我才不睬他那一套哩！"

妈妈大模大样地走了。我站在屋坪上，望着妈妈的背影，心里觉得很气闷。但忽然，我想起了阿娥，撒开腿，就往江边奔去。哎哟，黑压压一大片！挤在江边的人真多呀！

我跑到江边，一眼就看见阿娥，又看见陈狗仔，还有谢老师和金生叔叔，乡长和乡支部书记，全来了；还有许多中学生和中学的老师，也来了。

好些人在堤上挖土，另一些人又把土抬到江边，往江水里倒；在紧靠水面四五尺高的地方，人们却又用草皮在那里堆堤。

我问阿娥："在这下面堆一道堤干吗？"

"干吗？"她拿奇怪的眼光望着我，"这你还不知道！刚才乡长还讲嘛，你怎么来晚了？哼！不筑堤，在哪里车水呀？水车就搁在堤上。水一车上来，就不会再回到江里，就顺着那道沟流过去。你看见乡长么？嗯，就是乡长站的那地面，过两日就变成一道沟了。喏，你看见富才伯么？他们那一伙正在挖沟，水经过那条沟就流到咱们村边的田里！远远那边那群人，也在挖沟，不过那条沟是把水引到玉涧村去。懂了吧？"

我点点头；但阿娥又说："刚才金生叔说过，叫你跟我抬草皮去，来！"

我们走到一个草坡上，恰好看见谢老师正在那里挖草皮。多久没见谢老师了，我急忙把粪箕交给阿娥，就跑到他跟前去。谢老师一见我就微笑，"啊？小培，你也来了！"他迎上来，用一只手抚摸着我的头发，轻声地问："在暑假里过得好么？"

"闷得很！我妈妈什么也不让我管！"

"那你就帮她劳动嘛！……"

"不！"我抢着说，"她也不要我帮她！一阵子，妈妈高兴了，她就叫我帮点什么；过一阵，她忽然不高兴了，她却什么也不许我管，只教我在堂屋里坐着！"

谢老师的脸上，不像刚才那样喜欢了，皱起眉头，问："那你天天都坐在堂屋里么？"

"我没有，我坐不住！可是，妈妈天天骂我爱管闲事！我哪里管什么闲事呢？现在，我也闹不清该怎么着！谢老师，你说什么叫做闲事？"

"闲事？"谢老师说得很慢，"就是那些对谁都无多少利害的小事，叫做闲事。"

我一听，便问："那么，人家一车豆饼要翻了，对人有利害么？"

"当然有。但是什么人的豆饼？"

"是陈狗仔的嘛！"

"陈狗仔是什么人？"

"他没有妈妈，爸爸在社里种田。"

"啊！这不是闲事，豆饼翻了，咱们社员会受损失；车翻了，说不定还会砸伤人。……"

"但是，妈妈为什么说这是闲事？"

谢老师有点发愁地望了我一阵，说："你应当听你妈妈的，但是，她……"

我正静静地听着，可是还没听完，就听得阿娥恶声恶气地喊我："小培，还不来抬草皮！光顾着说话！"

我回头一看，阿娥气愤愤地挺起胸脯，拿两手叉着腰杆，摆出一副大人发脾气的模样。谢老师看见她这模样，忙说："快点去吧！以后有空，我再给你说。"

在心里闷了好久的事，想弄个明白；可是阿娥却不肯让人听完，我气鼓鼓地走到她跟前，一句话也不愿说，抬起草皮就走。

"谢老师跟你说什么来？"阿娥问。

我没有搭理她，只顾往前走。

"怎么啦？我又没得罪你，为什么又生气了？奇怪！"

我还是不搭理。太阳烤着，汗珠打脸上直往脖颈上流。肩膀上像压着一块大石，脚下的路好像很不平，走起来，一脚左又一脚右。

到了江边，金生叔叔大声笑起来："哎哟！你们这两个小家伙怎么走路直晃荡？"他走近一瞧，"啊？谁叫你们抬这么多！"

阿娥和我都没哼声，只笑了笑；金生叔叔说："下一趟少抬点，要留点力气，还得干好几天哩！"

过了晌午，我和阿娥才回家来；到了她家门口，她向我做了个鬼脸，然后学着大人的腔调，说："明早可别迟到啦！"

八月十五日

几日来，我天天都到江边去，天天都和阿娥抬草皮。昨天回家来迟了，妈妈见我满头汗珠，就追问我哪里去来，我照实说了；妈妈一听，又叨唠了半天，又拿手指点着我的额门说："你就是爱管闲事！"

大伙都天天去，我为什么不能去？为什么我去就是管闲事？人家乡长、支部书记和谢老师也是管闲事么？我想不通！

今天，吃罢早饭，等妈妈一走，我又溜出来了。

走到江边，见一大群人挤在黑板报前面；我刚走近去，陈狗仔就从人群里挤出来。他向我笑哩，奇怪，陈狗仔今天也笑了。

"什么事呵？"我摸不着头脑，一把拖住陈狗仔，问。

"我不识字，"陈狗仔抿着嘴，笑着说，"听他们念，说黑板报表扬我啦！"

"多好呵！"我在他前面伸出一只大拇指，大声喊，"陈狗仔成了我们的模范啦！"

可是，忽然一只手轻轻在我头上抓了一把，我抬头一看，是金生叔叔，他也抿着嘴，想笑又不笑："你羡慕陈狗仔吗？"

"当然啦！多光荣呀！"

金生叔叔仍然想笑又不笑地："你和阿娥也光荣呀！"

"我们有什么光荣？"

"你来看！"他拉着我，钻进人堆里去；他指着黑板，念道："……陈富才、陈狗仔……阿娥……陈小培等四十六人，劳动积极，每日都超额完成任务，使引水工程提前一日完工；特登报表扬他们，并向他们表示感谢！"一听完，我脸上热辣辣的，有许多眼睛都望着我；我一转身，出溜地钻出来。

陈狗仔不像平常，他见我钻出来就亲热地问我："是受表扬了吧？"

"是。……"我不知说什么好，"你看见阿娥么？"

"哪个是阿娥？我不识得。"

"就是跟我抬草皮的那个呀！"

"她就叫阿娥呀？嗨！这个野姑娘可凶啦！前天，她见我往田里扔了半截砖头，就把我训了一大顿！"

我笑起来："活该！谁叫你拿砖头往田里扔！"

"我是无意的嘛！……"陈狗仔还未说完，忽然他眼睛一亮，拿手掌搁到额门边，细眯起眼睛，向远处望着。我也扭过头去，可不是么，有一长串的人从村庄那边向这里走来。

"干什么的？"我问。

"不知道。"

我们都拿双手在额门边搭着凉棚，静静地望着。

"你们看什么？"金生叔叔从人堆里走出来，他歪着脑袋望了一下，"啊！犁田的人来啦！"

一直到这会儿，我才注意到，原来水已经灌到田里：紧靠江边的大片稻田，都水漫漫的，而且还闪着太阳的金光；可是再往远望，却仍然是一片干巴巴的。

金生叔叔像自言自语："嗨！再过几日，这一大片稻田呵，全会绿油油的，全都插上秧啦！"

"还要车几天水，水才能流到咱们玉涧村？"陈狗仔问。

"至少得五六天。"

"喂！"忽然在水车那边，有人拉长声音喊，"陈——狗——仔！轮到——你——车水——啦！——快——来——呵！"

陈狗仔飞一样地跑了。

"好！小培，我也要车水去了，"金生叔叔说，"你去帮他们把小沟扒开，这样，水会流得更快些！"

金生叔叔走了。我也走了。等我来到田里，觉得怪好玩的：水一寸一寸地漫过来，干地一寸一寸地变湿了。可是，还有些地方，水流不进去，因为旧田埂还在那里拦着；我举起镢头把田埂挖掉，水就流进去了。……

就这样，我一直待到响午。

八月十八日

月亮真圆！田野里也很晶亮。

奇怪！为什么许多人一放下饭碗就往园子地里跑？阿雄伯呀、发有婶婶呀、叶大娘呀……都扛着镢头到园子地去了。

我妈妈，却去的比谁都早。她急忙忙地只喝了半碗粥，就走了。

我摸不着头脑。等我走到屋坪上，恰好看见阿娥；我问她这些人为什么往园子地里跑，阿娥却白着眼睛反问我："喂，这些人为什么往园子地里跑？……哼！你不知道，我就知道吗？你这个人！"

她那么一顶，弄得我什么话也说不出来。这丫头像条小牯牛，动不动就拿角来撞你！我正窝火。她却忽然一把揪住我的肩膀："去！我们也到园子地里去！"

到了园子地里，才看明白，原来从大江里车上来的水，快漫到园子地啦。在亮堂堂的月光下面，水一寸一寸地漫过来；大片大片的田，亮着闪闪的水光，许多社员正在那里犁里哩；可是，在园子地里，阿雄伯他们却扶着镢头，动也不动。

阿娥凑近我耳边，悄声说："叫他们去抗旱，谁也不愿去！现在水流到跟前来啦，你瞧，他们多积极！哼！真不要脸！"说到这里，阿娥狠狠地吐了一口唾沫。

水一寸一寸地漫过来。

渐渐地，水漫到园子地的边边上。

妈妈和阿雄伯他们，早已把地埂挖开；当水一漫进园里，十几把镢头，即刻忙碌起来；谁都希望把水一下子灌进自己的菜地里。

"发有婶婶！"妈妈急了，"你别抢呀！前面的园子还没灌，你就想把水引到后面去！"

发有婶婶一点也不让："前面后面还不一样！"说着，急忙拿镢头在沟里刨起几块泥块，引着水往里流。

妈妈嚷起来："你别这样坏心眼呀！"

"你的心眼好吗？"

两个人吵起来了。

"真不要脸！"阿娥气得鼻孔咻咻的，忽然喊出来。

发有婶婶回转头来："你说谁不要脸？"

"你们都不要脸！"阿娥大声地吼着。

发有婶婶伸出指头，指着阿娥："死丫头！……"

恰好在这忽儿，金生叔叔来了。他默默地站了好一会，才说："大嫂婶娘们，不要争！只要江边有人车水，水会自己流到你们的菜地里！这园子地，又不全是你们几家子的；有富才伯的，也有乡长的，他们现在还在江边车水哩，人家就没有来争！哼！"

挨了一顿训，她们才平静下来。

青蛙在水田里"咂咂"地叫着，蛐蛐和蚱蜢也"唧唧"地乱嚷……在江边，还有人唱山歌。……

约莫过了两顿饭的工夫，园子里的角角落落，都有水了。

阿雄伯和发有婶婶他们，心满意足地走了。

这时，妈妈才说话："唉！青菜有救了！谢天谢地！"

金生叔叔一直蹲在土墩上不哼声，这时他笑了："哈哈！青菜有救了！但是，阿陈嫂，你不该谢天谢地，你应当感谢大伙！这些水里，有大伙的汗，也有小培的汗！这些水，会从大江里流到你的园子里，就是因为小培和大伙都爱管闲事！阿娥，你别笑！是这样！要是大伙都不管，水还能从江里倒流上来？"

妈妈低下头去，大概脸也红了。

"哼！"阿娥接着说，"她还说人家带坏她的孩子哩！带坏了没有？你……"

阿娥还要往下说，金生叔叔在她背后轻轻碰了一下，她才吐了一下舌头，把话咽回去。

等回到家里，月亮已齐瓦檐了。可是这一晚，妈妈出奇地沉默。……

八月二十二日

吃罢早饭,我走到屋坪上。咦!田野里全绿了,一大片绿油油的,真好看!昨天又落了半日大雨,小河里今天又有淙淙的水声了。

我走着走着,又来到黄泥岗山坡下。这里很静,只有蝉子在榕树上"哇哇"地直嚷;几条水牛在草坪上啃草,可是阿娥呢?

我正向篱笆后面张望,忽然"哇"的一声,阿娥从矮树丛里跳出来,长辫子在她头上甩了一下,她一把揪着我的肩膀;吓了我一跳,我正窝火哩,她却像什么也没看见似的,拉着我就往榕树荫里走。

我使劲拨开她的手,嘟哝着:"你这人,野得像牛犊!……"

但是她却歪着脑袋,白了我一眼:"你恼我?嘿!恼我,我就不告诉你好消息啦!"

"你有什么好消息?"我的气还未消,"准又是谁说我妈妈了!"

"不是,不是!"她格格地笑起来,"是个你爱听的好消息!"

是什么好消息呢?阿娥嘴里会有什么好消息呢?我不信,仍然噘起嘴,默默地站着不动。……

阿娥继续说:"是个最好的消息!你要是知道了,准会跳起来!"

我被逗得心痒痒的。是什么好消息呢?看阿娥那副神气,也许是真的;我默默地向阿娥望了一会,小声说:"你告诉我吧!"

阿娥这才走近我,转着圆溜溜的眼珠:"嘿!还不信哩!这消息可好啦!"

"你说呵!"我有些急了。

"我告诉你吧!"她忽然装出大人的模样,故意说得很慢,"昨天夜里,我们少先队开会啦,金生叔叔也参加了我们的会。大伙正谈着抗旱的事,忽然有人说我对陈狗仔的态度不好。我哪里对陈狗仔态度不好呀?我只说他不该拿砖头往田里扔嘛!可是有些小家伙硬说我……"

"这是什么好消息呀?"我急了,截断了她的话。

"你别急呀!好消息还在后头呢!……嗨,就这样,我们顶开了,吵得可热闹啦!后来……哎哟!死牛犊,又打架啦!哞哞!"山谷里也"哞哞"地回响着。阿娥奔过去,牛犊重重地挨了两鞭子,才规规矩矩地走散了。等阿娥刚一跑回我身边,她

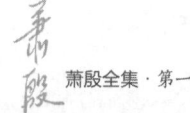

又说开了："……刚才，我说我们顶开了，后来，好在金生叔叔起来说话了，他说我敢批评人，是对的；但他说我有点冒里冒失！（说到这里，她吐了吐舌头。）哼！你别笑！金生叔叔也说你来哩，他说你有点小心眼，常常有话闷在心里，除了对你的谢老师说，轻易不肯说出来；不过他还说你一点不自私，肯帮助别人；他还说了好多，现在我可说不上来。……后来……"

"又是后来！到底有没有好消息呀？"

"当然有啦！"阿娥一甩辫子，鼻孔里"嗡"了一声，"看你急的那个样子！好！现在就告诉你吧！大伙同意你当少先队员啦！……"

我一听，心里开了花："是真的么？"

"谁骗你？后来金生叔叔还说，谢老师前两天已和他商量过，谢老师说，等学校一开学，就吸收你当队员啦！哼！你现在才笑！刚才还恼我哩！……"

我心里乐滋滋的，扭转身，望着田野，有意躲开阿娥那淘气的眼睛；田野里，风吹着禾浪，绿得真惹人爱；奇怪！今天的空气，好像也特别清爽……

阿娥歪着脑袋，跷起脚尖，悄悄溜到我身边，偷偷地看我，并且忽然大声喊起来：

"嗨！嘴都笑得合不拢啦！还躲着我！哈哈哈哈……"

山谷里也回响着："哈哈哈哈……"

一九五六年六月于佗城

在深山里*

当我走出齐云岭乡小学的大门时,天色已经有点灰暗了。村前村后那些黑黝黝的松树林,"呼呼"地呼啸着;黑棉絮般的浓云,一球球地、一溜溜地从壁立的岩顶上,旋转着直卷过来。

"唉唷!麦老师!"余校长一看见那疾卷的黑云,忙向我提出劝告,"风暴快来啦,你明早回去吧!"

我没有接受他的劝告,一壁急速地往前走,一壁扭转头去说:"不要紧的!下坡路,用不了一个钟头就赶到啦。"

"足有十五六里啊!你急什么?……"

后面他说了些什么,我已经听不见了,因为我已走尽了竹篱笆,绕过了墙角,正准备走下一条跟扶梯一样陡峭的石砌小道。这里更加幽暗了。只见两旁的树丛猛烈地摇摆着,枯叶和干草被急风卷了起来,飘上去;旋转着,折着筋斗;然后又飘向更远的山谷里。

我好容易走完了这段危险的小道,又穿过了幽暗的松树林,来到了一个较光亮的山包上。站在这里便可以望见陵镇了,虽说还要走十多里,可是它仿佛就在脚下似的;只是灰蒙蒙一片,晚烟把它弄得模糊了,好在高高横在陵镇背后的松子嶂,这时候还抹着一片火红的耀眼的夕阳。

然而空气越来越冷了。

我飞快地走着,希望在风暴来到之前能赶回陵镇小学去。可是,回头仰望齐云岭

---

* 载《作品》1958年3月号。本文为1984年2月版《萧殷自选集》收录的版本。

的峰顶，那里除了密密层层的疾卷着的黑云之外，却什么也瞧不见了。风暴可能很快就会来到！"糟啦！"我真有点后悔自己不该不听余校长的劝告了。

可是，我走得更快了……

我正迅速地从一个陡坡顺溜地滑下去，但忽然，有个灰糊糊的人影，在我眼前出现了。仿佛是一道阳光忽然照射到一个阴冷的角落，我心头顿时感到温暖。说实话，一个人孤单单地在这寒冷的深山里，又是风暴来袭之前的薄暮时分，多么希望有个人做伴啊。

我很快就走上去了。那是个年青小伙子，扛着把锄头，披一件棉袄，但却不慌不忙地走着，有时似乎还停下来望一阵，仿佛他根本没有把风暴的威胁放在心上似的。可是，看！小伙子有一绺头发从后脑壳高高地翘起来，在风里扭动着，活像一只隆髻鸟。这印象多熟悉呀！……等我再过细地望了一下，便不禁喊出来：

"喂！——前面的人——是刘——桂——荃么？"

小伙子站定了，忙回转头来；我一看，果然是他。同时他像说了句什么，只是由于逆着风，话给风吹碎了，只听得"呀……呀……"地响着。

提起刘桂荃，我大约整整有七八个月没看见他了，那时候只听说他已下定决心参加农业生产，此后，就再也没听到他的任何消息。

记得是前年暑假，刘桂荃因为没考上大学，差点闹出人命案子，陵镇一带的人几乎没有不知道的。当时，大伙都把他的事当作奇闻传播着：他闹着要上吊，夜里只在村边的小溪旁边蹓来蹓去，也不睡觉；人家都以为他得了神经病，弄得村里人都替他捏一把汗；后来幸亏他母亲跪下来向他叩头，又经过几个夜晚哭哭啼啼地向他哀求，请求他别太任性，别忍心地抛开了年老的母亲……他仿佛回心转意了，才慢慢地平静下来。可是，从这时起，他却抽起烈性的烟草来了。……就是在他的心情最恶劣、闹着要上吊的时候，我因为在他村子里教书，曾经去看过他；可是当时他什么话也听不进去。仿佛发热病似的，脸色惨白，眼珠子又红又肿；只不时地重重地叹口气，或者绝望地喊叫一声：

"完啦！什么都完啦！"

对于他的性格和为人，当时我是不很了解的，我对他说："不念大学又有什么？许多人不都没念过大学么？还不一样过日子？参加农业生产不行吗？"

想不到我这句话会激怒了他，他几乎跳起来，冲着我吼开了："你是来劝我种田么？真是天大的笑话！"

"种田有什么不好？"

"有什么不好！"他伤心地望着窗外，故意不看我，"我在高中辛辛苦苦学来的东西，难道应当让它都扔掉？"

"不会吧？在农业生产上也用得着……"

"别说咯！别说咯！"他打断我的话，轻蔑地说，"还说用得着！农业生产！耕田！那是什么？只有那些头脑简单、没有一点知识的人才会去干的！你说种田好，那你去种种吧！你去吗？哼！还想在我面前说漂亮话！……"

……这次谈话，使我心里觉得很别扭；到最后，我虽然闷闷不乐地离开了他，但却一直为他担心，怕他因一时想不开做出自己毁灭自己的蠢事来……

不久，我调动了工作。幸好使人担心的事终于没有发生。而且过了不到半年，就听说刘桂荃决心参加农业生产了，这消息也曾轰动一时；不过人们都怀疑他是不是干得长久，有些人甚至还讥笑地说："他在家里闲得腻了，愿意到田里去活动活动，就让他去吧，不过，也许有一天，说不定又会闹出什么新把戏来，等着瞧吧！"

我自己呢，老实说，也一直半信半疑。

……

可是现在，当我走近他跟前时，我发觉他比以前更壮实，手掌更粗大，脸色也变得黧黑了。一件半旧的黑棉袄，像斗篷似的披在肩胛上，只让两只襟角掖到裤带里，因此风一刮，棉袄就像篷帐似的在背后鼓起来，而且还"蓬蓬"地响着。在脚上，他连袜子也没穿，只穿着一双露出脚丫子的单鞋。我走到他跟前，他和过去一样，并不表示亲热，也不多说话，只问了一声："打哪里来？"便又继续向前走了。

"生活过得好么？"我顺口地溜出了这么一句。

他并不看我，只冷淡地应着："好。"

是好呢，还是不好？我完全摸不着他的心意。从他壮实的体格看来，似乎已经很习惯劳动了；可是他那种漠然的眼色以及他脸上那种心事重重的落落寡欢的样子，却不能不使人纳闷，于是我继续问下去：

"天天都出勤吗？"

他还是那副神情："天天出。"

"不会觉得太累吧？"

"不会。"

"平均一个月能挣多少工分？"

"不少。"

"够维持自己的生活吧？"

"唔。"

接下去，我还问了好些，比如："你家里的生活能赶上别的社员么？""你母亲挣多少工分？""超支不超支？""……"等等，可是，他总是像想着旁的什么，不断地向山岗、向深深的山谷凝望着，对我提出的问题只是淡漠地、含含糊糊地回答；有时只"嗯"一声，有时只做个手势就算回答了；最使人难堪的，有时他索性不回答了，连哼一声也懒得哼。

他这种冷淡的态度，使我像挨了一盆冷水似的感到难受，我实在再无法继续问下去，沉默了。

冷风，在耳边呼呼地啸叫着。红的、黄的、赤紫色的树叶，纷纷地在我们头顶上飘过。抹在遥远的松子嶂峰顶上的夕阳，由火红变成淡红，而且越来越少了。

刘桂荃仿佛什么都没有感觉到，他还是那副木痴痴的、满腹心事的样子。他一会像要寻找什么，向周围的山岗反复地巡视着；一会他又站住了，向起伏在下面的海波一样的山岭和丘陵聚精会神地望一阵。

见他这么神经质地望着这些荒山野岭，我心里突然涌出一种可虑的猜想，竟忍不住地喊出来：

"刘桂荃！"

他急速地回转头来，用惊异的目光望着我："什么事？"

"你在想什么？……"

这句话，像触到了他的心弦，他脸上立刻露出笑容，显得活泼起来，把垂到眼边的一绺头发拨上去，然后望着我笑眯眯地："你猜我想什么？"

看见他这种神采奕奕的样子，才明白我刚才的疑虑是多余的……

"自从那一天，"他的音调带着很浓的感情，"社主任给我们传达了全区农业建设远景规划以后，我兴奋得几乎好几夜没睡着，你想想呀，再过十年八年，我们这地方会变成什么样子呀？那简直是大粮仓大油库啦！你看！……"

他像松鼠那样敏捷，转过身，一迈腿就跳到一块大石上，拿手指指点着："你看呀！下面这一大片迷迷蒙蒙的丘陵，那时候，还不都种满了东西吗？可以种多少甘蔗，种多少油茶？种多少蓖麻和多少木薯啊？你能数得清？到那时，再站在这里来看看吧，一眼望不到边，全是郁郁葱葱的啦。多美！还有……"

他又侧过身，指着黑云迷漫的齐云岭和左面那些拦腰给云烟缠绕着的大岩嶂："这些地方，到那时，松树杉树会浓密得连太阳也透不进去！嘿！那时呀，你到那里去勾松香吧，去采香菇吧，你挑吧！拿火车来运吧，恐怕也运不完！你别笑！准是多得惊人！……喏！"他又指着右面那条深得发蓝的峡谷，"按照规划，那条山坑将来就是个大水库！听说还有个发电厂！到那时，水就能够引到山上来！哼！那时呀，连这一大片的甘蔗也可以有水灌溉了！……"

我发觉松子嶂上的夕阳已经没有了，急忙催他："天不早啦！我们走着谈吧！"

可是，我们才走了几步，忽然北面松林里隆隆地响起来，像有什么要崩塌似的，发出可怕的爆裂的声音。狂风猛烈地带着沙石、带着几尺长的树枝卷过来。好些比碗还粗的杉树给摧断了，山上的石卵给刮得乱糟糟地尽往坡下滚去。我们几乎站也站不住了。刘桂荃的棉袄更加鼓胀起来，风猛力地扯住他，像要把他抛到山谷里；最后，逼得他穿上棉袄，急忙躲到一株松树底下。

我们在松树下面蜷伏着，把脑袋紧紧地靠着树干，默默地听着风的咆哮和树木的狂啸。枯叶像从上面什么地方倒泻下来似的，可是还没落下来，又给风刮跑了……

"多可惜！"刘桂荃忽然轻轻地叹息着。

我问："可惜什么？"

他把头向我靠拢些，说："你看，这么多的树叶，要是都汇到田里，是多好的肥料啊！"

静默了一会，他又没头没脑地说："……我们那些田呀，要是我们勤积肥，多在稻田里倒些肥料，嗨！每亩产四百斤算什么！我看五百斤也并不困难！你说呢？"

"不过，如果缺雨水呢？"

"缺雨水？不会不会！依我看，在春节前天鹅坝那个大水库准能修成了。有了这样大的水库，旱也不怕，涝也涝不着了！……怎么呢？你的腿发抖？冷么？我这棉袄给你吧！"

"不！"我忙摆手，"我们走吧！跑起路来会暖和些的。"

他没有哼声，正伸出手指在冷风里晃荡着，但不一会，他的眉毛紧皱起来，问

我："现在的温度你看有几度？"

"我离开齐云岭小学时，是四度。"

刘桂荃显然有点发愁，静默了一会又说："今天夜里不会降到零度以下吧！"

这似乎不是向谁发问，大概是他内心的愿望。

"要是冻到零下，就糟啦！"他叹息着，像是自言自语，"前一个月，社里才播了两担多油茶籽，这一来，茶籽要给冻坏了！……"

"走吧！"我已经站起来，"尽在这里发愁有什么用？"

他扛起锄头也跟着站起来，可是他仿佛还有说不完的焦虑："……你是知道的，去年那场霜冻，可把我们果园里那些木瓜呀、龙眼呀，全给冻坏了，社主任一提起那场霜冻，就叹气……"

我们已经离开了松树底下，他后面的半截话，却被呼呼的风声给吞没了。虽然他还想说点什么，可是却一点也听不清了。尖声叫啸着的狂风，从背后推着我们，我们艰难地在滚动着的石卵上面跑着、跳着、躲避着，一直往坡下奔去。逢到风刮得最紧的地方，我们只有肩膀紧靠着肩膀才能走得过去。

足足跑了一刻钟光景，我们才跑进一条河谷里。这里风较小了，但冷飕飕的，地下又灰暗又潮湿。我和刘桂荃都喘着粗气，也不说话，只顾气咻咻地往前紧赶……

"怎么？后面有老虎吗？"

突然，一个粗沙的声音仿佛在我们脚下面响起来，几乎吓了一跳；等我们刚刚站定，那声音又响开了：

"跑得这么急干什么呀？小伙子，嘻嘻，嘻……"

这时，我们才看见，原来有个矮小的老头子，就坐在路边一个背风的石洞里，在他身旁还搁着两个筐子。

"喔唷！"他又嘻嘻地笑起来，"你们奔得那样急，那股风呀，就像百把个'风车'①朝我扇来，吹得我一身鸡皮疙瘩还是小事，哼！差点还把我这老头儿给刮跑啦！"

他的话把我们都逗笑了，尤其是刘桂荃，他笑得几乎是前俯后仰。

老头子呢，这时却不笑了，只顾拿手使劲地搓着膝盖。

"天不早了，"桂荃说，"还不回家去，待在这里干吗呀？"

---

① 这里说的风车，是指南方用来吹谷的风车。

"干吗?"老头子已经站起来,"这两筐红薯可把我害苦了!挑一阵得歇一阵。唉!要在往年呀,别说这五六十斤,就是一百五六十斤,我一只手就把它拎回去!……你笑什么?别看我六十出头啦,要不是闹他妈的风湿病,哼,你们瞧瞧!……现在可糟啦,天一变,这两个膝盖呀,就像风雨表那样准,准酸痛!真他妈的……"

刘桂荃热情地走近老头子,问:"你是哪村的?"

老头子没有直接回答,反向刘桂荃问:"你听说有哪个村子,一个妇人家一胎生了三个男孩子的?"

"是柳塘村嘛。"

"对呀!那就是我们的村子。"

"正顺路!那好,大伯,我给你挑!"

说着,刘桂荃把锄头交给我,就想把担子从老头子手里接过来;可是老头子不肯让,忙摆手:

"别!别!那不行!"

"行!行!"说着又去接近红薯筐,可是老头子拦住他,他毫无办法,就挺起胸脯,拿手拍着,"你看!我的身体多棒!"接着,他又像举重似的,摆开骑马步,把两只握得紧紧的拳头使劲地平举起来,让全身都哆嗦着,"怎么样?大伯,让不让我挑?"

这一来,把老头子逗乐了,他终于把担子让给了刘桂荃,并且还跷起个拇指称赞着:"你这小伙子呀,准不简单!"

可是才走了不久,因无意中问他"是不是还在单干",这一下,可把老头子激怒了,他像受了莫大侮辱似的,拿半嗔的眼睛瞪着刘桂荃:"怎么?你说我是单干?你从什么地方看得我像个单干户?……"

刘桂荃却爆出爽朗的笑声,连声说:"不像!不像!……"

"我会去单干?"老头子还唠叨着,"咳!我老头儿……还是头一个……加入农业社……社的,哼!你……"

刘桂荃还继续笑着,但他已经发觉老头子的音调有点颤抖,忙问:"大伯,你没穿棉袄?"

"谁知道突然会变天?我又不是天神!"

"冷得很难受吧？"

"那算什么？解放前，哪个冬天不挨冷？"

刘桂荃不哼声，默默地走着，又陷入那种心事重重的样子。这时候，除了"淅淅沥沥"的脚步声，就只听见风在山头上像吹唢哨那样的啸叫。

又过了一会，刘桂荃忽然放下担子，快手快脚地把棉袄脱下来，又快手快脚地把棉袄披到老头子的肩背上："劳你老人家捎带披上这棉袄，我穿着太累赘！挑担子，就更觉得不利索！"

还没有等老头子明白过来，他已经迅速地挑起红薯又往前走了。

当老头子看出刘桂荃的心意时，便加快脚步，一颠一颠地跟上去，一面激动地说："不行啊！孩子，你穿上吧！别为了一个快入土的老头儿自己受凉啦！……"

刘桂荃也迈开脚步，总是让老头子落在后面两三尺远的地方，始终没让老人靠近他。

可是老头子还为这件棉袄咕噜着：他说他很感激这种对老人照顾的善心，他说只有在共产党教养下的人才会这样爱护"耕田佬"；但是，他又认为，要是"小伙子"自己生了病，反而会使他比挨冷感到更难受……

刘桂荃笑起来，高声说："你放心吧！大伯，我是不会受凉的！"

但老头子为这件棉袄好像还要唠叨下去，为了把话岔开，我顺口问他："大伯，家里有几口人？"

"两个儿子，两个媳妇，还有我老伴，加上我，你算算几口？"

"都在社里劳动？"

"那还用问！"他的声调洋溢着自豪的情绪。

"太好哪！收入一定不少喽？"

"不算多。"

"为什么？"

"为什么？"他拿满是白胡须的下巴高高地一翘，"你看看呀！这是什么？尽是穷山野岭……"

还未等他说完，刘桂荃插嘴了："你们社里这两年不是大丰收么？"

"稻谷的收成，我没有说不好！那是靠了两个水库和几十万斤的塘泥和粪肥。可是，合作社嘛，那能只收这么点稻谷？没有什么副业，可怎么能……"

"怎么会没副业？"

"怎么会没副业？……你看看呀，这是个什么鬼地方！满山满岗尽是大石块，再就是豺狼成群！喏，你看那些大岩大嶂！就在这些岩呀嶂呀的下面，全是黑林子！草莽有两人高！到处是枝枝丫丫，枝叶把天都隔开了，里面是一片黑糊糊的，什么也看不清！上面是老鹰，下面有几尺长的大蟒！地面上的鸟粪都有尺把深！这样的地方，谁敢进去呀？你要是闯进去，转半天也转不出来！……"

"这就不能搞副业生产了么？"刘桂荃性急地打断了他的话。

"那还有什么搞头？你听我说呀！"

"我问你，"刘桂荃走得慢些，让老头儿和他肩并肩地走在一起，"你们在水库里养了鱼没有？"

"谁会在水库里养鱼？石涧水还能把鱼养肥？"

刘桂荃哈哈笑了一阵，接着又说："好，我再问你，你们社里有一处山嶂是出好茶叶的，为什么不把种茶的面积扩大？"

老头子大概觉得奇怪，轻轻笑了声，然后说："自古以来，只有这一面山嶂能出点茶叶，怎么能随便扩大面积？"

"我知道了，大伯，"刘桂荃像发现了秘密似的，声音说得很响亮，"你们为什么搞不起副业，并不是因为这穷山野岭，倒是因为你们的脑筋给'从古以来'捆住了。县委会不是早就号召我们在水库里养鱼吗？石涧水养不肥吗？为什么石灵乡在水库里养出十来斤的大鲤鱼？你别看这些大山大岭，可到处都是蚯蚓泥，多肥的土啊！要是都种上油桐、油茶，种上蓖麻，这些大山岭准保都成了油料大仓库啦！要是遍山遍野都长满蓖麻树，你想想，可以喂养多少蓖麻蚕！可以出多少蚕丝啊！还有，你别瞧不起这遍山遍野的鲁萁草，只要把它割下来，堆到一个土坑里，浇上些水，要不了两天，它就可以给你长出成斗成担的白蚁来，你让鸡吃吧！就是你喂上几千只鸡，也不愁没饲料了！为什么不在山边筑些养鸡场呢？"

"照你说来，这不成了金山啦？"

刘桂荃继续兴奋地说："……金山，拿金山来也不换！这里的一草一木都是宝贝！比如花吧，满山满谷都是，杜鹃花、紫薇花、栀子花、金英子花、桃金娘花……春夏秋冬都是开不完的，还有数不尽的果树的花呢，这不都是吃不完的蜜蜂的饲料吗？为什么不多养蜜蜂？"

"蜜蜂，社里倒养了两三窝……"

"再比如，那些朝南的山坡，为什么不都种上菠萝？你们村后头那一大块的山坡为什么不都种上柑橘？"

"咦！"老头子忽然惊呼起来，"到村啦！跟你这孩子走路，怎么路也缩短了？……好！一同到家去歇会儿！老头儿家里还藏着点老酒，去！暖和暖和去！"

"不啦！天太晚了！"

见留不住了，他才忙着把担子接过去，把棉袄交回给刘桂荃，并且拿一只手扶着刘桂荃的肩膀，很感激地说："孩子，你真好！……对呀，我还不知道你叫什么？"

"我叫刘桂荃。"

我们才走出几步，他忽然粗声嘎气地说：

"桂荃！我准把你所说的那些，全告诉社主任！……不过，在这穷地方怕不行……"

"行！试试吧！"刘桂荃大声回答了，迈开步又继续赶路。

这时又听见呼呼的风声……

"你为农业建设可想得不少啊！"

"哪里？"他淡淡地说，"才开始想哩。"

我忽然想起他是抽烟的，便不知不觉地冒了一句："一路不见你抽烟……"

没等我说完，他像不好意思似的急忙一甩手："早不抽啦。"

又是一阵沉默。山头上仍然响着狂风的啸叫……

于是我又向他提出了一些问题：怎么会在几个月短短时间里面对农业产生这么浓的兴趣，怎么这样快就在感情上对劳动人民发生了这么大的变化。可是他没有正面回答我，还是淡淡地说："无论什么事，只要你真正钻进去了，大概都会发生兴趣的；特别是当你了解到你所做的工作在整个革命事业中所占的位置和意义的时候，这种兴趣大概会更加强烈些。"

"那对劳动人民在感情上怎么会发生变化呢？"

"既然你懂得做那种工作的意义和苦处，那你当然就能理解做这种工作的人的心情，并且也就容易彼此心心相印了。"

一说完，他又沉默了。

我心里很激动，还想跟他谈些什么，可是却总找不出适当的话题来；最后，我想到我自己，觉得自己也很需要在体力劳动中锻炼一番，准备请求下放，趁这机会，很想征求他一些意见；可是，我还来不及提出来，他却忽然伸出手把锄头拿过去，并慌慌忙忙地说：

"不能陪你了，我得赶快回到社里去……"

"急什么，你？"

他伸出手指在冷空气里晃了晃，说："看样子，夜里可能有霜冻！我得快点去告诉社主任，叫畜牧组快点给耕牛多铺些干草！……"

话还未落音，他已经撒开腿跑开了……

朦胧的夜色很快隐没了他的影子。

冷风又在我耳边呼啸起来。天，朦胧得什么也分辨不清了。……

我来不及多想什么，得继续往前赶路……

一九五八年一月于佗城竹园里

在柳庄*

一

是一九四五年的秋天。那天晌午，我出了城关，骑上自行车，就飞快地向柳庄急驰。阳光灿烂，青纱帐像一片青翠的绿海，一望无边。

我猛力地蹬着车子，路沟两旁满挂着红枣的枣树和响着"苏苏"风声的高粱林，一丛丛、一簇簇地急速地往后退去。

我心急地想尽快赶到柳庄去。一别四年多，我多么惦记着这个村庄，又多么急切地希望见到陈金海一家人。我这一次突然的来到，也许会使他又惊又喜；他也许会责怪我为什么这三四年不给他捎个口信；他或许会高兴地说："鬼子投降啦！咱们可以大声讲话了！"那个玉兰呢，一定不会像当年那样捂着嘴吃吃地笑，准已长成个大姑娘了。她不是最喜欢吃柿疙瘩么，这一次我可给她捎来了满满的一挎包。

我望了望挎包，不觉地微笑起来。我猜想着：当玉兰看见这一挎包柿疙瘩的时候，她会怎么样呢？是抿着嘴笑，还是像四年前那样：当她妈妈申斥时，她只缩着脖子悄悄地吐舌头；等妈妈一走开，她就顽皮地扑过来抢走呢？……

可是，我脑海里忽然又掠过陈金海那带着几分愁楚的眼睛和那忽闪忽闪的眉毛。在那些艰难的日子里，他每次走进我房间来，总是露出一种心事重重的表情；虽然表面上他还显得那样沉静，可是我早已猜到，他是在为我的安全担心。

果然，使他担心的事终于来了。那是傍晚时分，我和陈金海正坐在房门口闲聊

---

* 载《作品》1958年7月号。本文为1984年2月版《萧殷自选集》收录的版本。

天，忽然他神色紧张地向破院墙望了望，脸色铁青，一句话也没说，猛地站起来，奔到南屋去，只听见他悄声说了几句，就往门外窜走了。我闹不清发生了什么事情，正胡猜着，玉兰和她妈妈来了，她们的脸色也不正，我急着想问明白，玉兰妈妈先说了："有汉奸！老梁，快钻地窖！"玉兰忙帮她妈妈把坑洞口的石块搬开，又忙扶我走近洞口。地窖只半间宽，黑得什么都瞧不见，我闷闷地胡猜着。半个钟头过去了，才听见玉兰喊我，当我从地窖爬出来，陈金海也在房间里了。他正拿着手巾抹汗，我问："出了什么事？"他向玉兰一努嘴，玉兰会意，知道是叫她到门外看着，她点点头出去了。陈金海这才告诉我：原来在咱们闲聊天那工夫，有个小王庄的密探爬到破院墙来探望了一阵；那黑狗子是妄想找个八路军向鬼子献功的。陈金海奔出去，在村东找到了小张，两人就跟踪穷追，一直把那家伙追到青纱帐里，那里离敌人的碉堡还有两里多，他叫喊也是白搭，最后还是把他干掉了。听到这里，玉兰妈妈忍不住叹口大气："好险呵，老梁！他要不死，你就给毁了！"

　　想着想着，我不觉已来到柳庄村边了。村边的景色还是跟过去一样，密密的枣树和高大的白杨把村庄掩藏得严严实实，连一间房屋也瞧不见；要是没有炊烟从林梢冒出来，陌生人准会认定它是一片果树园。

　　我一头一脸都是汗水，准备在村外歇一会，凉快凉快，反正已经到村了，急什么？我把车子搁到一边，在一棵柳树荫里坐下来。柳荫下面是个大水坑，一个老头儿正在那里给牛"洗澡"。他让牛站在水边边上，泼着水就往牛身上淋，水哗哗地蒙头盖地泼到牛的脑袋上和身上，牛傻咕隆咚地站在那里，闪着眼睛；老头儿把牛淋了一阵，就拿起麦秸从头到脚地给它抹擦，擦得又油又亮……

　　我走到他跟前，不觉称赞起来："大伯，这牛真不赖呀！"

　　老头儿望着我，满意地点头："不赖可是不赖，就是把人折腾得够戗。你瞧！"他一伸手，把牛后蹄搬起来，拿指头轻轻往蹄跟一点，"这只蹄呀，真不知钉过多少钉子了，要不，这畜生早没啦！"

　　我不明白是怎么回事。

　　老头儿把牛蹄放下，继续说："鬼子在的那些年，老来动员牲口，有去没有回！后来想了个办法，他一动员，咱就在牛蹄跟上钉钉子，鬼子见是瘸腿的，就走了。以后鬼子一来，咱就钉，鬼子一走，咱就拿盐水把牛蹄子泡一泡。你瞧，这畜生，就这样活下来了。唉！它也给折腾得够啦！"他轻轻地抹着牛的背脊，叹着气，"那年头，这畜生跟人一样受罪，每回一搬它的后蹄，它就浑身哆嗦，人看了也心疼，可有什么办法！"

"是谁想的这办法？"我问。

"是个好人！你不认识，是咱村的金海！"他叹了口气，"当时要不是金海呀，咱村里不知要多遭罪！"

我听了很高兴，就催他："你说说！"

"那年头，鬼子和皇协军日间黑夜来要东西，要这要那，要个没完，把咱们都掏空啦！好在金海办法多，后来金海叫大伙把粮食埋了，等鬼子把通知送来，第二天天没亮，咱们就赶几辆空牛车朝敌人据点走去，车上也撒上些谷子；到半道，咱民兵朝天开它几排'火'，把车子翻倒，撒些谷子到道上，还把一两个人捆在树上；再派两个机灵的小伙子跑到据点去，向敌人报告，说粮食在半道上给八路截了，请求他们把粮食追回来。嗯！他们哪里敢出来？"

他牵上牛准备走，叹着气："哼，金海的事多啦，说十天十夜也说不完……"

我心里想："你不给说，我也会知道，到了金海家里，还愁他不说吗？"

于是我高兴地骑上车，绕过密密的枣树林，由一条小胡同驶进村去……可是到了陈金海的屋院前面，我吃了一惊，房屋没有了，断墙碎砖和焦黑的屋梁，塌成一摊，上面还长出尺把高的荆条和野草……

我扶着车子，发呆了：陈金海一家人呢？

我怀着满脑子可怕的猜想和侥幸的心理走到村公所去。迈进院落，我问了一个老乡，他往北屋一指说："村长正忙着哩。"我走进北屋，见七八个人正围着一个人在忙着什么，地上还摞着五六个铺盖卷儿……

"哪位是村长？"我问。

被围在中间的那个人应了一声："什么事？我就是村长。"但他没有抬头，还趴在桌边继续写着什么。我凑近去一瞧，却原来是小张。

"是小张么？"

他忙抬起头，眉宇间猛地泛出惊喜的神色，可是随即他的眉毛耸了耸，望着我："你是……是……是……"

"我是老梁。"

"嗨哟！好久不见啦！"他把笔一撂，忙迎上来热情地跟我握手，"是什么风把你吹来？"

"过路。趁便来看看你们。金海呢？"

他惊异地望着我："怎么？你还不知道？他一家人早牺牲啦……"

我脑子里"轰"的一下，像有股冰冷的东西，从头到脚地浇下来，我愣住了，喉咙像给什么堵住，一句话也说不出来……

"别难过了！老梁！"小张想安慰我，可他的眼睛也潮湿了；但忽然，他拿手使劲一拨，像要把悲痛拨开似的，"你在这住几天吧！咱们好几年没见了！"

"还有事，明天一早我就得走。"我说得很慢，竭力抑制着自己的激动。

"那好，今晚咱们就痛痛快快地谈个通宵！"

我见那几个人还站着等他，我便说："你忙去！"

"对！"他走向桌边，"要是你嫌这屋子太闷，先到村里去转游一下也好。"

当我才走到院门口，小张又追出来说："别走远了，老梁，记着回来吃饭！"

我在村庄各处转着，可是我的心境却一直不能平静。陈金海一家人的脸影，老是在我的脑际闪动……

二

一九四○年三月底，我在一次突围中，胫骨受了重伤，只在医院里治了一个多月，骨伤还没有全好，我就出院了，领导同志叫我在中心区的村庄里安心地休养一个时期；可是，就在这时候，敌人第二次大规模的"扫荡"又开始了。疯狂的敌人集中了两万多的兵力，正准备从四面八方向根据地的中心区奔袭。然而我却还不能行动，即使只几步远，也得依靠两支拐杖；看伤势，无论如何也不能应付这紧张的战争局面。最后，领导上决定将我送到游击区的柳庄去。

当天下午，我就到了县委会。县委书记把柳庄的情况扼要地介绍了一下，他说，柳庄一带的碉堡比较稀，离柳庄最近的碉堡也有四里地。那里的维持会和其它伪组织，全由我们的地下党掌握住，大部分的工作都做得还顺利。接着县委书记露出满意的神情谈到柳庄的支部书记陈金海，他说："这个同志呀，原是小油房的雇工，很坚定，很勇敢，很果断，也很灵活。是个好同志！现在，他公开的名义是维持会长，敌人常常来麻烦他，够呛的！我看，他心里大约也不会太轻松。"接着，他又把陈金海对伤员的负责精神,极力地称赞了一番,他说:"金海同志总是想尽一切办法来保护伤员的,我们送去的所有伤员,他都给保护得好好的,可以说很少发生意外,只有一次出了事,不过那情况也实在来得太突然了。"

据说,事情是一九三九年秋末发生的。那一天,天色才麻麻亮,村西口有人抬着担架进村来,陈金海刚看完了介绍信,正准备安置伤员;没料到,村东口已传来"橐橐"的马蹄声。陈金海慌了,但他没有犹豫,立刻叫抬担架的同志从北面小胡同奔到村外去,顺路沟往村西转移;他自己也顾不得伤员的伤有多重,背起伤员朝南一拐,向小胡同的尽头窜去,想尽快躲到村边边的一个地洞里;可是他刚奔到胡同尽头,敌人已发现了他,凶恶的马蹄声和战刀碰击的当当声,从后面越响越近。情况这样险恶,钻地洞已经来不及了,陈金海一咬牙,就顺着杏树林的小道猛跑。现在,生死的关头,就看谁跑得快了。可是后面的日本鬼子却一点没放松,急促的马蹄声越来越近,伤员见情况不好,便说:"同志,你把我扔下吧,我反正是活不成了……"陈金海不同意:"不!有我就有你!"他仍然使劲地向前奔跑,恨不得一脚迈进树林里去;最后,他们只距离敌人七八丈远,连马的急促呼吸也听得见,于是伤员又说:"扔了吧,同志!为了我,牺牲两个人……"陈金海还是不答应:"不!……"可是话还没完,后面一股急风"呼"地扑上来,只听"咔嚓"一响,伤员沉甸甸地往后一仰,倒下去了。陈金海的臂膀也给砍去了小半边,血喷着,灼痛,痛得钻心;可他没倒下去,紧咬着牙,继续向前猛窜,一直窜进又密又深的杏树林里……

县委书记一讲完,我们就出发了。一路上,我脑子里反复地想着陈金海的事,一闭眼,就好像看见他背着那个伤员奔跑的样子,不但看见他的汗,他的血,仿佛我也看见了他那崇高的心胸。

当我们走到柳庄时,已经鸡叫两遍了。他们把担架一直抬到陈金海的大门口,等通信员爬墙进去递了信,不久门才开了。在暗淡的菜油灯下,我望着陈金海,他四十岁模样,个子不高,脸色黄里带黑,鼻尖边上有个比黄豆还粗的黑痣;很沉静,脸上也很少表情,说话慢吞吞的。这时候,他的闺女和他的老婆也进来了。小姑娘十四五岁光景,老是拿水灵灵的眼睛望着我们。她妈妈是小脚,身材瘦小,仿佛才患过一场病,脸色黄瘦得厉害,头发也很蓬松;可是她显得最热情,一进来,就蹲在担架旁边,问我的伤重不重,想不想吃点什么……

等一切都安排停当了,送我来的同志们也回去了,陈金海才在炕边坐下来,眉毛忽闪忽闪地动着。

"玉兰,"陈金海望着他的闺女,同时也望了他老婆一眼,"除了小张,不管什么人也别让进这屋里来,也别让别人瞧见,懂么?"然后他转向我,"老梁同志,以后咱们都叫你老梁吧!怕把嘴叫滑溜了,容易露出馅来。住在咱们家,你就当住在自己家里,别客气!缺什么,只管跟我说一声。我平日要应付外面的事,有什么事,只管叫玉兰和她娘去办!要是有情况,我和小张都来设法,你放心!要是遇到情况太急,你瞧,这炕洞下面就是地窖……"

我们的谈话还继续了一阵。可是第二天和第三天,却一次也没看见陈金海。玉兰说,她爸爸常常天不亮就出去,有时到半夜才回来,有时出去好几天,也不回家来。

我故意问她:"你爸爸干啥去?"

她睁着水灵灵的眼睛,机警地望着我,像在想什么,然后才懒洋洋地说:"谁知道。"

有一天半夜里,我听见破院墙上有沙沙的声音,我正奇怪,但不一会,又听见有人拿手指轻轻地敲击窗户,"霍——霍——霍霍霍!""霍——霍——霍霍霍!"总是前两声距离远,后三声紧连着,是什么人?是暗号吧?我正想爬到窗户边去看看,忽听得南屋的门"嘎"的开了,接着又听见陈金海压低嗓门讲话的声音。第二天早晨,玉兰来告诉我,说她爸爸昨夜回来了。

"怎么回来没听大门响?"

她奇怪地望着我:"怎么?夜里回来还能敲门?不成了鬼子啦!"

"怎么……那怎么进来呢?"

"爬墙呀。"

"你是说,自家人夜里回来都得爬墙……"

"可不是。"

"要是夜里有人敲门呢?"

"敲门?准会把人吓死!……"说到这,她忽然把上眼皮往上一耸,机灵地把脑袋贴近窗格子,屏着气,静静地听着……

原来街上传来沉重的跑步声……

玉兰一声不哼,撒开腿就往外跑;但不一会,她半笑半恼地回来:"村东头那小子真捣乱,在街上胡跑,我还以为黑狗子又来啦。"

不一会,陈金海也来了。他脸上今天浮出一丝不常有的笑容,我猜想,这几天,他准是活动得很顺利。他一进来,跟每次进来一样,照例总是关切地问到我的伤,又问我短缺些什么。接着他告诉我,这几天,敌人的主力已窜进咱们的中心区,因为敌人到处扑空,就拿中心区的村庄来泄气,到处点火,见人就杀。敌人的报纸这两天也大吹大擂,胡说什么"河北南部的共军,扫荡殆尽";城里的汉奸们正在欢天喜地哩……

"嘿,让他们乐去吧!"陈金海心中有数地冷笑一下,"过几天,就该轮到他们跪着喊饶命了。"

"听到什么好消息?"我问。

他精神焕发,平时那种沉静的脸容无影无踪了,他告诉我:咱们大部分的主力,趁敌人出来"扫荡"的时候,已经钻到敌人的心脏里去了,这几天都忙着做云梯,准备攻城……

这确是使人兴奋的消息,我听了很激动,连午睡都没睡着。下午,玉兰抱着三只小花狗走进来,说是给我解闷的。我一听就猜着了,准又是陈金海出的主意。这的确是几只逗人爱的"小家伙"(玉兰这样叫小花狗的),雪白的身上点缀着几绺黑毛,像几个滚圆的黑梅花点;全身油亮亮的,既干净,又淘气。看样子,才出生一个多月,可它们总是不停地滚着,扑着,撕着;可它们又不是打架,而是认认真真地闹着玩。最逗人生爱的,是那股天真活泼的稚气,你看着它们,心里就不由地会涌出一阵甜丝丝的情绪。

玉兰一边逗它们玩,一边笑得格格的,有时还笑得前仆后仰;有时又笑得捧着肚子蹲下去:"唉唷!唉唷!这些小家伙逗的人都笑出眼泪来啦……"

"死闺女!"她妈妈来干涉了,她站在门槛上压低嗓子说,"你疯啦?笑得这么欢……"她拿眼睛往外一瞟,"要惹人知道了,你爸爸可不饶你!"

玉兰吐吐舌头,不敢放声大笑了,可还是拿手捂住嘴吃吃地笑着。接着一连好几天,她每天都把这三个"小家伙"抱到我屋里来,而且她还想出各种耍法来逗它们玩,的确为我解除了不少的烦闷。

可是,这一天一直到响午,玉兰没抱小花狗来,也没听到她尖脆的说话声。院子里静极了,只听见远远近近的蝉子哇哇地哗叫着,有时偶尔也听到机关枪"咕咕咕"地响一阵,但那似乎在很远的地方……

正在这时，院子里响起沙沙的脚步响，跟着玉兰在门边出现了，但她没有抱小花狗，也不像平日那样嬉皮笑脸；一踏进门槛，立刻庄重地扭过脸去，学大人那样做着手势，招呼外边的人进来。

院子里又响起脚步声，接着两个人进来了，都是穿便衣的。我一看，差点高兴得跳下床来，原来是咱们部队的：一个是小高，一个是"破机关枪"……

"你们怎么会找到这院子来？"我问，同时望了玉兰一眼，"是你带来的，玉兰？"

玉兰淡淡地点头，沉静地站在门边，像我们刚来时那样，也不说话，只拿水灵灵的眼睛望着客人。

"嗨，别提啦！"诨名叫做"破机关枪"的曹大岳又好笑又气恼地说开了，"我跟小高刚走进维持会，有一位'仁兄'可把我们大大的吓唬了一阵……"

"小声点！"我又问玉兰，"是谁？"

"我爸爸，"说着，她笑了笑，露出两个深深的酒窝。

"啊！就是你爸爸呀！"曹大岳还照样放大嗓门说话，"你的爸爸可不善……"

"你这人，一放开嗓门，就打破机关枪！"小高瞪着曹大岳不满地说，"还是让我说吧。……我们刚坐下来，她……"小高拿手一指玉兰，"她爸爸就给我们提了一瓷壶开水来，冷冰冰地说：'你们快喝！咱们就要走！'曹大岳就问他：'你忙什么？'她爸爸说：'外面来了大部队。'我问：'是什么部队？'他说：'好像是皇军。'我们一听，都傻了眼，我望着曹大岳，曹大岳望着我；这时候，站在门边的一个小伙子又说：'不，大概是八路。'……"

我忍不住笑了，忙问玉兰："那小伙子是谁？"

她又微微一笑："是小张叔叔。"

"一听说是八路，"小高继续说，"我们脸上大概又舒展开了；这时候，她爸爸才走过来问：'你们有介绍信么？'"

"哈哈……你瞧！"曹大岳又放开大嗓子，"你瞧她爸爸多诡！"

说得我们都笑了，玉兰也捂着嘴巴吃吃地笑起来。

第二天傍黑，我跟陈金海提到这件事，他只笑了一下，但马上一层阴郁的影子掠过他的脸面，他长长叹了口气说："血流多了，才教人聪明起来！不这样，就得流更多的血。"

他沉默着,脸色越发阴暗了,过了好一会,他才继续说:"去年冬天,在一个黑夜里,敌人就一家伙杀了咱们五个干部……"

"怎么回事?"我问。

"是这样,那天下午有二十多个伪军,都穿上八路军的衣服,正押着三个被捆绑着的日本鬼,打咱们村子经过。走到街上,他们有意停下来,并且'老乡''老乡'的跟人们打招呼。我们有些干部没想到这是敌人的诡计,就凑近去热呼呼地问这问那,还问:'你们是哪部分?'又对着鬼子挤眉弄眼,最后还端出茶水和烙饼来招待了一番。……唉,就在当天夜里,敌人突然包围了村子,把那五个表现得最热呼的同志,一捉到,当场就给砍了。"他痛苦地拿巴掌抹着脑门,"一看见自己同志的血,我就难过!"

……接着,我又一连三四日没见到陈金海。这些天,玉兰天天都抱着小花狗到我房里来,她又想出一个新花样——拿绳子拴了一团破布去逗"小家伙"们,但又让它们老是扑空。起初它们玩得很起劲,玉兰格格地笑个不停,可是扑来扑去都扑不着,小花狗好像生气了,懒洋洋地躺到墙根下去。玉兰很失望,她也蹲在墙根下,拿手指捏着那团破布,向最小的那一只嘴边凑过去;谁知那小家伙猛一扑,把布团夺过去了,玉兰的手指也给抓了一下;她猛一惊,抡起拳头就捶小花狗的脑袋,捶得它直叫唤;玉兰正咧开嘴笑,一面还重复着:"还敢不敢抓?……"可是她低头一看,忽然脸色苍白,原来小狗的嘴角里流出两滴血来。我正要安慰她,她却已伤心地哭起来了。……

晚上,玉兰再没有来。她妈妈问我:"这死闺女怎么啦?老是眼泪汪汪地坐在炕上,也不说话,连晚饭也不吃,问她也不说,只把那只小狗搂在怀里,尽抚着……"

我把下午发生的事说了一遍,她妈妈笑了,一边说:"这死闺女呀,跟她爸爸一个样:心软!"

"怎么,金海心软吗?"

"可不!从前呀,连杀只鸡他也不敢看。"

"现在呢?"

"现在变狠点了!鬼子杀得这么凶,你不狠行吗?可是,他见不得自己人被杀死!见了一次,几夜都睡不安稳,在梦里,他叹大气,有时还说梦话:'要报仇!要报仇！'他就是这样的人。嗯，他这死闺女呀，等长大了，准也会一个样。"

到第二天傍晚，陈金海回来了。他一进院子，就直冲我房里走来，精神很兴奋，一进来就讲起他们这次配合主力军攻城的事，他说："鬼子到咱们中心区去'扫荡'，咱们就冲到他城皇心去扫荡！看谁厉害！咱们一冲进去，把鬼子的兵房捣个稀烂，把大汉奸俘的俘，杀的杀！杀他妈个精光！……"

……没想到，就在那晚的半夜里，陈金海突然把我喊醒，我还以为又发生了什么事，但点亮灯时，才看见我们部队里来了几个同志，说是特来接我回去的。他们说敌人已经溃退了。玉兰听说我要走，也起来了，她噘着嘴，老不高兴地嘟哝着："你别走！你别走！"

这一个多月，玉兰几乎每天都跟我在一起，生活惯了，人也熟悉了，现在忽然要离开，心里不免有点黯然；但我找不出适当的话来安慰她，只轻轻地抚摸着她的头发，对她说："等叔叔把伤养好了，就来看你，好不好？"

这时大伙忙着搬东西，她妈妈又忙着跟我说些道别的话，一时间谁也没注意玉兰，但谁知这个小闺女竟站在院子里悄悄地哭泣起来。

她妈妈一发觉，就笑着说："傻闺女，人家梁叔叔不要回去工作吗？别哭！要高高兴兴送叔叔走嘛……"

我装出高兴的样子，对她说："你不是爱吃柿疙瘩吗？下次我再来，准给你背这么一大筐！"我说着，拿手一比。

"这可要把梁叔叔压扁啦。"陈金海也笑了。

玉兰抹着眼泪，沉默了很久，才问："你准来么？"

"准来！"

她想了一下，忽然说："你把那三个小家伙也带去吧！"说着，她就想去抱来。

这小闺女竟想到把她最心爱的东西送给我，我感动得几乎说不出话来，但我抑制住内心的感动，向她说："别去抱！叔叔把伤养好了，就得到处跑，哪有时间跟小家伙玩呀？你留着吧！"

当我离开院子时，她默默地站在那里，在淡淡的月色下面，我看见她那水灵灵的眼睛里又闪出泪光……

陈金海一直把我送到村外，他今夜显得特别动感情，到了应当告别的时候，他一再希望我到柳庄来，最后一句话，他说得特别激动，他紧握着我的手，说："到下次咱们在柳庄见面时，希望能畅快地大声说话了！"

我一路都回味着陈金海的这句话……

离开了柳庄之后，我曾托人给玉兰捎过几次柿疙瘩，可是由于忙，这四年多却一直没能到柳庄来……

现在，我来了；可是……

三

我在村庄各处转游了半小时，又回到村公所去，刚迈进大院，小张正好出来。我们没有立即去吃饭，却又遛到村外来了。夕阳已贴近林梢，远远近近的村庄，都蒙上了一层淡淡的炊烟。

"你瞧，"小张指着不远的柏树林说，"这就是坟地。"

我望了一眼，大约在半里外，有一片整整齐齐的柏树林，在林木背后正辉耀着一抹橘黄的夕照。

我默默地走着，不时地对远处的坟地怅望一下，一边听着小张的谈话。

"……那时候，"小张边走边谈着，"咱们这一带闹得都很起劲，秘密民兵组织起来了，对付敌人的办法也多起来了！为了保护群众的利益，咱们经常得跟敌人做各种各样的斗争。从一九四一年起，上级还派给咱们一项重要的任务，要从敌区购买药品和电报器材……

"金海同志接到这项任务时，很兴奋，认为这是支援根据地的最切实的工作。为了这，他日夜忙个不歇，他利用了各种机会和各种办法去敌区把药品和电报器材运出来，并且，他还亲自保管着这些东西，到了该转送的时候，每次他都亲自出马，一连闹了一年多，倒是满顺利的……

"可是，在一九四三年秋天的一个黑夜里，金海和三个民兵挑了几箱药品刚离开村庄不久，敌人的骑兵就追到了。当时，庄稼已收过，连个掩蔽的地方也没有，敌人的机关枪和小照明灯，使他们进退都发生了困难。最后他们选择了路边边一个砖窑的小土墩，下决心跟敌人拼到底。战斗了半小时，到最后，只有负了重伤的陈今康滚到一捆高粱秸旁边，没被发现，金海和另两个民兵，都壮烈牺牲了。

"听陈今康说，敌人是从金海脸上的那颗黑痣才认出他的。疯狂的鬼子，一转回来，就把金海的房院点着了。玉兰和她妈妈给反锁在南屋子里，她们都活活地被烧死在里面……"

小张连连叹气。悲痛和仇恨交织地填塞着我的心胸，我气闷，我说不出一句话。

走到坟地，我们在陈金海一家人的墓前坐下来，默默地对着冢上的深草和小蓝花出神。晚夕的霞光正照着坟地，悠悠的晚风吹拂着秋草。……

"咱们村里人都没忘记他们！"小张忽然打破了沉寂，"打解放了的第二天，咱们又把他一家人的名字填在户口册上了。村里人都这么说，金海没有死！玉兰和她妈都没有死！"

我激动得落了一滴眼泪；但我立刻站起来，掏出小刀，把金海墓前的一棵柏树削去了一层皮，并激动地刻出几个字：

"金海同志，你没有死！你将永远同党的伟大事业长存万古！"

一九五八年六月于佗城

亘古以来*

四月的早晨，一脉阳光从窗口射进来，把房间照得很明亮。空气潮湿，还带着一股浊浊的药草和衣服发霉的气味。这个房间的主人，诨名叫做"亘古以来"的叶井旺，正坐在床上，哭丧着脸，困难地咳着。虽则他才五十出头，可头顶却已秃得通亮；两撮又长又白的眉毛，活像是谁在他的眼包上头贴上两绺棉絮似的长长地耷拉着，成了他脸部最显眼的东西。他拉长脖子咳了一阵之后，等稍微平静了，才拿微微有点陌生的眼光，向房间四周望了一遍，然后转过脸，朝站在床前的他的老婆发问：

"我病了几天哪？"

老婆子怯生生地说："足足半个月了。"她见叶井旺脸上并没有什么不高兴的表情，才又小心翼翼地继续说："你天天都发高热，说胡话；脸上烧得像红虾公，可把人吓坏了！家里人手少，好在社主任天天来……"

门外过道上，响起"沙沙"的脚步声；"亘古以来"忙拿手向前一劈，意思是："别说了！"

进来的是叶海伦，对方见叶井旺已经坐起来，满心喜欢地说："爸！病好啦？"

"亘古以来"没有开腔，只冷淡地点点头：这小子那么乐滋滋的，准又是给什么新玩艺迷了心窍哪。一想起这些事，他心里就有气……

"想吃点什么？爸！"海伦走近来，亲热地说，"你说，我给你买来！……"

"你别买，"叶井旺忙摆手，"我不吃！"

海伦猜想爸爸准又记起半月以前的那场争吵了，心里觉得别扭；可是一想起那大

---

* 载1958年6月16与17日《羊城晚报》副刊《花地》。

片禾苗长得又茂又密，忽然高兴起来，他想，只要把禾苗生长的情形告诉他老人家，他的气准会平息下来的。

"爸，"海伦满脸堆笑地说，"那片禾呀，长得可好哪……"叶井旺拿手一挥："别提这，"把脸背过去，"我不爱听！"

儿子愣住了。妈妈脸色苍白，静默地站着，只悄悄从背后伸出手去扯海伦的衣角，叫儿子快点离开。

一阵沉默。只听见一只红嘴相思在窗外的菩提树上婉转地唱歌。

"海伦！"是社主任的声音，"海伦！快锄草去呵！"

叶海伦也不吱声，默默地出去了。……

提起叶井旺，提起他那执拗的个性和那股只照老规矩行动的脾气，这一带村庄几乎没有人不知道的。他无论对于什么事，都是按照老规矩去处理的，理由是："亘古以来就是这样。"要是有谁企图用一种新办法来代替那套老办法，他就会吃惊地张大嘴巴望着你："咦？别妙想天开啦！准不行！"如果你还不听他的劝告，他就气嘟嘟地警告你："好，你胡搞吧，看你会摘出个什么结果来！"

这八九年来，谁也计算不清叶井旺为这类事曾发过多少次脾气了。隔壁李大姊要盖个新厨房，他却理直气壮地出来干涉，坚持非择个吉日良辰不能动工，他说："亘古以来，哪有随便动工的？"人家曾发有的闺女是个中学毕业生，明天就要结婚了，他却吵吵嚷嚷地反对，并且气得脖子通红地说："亘古以来，哪有不经媒婆撮合就结婚的？这成什么体统！"到农历十二月二十六日，他看见许多人都不"送灶王爷上天"，又骂开了："亘古以来，哪一家不烧香点烛送灶王爷上天的？哼，你们……"

最近一两年，使他生气的事，就越来越多了。譬如说，社主任号召大伙用月光花嫁接番薯，叶井旺认为这是"拿生产来闹着玩"；又譬如说，副业组长告诉他：食品公司已用豆腐渣做出许多精致的糕点，他却把这样的事看作是"荒唐"。副业组长不服气，反问他："为什么是荒唐？"他扬了扬白眉毛："为什么荒唐？哼，亘古以来你听说过有这样的事？"

清明刚过，人们都忙着插秧；可是叶井旺却几乎每天都要生一场气。插秧刚刚开始的时候，他也参加的；但是由于他坚持不按照"四比四"的密度插秧，社主任只好劝他去晒麦子。因此在麦场上，人们几乎每天都会听到他的嚷声："什么'四比四的密植法'，他们简直胡搞一通！插得这样密，连脚都下不去，将来怎么耘田？亘古也没有这样插秧的！要是毁了这造稻谷，到秋天，是不是叫大伙都去啃泥巴？"他一个人，到底拗不过大伙的心意，尽管他继续吵嚷着，可是人们还是按照四比四的密度去插秧。但是，他还不罢休，他又几次去劝社主任，可是社主任却说这才能保证粮食增产；他又去劝过几个生产队长，可他们却用嘲笑来回答他的忠告，而且还说他的脑袋"像个蜡封的罐子"。他气极了，气得满脸通红；可是，等他一回到家里，却把一长串的咒骂倾倒到老婆子的身上，只拿老婆子来出气……

这一天——就是叶井旺病倒的前一天，社主任跟几个生产队长决定把屋坪下那两亩水地作为社干部的试验田。他们聚拢在田埂上，兴高采烈地议论着：不但要比一般田插得更密，而且还要比一般田多下两倍半的基肥。叶井旺在屋坪上听得清清楚楚，他再也忍不住了，急忙向田埂走去……

"什么？"叶井旺走过去，就瞪着社主任，"下两倍半基肥？你们不怕把禾苗烧死？烧死了怎么办？"

社主任还是微笑着："你放心吧，井旺叔！密植，基肥足，是丰收的保证。这几年来，在好多地方都试验过啦，结果，人家的收成都很高……"

"在别的地方许行，可在咱们这穷山里，准行不通！"

"怎么就准行不通？"徐来兴忙插嘴，他是复员军人，平常跟人闲谈时，他也喜欢顶撞人的，"要是照你那套'亘古以来'的想法，咱们解放军就不要机械化了。……"

叶井旺气得满脸通红，白眼眉怕人地闪动着，不等对方说完，他就激动地吼起来："谁跟你讲军队，我是说种庄稼呀！种庄稼能闹着玩的？毁了一季稻谷，叫大伙吃什么去？"

"谁闹着玩？我们搞密植，搞基肥，是闹着玩吗？"

"井旺叔，"社主任还是那副平静的神气，"你看见的那套是从前的老办法，现在上级根据许多丰产田的经验，叫我们采用新的一套办法。用这新办法插秧，只要中耕追肥和合理排灌管理得好，就保证能丰收……"

叶海伦抢着说："县委书记还说，用新办法，每亩田可增产四五百斤谷哩。"

"这是我们闹着玩么？"徐来兴冷笑了一声，用挑衅的眼光横了叶井旺一眼，"真奇怪！为什么有些人死钻在腐烂的海螺壳里不肯出来呢？"

这一下，差点把"亘古以来"气得跳起来，他"呼"地转身，气愤愤地走开了，嘴里还叫喊着：

"那好！你们胡闹吧！将来搞糟了，看谁负责任！"

第二日晌午，叶井旺忽然发高热，说起胡话来。社主任一听到这个消息，就急忙叫人到镇上去请医生，同时他心里也有点不安，他怀疑叶井旺的病是否跟昨天的争吵有关。一直等医生诊断以后，他才闹明白了，原来叶井患的是回归热……

199 ~ 313

散文

饿*

  从娘胎里落了下来，便见不着什么亲人。我不知何人把我养育；更不知我的幼年……待我有了理性的时候；我即跟着一般所谓乞丐……或者幼时，是他们把我养育。

  白天，跟着他们在街上乞食，黑夜，在屋角；或野庙里歇宿……这种生涯，我不知是苦，还是甜。

  我渐渐长得不像人样了。

  我要找一个主人，情愿做人的奴隶，但是结果失望了。唉，我很怀疑。为什么这样大的世界，连我立足的余地也没有？毕竟我也是人；这些问题常常去问庙里的神像；但，他们只穆然不答。哟！神佛，也是骗人的。于是我失望了。

  饥饿与寒冷，使我软弱而屈服，我对于世界的一切，只觉得厌倦。

  我讨厌那笑声，更憎恨那爱情。我所需要的，只是眼泪与啼哭。为的，呵，这些是我日常生活呀！

  为了饥寒的苦痛，我不能不设法补救。但是，我既被社会所遗弃；还有什么补救的办法？唉！我们穷人，应该这样饥寒死下去么？

  沿门乞食的生涯，现在。既绝望了！

  我知道了，离这里不远有一个菜园。这里四季都有果实。在平时，我不但不偷撷，而且心里还在庇护着。唉，现在，我要去偷了。天呵，这是出于无奈呀！

  于是我去了。幽手幽脚地爬上一株桃树上。一阵芳甜的气味，引得我的口液也几

---

* 载1930年12月1日广州龙川学会刊行的《雷声》廿一期，署名郑文生。

乎流出来了，满树胭脂般的桃实，都向着我微笑。

皙——皙！我知道人来了。急急跳下来，想逃避，但那人既跑到面前了。我哑然向他求恕，然而无情的棒，已猛烈地落在我的头上了。我一时昏了。在迷昏中，我听到许多人的喊声，我身上受着一棒棒的痛击。我不晓挣扎，更不晓悲啼，只是睡在地上……据说我是死去了。

待我醒来时，我发现我既被抬到一个破庙的门角。我看着浑身鲜血，遍身创伤，我的手不禁颤栗，我听得我身上，有一股阴寒，在使我战栗。呼吸快要窒息，我的酸泪涔涔滚到地上。

我凝望着我的心血，发出凄惨得哭声！

似乎有一个高大的巨人，站在我们的面前。他并不曾说话，痴痴地望着我，我不知道在谴责我，还是在怜恤我。最后，他向我苦笑！

初冬抄于广州岭南旅社

变*

  一个美丽而静谧的夏天底下午,我愉快的伴着一朵野花躺在一块凉快的青草地上。

  轻微的凉风,像处女的辫发那么地软绵绵的,把那些浓绿的树林都吹拂得袅袅的,有如那些陶醉在华尔兹的旋律上的舞女那么地把身腰摇摆着。

  蔷薇似的阳光,吻着鲜绿的叶尖,吻着辽远的紫青的远山微笑着。小鸟儿在绿林里歌唱,蜂蝶们在花丛中舞蹈。——啊啊!这世界是何等和平而美丽!

  我愉快的躺着。一块美化了的花影,投到我的身上。令我感到一种难以形容的欢悦。于是,有一种抑制不住的微笑,便浮上我的唇边。

  (远远的天边,仿佛有轻微的雷声。但是,谁去留意它呢?)

  愉快的笑声,溢出了我的唇边,粉红色的花朵开在我的心上;还有,还有更美丽的梦,会开在有月亮的夜里。

  这时,我的肢腰经轻风吹软了,瘫瘫的,仿佛是躺在天鹅绒上。(云外的雷声,更吼得厉害了,轰轰地。我终于在这样的环境里入梦了。于是,我失掉了灵魂。……

  轰!轰!轰!

  一阵震天撼地的雷声,陡的将我美丽的梦粉碎了。我出奇的擦了擦眼睛,最后,我竟惶惑地惊跳起来。

  ——呀!怎么世界会变得这样?

  天空早已布满了浓重而漆黑的云块了。风,已成了一个勇敢的战士,勇猛的,在

---

* 附在1934年9月6日萧殷给鲁迅先生的信后,署名萧英,载周海婴《鲁迅、许广平所藏书信选》,1987年1月版。

地面上怒吼起来。许多残余的东西，都给扫荡了。雷电，时时在山顶上迸出灿烂的火花来。

丛林，仿佛要倒塌了，很厉害的摇撼着，哀叫着。

青草，颠覆地动摇着。

地上的小石子，滚动着。破屋瓦，给打落了；墙角边的苍苔也在一边发抖。

接着，是一阵雄浑浑的、高壮的雨声。那雨点，像豆子一样，密密的横扫过来。于是，一切都震撼了，吼叫了。仿佛还有雄壮的呐喊，勇敢的冲锋："杀呵！杀尽一切阻挠社会向前发展的恶势力！"

风，跟破屋顶撞击着。雨，和不平的地面决斗着。雷电在山顶上怒吼着，呐喊着。

灿烂的火花，在这不平的地面上爆迸了！

啊！好悲壮的暴风雨呵！

我抖索地蜷伏在一个树林底下，偷看着。我看清了一切。但同时我却又心痛着，我悔恨我在过去失掉了的灵魂。

——啊！我明白了，我不能再受欺骗，不能再在梦中！我这么叫了一声，便毅然的站起来，勇敢的奔向前去。

——啊啊！从此，我认清了我们的路了！

牵牛花*

忧郁啊!……

忧郁像野藤一样包围了我的心……使我眼前的一切都变成惨灰,阴郁……我的房间即刻大得像无垠的原野,于是,我渺小了,渺小得如一条爬虫。

慢慢的把头扭向窗棂上,在那里,我发现了一簇幽郁的牵牛花。……她是阴郁的寂寞的站在窗棂上颤抖着,像有点怨恨的样子。……她已蚀烂了,现在只留着残缺的暗紫的花瓣了。

这里没有芬芳,没有火的艳红,没有天青的蓝。……这里有的,是灰的阴惨,紫的幽郁,黑的恐怖……

我看了很久,开始便颤栗了,于是我垂下了头……

"呀……"

一个巨大的叫声,把我从半昏睡的状态中,惊醒转来。我迅速的抬起头来去探寻声音的来源……啊!牵牛花,抬起头来了。仿佛她的唇在翕着动,我只痴痴的瞧着她。……

"呀……"她说话了,"可怜的俗物,忘掉了我吗?我有灵魂的爱,我摒弃了肉体的一切……虽然我是忧郁的,但其中毕竟也蕴藏着多少反抗的精神呀!……

"我衰老了,枯残了,人类也把我忘掉了,忘了我的爱,忘了我为坏环境所激成的精神的苦闷。……

"真的,可怜的俗物,你为什么忧郁呢?……可真也和我一样为了社会的龌

---

* 载1935年7月8日《广州民国日报》副刊《东西南北》三四一期,署名郑文生。

龊吗？……"

夏天的风掠过窗棂，她的话仿佛停止了，我感动得落了两滴眼泪……

"是呀，你能觉悟起来！"她又说了，"此后，你不要忘掉了，我的精神……"

过了一会，一切都沉寂了。

牵牛花依然是阴郁的，寂寞的站在窗棂上，颤抖着……

我恢复了原有的状态，房子也恢复了从前的狭小……

第一次颤栗*

五月的天空是那么高远！

几片淡轻的白云，在天空中漾荡，上午的阳光，光耀的照临了一切美丽的"自然"。轻飘飘的南风，像女孩子细嫩的手那么令人陶醉……

这儿，是一带被"自然"美化了的溪岸，——一块绿毡似的草坪。

含笑的花朵，到处都生长着，小蝴蝶很天真的在花间飞舞，鸟儿和山溪，却在一边歌唱……他们都在温暖的太阳下微笑了。

突然，丽丽和娜娜——一对不懂人间疾苦的又胖又白的女孩子——从树林里出现了。啊，她们真像小天使那么地跳出来，她们的头发，都很整齐的罩在前额。一摇一摇的，又像一对小蝴蝶儿，翩翩地飞到了她们每天嬉游的草坪了。

跟着，她们在这儿跳舞了，同时还飘过一曲幽美的歌声……啊，这歌声，把大自然融化了……

一切都成了自然之美！天真的爱了！

当她们的舞兴正浓，歌唱正甜的时候，忽然树林里又闪出了一只巨大的人类，他像一个巨人，跨着大步走过来，用凶恶的目光盯着她们两个。

她们触了这凶恶的目光，都停止了舞蹈，歌唱，只痴痴的奇怪的望着他。

"在这儿做什么？"他咆哮了，两条青筋在额角上掀动。

她们两人，只莫名其妙的互相凝视着，默默的答不出话来……

"小妖精！"

---

* 载1935年7月9日《广州民国日报》副刊《东西南北》三四二期，署名郑文生。

和这骂声齐来的是一个巨大的巴掌，沉重的落到她们的嫩颊上。接着，这巨大的人类便走开了。

受了这惊骇的丽丽和娜娜，而第一次开始颤栗了……

从此，她们才知道什么是人生的剧场……

旅途速写*

一 再会罢,可怜的乡土!

在一个秋雨凄淋的早晨,我又像一只孤雁似的踏上了辽远的旅程了。

一跨进了舟中,我便像石人似的呆坐下来,为的这时候我的心已给悲哀深深的渗浸了。

窗外只是凄淋的雨,冷峭的风,灰色的氛围……

从雨丝里望过去,我隐隐约约的看见了那一片有城镇有乡村的灰色大平原。啊,这就是我的乡土,我儿时的游乐地,可是现在我要到城市里找饭碗了。我不能不离开它。

然而对这乡土,我没有留恋,也没有眷顾,我所伤心的,只为这上面充满了封建余焰而可怜。同时更可怜的就是我读了几本劳什子的书册,若不然,现在我哪里会有"不满"的思念呢?还有一层更可怜而复可耻的,就是我自己还没有改造这旧社会的能力。……

啊,充满了封建余焰的灰色底古城哟,什么时候才是你没落的时候呢!……

空气是沉浊的,时间只一秒一秒的过去。舟驶远了,远了。

我像有所系念似的,把头扭回去,然而这渺小的乡土,已渐渐在地平线下没落了。

就在这时候,我抽了一口冷气,一面远望着这将没落的乡土,像祈祷一样地自语着:"再会吧,可怜的乡土!"

---

* 载1935年11月11日《广州民国日报》副刊《东西南北》四四六期,署名心吾。

二　社会的缩影

夜来了，江上的一切，都给黑暗占据着。

我们的船上，也点上了灯火。这灯光底下，纵横的躺着五六十个搭客，他们都像死尸那么地睡着，他们仿佛都给旅中的疲倦困倒了。

一道强烈的煤气灯光，从后面账房里给一个高个子提了进来，还有两三个小伙子也跟了进来，他们一踏进了大舱便高着嗓子叫："搭客，买船票！"

这声音使好些搭客都蠕动了，有的便很迅速的坐了起来。

卖船票的，由那边到这边、一个一个的挨过来，到了一个军官的面前，那高个子便展开笑脸的说："先生，买船票了！"

那军官只默默的傲慢的从袋里摸出五个双毫来，放到他的手掌上。

那高个子见只有一元，便又笑着说："先生，半票是要一元一角的！"

"没零钱了。"

"好，一两角钱，不要紧。"

说着又走到一个农夫的面前去。这农夫只默默的蹙紧眉毛。

"喂，卖船票！"这声音，显然是含了轻薄的成分。

农夫听了就送来四角毫银，那高个子一见了，便带着一种狡猾的狞笑说："什么，四角钱？"

"没有钱了！"他的声音是颤抖的。

"不管你这些，快拿出来！"

那些小伙子的冷冷的眼光，都聚集在他的脸上，他真不晓得应该把脸放到什么地方才好，只是张开口，瞪着眼睛，那脸上更清楚的显出一种难堪的悲哀。

"快些拿出来！"

"我……我再没有钱了！"

"没有了么？快滚出舱去！"

农夫见他们越来越凶，最后不得已只好再拿出一个双毫来给了。"我真的没有钱了，现在只有两角钱，伙计，开开恩！留给我买饭吃罢！"

"哼，少一个也不行，你这倒霉鬼！"

"真的没有了。你搜！"他显出无可奈何的神气。

"好！搜他！"这么说着，那高个子就动手去搜他的衣袋。这时，他只是发抖，他的脸是苍白的。仿佛他只有等你怎样把他处置似的。

留下两角饭吃的钱，也给搜去了。这时他的眼睛只红红的，说不出话来……

三　一农夫

在车站里，我以偶然的机会，认识了一个质朴的农夫，他的面色像赭石似的。那高而稍向上弯的鼻子在多须的嘴唇上部突起来。那样子真容易令人联想到一些西欧的人。

然而他老是抽着烟斗默默的望着远处，像在幻想什么似的。

这样的人，在我的目光下，多少总有点难言的悲哀，他的一言一笑仿佛都有引起我注目的可能。

我越望他，越发觉他的悲哀，就是在他眼睛里，也很分明的显露出一种忧郁来。最后我耐不住的问了："老伯！你到广州做什么呢？"

"找亲戚！"

"现在正是农忙时候，怎么有闲去找亲戚呢？"

"唉，我不骗你，我要到城市里去找工作！"说着眼睛就红起来。

"你刚才不是说你是农夫吗？"我奇异的问。

"是的，"他的喉咙仿佛给什么塞住了似的，谈话也不能继续下去了。他低下头去，停止了很久，才抬起头来说："可是现在我再不能靠耕田来生活了。这年头，不知什么神作祟，谷贱，卖不起本钱，而且自己须要维持一家生活和肥料等杂费，不得不向人借钱，但结果，连自己祖父遗下的田亩也典光了，现在再没法借钱了，还有什么办法！……"

这短短几句话，我完全明白了。然而，我没有能力拯救他。这时，我所给予他的，只是一点毫无用处的同情。

廿四，十一，七夜于广州

哥哥的脸及其他*

当我一静下心来的时候，哥哥的脸，立刻就会出现在我的眼前。

那是一张为生活鞭子鞭瘦了的脸啊！

然而，我每次一想到了哥哥的脸，我脑际里就会接二连三地涌上更多可怖的影子。——都是含了泪、含了血汗的影子——它们都像蟒蛇一样把我的脑际占据着，使我无限苦痛，而且这影子还渐渐的扩大，渐渐变成一团黑雾。……

那些影子的来袭，其结果，一定使我流泪。但是，到底我没法摆脱这种想念。因为我们太亲切了，太痛苦了。而且我们都是现实生活的失败者，都是终日为面包奔忙的可怜虫……因此，我每一想起哥哥的脸，就会联想到在病床上的妈妈的眼泪……这时候我的心头就像给什么咬着作痛。其实，这种痛苦，固然是为了哥哥及家庭的贫困促成，然而对镜自怜，也是伤心原因的一种呵。

现实生活越恶劣，哥哥的脸，就越常出现在我的眼前。尤其是当这寒冷的冬夜，那摇晃的灯光更容易促起我这种可怕的思念。

啊，我真怕想起哥哥的脸啊。

---

* 载1935年11月20日《广州民国日报》副刊《东西南北》四五四期，署名征夫。

夜的永汉路*

夜的永汉路，是活跃的，鼎沸的……

霓虹灯血样地照着宽敞而平滑的马路。那灯光像有什么难堪的刺激似的，使人们的脸孔都通红了。数不尽的巴士，都放亮了两只眼睛，在马路上奔驰着，那交错的弧灯，越增加了街上的辉煌。

潮水一样的行人，在雨边涌着，涌到那灯光的掩映里，便制就了许多红脸、青脸、黑脸。……

暗的角落里，忽然闪出一个肮脏的女孩子，抱顶破帽子伸到一对刚从西餐馆跨出来的青年男女的面前。

"多福的少爷！少奶！开开恩，给我一个铜板！"用一种发抖的外省土音说。那声音像蜜蜂的叫声一样地攒进人们的耳壳里，怪容易令人同情的。然而他们走得快，不理她。

"请你们发点慈悲呵！"

可是那叫声，不但打不动他们的心，反而惹翻了他们。于是，那男的扭转头来做了个讨厌的眼色，骂了：

"岂有此理，跟着干吗？"

那女孩子给骂得止了步，只呆呆的用那润湿的眼睛，瞧着他们挺漂亮的背影。

那一对男女挽着手，仍然很得意的向前走，那脚步像在华尔兹的旋律上转动一样。

---

* 载1935年11月20日《广州民国日报》副刊《东西南北》四五四期，署名征夫。发表时附在《哥哥的脸及其他》之后。

"大华晚报!"

一个童子,把报纸伸到他们的面前晃了一下,又缩回去。那男的,用轻视的目光,向卖报的童子望了一眼,又扭回头去向着那女的。

"你想往哪里逛,亲爱的?"

"去看电影吧!"

"好的,只要你喜欢!——那么,哪一间去呢?"

"新华,好吧?"

于是有旋律的步子,又在街边移动着。那播音筒里播出来的爵士音乐,正合着他们步势的调子。

这时,红脸,青脸……更拥挤了,巴士的眼睛,交错的都集在繁嚣的十字街头。那笔直而高耸的洋房,这时像巨魔一样地蹲在那里了望。……

啊,活跃的,鼎沸的,夜的永汉路。

永别了,勇敢的战士!*

一个不幸的噩讯随着一阵凄厉的秋风,在一个早晨飘到我的耳鼓边来:啊,"鲁迅死了!"

一位勇敢的奋斗了二十余年的老战士死了,从此不但中国文艺界是一种绝大的损失,就是东方的文艺界也将减少不少的光辉。

尤其是在这暴风雨的前夜,鲁迅先生的死,更令中国的大众感到无限的悲痛。在这时期内,所有的青年正需要着精神的粮食,所有的大众正急需着斗争的知识。在过去,鲁迅先生已做了我们的保姆,他供给了我们不少的富于资养的粮食,同时也领导着我们向真理之路前进。

他是一个经了长期奋斗的艺术家。在二十年前他已开始和旧社会决斗。这种精神一直继续到现在还没有变更过。他时时都正视着现实,从真理的观点上去暴露社会的丑态。他用冷酷而刻薄的笔锋,抨击着丑恶的现实,讽刺着旧社会的没落,他从没有宽容过敌人,他主张对待敌人要给以"最无情的抨击。"

然而,他对于大众却显示得非常热情、温暖,几乎每个中国的大众都有倾听着他那充满热情的真切的声音,而且每个大众都喜欢去接受他的教训;和高尔基一样,他同样是"大众的保姆"。

然而,鲁迅先生死了,从此我们再不能听到他那伟大而有光辉的教训了。在暴露社会丑恶的战士群里,现在又损失了最有力的一员。

于是整个中国的大众都沉在极悲痛的泥潭里。

---

* 载《文学生活》1936年第三卷第一期,署名萧英。

但是,悲痛有什么用?鲁迅先生在他的遗嘱里,不是说"忘记我——管自己生活,倘不,那就真是糊涂虫"么,对呵,我们先接受起先生的遗教吧。从此我们要跟着鲁迅先生所走的路,用他那奋斗的精神,去完成他那未完成的伟大的工程呵!

不要悲伤了,我们只要求大家将鲁迅先生所教训的,都在具体的工作上表现出来。

永别了,勇敢的战士!

廿五、十、廿一

街头*

车夫和乘客

秋天降临到人间,城市的街头,也充满了忧郁味了。

一片火似的阳光,照耀着繁嚣的街头。行人仿佛都怀着鬼胎,各人都显出一张沉郁的嘴脸;额上抹着一把热汗。他们像潮水一样,流过去又涌回来。

一个中年的车夫,拉着一个突肚子、像官僚模样的人物。到了这街头,便停下来,他急急的拿了披在肩上的手巾,抹了抹额上的汗珠,呼了一口气,便扭回头去望在车上的人,并且口吃的说:"先……先生,公公园到了。下下车罢。"

那个坐在车上的人,见车夫还未拉到目的地就停下来,正出奇的向车夫怒视着,现在又听到他这样的话,便冒起火来,睁圆了眼,直挺挺的站起来,用愤怒的眼色向车夫盯了一眼,就操了一种古怪的外省口音,破口大骂:"妈的,你怎么拉到这里就停下来呢?妈妈的,不拉到就不给银……"

"你,你不是说,说拉……拉到公园路……路吗?"车夫见那人那么狠狠的,他便有点惶惑起来,脸色渐渐的变青了。

"妈妈的,你拉什么车?人叫你拉到丰宁路呀!猪!"他说了,便向车夫恶毒的瞧了一眼,拉起脚,想即刻走开去:"你不拉到那边就不给车资!"

口沫,四下里溅下来,乘客的额角却有几条蚯蚓那么粗的东西,在抽搐着。

"我,我没有听清,清楚!先生,那么,请,请给我一半车钱罢。"

---

* 载1937年6月6日《广州市民日报》,署名萧英。

"我不给，看你又怎样！"他像一只老虎似的竖直了眉毛，伸出一只手来晃了晃，真像要把车夫吞下去的。

车夫眨眨眼睛，一把汗珠从他紫酱色的脸上直注下来。他一面不住的拿毛巾抹着，一面又喘喘的嘘气，他着急极了，白白的给人走了这许多路，没有一点代价，怎得了，他顶不舒服，也申辩着："先……先生我已拉拉到一大半路了，你……你怎么连一半车资也，不……不给呢？"

"不给又怎样？猪×妈妈！"乘客用响亮的声音吆喝着，两只眼睛，像要飞出来似的突着。

"不，不给就……就不，不合理……"车夫也挺起胸脯，望着那人说，"你，你不给，给钱就，就不合理……"

这时围在他们身边看热闹的人渐渐的多起来了。

勇敢的反抗

"我偏偏不给，看你又怎样？"那人这么狠狠的说了便跨开大步子，走开去。车夫很着急的，一种按捺不住的憎恨占据了他整个的心胸。他在这样的大热天里走了这么远的路，没得到一点代价，还受了欺凌，他觉得是最耻辱的事。他心里冒出一种不可压抑的怒火来，咬了咬牙关，向那乘客追上了一步，用一只大而有力的手，勇敢的抓住了那乘客手里的皮包，用力一拉。

那人给车夫这一拉，几乎拉倒了。斜斜歪歪的，险些儿就跌倒地上。这一来，却惹犯了那高贵的乘客。他气愤愤的迈上了一步，一站定，便使劲的一脚。那一脚可结结实实的踢到车夫的屁股上。那车夫受了这一脚，便忍痛的咬起了下唇，勇敢的向那突着肚子的乘客回踢了一脚。那人迅速的一闪，脚尖落了空。接着他就跳过来一把抓住了车夫的肩膊，没命的按下去，真像要非打成肉浆不止的样子。

"快些拉到丰宁路去"

车夫没命的挣扎着，不一会，便挣起来。正想飞过去抓住那乘客的时候，忽地一个白衣的警察从人丛里攒了进来。观众的眼光都不约而同的移了转去，望了望警察。

这时，空气也因之而严肃起来了。

警察一走进去，便用力把车夫拉开，并且向他扫了一个憎恨的眼色。然后向那突着肚子的人仔细的望了一遍，便用了另一张脸孔去问他："什么事呢？"

那突着肚子的也用了比较低而和缓的口气答着："我叫他拉到丰宁路去，他只拉到这里便停下来，还要我给车资……"

警察一面听着话，一面皱了眉头。因为那乘客说的是广州话，他费了很大的思索才理解了说的是什么。然而，警察的态度，毕竟是镇静的，严肃的，他即刻扭转脸去向着车夫用责备的口气问："你为什么只拉到这里就停下来，嘿！"

"他，他说的话，很难听！当时我……我只听，听得他叫我拉到公园路呀！"车夫颤颤的辩白。

警察皱了皱眉毛，苦闷的，沉思了一会问："一共讲定的车资是几多？"

"一角半。"

警察闪了一下眼睛，向观众扫了一遍，便回头去向乘客说："那么，现在你就给他一角罢！"

可是那乘客像很不满意似的，向警察望了一下沉默着，并不作声，警察见他这个样子，知道这办法一定不行。因此，只好在车夫那边着想。警察用手指点着车夫，用责备的口气喝着："你快拉到丰宁路去！嘿！真抵死！怎么你不听清人家的话呢？"

"他，他的话，鬼，鬼听得懂……"车夫愤愤的努起嘴说。

"那么你上车去。"警察向乘客说了，又向车夫喝着："快些拉到丰宁路去！吓！"

车夫给逼得不得已，只好让那乘客上车去，他咽了一口涎沫，从眼瞳里闪出一道很可怜的光芒来。低了头，像想哭的样子，拿肩上的毛巾抹了抹额上的汗珠，最后才皱着眉毛，拉着车子向西边去了。

一个忧郁的旅伴*
——旅途杂记之一

船开了。水在船底撞击着,唏唏的发响。这时正是上午五点钟,大地还朦朦胧胧的,东边的天际,只显出一层鱼肚白,几块灰暗的云块,也渐渐的给渲染上淡灰的色彩了。

河面上,除了向东那面,反映了些给水波震碎了的白光,到处都是朦胧的。有时,也可以看见一只黑船影在旁边驶过,或望见附近的堤岸停泊着许多模糊的黑影,但是总是辨认不清。

我因为不能安睡在这像狭的笼似的船舱里,便和水手们在船头上坐在一起的。他们有的撑着竹篙,有的把着桨,在船尾的那位年青而风骚的船家女,却在那里把着舵,静悄悄的,老是望着前面的水路。他们都是沉默的,各干各的事。我见他们这样,也不打算跟他们攀谈什么,我也静默的,望着这一篇模糊而有趣的水面。用一种鉴赏山水画的态度去探望江面上的一切。

这时船舱里的鼾声,像雷鸣似的,从他们的鼻孔里喷了出来,合成了一片很令人厌烦的声音,于是,我渐渐由急躁而生气了。这种鼾声,像一条蛆虫一样爬上我的心坎里来,我很讨厌的埋怨着:"唔,怎么会发出这样讨厌的牛吼!"

我这样埋怨了一阵,又发愁的向黑暗的舱里望了一眼,这时,船舱里,像有人坐起来了,仿佛又是整理衣服,札札的,发出折叠的声音来。两分钟过去了,就有一个穿灰布衫的瘦个子,从舱里攒出来。他肩上披了一条毛巾,手里拿着些牙刷之类的东

---

* 载1937年6月13日《广州市民日报》,署名萧英。

西。一爬出来,跟我很客气的磕了一下头,便蹲在一边去洗脸刷牙了。这当儿,我出奇的望着他古怪的蹲到船板上,把上半身伸出船外去,他抓着毛巾的一端,把另一端浸到河水里荡动了几下,便扭起来擦脸,这姿势,我觉得很有趣。

他把盥事做完了,就站起来,冷静地向四面望了好一会,便向水手问:"伙计,到×口,还有多少路呢?"

"二十里左右。"一个沉浊的回答。

"唔唔。"他茫然的应了一声,站在那里像在沉思什么似的愣着。

晨风,不知在什么时候吹起来了,把两边的芦草吹得沙沙发响,河面的水波,也不如前一刻那么轻微,现在已给吹成了轩然大波了。东方天际上的云块,也渲染上一层可爱的红光。河面上的东西,都可以看得见了。

一阵砭骨的冷气,流过我们的心上,使我们微微的缩了缩头脑,他打了哈欠之后,便爬进舱里去,跟着我也爬进去。

我们默默的相对着,舱里还模模糊糊的,在乌篷底下,还躺着两三个人,都凌乱地裹着一条被单,像病兵室里的病兵似的,横横直直的睡着。我们都是搭船的旅客,彼此都不熟悉的,只因为船舱这么小,大家坐在一块的紧紧挨着,不得不互通了姓氏。可是,这位穿灰布衫的人,因为在开船的前一刻才来搭舱的,这时大家已睡着了,所以大家对他还显得生疏。

这时,他望了望睡着的人,又望了望我,像不好意思似的,又埋下头去。

我们之间,都筑起了一条寂寞的高墙,我觉得很不舒适,这样沉闷下去,是最苦的事情。于是,我壮了壮胆子,把身体很猛烈的转动一下,企图他把眼睛移转来,好打破这种难堪的沉寂。果然,他即扭转扭头来,我便很机灵的乘这个机会问他:

"喂,老兄,几点钟了呢?"

他向我点了几点头,又扭头去望天,然后淡淡的说:"大概五点钟罢?"

他说过了又望天,样子显得非常忧郁。

"你是到广州的么?老兄,贵姓名?"我忍不住沉寂的很冒失的问他。

"是,——我叫梁平。"他把面孔移转来向着我,低低地应着。

"呵,梁先生,我看你的样子,似乎很面熟,梁老伯就是令尊么?"

一个忧郁的旅伴（续）*
——旅途杂记之一

"是是。"他短促的答应了一声，便低下头去。梁老伯很有点积蓄，人又极勤俭，所以很多人都知道他。我扭回头来说："你们家里很好吧，广州读书的？"

他像给我这几句话引起了什么似的，突然，他很痛苦的皱着眉毛，慢慢的把头垂到胸前去，像要哭的样子。我很惊异，我有什么话中伤了他的心呢？我细细的把我所说的话反省了一下，但是没有，我没有说过什么过激的话。

他的头垂得这样低，令我也很痛苦，我呆呆的望着他，我觉得我深深地对不起他，我说：

"梁先生，真对不住，因为我一向是不大会说话的，如有什么说得不对的，请梁先生原谅！"

"不！不！不！"他很快的抬起头来，面上泛起一层假笑容来，"不是，这完全是我自己的苦衷呵！"

我的身体较轻松了，嘘了一口气问："那么梁先生，你这样年轻的人，有什么值得伤心的事呢？"

他把眼眨了一眨，又埋下头去，拨弄着他自己的脚趾。空气很沉闷的。他几次动了唇像要说了，但，终于没有说出来。他正苦恼着。

舱里睡着的三位搭客，还睡得很酣。晨光从小篷窗里照进来，船里的东西，都望得清楚了。河面上。风飘飘的吹着，调子，也变成了非常凄凉。

---

* 载1937年6月15日《广州市民日报》，署名萧英。

"朋友，你以为我年轻就没伤心事么？你猜错了，"他望了望泛起风波的河面，即刻又把面扭转来，很吃力的说，"告诉你，朋友，伤心的事，我尽多着呢！"

"那么，就告诉我吧！"

他挺了挺胸脯，默默地望了我好一会，才说："刚才你不是猜我家里很好么？唉唉，朋友，你猜错了。现在我家里也很贫穷呵。"

"你家是很穷？"我圆了眼睛，张开嘴巴问。

"是的，"这时，他眼帘里孕育着了两泡眼泪，只要它一眨，即刻就会淌落来了。我不敢再跟他问什么了，我知道他有许多含着眼泪的事件，我只默默的望着他，听他说下去："就是，我这次的学费川资都是用很高的利钱向人借来的！"

"什么话？梁老伯一向就有点积蓄呀！"我把眼睛睁得更大的反问着。

"对！过去的家境，的确还算平静，可是这两三年来，就不同了……你也知道吧：什么租，什么税，多到数不清，而且肥料等又贵，到收获时，谷却卖不出本钱，据说近来还有日本的私米偷运进来，那么，以后我们农村的人，就将有更惨的命运了！……"

谈到这里，他绝望地摊开两只手，摇了头，又颤颤的说："每年都一样，你说我的家产还不完了么？唔，本来，我打算停学了，但是，只还有一年，就在大学毕业了，因此，无论如何，总得设法挨下去……唉，满望毕业后能挣碗稀饭吃吃，但是毕业后究竟是怎样，又不晓得！……"

一阵尖厉的咳嗽声，把他的谈话截断了。舱里的几条汉子跟着便蠕动起来。我口里"噢噢"的叹了一口气，便一骨碌的，又爬到船头去。

哀健公*

去年十二月二十七日晚,刚踏入宜川兵站,就听到你遇难的噩讯。自然,当时我心里免不了一阵痛楚。可是,我希望这是谣传,不料,我越行进,你遇难的消息就越逼真。二十九日晚渡河,到了吉县古县村,知道你确实在敌机轰炸下牺牲了。唉!健公!你知道我当时是怎样的难过么。

当我在上海编《读书生活》时,你就开始与我通信,于是我们的友谊开始了。前年抗战开始后,我们第一次在太原见面,彼此畅谈了几次,因之,我们由神交而成为好友了。离太原后,便不知你去向何方,虽然有人说你已参加太行山游击队,可是音讯渺无。然而与前年十二月间,我们忽然又在武汉意外重逢。意外邂逅,彼此都有说不出的兴奋与欢悦。此后我们常常见面,常常畅谈。可惜,当时有人对你发生误解,致郁郁于怀,你为了顾全大局,始终忍气吞声,直至后来因母病故,始离汉回粤。十月间,我在成都忽然听说你已在第二战区,令人快慰万分。

在当时我认为:我们尽管相隔得天南地北,然而我们是"相会有期",唉!谁知道,武汉一别,就成永诀!

我带着一颗悲痛的心到了吉县。一到西关,就看到您遇难的地方,那里是一片瓦砾、几垛断墙。我凄然地在那里站了好久,于是您那和蔼而英俊的姿态,深刻地言谈都一起涌上了我的脑际。唉!谁知道,刚三十岁的英俊青年,一转眼就遭了敌人的毒手!

在吉县无论军政各界人士都认为您的死是民族国家的大损失,尤其是第二战区政

---

* 载《政治周刊》1939年第二卷第二期,这是萧殷代李公朴执笔的文章,发表时署名李公朴。

治部宣传课的同志们丧失了一个最亲爱的领导者。无怪乎他们一听到您的死讯，就全体同声大哭，连在宣传课工作的日本朋友天野治郎也泫然泪下。您平素对人友谊之深厚，由此便可概一般了。本来，这里是最能充分发挥您才能的地方，可是，当您正在努力中，就遭了敌人的毒手，唉！谁不痛惜万分！

我也曾专程到霖雨村去看您的坟地，一丘新土，就是您这次和我相见的面目了。我深深地向您致了敬礼，徘徊了好久，才离开坟地，寂寞地跨上马。马虽跳荡得厉害，然而我不知觉，因为我怀想着您，追念着您艰苦的生活和奋斗的精神。尤其听到您的坟地，还一度被日寇挖开，更令人悲怆无已！

为了抗战，为了建国，您始终坚定地站在统一战线的立场上努力。正为了这，曾招致了许多不必要的误会与曲解，然而，您为了顾全大局始终忍气吞声，以"留待将来作更大的努力"（他自己的话），可是现在，您已不幸地牺牲了。

为了纪念您，我们后死者只有更加紧团结，加紧巩固和扩大民族统一战线，以继您未酬之志，争取抗战的最后胜利和建立三民主义新中国。

中华民族抗战第三年二月六日于吉县中市村

毛主席的像片*
——发生在北平××小学的故事

一天，杨小玉伏在小书桌上，忽然问他父亲说："爸爸！你是什么思想？"

"你说我是什么思想呢？"做父亲的摸着孩子的柔发，微笑着反问。

他迟疑了一会，睁大天真的眼睛说："我说你是共产党思想。"

"不，你怎么说我是共产党思想呢？"

"哼！我知道。"杨小玉得意地抿着嘴，一面拨弄着一本教科书，微笑说，"那天你跟那个伯伯谈话时，我听得你们谈毛主席，说毛主席怎样伟大。人家国民党都谈蒋主席，只有共产党才谈毛主席呀。是吧？"

……又一天，杨小玉正提起书包准备上学去，忽然在他父亲的书架背后，发现了一张《晋察冀画报》，那上面印有一巨幅毛主席的像片，他看了又看，心想：应该让同学们都看看毛主席才好。于是他把书报一折塞入书包，跳呀跳的跑向学校去。

课室里还没一个人，静悄悄的。小玉坐下来，把书报掏出来，摊在桌子上。他埋下头，来回端详着毛主席的眉毛、鼻子、嘴唇和眼睛，他想："真是伟大的人！"

渐渐地，小同学来多了，大家都围上来，四五双圆滚滚的眼睛，都奇怪地集中在毛主席的脸上。

"谁呀？"一个孩子问道。

"是毛主席！是伟大的毛主席！"杨小玉立即挺直胸膛，把手举到帽沿上，"敬礼！向毛主席敬礼！"

---

* 载1946年4月14日《晋察冀日报》，署名司徒达。

"敬礼！"一个孩子应和着，举起手。

"敬礼！"所有孩子们应和着，都挺直腰杆，把手举到帽沿上。

"敬礼，毛主席！"

"伟大的毛主席，我向你敬礼！"

"敬礼！""敬……""……"大家兴奋地喧嚷着，都将手举到帽沿上，放下去，又举起来，"敬礼！""毛主席，敬礼！"

"吵什么呀，杨小玉？"康先生在教员室的窗口上探出头来："你来！小玉，你到我这里来一下！"

大家静沉了。杨小玉吐了吐舌头，走向康先生房子里去。

"小玉，你又领大家嚷什么呢？"

"我领大家向毛主席敬礼！"

康先生满意一笑，摸着小玉的头顶说："你真是个好孩子……"

买米*

一天，一位解放报的伙夫同志到西单一间小米铺去买米，一进店就问："米多少钱一斤？"

老板坐在柜前冷淡地回答："四百五十元。"

"嗨，太贵了！"伙夫同志望了掌柜一眼，举起三个手指说，"三百吧！"

"不行，北京没有这么贱的米。"

经再三争议，价格未减低分文。伙夫生气了，转身就走："一点不能减，我不买。"

伙夫同志刚跨出门限，掌柜的急忙站起来问："你是哪里的？"

"解放报社的。"

"啊，解放报的？回来！回来！"掌柜眼睛亮着光辉，笑嘻嘻地说，"解放报社的好说，你为什么不早说？"

老板即刻吩咐伙计按三百元秤米。他自己却亲切的跟伙夫拉起话来，问长问短的。等五十斤米称好了，老板又吩咐伙计说："你替他送去。"

伙夫同志奇怪地问道："你们不是不管送么？"

"是的，但是我们乐意替你们送，解放报替大伙儿说公道话，太好了！以后请常来玩吧……"

---

* 载1946年6月22日《晋察冀日报》，署名殷。

论墙头草[*]

一

前日本报一版刊载一篇"热河通讯",其中有段文字,意味深长,值得重抄一遍——

"荣昇班子的男女演员们,承德市唯一的旧艺人",在我军敌战时说,"国民党共产党一样是中国人,谁来不是唱戏?"但是"二满洲"来了,搞女人,要东西,她们"看得太不像样了",待不下去,这到城西三十五里的漯河,被蒋军扫射打死几个人,好些人落到河中。但是他还往外跑,像躲避瘟疫一样的说:"死了也要找八路军。"

二

记得去年在北平天津也有类似的语论,他们以为:"不管国民党或共产党,反正人民只有纳税的义务,谁来了不都一样么?"但是等国民党反动派一进入平津之后,他们的作为却太异于"议论者"的想象,他们不仅要吸尽你的"血",而且还要你的命;不仅要饿死你,而且还要窒死你!

现在的北平人民已临近绝境的边沿,不仅贫苦人嗷嗷待哺,中产者也时有断炊之虑;甚至一些民族资本家也日趋破落,岌岌可危了。平津报纸每日都大量记载着那些走投无路的"苦人儿"悲惨的遭遇:工人被解雇了,商店与工厂因亏本而关门了,小贩因"有碍国际观瞻"被赶跑了,学生因要求民主被开除了,教授因生活困难自杀

---

[*] 载1946年9月23日《晋察冀日报》。

了,金店在光天化日下被抢了……有的人投河自尽,有的全家服毒!一片饮泣之声,令人寒栗!最使人感慨的,是北平有名的胜地——北海公园,今日已成为自杀的场所了。

近两月来,自杀事件,几乎每隔数日必发生一次,自杀者竟如此众多,这是谁的罪过?难道不正是蒋介石反动派统治的结果么?

一年来悲惨的遭遇,已使平津人民抛弃了对蒋介石反动派的任何幻想,本来,蒋介石及其那一群流氓恶棍,乃是最自私的败类!他们的终生图谋,就是如何来自肥私囊,如何来榨压人民的膏脂。为了这个"目的",又为了巩固其"儿皇帝"的统治地位,他们早就丧尽了民族国家的观念,早就视人民如草莽,如仇敌。卖国贼蒋介石二十年来的统治历史,不正道出这个真实么?如果到今日还有人对他们抱任何幻想,但试问这严重内十年的灾难,难道受的还不够么?

平津人民与荣昇班子的教训是最好的借鉴!他们始初都对反动派抱过幻想,然而残酷的现实很快就把幻想击碎,这是从糊涂到清醒的过程!这种认识的改变都经过血腥的遭遇。因此,现在也只有平津人民的头脑最清醒,最能识别真理了。目前他们共同的愿望只有一个,就是盼望八路军快点去解救他们,他们的心情,跟荣昇班子一样:"死了也要找八路军。"曾经有一个饿了三天的老太太在念经时,竟也无比虔诚的道出了她的愿望!"八路军再不来,我们就活不成了!"

但是对于国民党反动派,请听听北平人的诅咒吧!他们说:"等了八年半,来了一群王八蛋!"他们唱:"盼中央,望中央,中央来了更遭殃!"此外还有!"此处不留爷,自有留爷处,处处不留爷,只有投八路!"怀着这样思想的人,不仅是市民层,甚至大学教授与一部分社会名流亦多抱同样见解。

这就足以说明蒋介石及其一群是一批什么东西了。如果到今天还抱着"谁来都一样"的想头,那真是糊涂透顶的幻想!别人血的经验而不置信,却偏偏要自己去流血实验,那又何苦来?

这种幻想,除了给自己招来灾难,给你的亲戚朋友招来灾难,给整个社会民族招来灾难与灭亡之外,还会有什么呢?

三

据说南口一带,蒋介石已调集大军。看样子,很快就要把战火烧到我察哈尔解放区来！到那时，如果不把他们的有生力量大量消减，如果我们不能把进犯蒋军击退，那么，我解放区的人民，（不仅是贫苦的工人农民与小商人，就连有财产的人），都只会遇到深重的灾难与悲惨的灭亡。

只有全察哈尔人民一致团结起来，抱定"你死我活"的决心，坚决战斗下去，才能挽救自己的不幸。

靠反动派呢，还是靠共产党呢？在这一年多活生生的经验中，察哈尔人民可以得出一个明确地回答：从前许多无衣无食的人，现在光景过好了，经营大小工商业的，也致富了；农村中的无理剥削有的削弱，有的彻底消减了，农民都得了土地；工人生活大大改善，社会地位空前提高了；大家都享有民主全力，谁都有过问政治与选举的自由；大家都安居乐业，大家都翻了身，真正做了国家的主人！……所有这一切，都是经过长期流血斗争挣来的，还是我们无数革命烈士的生命与鲜血的代价！我们决不能放弃，为了保卫它，我们誓死奋战到底！刚刚穿上军装的新战士王金贵说得好："土地就是命，老蒋要来夺地，抢去咱们的命根子，我就上前线去拼！拿我一条命去保护全家五条命！"

战火快点燃，大家快奋起自救吧！这正是每个人发挥力量的时候，也正是严重考验每个人"对人民事业是否忠贞"的时候，倘在这紧急关头还犹豫不决！抱着"墙头草两面摆"的心理，而不敢与进犯军为敌，而不顾积极地参加自卫战争的各种工作，或者在战斗激烈时，表示动摇，或消极怠工，甚或逃跑等，都是背叛人民，经不起考验的表现。如果一旦到了如此地步，根本就谈不上人生的意义与价值了。

像这样的人！在解放区自然不会多，但我不敢保险说没有，不过，我要忠告他们：这是一条自取灭亡的道路！等到中华民共和联邦在亚洲大陆出现时，这些人务必遭受广大人民的唾弃，如果到那时，再来说"悔莫当初"，恐怕已经太晚了。

我要忠告这些人：投机取巧，妄想两面讨好，这只能自欺，却无法骗人。

企图苟且偷生，那无异是自己害自己！

要真正保卫自己的财产和自由，要挽救自己和家族的危险，唯有坚决奋起参加自卫战争，只有一条心的向蒋介石进犯军迎头痛击！

此外，别无活路！

伟大的人类灵魂工程师*

世界劳动人民的伟大领袖、中国人民最亲密的朋友和导师斯大林同志的不幸逝世，给所有劳动人民和一切爱好和平的人类带来了无法形容的悲痛。

斯大林同志以毕生的精力和智慧献身于共产主义事业，他对于工人阶级及和平人类的伟大贡献，是无法估量的。中国人民伟大领袖毛泽东同志说：

斯大林同志在理论的活动上和在实际的活动上所给予我们当代的贡献，是不可估量的。斯大林同志代表了我们整个的一个新时代。他的活动引导苏联人民和各国劳动人民转移了全世界局面，这即是正义的、人民民主的和社会主义的事业在世界大规模的范围内，在地球上人口三分之一——八万万人以上的范围内取得了胜利，而且这种胜利的影响，正日益普及到全世界的每一个角落。

毛泽东同志的这个估计，正确地、深刻地概括了斯大林同志一生的丰功伟绩——对共产主义事业及对世界和平事业的丰功伟绩。

斯大林同志不仅在政治、经济等方面贡献出他崇高的智慧，同时在文学艺术方面也贡献出他崇高的智慧。苏维埃文学艺术就是在斯大林同志创造性的智慧和思想培育之下成长壮大起来的。这种智慧和思想不仅照亮了苏维埃文学前进的路程以及它的伟大远景，同时也给世界各国的革命文学照出了一条光明大道。

苏维埃文学之所以能如此光辉灿烂，与斯大林同志的思想培育，是分不开的。中国新文学的成就，与毛泽东同志结合中国的具体实际，创造性地运用了马克思、恩格斯、列宁、斯大林的学说，也是分不开的。

---

* 载《人民文学》1953年四月号。

伟大的天才，现在不幸和我们永别了，我们怎能不泣然泪下？世界人民怎能按捺住心头的悲痛呢？

然而，我们绝不能因此就丧失自己前进的信心和力量，因为斯大林的精神将永远活在我们的心里，他的智慧的语言和他的光辉的学说，过去曾指引着我们前进，今后仍将继续指引我们前进，而且一定会指引我们由胜利走向更伟大的胜利。

远在二十年前，斯大林同志就把作家称作"人类灵魂工程师"，这个高贵的称号，是包含着深刻的内容和意义的。它赋予作家以马克思列宁主义观点去教育人民、改造和提高人民道德品质的崇高责任。正因为如此，所以作家的劳动，是极有价值的。凡是认真担负起了这种崇高责任的作家，都是值得十分尊敬的。

然而，作家要完成这崇高的任务——提高人类的品质和德性，绝不是仅仅通过人物进行一些说教就能达到的。只有通过生活的深刻描写——人与人（阶级与阶级）的关系的描写，人与人之间的思想、感情的描写——才可能真正打动人心，进而改造或提高人们的品质和德性。

更深刻地描写生活，首先就必须深刻地理解生活，否则，就不可能深入地写出生活中的人们的精神面貌。斯大林同志曾反复强调深入生活的意义，他极力反对那种"向壁虚构"的创作作风。有一次，他和电影制片者G.亚历山大洛夫谈话时，就说过这样的话："你绝不要创造那种躲在你书房里的人物和故事。他们必须是从生活里提炼出来的——你应该研究生活。你应该从生活中学习！"斯大林同志始终认为真理是在生活中间。只要真实地深刻地写出了现实生活最本质的面貌，作品就会有高度的教育意义与深厚的思想内容。"写真实吧！——斯大林同志说——让作家在生活中学习吧！如果他能以高度艺术形式反映生活真实，他就一定会达到马克思主义。"基于这样的理由，斯大林同志曾反复地劝导作家要深入生活和向生活学习，一九二四年斯大林同志写给杰米扬·别德内依的信中，也贯串着同样的精神，他力劝诗人到巴库去了解生活，了解石油工人的生活，他写道："如果你还没有看见过林立的石油塔，那么你就是'什么也没有看见过'。我相信，巴库会给你写作像《引力》那样的出色作品的最丰富的材料。"

但是，还必须注意，要真正地认识生活，绝不是抱着"局外观察者"态度，或者把生活当作简单的"客观事实"来观察的人所能认识的。只有那些用马克思列宁主义观点去观察、研究生活现象的作家，只有那些在革命发展过程中去观察、研究生活现象的作家，才可能真正认识生活的真实面貌，这样的作家，总是站在工人阶级的高处来观察生活，他们不仅观察生活在现在是什么样子，而且也观察到他应该是什么样子，因而他们也就能够瞻望到它将来会是什么样子。

如果一个作家没有站在先进阶级的革命立场，他就不可能真正深刻地理解生活，也看不清历史前进的道路，因而他就不能在创作中体现出深远的历史真理与生活真理。正因为这样，所以斯大林同志特别反对那种虚伪的生活旁观者的态度，他尤其反对那些披着无党无派外衣、实质上是反动势力的依附者。对于这种人，斯大林同志曾尖锐地揭穿了他们的真面目："掩饰阶级矛盾，无视阶级斗争，缺乏清楚的阶级立场，反对策略，追求混乱和混淆阶级利益——这就是无党无派。"

党性的问题之所以提得这样尖锐，那是因为文学是教育人民、改造或提高人民品质和德性的有力武器。放弃了文学的党性原则，事实上，就是放弃对人民教育的严肃责任；同时也不能真正地反映生活的真实状态和时代的斗争风貌。

所谓"真实"，并不能理解为生活现象的机械的再现。只有站在先进阶级的党性原则的高处来观察生活，经过深刻研究，洞察了生活的本质，把握了生活前进的法则，才谈得上真正地理解生活，和真实地反映生活。在斯大林同志的著作中，他不断反复地用这种思想来教导我们，他说：

从辩证法看来，最重要的不是现时似乎坚固、但已经开始衰亡的东西，而是正在产生、正在发展的东西，哪怕它现时似乎还不坚固，因为从辩证法看来，只有正在产生、正在发展的东西，才是不可战胜的。

这个原则清楚的告诉我们：必须描写新生的、发展的事物，即使它们在今天只是萌芽、还没有成为最普遍、最常见的现象，但是到明天它们一定会成为最普遍、最常见的现象。从革命发展的观点来看，它们正是本质的事物，代表着前进的社会力量，因而也是作家所应当着重描写的典型事物。

因此，把"艺术典型"认为仅仅是最常见、最普遍现象的集中的表现，显然是一种不全面的看法，马林科夫同志在苏共第十九次代表大会所作的报告中，就明确的指出："在创造艺术形象时，我们的艺术家、文学家和艺术工作者必须时刻记住典型不仅是最常见的事物，而且是最充分、最尖锐地表现一定社会力量的本质的事物。"因此，作家如果能够把那最充分、最尖锐地表现一定社会力量的本质的事物。给以充分的艺术表现，同样能够创造出巨大的艺术典型。

斯大林同志教导我们，典型不是存在于现实之外，而是存在于我们的现实生活中间。对于新生的萌芽状态的事物，作家固然应该用全副热情以及全副的敏感去观察、感受、研究和描写，但对于现实生活中那些经常起决定作用的"平常"现象，也不能丝毫忽视。斯大林同志经常号召作家必须创造先进的人物形象——新生活创造者的形象。在这些生活创造者中间，其中固然有许多是突出的著名的英雄和模范，但是更多的，却是不引人经常注意的和不引人经常羡慕的、同样起着决定作用的"小螺丝钉"式的人物。斯大林同志说：

现在民族和国家的命运不只是由领袖来决定，而首先和主要的是由千百万劳动群众来决定，工人和农民埋头苦干；毫不声张的建设工厂，建设矿井和铁路，建设集体农场和苏维埃农场，创造一切生活品，把衣食供给全世界——这就是真正的英雄和新生活的创造者。

在一九四五年，斯大林同志在克里姆林宫的庆祝胜利的集会上，举觞祝颂时，也说过这样动人的话：

不要希望我说一些不平凡的话。我提议一个简单寻常的干杯，我愿为人民的健康而饮干这一杯。这些人很少拥有官阶，即有一官半职，其头衔也不为他人所羡慕。他们是一些被认为是伟大国家机器的"车轮的轮齿"的人。但是没有他们，我们这些元帅和军队指挥官，不客气的说，将连一个臭铜钱也不值。一个"轮齿"动不起来，整个事情都完结了。

我建议为朴实的、平凡的、谦逊的人民而干杯，为那些在各项科学、国民经济和军事部门中工作，使伟大的国家机器动起来的"轮齿"而干杯。他们的人数，多到数也数不清，因为他们代表着千百万之众。他们是朴素的人。没有谁为他们写过什么东西，他们没有头衔，很少的人有官阶，但是他们支持我们，正如基层支持屋顶。

斯大林同志之所以这样尊重这些"车轮的轮齿"，热爱这些埋头苦干的、朴实的、平凡的、谦逊的人们，正是因为他们是决定民族和国家命运的创造者和支持者。斯大林同志这种热爱"轮齿"或"小螺丝钉"的精神，显然会给作家一种深刻的启示，那就是，明确地给作家提示了一种描写对象和作家对于这些"平凡人"所应采取的态度。

当然，并不能毫无目的地去描写他们。斯大林同志特别强调描写人们的高贵品质，描写人们为争取共产主义事业的胜利所表现出来的坚韧不拔的英雄气概和自我牺牲的伟大精神。斯大林同志在说明费里克斯·捷尔仁斯基的特征时，就描绘了社会主义社会的人的动人形象："不知休息，不逃避任何困难的工作，把自己的一切力量，把自己的全副精力贡献于党所托付他的事业——他为无产阶级的利益，为共产主义的胜利的工作鞠躬尽瘁。"因此，我以为，只有通过高度艺术形式描写出人们的崇高的品质，作品才可能有巨大的精神力量和诗的魅力。也只有产生这样作品的作家，才不会辜负"人类灵魂工程师"这光荣称号。

由此我们就能了解：斯大林同志为什么时常称赞那些描写了高贵品质与革命精神的作家了。他之所以对马雅可夫斯基的作品给以最高的评价，并称马雅可夫斯基为苏维埃时代最优秀的、最有才能的诗人，理由就是因为马雅可夫斯基歌颂了那些为社会主义的利益而斗争的人，以及歌颂了那些除了为工人阶级的幸福外没有其他念头与意图的人；同时也因为在他的诗里表现了高度的热烈的苏维埃爱国主义。

斯大林同志在文学艺术上所留下给我们的宝贵遗训，是深刻而又明晰的。他的崇高的智慧和光辉的思想，过去会像指路灯一样指引我们从黑夜走向黎明，今后它仍然会指引我们继续前进。

斯大林同志——这个伟大的人类灵魂工程师——的心虽然已停止了跳动，但他的智慧的光芒，却会长久的照耀着我们，他的光辉的思想将永远在我们心里发光。

过去，我国的艺术家和作家曾经从斯大林同志的著作里吸取了无限的思想力量，今后，我们应该加倍努力，从斯大林同志的学说里吸取更多更伟大的思想力量。斯大林同志的智慧和学说，过去已经产生了伟人的物质力量，毫无疑问，今后必须定会产生伟大的物质力量。

一九五三年三月十五日北京

伤疤*

一

轮船在蓝色的海上颠簸着。

坐在船舱里,像坐在荡动的秋千上。船身一起一伏,连挂在墙上的毛巾、雨衣都像钟摆似的摇摆着;那个被铁圈子箍着的暖水壶,有规则地晃来晃去,每隔两三秒钟,它就"霍哆"地响一下;搁在床底下的几个大菠萝,来回滚动着,乍一看,好像几只刺猬在那里追逐着嬉戏。……

过道上,又传来使人恶心的呕吐声。

嗯,头也快被摇晕了,胸口也气闷起来。……为挣脱晕船的痛苦,我急忙走到甲板上去。

在那里,有一个穿海军服的人正攀着钢绳,望着大海。……我没有心情去细看他,几步走到船头,凭着栏杆,用力地呼吸着清新的空气。

明朗的天空,覆盖着一片无边的海水。已经是冬天,亚热带的海该是柔和的,可是现在却出奇地翻腾着;它仿佛被无数发怒的鲨鱼所拥塞,竟一个巨浪接着一个巨浪滚过来。船被簸弄着,连巨大的桅杆也因剧烈的摇动而"吱格格"地作响。

这时,海面上竟连一只海鸥也没有。

我竭力望着水平线,希望能看到一些岛屿的影子,可是,在那水天相接的地方,只有一大朵连着一大朵的白云,在轻轻飘过。……

---

* 本文为1984年2月版《萧殷自选集》收录的版本。

"同志，"一个声音，忽然在我耳边响起来，"晕船了么？"

我急忙转回头去，那个穿海军服的人正站在我的背后，微笑地望着我。他那浓黑的眉毛和隆起的鼻梁，忽然使我记忆起来，他原来就是昨天晚上和我一起由海军招待所上船的那位海军军官，可惜因当时人太多，以致一直没有机会互通姓名。

"现在已好些，不晕了。"我带着歉意地回答他。

"是初次来海上？"

"是的。"我机械地回答着；但立刻意识到这样问一句答一句，很不礼貌，便无话找话地问他，"你一定在海上生活过很久了？"

"三年多了。"

从他的口音可以听得出来，他是冀南人。高大的身个，穿着一身洁白的海军服，四十岁样子，态度矜持而又和善，一看就知道是一个长期做政治工作的老干部。

接着，他问我过去在什么地方工作，我的家乡在什么地方，当他知道我也在冀南参加过游击战时，他立刻活泼地走近我，仿佛是老朋友偶然相逢，话就多起来了。我们由当时的敌我形势谈到几次战役，接着又谈到许多参加战役的人，一直到这时我们才知道，原来我们曾在一九四○年春天一起参加过流舍固的战斗；当时在这个地区工作的许多同志，彼此都很熟悉。

他显然有点兴奋，但没有表露出来，只矜持地在甲板上来回走动着，仿佛在回忆着什么。

我仍然靠着栏杆，等待他继续谈下去，可是，他却不停步地踱着。这时我开始注意到他走路的姿势，他的右腿仿佛短了一截似的，走起路来，显得有点颠瘸。于是我问他：

"你的腿怎么的？"

"嗯，说来话长！"他淡淡地望了我一眼，顺手把裤筒一提，右膝盖上立刻露出一块浅褐色的大伤疤，但马上他又把裤筒放下去，"不过，这里倒有一个满动人的故事。……你现在想听？好，我们坐下来说。"

二

一九四○年夏天，我正在××纵队二营当教导员。

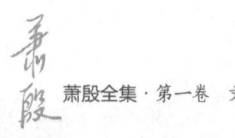

六月十二日，上级命令我们围攻张庄敌人的据点，整整在村边战斗了十六个小时，一直到第二天晌午，战斗还没有结束。太阳火一样烤着，平原上冒着一颤一颤的热气。战士们趴在壕沟里，浑身被汗水湿透了。围攻是昨晚八点钟开始的，一连发起四次冲锋，都没能冲进村庄。日本人凭着地堡向我们猛烈射击。当时我们又没有大炮，战士们看着从地堡里冒出来的火花，气得眼珠都发红了。

正在这时候，团长来了命令，叫我们二营从东面一条小胡同袭入村中央，直捣敌军的指挥部；准备在村里面把敌人打乱，然后配合正面的强攻，来摧毁这支野蛮的"杉山中队"。

时间很紧迫。营长、参谋长和我分了工，我即跑到第五连，重新组织了火力，就开始猛攻。密集的手榴弹和机枪像无数的火球在地堡周围燃烧着，爆炸着，经过一刻钟的激烈战斗，地堡终于攻破了。正当我们顺着小胡同往西疾进的时候，后面忽然传来"紧急撤退"的命令，说是敌人的援兵已突破了我们的打援部队，从东面突进了村庄。情况确实很危急，我们迅速撤到村外，刚跑进枣树林，已望得见敌人的骑兵正扬起滚滚的尘土飞奔过来。我即刻向五连长发出命令："向西撤退！"

恰恰就在这一刹那，我的膝盖突然像被大石重重撞了一下，低头一看，血直往外涌，脚一软，身不由己地倒在地上。我挣扎着想站起来，可是腿却像千斤重，怎么也站不起来。

五连长似乎有点慌，他向我望了一下，又向东面野地里扫了一眼，急忙蹲下来："教导员，快！我背你走！敌人已散成扇形……"我没有听完五连长的话，便使劲地用双手反撑着地下，挺起腰杆来。可不是，敌人的骑兵正从东向南展开了一个扇状队形，看那架势，是想迂回村西，来截断我们的退路。连队如不立刻飞快撤走，就会陷入包围圈里。很清楚，要救我已来不及了，于是我向着五连长，命令他："你立即带队伍走，别管我！不要因小失大。懂么？"

五连长惊奇地望着我："不，我背你走！"

有些战士也围上来要背我。

我急了。要是再拖延几分钟，这个连队就可能全部被歼灭，我用手拨开他们，严厉地对五连长说："我命令你！马上领着队伍离开这里！走！"

五连长和战士们都痴呆地望着我，好像被我的命令弄得手足失措了。

"走！我命令你们即刻走！"我向战士们重复着我的命令。

一直到这时候,五连长才难过地望了我一眼,领着连队向西飞快地跑去。跑得很远了,五连长还回转头来望我,我向他打了一下手势,要他快跑。

最后,我看见他们的背影在灌木丛里隐没了,才意识到自己现在是孤零零的一个人。这里一片寂静,除了从树叶缝里透进细碎的阳光,只听见几只马蜂嗡嗡地叫鸣。远处的枪声虽然完全停止了,但这里却是危险的地方,说不定几分钟之后,据点里的敌人就会出来搜索。想到这里,我习惯地摸了摸腰带上的手枪,就向芦苇丛里爬去。

我们过去曾在这一带村庄驻过,地形较熟悉。这时我忽然想起离这村半里地有一座孤零零的小庄院,在那里住着一个老大娘和她的闺女。我也来不及细想,爬进高粱地里,顺着一股小道就爬去。爬一阵,歇一阵,伤口还滴着血,汗水流了一脸;喉咙干了,嘴唇发黏,我渴极了。

我爬到那小庄院的门前,门虚掩着;我用手敲敲门板,不久果然听到缓慢的脚步声;门开了,那位头发花白的老大娘看见我爬在地下,不觉愣了一下。我是认识她的,但我气咻咻地说不出话来。可是,从她的眼光里,我猜她已不认识我了,她看见我一裤筒净是血,即刻俯下来扶住我的肩膀,慈爱地说:"怎么啦?同志,是受了伤?"

我被这动人的故事吸引着,希望能快些知道事情的结果;可是那位海军军官却突然把话顿住了,站起来,脸上浮现出一种海军人员常有的警戒神情,向水平线望了望;同时习惯地用手摸了摸胸前,可能由于他意识到他身边没有望远镜,才又把两只手掌搁到额门上,眯起眼睛望着远方。他这些动作,使我愣了一下,我立刻扭过脸,随着他的视线望着水平线:在那里,出现了一只船,可是除了模糊的船身,我什么也看不出来。然而他望了一阵之后,却安静地坐下来,说:"原来是一艘商船!"

我惊异他的辨别能力,很想问问他,可是我立刻想到那个还未讲完的故事,催促道:"继续说下去吧!以后怎样呢?"

"别忙!"海军军官微微一笑,"说到那个老大娘,我还得回述一下一九三九年的事情。"

三

那时,我还在地委警卫营当指导员,敌人也还没有在张庄扎上据点。九月底,地

委机关迁到这一带来，我们连部就住在老大娘的院子里。

我们只住了几天，就常常听人说起老大娘，大家一提起她，都异口同声说是一个好心肠的人。事实上，她不仅对我们部队很热情，对政府的许多措施也很拥护；可是她平日却不爱说话，常常默默地坐在院子里的磨盘上，心事重重地望着地下出神。她已五十岁，满脸皱纹，两腮下陷，眼神迟钝，牙齿已脱落了一大半。我们一看见她那种愁苦的神情，就猜想有什么伤心事在折磨着她。

有一天傍晚，我从营部回来，院子里已有些灰暗，西风吹着槐叶，一片片地飘落下来，有几片正落到她的头发上；可是，老大娘像忘记了秋晚的寒冷，木然地坐在磨盘上，那样子实在使人发愁，我禁不住地问她："大娘，你为什么老是这样难过？"

她没有回答我，只伤心地摇摇头。

"别难过，难过有什么用呀。"

真想不到，老大娘忽然擦起眼泪来，我一时不知怎样好，又难过，又埋怨自己的冒失；但我什么也不敢问了，只扶着她回屋子里去。

第二天，向村里人打听，才知道老大娘的心病。原来在十三年前，这一带地面闹了一次大旱，当时老大娘一家子正穷得揭不开锅，偏偏她的男人又患着热病，他们愁得不行，最后只有忍痛拿刚刚五岁的小闺女跟高庄的一个地主换了一斗高粱米。男人死了之后，老大娘孤零零地生活着，每一想起自己的独生女，她就暗暗掉泪。村里人都知道她这块心病，凡是可能使她想起闺女的事情，都不敢轻易提起，但不管怎样，仍然无法冲淡她心坎里所积压的深重的悲哀。……

我们连部的同志，为这事激动起来，大家都认为地主欺人太甚，年轻的小伙子，更加愤慨，他们主张马上到高庄跟地主去算账；后来经教导员的说服，才决定通过组织给区政府写了一封信。果然，我们很快就接到区政府的回信，区长肯定地回答我们，说老大娘的闺女一定可以设法交涉回来。我们读了信，都像从火坑里救出了一个小孩那样高兴。当晚，我又把这封信念给大娘听，起初她还有点奇怪，因为我们一直没有把写信的事告诉她，当我把写信的经过说了之后，她感动得掉下眼泪来。不过，过了一会她又用惶惑的眼光望着我问：

"我的金兰真的能回来么？"

"区长说得那样不含糊，一定有头绪了，"我说，"我想金兰一定会回来。"

"灶王爷保佑……"她也许觉得这样说不好，只把话说了一半，又咽回去了。

五天过去了。一天早晨,我急于要缝补自己的布鞋,匆忙地跑到她屋里去借锥子,房门掩着,我没敲门,猛一推开,就闯进去,老大娘正跪在神龛前面磕头,她一看见我,慌慌张张地爬起来,口吃了,好像有什么亏心事似的,神色很不自然。我愣住了,看看神龛,有袅袅的青烟冒出来,可是神龛却蒙上一张发黄的报纸。

我望了她一眼,说:"大娘,你真迷信,信神信鬼有什么用?"

大娘急忙辩论说:"我不信神,我信人。"

"那你为什么还烧香呢?"我说着,顺手揭开那发黄的报纸,发现神龛里面贴着一张水墨的毛主席的画像,她忙来拦我,我却忍不住大笑起来,"啊哟,你原来是敬毛主席啊!"

她很紧张,忙摇着手:"可不敢嚷,给同志们知道了,就坏事啦!"

"为什么会坏事呢?"

原来她以为八路军会把老百姓的迷信举动当作犯罪行为来处理的。我当下向她解释,说明拥护毛主席和他领导的部队是很好的,但可不必烧香。……以后她到底有没有继续烧香,可就不知道了。

不久,她的闺女金兰果然被送回来了。从这之后,大娘脸上的那股愁闷的神色没有了,白天,金兰帮她妈妈干活,晚上,母女两人在菜油灯下有说有笑。……

可是,现在她好像已不认识我了。

四

老大娘用哆嗦的手,想把我扶起来,可是没有一点用处。最后,她连抱带拖地把我弄到院子里,又气咻咻地把我拖上台阶。本来她想把我安置到土炕上,可是怎么能扶得上去呢?经过一阵犹豫之后,最后只好让我躺在一堆干草上。这一闹腾,我的气力几乎全部耗尽了,浑身都是汗水,呼吸也急促起来。我渴极了,用手指着嘴唇,向她要水;当她把水递给我的时候,又用焦灼的目光望我的伤口,叹着气:"唉,同志,我来给你包一包。"她一晃一晃地走出去,拿来了一些棉花。等把伤口包好了,她又去端来了一盆温水,把我脸上的汗珠和腿上的污血都轻轻擦掉。

老大娘累得气咻咻的,我很想说句感谢她的话,可是,我竟连说话的气力也没有。……不久,我睡着了。

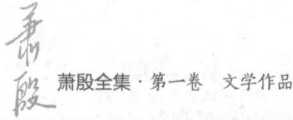

我不知道我到底睡了多久，我只知道自己做着恶梦，我好像趴在一个山坡上向敌人射击，但忽然，我又好像站在高炉底下出铁渣，滚烫的铁水从沟里流出，烤得我浑身是汗；这时我听得背后有人叫喊："作孽啊！"我猛回头，通红的铁水像山洪似的涌出来，炉墙爆裂了，我忙爬过栏杆，就向丈把高的铁轨跳下去。……于是我醒了。睁眼一看，不觉一怔：全屋尽是火，屋的中央堆着一大堆家具，正猛烈地燃烧着，火舌一直冲到屋顶，顶棚上的高粱秸子也燃着了，噼噼啪啪地爆响着。我急忙挣扎起来，爬到门边……

怎么回事？当时我一点也闹不清。事后问了老大娘，才把事情弄清楚：原来有两个日本鬼子跟着血滴找到老大娘的小屋里，看见一个受了重伤的八路军正熟睡着，于是他们怀着一种恶作剧的心理，轻手轻脚地把桌子、板凳集中起来，堆在屋子的中央，再塞上一些干草和高粱秸，就放起火来。在他们看来，大概以为这样活活把我烧死要比枪杀我更有味儿。然后他们又把老大娘赶到院子里，在东屋里也放了一把火。本来他们要欣赏一下这场"杀人游戏"的结果的，可是忽然，从张庄那边传来了紧急的敲锣声，鬼子们慌了，闹不清什么灾难在等待着他们，慌慌张张地跑开了。……

可是，当时我什么也不知道，只见老大娘焦灼地转着圈子。她自己住着的东屋子——在那里有她的全副家当——这时也冒着黑腾腾的烟火，火苗从门楣上和窗格子里冲出来，大娘脸色灰白，不知所措地望望东屋子，又望望北屋子，她一时颠近台阶，一时又颠近东屋的门前；脚在哆嗦，鼻尖沁出豆大的汗珠，嘴唇怕人地抖动着。……

这样过了几秒钟，她忽然看见我趴在台阶上，就奔过来，背起我，气咻咻地走向门外。一出院门，就顺着一股小道奔去。太阳像火样，平原冒着热烟，老大娘的汗水从头发根流到脖颈，一直流到背上。我心里又难过又惭愧，说："大娘，你累坏啦，让我自己爬着走吧！"

"不，同志，有我就有你！"她上气不接下气地说着，"你的腿还淌血，可不能再爬了。"

她背着我继续往前走，我感觉到她的腿在哆嗦，好几次踉跄起来，几乎跌倒了。我不断地要求她把我放下来，可是她不答应，到后来，她索性不回答我了。

就这样，她背我走了一里地，到了一个芦苇坑，她就钻进去。刚一停下，却被芦茎绊倒了，同时我也从她的背上翻跌下来。当我看见她的脸上给苇叶划了几道口子，心里难过极了,正想安慰她一下,她却挣扎着爬起来先开口了:"同志,又碰着伤口啦,啊?"

伤口的确被苇根结结实实地扎了一下,鲜血又从棉花套里沁出来,一滴滴地往外滴,我忍住痛说:"不要紧!"

她喘着,忙在我身边蹲下来,翻起棉套子,用嘴唇吹着我的伤口,显然她是想减轻我的痛苦。她这动作很使我感动,忙止住她,说:"不痛,大娘,一点也不痛。"

"多灾多难啊……"她捶了一下膝盖,就站起来,"你在这里呆一会,我到赵庄叫咱自卫队来,二里地,一会就回来。"

她拨开苇叶走出去,但还没走出芦苇坑,又转回来盼咐道:"同志,忍着点,可别哼哼啊!"

我感激地点点头,她才放心地走了。

风吹着苇叶,沙沙地响着,远处有蝉声飘来,偶尔几只麻雀啾啾地争着落到芦苇茎上,接着又啾啾地飞走了。除此之外,再也听不到别的音响。我的周围全是密密的苇叶,连阳光也透不进来。可是,我不能安静,伤口像被开水浇着似的胀痛,口又渴了,喉咙干得发黏。我希望咱们的人快点来到,但时间过去很久了,却还不见人来。有时好像听见远处有说话的声音,但过细听听,却是风吹芦茎发出来的音响。

终于,我听到了脚步声,接着,我看见大娘领着四个小伙子走进来。他们不敢说一句话,迅捷地把我搬到担架床上,立即又迅速地把我抬出芦苇塘,他们走得很快,老大娘远远地落在后面。

到了赵庄,自卫队员们歇了一阵,当他们准备把我抬到县政府时,老大娘才赶到赵庄,她立刻走近担架,俯到我面前说:"同志,我不送你啦,好好养伤!"

我睁开眼睛,感激地望着她:"谢谢你,大娘!但你回到哪里去?"

她没有即刻说出话来,喉咙像给什么堵塞了一下,然后她忍着眼泪说:"我到我闺女的婆家去住,她们就住在这个村里。……"

我们没有机会多说话,自卫队员们即刻又抬着我向前走了。

当晚,我被送到县政府,第二天,县政府又将我送到军区后方医院。……

五

我沉思了一会,问:"老大娘始终没有认出你来么?"

"没有。"海军军官微笑地望着我,"不过,到医院不久,我托人捎了一个口信给她,说明她救出来的人,正是那年住在她院里的那个指导员。不久,她带着她的闺女到医院来看过我。"

"她以后的生活怎样?"

"一九四一年春天,我行军路过赵庄时,曾去看望她。她的女婿还是村支部书记哩,他们一家人对老大娘都很好,政府每月都发给她一些粮食。到一九四四年冬,听说老大娘已成了拥军模范了。……喂,离陆地不太远了,你看,这些海鸥!"

我转向海面,果然看见一大群海鸥飞来飞去。

船仍旧颠簸着,天空还是那样明朗。

不过我顿时觉得很高兴,因为海鸥告诉我离陆地确实不远了。……

一九五四年三月

"孟泰仓库"*

早晨,雪花飘得真紧。我踏着深雪问遍了炼铁厂里的许多厂房,都说"没看见孟泰",我真有些着急了。但最后,我却在一间矮小而又幽暗的配管班的小屋里,找到了这个全国闻名的老英雄。

我刚走到门口,就被他瞅见了:"嗨,老萧同志,你来得真早呀!"他笑嘻嘻地跑出来,用两只手握着我的手使劲地摇着。他还是像前两天我们初见时那样,穿着一件半新的翻领的羊皮袄,淳朴的脸上老是浮现出柔和的笑;虽然他已经五十七岁了,仍常常喜欢"呵呵"地大笑,而且笑得眼睛眯成一条缝。

他打量一下我的大衣,大声说:"哎呀,你瞧!一身全是雪啦。"急忙用手掌去拨我肩膀上和帽子上的雪花。

我忙止住他:"别客气!我自己来……"

这时,我才发现小屋子里好几个工友都微笑地看着我们,一时我竟觉得有些难为情。于是我赶忙转向孟泰:"现在你有空吗?我想看看你的'孟泰仓库'。"

"看仓库?有啥看头!就在这屋子里间。"说罢,他领着我从许多穿着宽敞的帆布衣裳的工友们中间穿过去,迈过横七竖八的管道,一直走到一间小屋门口。门一推开,里面冲出一股白色的水汽来,我的眼镜立刻蒙上了一层雾,什么也看不见了。

"仓库,原来就在这小屋里,可现在这屋子有别的用场了。"

我没有说话,却沉思起来。在两个月之前,当我游历南海的岛屿时,就听见那里的海军战士们热情地谈到"孟泰仓库"。那些战士虽然没到过鞍山,但他们却用自己

---

* 载《新观察》1954年第八期。

的想象讲着"孟泰仓库",讲着钢都,讲着这个老英雄的高贵品质。每一说到这些,他们都不禁要朝北面的海面张望一阵,仿佛这样,他们就能够望见祖国的大陆,就能够望见他们所热爱的英雄了。……而现在,我却幸运地面对着这间小屋,面对着我们的老英雄了。虽则小屋里只冒出水汽,但我还是痴痴地望着它;我不仅要看清它的模样儿,而且,我好像还想从这间小屋里看出老孟泰的心灵。……

原来就是在这间小屋里,老英雄储藏了他从地下捡来的零件和器材。在敌伪统治时期,工人们谁管它什么器材贵重不贵重呀!气一来,顺手就向废铁堆里扔它几个"三通水门";见工头一走远,一脚就把几个"里外接头"踢它几丈远,让它滚到烂泥里,滚到水坑里。……打解放那天起,老孟泰——这个在旧社会里尝尽了千辛万苦的老配管工,就得救了,他不仅得到了粮食,而且政府还给他安了家。他感动得流泪了。特别使他感动的,是高级干部个个都那样和气、谦逊、朴素和正直。他逢人就说:"我从没见过这样好的长官,这样好的政府!"从那时起,他觉得他不再是"挨了耳光还得赔笑"的奴隶,也不再是"用仅有的手闷子去换苞米"的可怜虫;而是真正的人了。他开始把保卫劳动者的尊严和幸福的生活跟爱国家爱工厂联系起来思考问题了。也是从那时候起,他开始珍惜工厂里的一管一钉,开始捡起埋没在各破烂堆里的器材,而且他细心地把这些器材都分成类,按照大小整整齐齐地摆在这间小屋子的木架上。以后,人们就管它叫"孟泰仓库"。……

"看不见么……小屋里什么也没有呀。"孟泰忽然打断了我的沉思,"剩下的一些器材,都摆在外间的木架上,喏,你来瞧瞧!"

他领我回到刚才走过的那间厂房,活泼地指着几个木架让我看。木架上整整齐齐地摆满了各种形状的高炉的零件,他一件一件地指给我看,而且很有兴致地给我讲解着:"这是高压气门,是控制炉温的,没有它,高炉就会爆炸。"此外,他还给我讲解了三通水门、弯头、活接头、渣套、里外接头、法蓝轮盘和各种各样的管道的用途,"不过,剩下不多了,弯头只剩四千多个,三通水门只剩一千多个。……"

"这些都是你一手捡来的?"我问他。

"不,"他指一指厂房里的工友们,"好些都是同志们捡来的。"

这时,一个年青的小伙子轻轻地走近我们。他有一张圆圆的脸,把眼睛睁得大大的,安静地听着老孟泰说话,他仿佛从来就没听过这些事似的,凝神地望着老孟泰的嘴唇,有时也扭过头来望我一眼。他不时翕动一下嘴唇,像要说句什么,但不知为什么，他又把话咽回去。

"老孟泰！"忽然门口有人叫喊，"厂长有事请你。"

他匆匆跑出去，刚到门边，又踟蹰地回转头来，脸上现出一种抱歉的表情："请你等一会，老萧同志，我一会就回来。"

孟泰走出去了。

那个小伙子忽然活泼起来，拨弄了一下他头上的帆布帽，向我闪着聪明的眼睛，笑眯眯地说："老孟泰的事儿，我知道得最多。"他随手从木架上拿起一个三通水门在手上抛弄着，"这些零件、器材，大都是他捡来的。初解放时这间屋子还是空空的，不到半年，这屋子已堆得满满的了。当时，只有一个高炉出铁，许多工友闲着没事干，都到野地里拾柴火去。老孟泰家里也缺柴火，可他却天天跑到废铁堆里捡器材。他的一个亲属也劝老孟泰去拾柴火，但老孟泰连头也不抬，还是捡他的零件。他那个亲属就说：'人家共产党，水不来先叠坝，什么都会有，你捡这些破烂干什么！'他冷冷笑了一声，还是不搭理。不久，有个姓吴的采购员也出头了，狠狠地说他：'这是公司的东西，你要捡，得拿钱！要不，捡出了乱子，可别后悔！'老孟泰冷淡地说：'捡起来也是公司的。'……

"那时节，老孟泰像着了迷一样，天不亮就爬到地沟里，天黑了还在地沟里，人家见他干得那样起劲就问他，他只说：'国家是咱们自己的啦！'一有空，他就修理捡来的器材，没帽的配上帽，缺螺丝的配上螺丝……"

这时，火车头轰隆轰隆地驶近窗外，刚到窗口，忽然"喔"地高叫了一声，把我吓得一跳，同时把小伙子的话也打断了。他不禁笑起来："这家伙真捣蛋，偏偏到咱们窗口来拉笛！……同志，我说老孟泰呀，在那个时候，连他什么时间回家也没个准了，总是干，有时干到深夜。孟大娘说，就是睡觉了，他也常常睡不稳，有时说梦话也叨念着高炉……

"可是，到这时候，领导上还不知道他捡了这许多器材，他自己也不哼声。不久，决定修复二高炉了，器材正缺；拿高压气门来说吧，就是拿钱去买当时也没法买到呀，厂长正急得发愁。老孟泰知道了，他看见缺什么，就搬出什么来；领导上还摸不清他从哪里弄来这些器材。一天，老孟泰要厂长和党委书记去看一间屋子，门一开，却是满满的一屋子器材，厂长又奇怪又高兴。老孟泰向厂长和党委书记说了一下这些器材的来源和储藏的经过之后，竟把厂长感动得紧紧地握着他的手。……

"第三天,厂长号召全体职工向老孟泰学习。不几天大伙又捡了一大堆……

"这些器材后来都用来修复三座高炉,我说同志,你算算呀,老孟泰替国家节省了多少钱呀!"

这个小伙子也许因为太感动,脸颊绯红,说话的声音越来越高,越来越急,好像忘记了他现在是在厂房里。他正要往下说,一个手拿钻头的老工友忽然直起腰来,插嘴道:"你还没说老孟泰在改进技术上的贡献哩,他改进了水管冷却箱、蒸气管道和铸铁机的冷却水道,又改进了瓦斯处理方法。……我看,这给国家节省的才多呢。"

"是的,你说得很对。"虽然小伙子这样附和着,但还是按照他自己的兴趣往下说,"老孟泰就是处处替国家设想。有一天,他路过中央总仓库的废铁堆,发现那里有十几个高压气门,他像发现了珍宝那样喜欢,马上就去打交道,结果全部当废品买回来。经他一修理,全都用上了……

"老孟泰这人,当时就是跟咱们大伙不一样。他出去走一趟,从来就没空着手回来过,那怕是一枚小螺丝钉,他也从不放过的。他常常说:'只要把腰一"猫",就可给国家捡来有用的东西。'你要说'一枚螺丝钉算什么',他就会反问你:'这不是国家的财产吗?'谁能说不是呢?从这以后,我们配管班的工友们都学老孟泰的样子:出去走一趟,谁也不愿空手回来……"

"老孟泰就是心好,心正!"那个拿着榔头的老工人又插嘴了,"他时时刻刻都想到国家,他总是想替国家多挣点什么,可他自己从来没想从国家身上捞点什么。他常说:'我怎么才能报答国家呢?我有什么呀?连小孩子看见我都来拉手!'前年冬,是老孟泰搬进劳模楼的头一天,夜里,他听见厨房里有滴答滴答的水声,起来一看,发现自来水管子漏水,他心里很不安,连觉也不睡,拿个桶就去接水。他要试一试一小时漏出多少水来,最后,虽然拿棉絮去堵也没堵严,水还是嗒嗒地漏。第二天,他一爬起床,头一件事,就是去请人修水管子……"

"又是修水管子!"忽然一个宏大的声音在我们背后响起来,我猛一回头,老孟泰笑眯眯地站在门边,他退下手闷子正准备掸下肩上的雪花,那小伙子忙走上去,拿手巾去掉他脖领上的雪片……

他像受了惊似的,忙抢过手巾:"别,别……"

半小时后,我告辞出来,老孟泰坚持要送我走一程。外面,雪仍飘落着,西北风刮得额门隐隐发痛,我忙把贴耳帽放下来,顶着风雪往前走。可是老孟泰却满不在乎,指手画脚地给我讲述一九五〇年冬天所发生的故事。虽然他讲得那样入神,但仿佛他仍然留心地观察着地面。果然,当我们跨过一段马路时,他忽然弯下腰去拾了一块什么,我扭头看了一眼,才知道他拾的是一块焦炭。可是他没有中断他的讲述,也没发现我对他的注意,仍然聚精会神地讲述着。当我们走近一座桥洞时,他的故事也告一段落了,于是我告诉他:"看见这桥洞,我就认得路了,你回厂忙去吧!"

他柔和地笑着,伸出两只巨大的手掌来握我的手。……

我走了,他还站在那里望着我。我回过头去向他招招手,他才扭身往回走。走了几步,我又回转身去望他,看见他正向路边的一个大罐里扔出他手里的那块焦炭。……

我的眼眶突然润湿了,心想:"真是一个心灵高贵的人啊!"

雪仍飘落着……

一九五四年三月于北京

石湾陶瓷雕塑*

　　石湾，是以它的陶瓷雕塑闻名的，在广东南海县境。远在宋代，这里已开始了陶器的制作，到了清代，陶器制作业已异常发达；据说当时石湾有陶窑百余座，工人三万余；其产品畅销国内外，从日本帝国主义侵入后，石湾的陶窑遭受了严重的破坏，仅残留三十座；再加上以后国民党反动派对民间艺人的层层迫害和限制，使得石湾的陶业一落千丈。一直到解放之后，石湾的陶业才得到恢复与发展的机会与条件。

　　今年三月十八日，我怀着一种极其兴奋的心情，与广州人民美术社社长赵本同志一同访问了这个陶雕名镇。

　　石湾，原来是一个古老的市镇，一面靠山丘，一面临河，街道狭窄，全镶上长方形的青板石，弯弯曲曲，但极洁净而清静。所有空旷的地方或树荫下，都堆着整整齐齐的陶器；有些茶园的"篱笆"，竟也是用瓷缸叠起来的。街道两边，全是缸瓦铺，里面堆叠着各种各样的陶瓷器皿，花盆呀，挂壁呀，花瓶呀，瓦凳呀，琉璃呀，洁具呀，硫酸罐呀……应有尽有。另外一些则是"公仔铺"（广东话，玩具铺），铺架上摆设着多种多样的陶瓷雕塑品，有人物、鸟兽、虫鱼和花草，也有盆景上摆饰的亭、台、楼、阁和小船、茅屋等小玩意儿。……真有五光十色，满目琳琅之感。

　　这些"公仔铺"，实际上不仅仅是出售陶瓷的场所，同时也是这些艺术品或半艺术品的制造工场。当我们沿着街道走过时，常常看见人们坐在店堂中间或坐在柜台后面，聚精会神地雕塑着人物或鸟兽；有一些，竟是全家老幼一起参加这种艺术活动：他们围着一张不高的桌子，有的翻模子，有的雕塑新作品，有的在替人修补从前的艺

---

* 载《新观察》1955年第十期。

术珍品。赵本同志告诉我：现在在石湾专门从事艺术雕塑的民间艺人就有二三百人之多。这个陶雕名镇，自明清以来，曾出现过许多优秀的民间艺术家，如明代的陈文成、杨昇、可松、文如璧、来禽轩等，都是或以制器，或以塑像，或以善制釉而著称的；又如清代的黄炳、陈祖、陈渭岩，近代的潘玉书、梁百川、霍津、廖荣、陈赤、刘佐朝等，都是善于雕塑的；其中尤以黄炳与潘玉书的作品最杰出，他们所创作的人物或鸟兽，都别具神采；黄炳善塑鸭，栩栩如生；潘玉书擅长人物雕塑，神态毕显。——难怪石湾人一提到这些民间艺术家的名字时，都不知不觉地流露出一种自豪的情绪了。

顺着曲折的街道走了很久，我们终于到了"广州人民美术社陶瓷雕塑工场"。看见了这座房子，我们不能不想到北京王府大街"美术服务部"或广州永汉北路"人民美术社"玻璃橱里所陈列的精美的石湾陶雕；这些人人喜爱的艺术品，原来就是在这座楼房里创造出来。从外表看来，它与石湾的一般铺子并无两样，狭窄的店堂，小小的扶梯；乍走进去，里面显得有些幽暗，而且还可以闻到一种微薄的泥土的气味。房子倒有好几进深，每一进几乎都是一个作业单位；许多男女工人正在那里工作，有的调釉，有的用石膏模翻坯。

走上楼，一直走进工场研究室，有名的民间艺术家刘传和区乾，正坐在小桌旁边雕塑着新作；几个美术工作者正在案上绘图设计；墙壁上挂着许多样式新颖器皿设计图，木架上摆着许多古代陶器以及外国瓷彫和一些过去的石湾名艺人的珍品；尤其引人注目的，是刘传和区乾的原作：有"李白""陶渊明""弃官寻母""屈原""鲁迅"等（以上是刘传所作，下面的是区乾所作），有"鹌鹑""鸭""狮和蛇""画眉""马嘶""鸽""羊"等。

经过赵本同志的介绍，我和刘传、区乾两人认识了。

刘传同志穿着一身蓝制服，三十七八岁样子，个子很高，但显得瘦削，乍一接触，似极沉静，可是话一说开了，却娓娓动听。他是石湾人，父亲是做缸瓦的；他自己曾读过三年书，此后一直在"公仔铺"里做了八九年的小工；他感到，做小工很难学到什么，便决定回家去自学。那时他虽然有强烈的创作欲，可是无人指导，完全靠自己摸索，说到这里，他慨叹起来：

"那时候，只追求趣味，不懂得讲究人物的思想感情，也不管有没有教育意义；现在就不同了，经过领导上的帮助，我们不仅学习解剖学，注意人体的结构，同时也注意人物的思想感情以及人物的气质和身份了。……"

说到这里，他顺手从桌面上端起一个新塑的天文学家曾一行的塑像，这个塑像端端正正地昂起头，望着天，双手交叉在胸前，脚一前一后地站着；额门高突，眉宇之间显出深思的模样。他指着这塑像说："譬说这个塑像，就是经过了仔细的琢磨，经过同志们的反复研究之后，才确定它的表现形态的；为了要表现曾一行的思想性格，我们一连做了好几个草模，你看……"

刘传同志立刻走到木架上，端过四个草模来。"草模"的形态是这样的：

第一个：前腿微向前弯，腰部斜扭，右手掌遮着眼睛，仰望天空；

第二个：身向后仰，右脚伸出，双手背后，昂头望天；

第三个：双脚并齐，右手在前，左手在后，昂头望天；

第四个：歪着头，斜视天空，脚一前一后，双手交叉在腹部。

他把第一个"草模"捧在手上，继续说："如果在从前，一定会采用第一个，它的确比较多变化，而且富有小趣味；但是它不够严肃，也显得不正派，不能表现出一个伟大科学家的性格和气派。经过一次又一次的研究与改正，一直做到第五个，才把曾一行的形象确定下来，并且把额门和眉宇加以夸张，使科学家深思的气质，突现出来。……像这样的创作态度和创作过程，在解放以前，是没有过的。从前我们塑制古典人物，只根据别人的绘画加以想象，所以不容易正确地表现人物的思想性格，现在领导上要我们先研究文件，不仅要了解人物的生平事迹，同时也要了解人物所处的时代环境；这样来把握人物的思想性格，就会真实得多。'屈原彫像'和'鲁迅彫像'等的创作，都是经过这样的过程的。……"

他回忆起从前，就不胜感慨，那时候，虽因他的努力，有些名气，但在人格上别人却瞧不起。有一次，他自己担了两篮"公仔"到广州去卖，伪省财政厅一高级官员，经别人指点之后，走过来问他："你就是刘传？"他答："是呀。"那伪官员见他穿着短裤和汗湿的背心，就露出轻蔑的神色："咦，你就是刘传？"说完匆匆走开了。……可是现在，刘传却是广东省人民代表，由于他不断地要求进步，给人民创造了崭新的富有教育意义的艺术品，他无论走到什么地方，都受到人民的尊敬与爱护。

我问他："今年你有什么计划？"

他微笑地回答我："自己对新人物太不熟悉了，还把握不住他们的思想感情，很想到生活中去学习学习；现在，领导上已决定我七八月间到工厂去住两个月，我准备好好学习一下，并打算雕塑几个工人的塑像。"

不久，我们又和区乾谈开了。

区乾同志是一个以雕塑鸟兽闻名的民间艺术家，与刘传齐名，是潘玉书死后硕果仅存的两个优秀的民间艺人之一。他的脸有些黧黑，浓眉毛，深眼窝，是个典型广东人的模样。虽然从十四岁起就跟父亲来到石湾做小工，可是到现在，还保留着一口的四邑话。他今年已四十九岁，从来没有上过学；当他做小工时，就感到不识字会遇到许多困难，想去"读夜书"，可是老板不同意。每日六点到工场，夜十点才让回来，一点学习的机会也没有。……

"可是现在，"他忽然兴奋起来，"每日都有学习的机会，同志们教我认字，学文化，我则教他们雕塑……"

我问："你认为那几件是你最满意的作品？"

他只简单地谈了几句。赵本同志把他的一部分作品端过来，并解释给我们听。

《马嘶》是首先引起我们注意的一件艺术品，它生动地表现了战马在战场上的神态，表现了战马听着军号时，竖起耳朵、昂头叫啸、跃跃欲进的刹那间的形象。不过，这件艺术品的创作过程却不是简单的。赵本同志说：为了塑制"马嘶"，区乾同志曾到解放军的马棚里生活过一个时候，战士们协助他弄清了马的种类，给他讲解了马的生活、性格，以及马在战场上的故事；同时又研究了马的肌肉和骨骼的结构，掌握了战马的特征，才创造出来的。

这种刻画性格特征的努力，同样也体现在他的另一件作品——《鸽》上面。我们的眼睛一接触这个"鸽子"，它就立刻给你一种纯洁、安静的感觉。

再看"鹌鹑"和"画眉"，它们直感地给人一种活泼、生动、富有生命力的感觉；据区乾自己的解释：这两件作品都含有和平劳动与生活安定的乐趣的寓意。

最后，区乾同志告诉我们，今年秋季他决定到北京动物园去住三个月，准备在那里研究各种动物，同时塑制几个动物塑像，他说："要把握鸟兽的特征，单看图片或绘画是不够的，一定要观察、研究活蹦乱跳的动物，才能抓住活生生的姿态。……"

我怀着留恋的心情和刘传、区乾以及在这里辛勤创造的美术家们握别了。

当我们坐上汽车，回头再看看那绿竹背后的市镇的屋顶时，那些可敬的艺术家们的脸影以及那色泽斑斓的艺术形象，又生动地浮在我的脑际了。我忘不了这次访问，忘不了你们这些辛勤创造的艺术家！我热情地祝贺你们！祝你们创造更多具有高度思想性的艺术品！

姚玉贵[*]
——记一个劳动模范的事迹

一

在一九四八年冬的一个晚上，硫铵工长姚玉贵坐在窗前，紧皱着眉头，用一只大手来回地摩着自己的头顶。他苦思着，眼睛老向着布满冰花的窗玻璃发愣。

"快半夜啦，你还不睡？"姚玉贵的老伴催促了。

可是姚玉贵只"嗯"了一声，连动也不动一下，他还是那副架势，继续想着他的心事。

原来在昨天下午，新来的刘经理曾召集大伙讨论修复工厂的事情。这个刘经理在这次会上给他留下很深的印象，个子很高，很瘦，穿着一身灰布制服，说话时慢条斯理的，每个字都咬得挺清楚。他和善地微笑着，向大伙征求意见，姚玉贵正好奇地望着他那微微发白的脸；但忽然，他把晶亮的眼光转向姚玉贵："你看硫铵厂能修复生产么？姚玉贵同志！听张厂长说，你对这事已考虑过了，是吗？"姚玉贵愣了一下，他还不习惯和一个经理说话，在这厂子里他虽然干了二十五六年，可从来没有跟经理说过一句话。国民党的接收大员，臭架子摆得十足，别说跟他说话，走近他一步，说不定会撞出什么乱子来。……可是刘经理不同，他对工友像对他的朋友一样，工友们提的意见他每个字都听进去。现在他还用亲切的眼光望着姚玉贵；姚玉贵的神经松弛了，点点头，说："我估量能修复，不过我只会操作，可不会讲道理。"刘经理嘿

---

[*] 载1958年1月版《月夜》。

嘿地笑了："行，会操作就行！那么修复硫铵厂的担子就交给你，多和工友同志们商量，有困难我们大伙支持你！"

事情就这样决定了。可是事情并不简单，要生产硫铵，首先就得把两台饱和器修起来，但从哪里去找器材呢？原有的两台饱和器，一台在日本人撤退前拆掉了，另一台已经残破得不像样子，连内壁的铅板全腐烂了。铁板和铅板的来源，是摆在眼前的最主要的困难。姚玉贵连晚饭也顾不上吃，就跑到场子的破烂堆里，归拢了几个钟头，找到的铁板倒不少，可就是铅板还缺得太多。

今天一清早，姚玉贵一醒来就找工友们商量这件事，可是大伙的情绪都不高，有些人还说些冷言冷语：

"老姚，你答应了，你就想办法吧！我们可没这能耐！"

"这担子压到你肩上，你是够戗的！"

"没铅板，怎么修复饱和器的内壁？我看还是请经理另修一台饱和器吧！"

姚玉贵说："是有很多困难嘛，我看大伙都来想想办法！"

也有人说："老姚，修不起来怎么办？共产党的脾气，你又不摸底，要是你没修好，人家反说你破坏了怎办？"

"不会！不会！这一层由我负责！"提到这一层姚玉贵心里有底，自B市解放这两个月来，陈监委——陈爱苹同志常找他谈话，什么都谈，谈长征，谈抗日战争，谈毛主席，谈党的政策和干部作风，也谈到她自己过去的生活。这个穿着一身黄军装的女同志，对工人很热情，在她的短发下面，常常闪动着一双柔和的眼睛。她很果断，答应了什么，她就一定做到。后来刘经理来了，也是这样，他们都对人很和蔼，对工作很认真，这一点却有点相似。在他们嘴里总是工人长工人短的，跟过去国民党那些接收大员、经理瞧不起工人的态度完全两样。有什么功劳，他们总是先归到工人头上，有困难或有差错，他们都首先出来承担责任。对于这些，姚玉贵是了解的，于是他继续说："共产党可不像国民党那号子人，如果实在修不起来，我负责！不过，办法还得大伙来想。"

大伙虽然不哼声了，可是劲头还不大。

晚饭以前，姚玉贵找张厂长去。推开门，张厂长正在绕着桌子蹓方步，低着头，好像正在思索什么。最近，他显得瘦削些，下颏更尖了。这个张厂长已经在这个厂子里工作了好些年，他的脾气，姚玉贵能够摸到七八分。可是自解放以来，他对好些事，却显得更加慎重了。

"老姚，你来啦，修饱和器的事有点头绪了吧？"

姚玉贵把缺少铅板的事跟他说了一遍。

张厂长迟疑了一会，说："既然铅板不够，就修一台吧。"

"不行呀，厂长！"姚玉贵急了，"只一台饱和器，逢到要检修，怎办？"

"急也没用；没有铅板，你想修两台行吗？"

"我想试一试，看我们自己能不能制出一些铅板……"

"想试，是可以的；不过想靠自制的铅板来修复饱和器，却未免想得太天真。"

姚玉贵像挨了一盆冷水，浑身都觉得不舒服。他静默了一会，又问："那怎么办呢？"

"还是先修复一台，以后有器材时，再修第二台……"

当姚玉贵回到宿舍时，天已黑了。他草草吃了几口饭，就一直坐在桌边，心事重重地发愣。他不明白张厂长为什么不愿支持他，只一台饱和器怎么能保证生产呢？这个玩艺不像别的，不到半月，它就给黏糊糊的焦油堵塞了，不把焦油捞出来行吗？要捞，又没有第二台来轮换它，怎办？不能让大量的煤烟白白地在空气里飞散，不，这不是煤烟，是硫铵，是最好的肥料，如果在土地上撒下硫铵，那会增产多少粮食呵！姚玉贵想到这里，他仿佛看见黑腾腾的煤烟一团团地从烟囱里冲出来，随着又在天空里散失了。他觉得可惜，觉得对不起刘经理和陈监委。不能这样！哪有硫铵厂，只有一台饱和器的呢？

外面的大北风呼呼地吼叫着，他向布满冰花的窗玻璃望了一阵，他的思路又转到铅板上。的确，想得到现成的铅板，是没有什么希望了。可是破烂堆里的废铅却很多，蔡师傅又是个铅活的能手，找他想想办法，困难也许就解决了。想到这里，姚玉贵松了一口气，仿佛事情已成功了一半。这时候，回头望望屋里，他才发现家里人早已熟睡了。

第二天一早，姚玉贵就找蔡师傅去。这个六十出头的老人，永远是那么热乎乎的，他看见姚玉贵走进来，忙迎上去，拍拍对方的肩膀："老弟，一定又因为什么事来找我啦。"

"对啦！"于是姚玉贵把昨夜所想的事说了一遍，蔡师傅一边听着，一边默默地点着头，但有时却又沉思地用手关节敲着自己的脑门，等姚玉贵把要说的都说完了，他问：

"你打算怎么着？"

"我？我打算先打个模子，这玩艺我看并不难，大小只二方寸，只要拿一块内壁铅板照样倒一下，再磨平，铁模子就成了，你看怎样？有了模子，请你倒铅板就没问题了。"

蔡师傅默默地点着头："行！我看这办法好！"

姚玉贵乐了，差点没跳起来，不过蔡师傅立刻警告他："办法虽然有了，但还得陈监委批准呀！"

……半点钟之后，姚玉贵满脸笑容地从陈监委办公室里走出来，陈监委不但同意他的做法，而且还告诉他，如果遇到什么困难可以随时去找她。

这个下午，姚玉贵的心像开了花，觉得什么都很顺眼，尤其使他感动的，是陈监委这个人，她不但把自己当人看，而且还这样信赖自己。在厂里干了近三十年了，像陈监委和刘经理这样的上级，却从来没有见过。嗨，共产党就是不同啊！

第二天，他就把铅板模子做成了。

不久，第一块铅板倒出来，经过检定完全合乎规格。

铅板解决了，两台饱和器的修复工作顺利地进行着。到1949年7月，几十吨几百吨的硫铵，已从这两台饱和器里通过结晶槽流泻出来。……

谁看见这些硫铵，谁也不能捺住心头的兴奋，姚玉贵自然更乐了。

二

姚玉贵开始感到自己过着人的生活，有着人的尊严了。

可是，在过去五十四年的悠长岁月里，姚玉贵却没有这样生活过。在三十二年前，正是他十二岁那年，他就来到B市，进了这焦化厂（当时这厂子还是中日合办的）。起初，他干着抬大筐的重活，为了五毛钱，他舍得流汗，也顾不得疲劳。为了多挣点，他从早晨抬到太阳落山，接着又从黑夜抬到天明。

渐渐地，日子越来越不好过。大伙虽然日间黑夜干，可是到头来却连肚子也塞不饱。于是罢工开始了，所有的厂子都停了工，一连坚持了好些天，没有结果。最后大批日本兵从S城开来，严严地包围了厂子，并且要冲进厂里去，工人们拿着洋镐抵抗着,冲出来;血战了一阵,工人们散开了。日本兵拿着雪亮的刺刀追赶着,屠杀着。洋马河边躺满了血淋淋的尸体,南山脚下也堆满血肉模糊的死尸。姚玉贵从死人堆里爬起来,悄悄地擦着眼泪,他的心像给一块铅压着,喘不过气来,想回家乡去,可是一想到在家乡也一样受气时,便觉得什么希望都完了。

为了活下去,他不得不忍气吞声地度过了许多岁月,一直到"八一五"。

日本投降了,八路军进驻了B市,人们走在路上也有说有笑的,姚玉贵以为苦日子已熬到头了。可是只过了两个月,国民党来了;他们一来,就拿刺刀逼着人们去修碉堡。谁不去,他就拿黑咕隆咚的枪口瞄着你。姚玉贵在明晃晃的刺刀下面,只好跟着去修碉堡。太阳火一样烤着,人们的喉咙干了,嘴唇发黏了,他们可就不让你歇一歇,连喝点凉水也不让;有好多人病倒了,还得干;晕过去了,他们还拿鞭子抽,用枪托子砸。唉!多少好人就这样活活地被折磨死去,姚玉贵一肚子愤怒,可是嘴里却不能哼一声。这样过了两个月,这地段的碉堡算修完了。这天,姚玉贵连晚饭也不吃,卷起铺盖就往家里走。太阳已经落山,望着洋马河的河水,他大大地吐了一口气;可是走了还不到二里地,刚到大桥边,几个兔崽子又将他拦住了:"去!修碉堡去!"姚玉贵正要向他们解释一下,可是不由分说,拖着就走,姚玉贵说:"我还没吃饭啦。""想吃饭?嘿!老子也还没吃哪。去!"他气急啦,可是在雪亮的刺刀面前,连声也不敢哼。到此刻,姚玉贵想起八路军来了,"要是他们在跟前多好!他们现在在哪里呢?"他望了望北面的一颗大星星,一滴眼泪滚落到脸上,但他又急忙把它擦掉,跟着走去。

……

现在,共产党就在跟前,陈监委和刘经理处处都为工人们撑腰,过去牛马一样的生活完结了,开始过着人的生活。姚玉贵已经意识到这个大变化,并且开始认识到这个大变化的意义,于是他想得更多,干得也更起劲了。

三

这一次,姚玉贵从厂长办公室里走出来,心情又兴奋、又沉重。走在煤渣路上,太阳暖洋洋的,已感到身上的棉衣有些沉甸甸的了。他一边回味着刚才张厂长的谈话,一边迈大步子向工务组的厂房走去。

一进门就看见了蔡师傅:"蔡师傅,又有问题来找你了。"

"又有什么问题啦?你说!"

"刚才张厂长跟我说,一号焦炉已经修复,只因为没有瓦斯燃烧管,还不能投入生产。张厂长说曾设法去买,可是怎么也买不到,他要大伙想法去解决,你看怎么着?"

蔡师傅一听就摇头:"我看很难,这玩艺又不像铅板那么小,容易倒出模子来,七八百厘米宽,怎么整?"

站在旁边的一些人,本来对姚玉贵就有一种看法,认为他爱管闲事,听了蔡师傅这番话,便七嘴八舌地说开了:

"老姚,你管硫铵,为什么焦炉你也管?"

"你这个人呀,就像土地爷,管的事真多!"

"对!以后就管老姚叫土地爷吧,这浑名对他可合适啦。"

姚玉贵微笑地望着他们,然后说:"对!以后就叫我土地爷吧!不过,我可得说明白,焦炉怎么生产,我管不着,这该由管焦炉的人去想办法;可是从全厂着想,焦炉也不是对所有收回车间的生产没关系,譬如硫酸和硫铵吧,要是焦炉不能生产,哪里来的硫酸和硫铵呢?我说,光我一个土地爷不行,你们都应当变成土地爷才好!"

大伙笑了,可是又有人说:"你这样干,厂长给你什么呢?"

姚玉贵仍然强笑着:"我什么也不要。"

"好呀!那你就想办法吧!"

……姚玉贵离开了工务组,心情变得更沉重了。一连好几天,他像失了魂似的,不管是走路或者吃饭,他都常常愣着眼睛,有时甚至别人跟他说话也没听见。夜里回到宿舍,他只默默地坐在桌子旁边,小烟袋却不离嘴。有时向窗外望一阵:西青山上的灯火早已熄灭了;有时他又在纸上乱画一阵。他老婆见他这副焦灼的神情,就问:"怎么啦?出了什么事?"

姚玉贵把事情说了一遍。

他的老婆说:"老是一宿一宿的不睡,身子要熬坏的!"

"睡不着嘛!"

姚玉贵连续度过了十几个这样的夜晚,眼珠子都布满血丝了。这一天大清早,他找到一个铁工,问明了铸铁在加热之后不会变形,接着他就找工务组李主任去。

李主任一贯看不惯姚玉贵那种爱管闲事的劲头，见他进来心里就怪不舒服的，听完了姚玉贵的话之后，他皱着眉头问道："铅管模子有多大？"

　　"八百厘米。"

　　李主任忽然拉长脸，连忙摆手："嗯，料太大，我们的车床太小，卡不住。不行！"他一说完就想走，姚玉贵拉住他：

　　"李主任，刚才我已给工友商量过，车床虽然小一点，只要用钢筋先把料卡住，再把铁板切平刨光，还是可以的。"

　　"可以？"李主任涨红了脖子，唾沫四溅地大声说，"把车床弄坏了谁负责？"

　　谈话没有结果，姚玉贵只好又去找张厂长。经厂长当面交代了任务之后，李主任才勉强答应下来，可是等张厂长刚迈出门槛，李主任就嘀咕开了："尽是你的事！"

　　"怎么是我的事？"姚玉贵顶着他，"焦炉是我的事吗？"

　　李主任没有答理，气呼呼地走开了。但是他对于铁模子却始终不感兴趣；虽然厂长曾催过他好几次，可是他还是一拖再拖，整整拖了半个月，才把模子做出来。

　　第二天，蔡师傅就照模子倒了二十块铅板，可是仔细一看，每块都有大大小小的沙眼。最后蔡师傅把铅板一推，皱起眉头："不行！倒不成了！"

　　姚玉贵也摊开双手，用低沉的声调说："糟啦！费了这么大劲去找李主任，又浪费了人家的工夫，现在倒不成，怎办？"

　　厂房里没有一点声音，连那几个嫌"土地爷"爱管闲事的工友，也露出懊丧的神色，默默地站着不动。

　　那天夜里，姚玉贵一直在床上翻来覆去，鸡都叫了两遍了，他还没合眼。在他眼前，仿佛什么都不存在了，只有些大大小小的沙眼，老是在他眼前晃动着。

　　天刚麻麻亮，他就爬起来，跑到蔡师傅的宿舍里。蔡师傅这一夜也没有睡好，早起来了。

　　"蔡师傅！"姚玉贵第一句就问，"昨天你倒铅板时的火候怎样？"

　　"唔！"蔡师傅忽然醒悟过来，"对啦，有沙眼，准是因为模子太凉；要是把模子烤热再倒铅水，铅板准不会有沙眼的。"

　　果然，照这办法倒出来的第一块铅板，一点沙眼也没有；第二、第三块也没有；一连倒了二十多块，全都很好。

　　"行喽！"蔡师傅欢乐地喊起来，"卷几个试试吧！"

工人们都乐了，大伙七手八脚的，有人卷铅板，有人焊接口，不大会工夫，铅管焊成了。

张厂长来了，他一看，连声称赞："好极了！就这样做吧！"

到这时，姚玉贵才深深地嘘了一口气，全身顿时觉得松快起来。

只十来天，三百五十多根铅管都安到焦炉上，李主任也去看了，真出乎他的意料，过去一向靠外国进口的铅管，居然自己解决了，他羞惭地望着姚玉贵说："老姚，真行！"

姚玉贵微笑着："你还生我的气么？"

"得啦！"李主任脸上泛出红晕，"你真不善！"

两人都笑起来。

四

夏天，两座焦炉都已投入生产。

这天，姚玉贵从宿舍出来，过了洋马河上的大桥，望见焦炉上的两个大烟囱冒出黑腾腾的煤烟，这些乌黑的烟在风里扭了几个弯，飘散了，消失在大气中。

姚玉贵望着望着，不觉唇边"啧"了一声："可惜！让这些好东西都消失在空中，多可惜！"

他加速了步伐，先去找张厂长，两人商量了一阵，姚玉贵又急忙忙地回到硫铵厂去。

工友们一见他那副神气，知道又要出什么新花样了，忙问："有什么新闻吗？"

他先向大伙笑着，然后用愉快的声调说："你们看，两台饱和器同时使用行不行？……"

还未等他把话说完，人们就嚷起来：

"你尽往古怪的地方想，你见过有两台饱和器同时使用的？"

"从来就是一台生产，一台歇着，要是两台同时使用，检修时怎么整？"

在姚玉贵的耳边，像一窝被激怒了的蜜蜂，嗡嗡地嚷着，他默默地听了一会，说："别忙！别忙！我说，如果能设法把两台饱和器同时使用起来，焦炉上大量的煤烟就不会浪费掉。刚才我跟厂长划算了一下，多一台饱和器投入生产，每日就可多生产两吨到两吨半的硫铵……"

"别的办法好想，"有人插话了，"不留一台饱和器来当'备品'可没法可想！饱和器又不像别的，十天半月得捞一次焦油，不捞它行吗？除非你准备让饱和器堵塞或者结瘤，准备让煤气进不去，每捞一次又要花两三天时间，再说，内壁铅板坏了还要检修，不留一台'备品'怎么行？"

谁也说服不了谁，结果嚷嚷着散开了。可是姚玉贵并没有灰心。他一想到那散失在大气里的煤烟，他的思想就像一只牛虻钉着一条牛似的紧围着饱和器打转。

第二天，姚玉贵又提起这事来，可是这一次他压根儿不谈"能不能同时使用两台饱和器"的问题，而是谈怎样使用的问题。他说他昨晚曾画了好些图纸，今天一早又跟领导同志商量过，他说："现在主要的困难只有两个：第一个困难是，怎么才能使煤气均匀地流进两台饱和器里；第二个困难是，怎么才能缩短捞焦油的时间……"

"这两个困难就够戗啦！"有人插嘴说。

姚玉贵向说话的望了一眼，继续说："我有个想法，不知行不行，请大伙思摸思摸。要使两台饱和器流进同量的煤气，就要常常调节预热器前面的煤气开关，要是煤气流进的多了，开关就开小些；要是煤气流进的少了，开关就开大些。我想，这样可以使两台饱和器流进的煤气量平衡，你们看怎么样？"

有人说："老姚想的对！我看可以试一下！"

另一个人说："还有另一个困难怎么解决？"

姚玉贵的心情显然比刚才轻松些，他脸上泛出笑容，说："从前我们捞焦油，总是要等饱和器冷了才进去。耽误很多时间。我看，不等它完全冷却，等温度降到五十度上下就进去，又没有什么危险，你们看怎么样？"

大伙听了这番话，虽然还有人露出怀疑的眼色，可是大多数人都点头称是。

不久，厂长批准了姚玉贵的计划，两台饱和器都投入生产，结果，硫铵的产量，从每天六吨增加到每天八吨到十吨。

这一来，工人们的情绪更高了。

又过了十几日，饱和器里的焦油积了厚厚的一层，应当是打捞的时候了。这一天，天气很热，太阳像火一样，一清早就把瓦斯管关上了。到中午，饱和器里面的温度刚降到五十多度，姚玉贵就爬进饱和器里，人们都仰着脖子望着他。不一会，他探出头来说："行喽！"于是又有两个人爬上去。

姚玉贵虽然很兴奋,但是豆大的汗珠却淌得一头一脸。工友们见他的脸都红了,忙劝他下去,可是他坚持着,还装出满不在乎的样子,微笑着。当他一看见工友们满脸汗珠时,却立刻强制他们离开饱和器,叫另外两个人上来替换。就这样轮换着工作了几小时,焦油终于捞净了。

生产只停止了十二小时,饱和器又恢复了原来的高温,大量的硫铵又从结晶槽里流泻出来。

可是,五十度的温度,人们到底是难以忍受的,姚玉贵晕倒过,其他的工友也晕倒过。大伙提议把炉门敞开,多凉一会再进去;可是姚玉贵却有他自己的想法:"多凉一小时,就多耽误一小时的生产。"因此,每次捞焦油时,姚玉贵总是不等温度降到五十以下,就爬进炉里去了。由于这样,他晕倒的次数也最多。

厂里的领导同志,觉得这样太冒险,对工人的健康影响太大,要把扫除焦油的时间再延长些。

"延长扫除时间,就是缩短生产时间,"姚玉贵心里嘀咕着,"要是能设法让焦油自己流出来,该多好!"

五

姚玉贵又常常沉入深思中。白天,他常找杨技术员去商量事情;夜晚,他就趴在桌子上画图纸。一个多月,他脑子里老是转着一件事:怎么才能让焦油自己流出来?

起初,他在图纸上画上一个饱和器,并在它的腰部开了一个孔。他想,焦油就会从孔里流出来,但是他立刻又想到,焦油是飘浮在母液上面的,如果母液随着焦油一齐流出来怎么办?于是他又在孔口的下面画上一个盛焦油的大缸,他想,母液比焦油重,会沉在大缸的底层。于是他又从缸底画一道铅管一直引到饱和器上,为了让母液能通过铅管打回饱和器上,他又在大缸旁边画上一个泵子(母液循环泵)。

虽然这只是一张粗糙的图纸,但它却使姚玉贵增添了许多失眠的夜晚!

正是七月间,热气像火焰似的在远远的河边颤动着,他从张厂长的办公室里走出来,一脸都是汗珠。他很纳闷,为什么张厂长这样没信心!无论姚玉贵怎样解释,张厂长却总是这么一句话:"开孔不行,扣坏了饱和器可不得了!"幸好刘经理这时进来了,姚玉贵即刻把图纸给了刘经理。刘经理正看图,张厂长就说:"图虽画得详细，怕很难！"刘经理冷静地向图纸看了一阵，然后抬起头来问："姚玉贵同志，你估计能行么？"

姚玉贵用坚定的语气说："依我看，行！杨技术员也说行！"

刘经理转过脸去，跟张厂长低声商量了几句，才说："我们认为饱和器应当改进，不过这么大的工程，你最好先找吕工程师商量一下，等他鉴定之后，我们再批准施工，你看好不好？"

"行！"

可是，一连找了好几天，连吕工程师的影子也见不着，每次，办公室的人都这样回答他："吕工程师开会去了！"一直到第四天，姚玉贵才找到他。他看了图纸，又听完了姚玉贵的意见之后，只冷冷地说了一句："怕不行。因构造不同，焦油不一定能流出来。"

"要怎么才能流出来呢？"

吕工程师瞪了他一眼："我研究研究。"

又过了几天，姚玉贵问他研究得怎么样了，他说："我忙得很，还没时间。我看，要改装，还不如换一台新的。"

"要有新的能换，就用不着我了！"

工程师默默地望着他，像要说什么，可是又没说出来。

最后，还是姚玉贵开口了："吕工程师，还是希望你能抽点时间研究一下吧！"

这次谈话之后，整整等了两个半月，却没有一点消息，姚玉贵等急了，又不敢去追问，便决定去找刘经理。刘经理是支持他的建议的，可是他认为必须尊重工程师的意见。不得已，姚玉贵只好又去找工程师。

这一次，吕工程师什么也没说，只叫姚玉贵和技术员在图纸上盖章签字。

经过各种周折，到最后，工程师批准了，厂长也批准了。现在的问题是材料：管子呀，大缸呀……买也买不到，怎么办？

足足花了一个月的时间，姚玉贵和技术员踏遍了所有的废仓库，才把材料找齐了。

工务组正要动工，可是母液循环泵却没法买到。姚玉贵显得很焦灼。没有泵子，母液怎么能升上饱和器去？

又经过几个夜晚的琢磨！又画了无数张的图纸！最后，姚玉贵眼前一亮，他想到了空气压缩机。他想，利用压缩机的风力，不是就能代替母液循环泵么？

这建议，经厂长研究之后，也批准了。

第二天就动工，到第四天全部改装工程完工了。

这是一九五一年十一月，虽有风，天气却还暖洋洋的。

"满流缸"试验的这一天，许多人都来了。然而一切都像预料的那么顺利：焦油顺利地流出来，流进"满流缸"里，靠着空气压缩机的风力，母液也顺利地通过铅管子升到饱和器上。

看的人都呆了。一个扫除焦油的工友，忽然乐得跳起来："好呀！以后再不用捞焦油啦！"

蔡师傅走到姚玉贵的面前，拍着他的肩膀："老弟，以后每月减少了三十六小时捞焦油的时间，你算算，一年能增产多少硫铵？"

"一百一十三吨！"一个小伙子抢着说，"嗨，老姚的功劳真不小！"

"不！"姚玉贵笑眯眯地站在人群里，"我有什么功劳？这功劳是大伙的！要是没有领导上的支持，没有工程师、技术员的科学知识，没有工务组同志们的帮助，我能干出什么来？"

人们的脸都露出笑容，所有的心都感到亲近而温暖。

风仍轻轻地吹着，阳光却更灿烂了。

一九五六年四月于北京

佗城古塔[*]

这座古塔，坐落在广东龙川佗城西五里处。高约八丈，直径丈余；状甚奇特，但宏伟而壮丽。

关于塔的来历，当地人民流传着不少神话般的传说，其中有一说："塔是仙子们在一个夜晚建成的，"被人民称它为"仙塔"。其实，它是唐代开元年间的建筑。

在过去，古塔边傍，古松矗入云霄（古松小唐宋遗物），几与塔齐，与塔相映成趣，构成绝佳风景。每逢春秋佳节，塔下游人不绝。

可惜！这些千年古松，不幸于去年竟在"农民意识"的指使下，已尽化为炉中灰烬！

萧殷文并摄影

---

[*] 载《旅行家》1956年第11期封三。

严寒的夜晚*
——回忆散记之一

入冬以来,我不知因为什么,常常回忆着李谦……

今夜,我又翻出那本在困难日子里写下来的日记。心情异常纷乱,我激动地揭着一九三九年冬天那些记录着李谦的篇页。然而我又不忍读下去,却时不时地对着布满冰花的窗玻璃出神;而窗外是静悄悄的冬夜,是彻骨的严寒……

偶尔一低头,忽然有几行字映入我的眼帘:"……昨夜,冷得无法入睡,为抵抗严寒,我们六个人到场子里打篮球,直至黎明,侵晨即开始工作……"

于是,我又出神地望着窗玻璃。那冻结在玻璃上的高粱叶子似的冰花,却把我引入了十八年前的一个夜晚。

是十一月的寒夜,院子里那棵老榆树,被西北风刮得呼呼直响;窗纸像要被掀起来,"呼打呼打"地扇着窗格子;也不知道什么时候起,风把窗纸吹裂了,吹成一条缝,纸颤抖地叫啸着,像吹箫;一股冷风,像一股冷水似的从这破缝里灌进来。

我缩在被窝里,可是却怎么也睡不着:仿佛躺在冰窟里,脚已冻麻了,两只手竟不知搁到哪里好。想翻身,又想伸伸腿,但又怕碰醒了紧挨在我身边的同志们。那股讨厌的冷风,却像有意跟我作对,一直朝我脖颈里钻进来。怎么办?起来找块什么堵住那个小窟窿么,但是大炕上都静悄悄的,大伙似乎全都熟睡了,如果稍有声响,很可能把他们都惊醒的。于是,我沉着气,有意想些南方炎夏的景象,希望拿这来忘却

---

* 写于1957年2月,载1958年1月版《月夜》。本文为1984年2月版《萧殷自选集》收录的版本。

目前的寒冷，可是想象到底是想象，它终归抵不住太行山上刺骨的寒气。

时间大约已经是午夜了。

紧挨着我右边的，是李谦，他轻轻地呼吸着，似乎睡得很安稳。这个小伙子整天乐呵呵的，不知愁，也不知什么叫困难；就是在背着粮爬高山，一头一脸都淌着汗的时候，他还是拉长声音唱着："没有吃，没有穿，自有那敌人送上前……"有时，在粮食特别困难的日子里，他一面喝着高粱米汤，还一面笑嘻嘻地向人说笑话。据说在一九三六年，他刚从监狱里出来，留在上海，这时候他只剩下唯一的五件财产：一件半旧的格子衬衫，一条用一块钱买来的哔叽裤子，一双透了底的、经常垫着报纸的黑皮鞋，再就是一条布质的裤带和一块又灰又黑的手绢。然而，他每天早上一爬起来，就精神焕发地跑到晒台上去"摸"一段"太极拳"，然后扭开水龙头，让冷水淋得一头一脸，拿巴掌使劲地在脸上搓一阵，再从裤袋里拖出那条又灰又黑的手绢来，等把脸上的水擦干了，就扣好扣子，吹着口哨离开"亭子间"，向救亡活动的中心——大陆市场走去。……到了敌人后方，他"摸太极拳"的习惯仍然不变，不管天气多么冷，他总是起得比谁都早，拣个空场子，就像要捕捉空气似的"摸"将起来。人家有时跟他开玩笑，他就故意把眼睛瞪得圆圆地说："我有什么理由可以放松对身体的锻炼呢？难道等新中国成立以后，让我到养老院去吗？哈哈，那是办不到的！……"

现在，他还是静静地睡着。凭着窗纸的反光，我发现那股冷风也吹着他的脑袋，我仿佛朦胧地看见一绺头发颤颤地抖动着。冷风竟没有冻醒他，可见他是多么疲劳了。我想叫醒他，可又不忍打扰他平静的睡眠。

于是，我不由地想起了这天下午的情景：李谦趴在办公桌上，全神贯注地写着字；有时停下笔，歪着脑袋，对着窗格子愣着；有时拿手指敲着脑门，苦苦地思索着。屋子里没有生炉子，他的双手早已冻得通红，他拿嘴向手指呵一阵，又继续写下去。不一会，他又把巴掌并起来，夹到膝盖当中使劲地搓着，再写。可是没一袋烟工夫，手关节又僵了，笔竟从手指上滑到纸上。

"哎哟！莫非想难住我？"他的话刚落音，就砰的离开了座位，拿两手撑着桌面，使劲地跳起来，身子一起一落，就像跳杠杠似的，足足跳了三分钟，才又高高兴兴地坐下来，继续趴在桌子上写字。整个下午，他就这样跳一阵写一阵的，到吃晚饭时，他兴奋地向我说："老萧，我已找到了抵抗寒冷的好办法，它以后再也难不住我了！"

难怪他现在睡得那么甜,竟连寒冷也冻不醒他……

突然,一种从牙缝里发出来的咝咝声,在我左边传过来,跟着是低低的叹息:"咝,他妈的,真冷!"

我知道说话的是杨播,便悄声地问:"你没睡着?"

杨播大概觉得意外,也悄声地问我:"啊?你原来也没睡着!"

"谁能睡得着呢?"——真想不到,李谦也说话了。

我还以为他睡得很安稳哩,便问:"你一直没睡着么?"

"可不是么?"

"为什么不见你动弹一下?"

他调皮地反问:"为什么我也不见你动弹一下?"

"我怕惊醒了大伙!"

"我跟你想的完全一样。"

睡在炕那头的三个小伙子这时也插话了。到这时,大伙才明白,原来谁也没有睡着,都怕惊扰了别人的睡眠,各人都默不作声地忍受着寒冷。

那页被吹裂了的破窗纸,仍然发出颤抖的啸声。李谦忽然抬起头,拿一团什么狠狠地往窗格子一塞,冷风果然停止了,他高兴起来:"这股阴风实在捣乱,一直往我被筒里灌了几个钟头。我老想着,拿什么堵住它?……"

"现在堵在格子上的是什么?"

"我想了很久,终于在我被窝里掏起棉花来。你看,真顶事,风灌不进来啦!"

李谦虽然很高兴,可是屋子里的寒冷并没有减少。大伙还是睡不着,不过,大伙敢用劲地踢踢腿或者搓搓手了。

风在外面呼啸着,怪叫着。屋顶上不断地滚过狂暴的大风,嚠隆隆——嚠隆隆,这中间还夹着短促的口哨似的尖叫;吊在村前一棵枯树上的那口古钟,也不时地"当当"响一阵。

听着这惨厉的风声,我脑海里却掠过许多英雄的影子:在这样严寒的夜晚,有无数的哨兵,还像石像似的站立在山头上;有多少支勇敢的连队,正趁这严寒的夜晚,向敌人进行夜袭;谁能数得清有多少忠勇的通信员,为及时地把作战命令送到目的地,正忍着寒冷泅过漳河……

突然,李谦用愉快的声调冲破了沉寂:"我看,大伙反正都睡不着了,不如聊聊天吧,如其躺在被窝里挨冻,反不如索性谈个痛快。……"

他的话还未说完,大伙都"赞成""同意"地嚷起来,有的即刻踢开被窝坐了起来,有的迅速地披上了衣服。

"那么,聊什么呢?"

本来,如果不是有意识地提出来"聊天",无论谁都能提供聊天的线索的;可是当把它作为一个明确的话题时,大伙反而不知从哪里谈起了。于是有人提出"精神会餐"①来作为话题;另外又有人主张请杨播谈谈新加坡夏天的风光;但都未能取得全体的同意。

"我想,"李谦一反他平常说话的语调,慢吞吞地说,"还是研究一下咱们为什么睡不着觉吧。"

杨播抢着说:"这又有什么谈头呢?睡不着就因为天气太冷嘛。"

李谦还是慢悠悠地:"不错,是因为天气太冷;但是不是因为天气冷什么人都睡不着呢?不见得吧?"

杨播沉默了一会,叹了口气,说:"要是我们都有棉被,自然可以睡得安稳了。……"他又沉默一阵,"七月间,当我刚离开延安,过了黄河,就碰上敌人的大'扫荡',被子背在背上沉甸甸的,越背越重!唉!真不该让棉絮一天天的减轻,等转战了一个多月,来到太行山时,背包的确轻便了,然而现在可就……"

"我可不像你那样搞法,"一个姓刘的小家伙说,"在行军时,我也觉得背上越来越重,但我舍不得把棉絮扔掉;可是真要命!鞋没有了,起初,撕了衣服打草鞋,走了一个半月,只剩一件单衣和一条短裤,毫无办法,只好撕被单,到了太行山的时候,被单却变成一尺来宽的'门帘'了。你看,我现在只能钻在一堆乱七八糟的棉絮里……"

他的话引得大伙都笑起来。

"我看,"李谦恢复了他平日的腔调,嗓音很脆,说得很快,"我看问题不在这里。譬如说,人家国民党的军队为什么到冬天可以领到被子,我们在敌人后方作战,为什么反而领不到呢?为什么?"

这一来,大伙七嘴八舌地嚷开了,仿佛河流决了堤,愤激的话,像汹涌的洪波,

---

① 在根据地最困难的日子里,同志们喜欢谈些自己平日最爱吃的东西,谈得非常热闹而且痛快,当时就称这为"精神会餐"。

泛滥到屋子里的角角落落：

"国民党顽固派心真毒！不发给弹药，也不发粮饷，想把我们困死！"

"我们跟日本鬼子拼，它却在后面向我们射击，妄想前后一挤，把我们挤垮！"

小刘气呼呼地："他妈的，它想困死我们，我们偏偏要活下去！并且要干到底！"

杨播好像咬着牙说话："它妄想！不管环境怎样艰苦，绝吓不退我们！"

"那么问题就非常清楚了，"李谦说，"是谁叫我们挨冷？是国民党顽固派嘛。但是，寒冷算什么？就是镣铐、老虎凳、刺刀、子弹、大炮也无法使我们屈服！被压迫的人是不能永远忍受压迫的……奴隶们，起来！起来！……"

说到最后，大概由于他联想起监狱里的情景，竟激动地唱起《国际歌》来。

"喂！别把隔壁的老乡闹醒啦！"

李谦忽然煞住了歌声，根据习惯，他可能吐了吐舌头，可是现在却什么也望不见。

一阵沉寂。只有咆哮的大风在屋顶上滚过……

严寒又统治了屋子，大伙又不约而同地用力搓起手来。

"真冷！"小刘使劲地踢着腿，建议道，"要是坐在这里挨冻，还不如到场子里打篮球去。你们同意么？"

大伙像得救似的，一哄而起。

奇怪！风吹得这么猛烈，星星却亮闪闪的。盖着积雪的太行山的连绵高峰，像个巨大的骆驼背脊，起伏着，向南迤逦而去。……

到了场子里，大伙都活跃起来。借着星光，我们纵情地蹦着，跑着，然后高高地跳起来，将篮球投进篮圈里，作得既敏捷又紧张。

小刘拍打着篮球一边飞跑着，一边说："国民党想冻死我们，我们偏偏冻不死！不发饷，没钱生炉火，没被子，增加了我们一些麻烦；但你反动派却无法禁止我打篮球！"

我们正想笑，但忽然随风传来了隐隐的重炮的轰鸣。于是我们议论起来，据估计，大约就在离这里七十里的一个镇子上，正展开了激烈的战斗。

李谦忽然若有所感地，像背诗似的说："为了把祖国的人民从血海里救出来，谁知道有多少忠勇的战士——慈母的爱子，在这严寒的夜里丧失了生命！"

但是，我们并没有停止玩球。正是为了人民能像人那样地生活下去，我们才来革命，正是为了迎接明天的战斗，我们才顽强地跟严寒搏斗，跟饥饿搏斗。

一直到猎户星在南边出现了，黎明的幽光照着太行山巅的时候，我们才精神焕发地离开了篮球场，走向办公室去。

新的一天的战斗生活，又在山雀的第一声晨歌中开始了。……

想到这里，我不禁微笑起来：李谦，小刘，杨播，还有……多么好的革命伙伴啊！可是，当我冷静地再想一想，心情才忽然沉重起来，原来他们早已离开了人世，早在十几年前，他们就为了人民的福利，流尽了最后的一滴血。

于是，我又心情纷乱地翻着我那本日记，而这些亲爱的伙伴的脸影，却固执地占据着我的脑际。我胡乱地翻着，但突然有"李谦"两个红字跳到我眼前，我心跳，但我读下去：

……今天，终于证实了李谦的死讯，大家几乎都要哭出来。但没有哭，却紧紧地攥着拳头。

听通信员小陈说，十八夜，李谦正在村公所里，突然被敌人包围了。村子小，很难隐藏，他决定和几个村干部突围，谁知刚到村边，便跟敌人"遭遇"上了，只拼了一阵刺刀，李谦胸部就受了重伤，倒下去，晕过去了。一直到天明，等敌人退走了，才把他抬到医院，据说到医院的第三天傍晚，咯了几口血之后就晕过去，以后再也没有醒来。唉，志未酬，你竟先长逝，可痛可哀！

小陈还带回了他一封给我们的信，现抄在这里，以留作永恒纪念：

"……我大概没有希望了！真没想到，我与你们相别得这样早！我不怕死，但我不愿死得这样快。我渴望战斗下去，直到人民能像人那样生活着的时候，可是，我的血快流尽。使我最痛苦的：是毕生献身的理想还未实现，希望你们战斗得更坚强，更有力。到将来庆祝胜利的时候，到社会主义制度在中国宣告建成的时候，请你们不要忘了我。我的血，就是为社会主义的理想而流尽的。

李谦"

李谦，亲爱的伙伴，我永远不会忘记你在这些困难日子里所表现的鲜明的阶级感情和战斗的智慧。你死于不屈，死得光荣。……

当我抬起头，再望那结满冰花的窗玻璃时，眼睛已经潮湿了，模糊了。我仿佛在冰花上看到他那睁得圆圆的眼睛，我仿佛看见他用严峻的眼光朝着一群青年呼喊：

"青年人，社会主义制度不是容易得来的，在社会主义的基石上有我流的血，也有无数革命者流的血。你们要保卫她，要拿出一切毅力和智慧来保卫她！"

一九五七年二月于北京

龙门印象*

一

是晴朗的初冬早晨，太阳温煦地照着大地。汽车一驶出了洛阳的西关，就像摆脱了缰绳的野马，任性地飞奔起来。过了著名的周公庙，远远就望见闪闪发光的洛水了。更远处，却是迷迷茫茫的一片，似风沙，似烟雾，又似苍苍茫茫的原野。不一会儿，车已驶进了洛河桥头，你看！天津桥，多少古典诗人咏唱过的天津桥啊，它还屹立在洛河的水流里；在古代，这一带的垂柳系过多少依依的离情！水流里曾渗和过多少离人的伤心泪！要是在春天，当洛河旁边的桃花盛开的时节，人们能看着这片景色毫无遐想？能不回想起这样脍炙人口的诗句么？

天津三月时，千门桃与李；
朝为断肠花，暮逐东流水。
前水复后水，古今相续流；
新人非旧人，年年桥上游。

可惜，现在已经是冬天，阳光虽很温暖，但道路两旁的村庄，却赤裸裸的，再也找不到"绿树掩映"的风趣了；就连邵康节的"安乐窝"和司马光的"独乐园"的遗址，也是如此。

---

* 载《旅行家》1957年第二期。

车越往南行，道路越来越难走；倒不是路不宽，而是马车和牛车太拥挤了！一辆跟着一辆，络绎不绝；马蹄落处，尘土飞扬，有时竟连前面两丈远的东西也无法辨认；此时此际，任你空际多么晴朗，但在这里，阳光能不黯然失色么？正所谓：

大车扬飞尘，亭午暗阡陌！

好在龙门在望，我们憧憬已久的"石刻宝库"就在眼前了。

二

龙门！多么响亮的名字！

当我们走到一个小镇的尽头，面前就横着一条湍急的河流，那原来就是有名的伊水。我们走到沙滩，从这里放眼南望，两岸石壁对峙，伊水从中潺潺地向北流来。远处的接口却异常整齐，好像凿穿的阙口；难怪古人管它叫"伊阙"，后人又管它叫"龙门"了。

就在这伊水的两岸，我们的祖先创造了无数的艺术珍品。你看！伊水两岸（尤其是西岸）的"洞"和"龛"吧，密得简直像蜂房。据统计，全山造像凡九万七千三百零六尊；题记三千六百八十品；有佛洞一千三百五十二个，龛七百五十个，塔三十九个。其规模之大，由此可以想见。

远在公元500年（北魏景明元年），规模宏大的石刻艺术活动，就在这里开始了。人们所叹赏不绝的"宾阳中洞"里面的十一尊大佛像以及它洞口两壁的浮雕，正是当时劳动人民所雕刻的最优秀的珍品。后来又经过东西魏、北周、北齐、隋，一直到晚唐光化元年（即公元898年），我们的祖先连续在这里营造了四百来年，他们继承了敦煌、云岗雕刻艺术的传统，融合了南北朝的文化并吸收了犍陀罗的精华；特别在晚唐，又继承了北魏的优秀传统，更吸收了当时西方艺术的精髓，融合汉民族固有的色彩，发挥了他们高度的艺术智慧与创造的才能，使这里的石刻艺术不断地得到发展和不断地提高。

因此，无论你从艺术创造的发展来看，或者从艺术创造的规模来看，或者是从石刻艺术所达到的高度成就来看，龙门都无愧为祖国的伟大的石刻艺术的宝库。

啊！谁能面对着这千千万万的精心的雕刻，无动于衷？谁能在这些伟大艺术品的面前，不惊叹我们祖先的匠心和辉煌的艺术智呢？

三

我们来到了奉先寺。

当人们登上高高的斜坡,踏上了最后一级石阶的时候,抬头一望,谁都会惊喜地欢呼起来:"啊!你看!你看!"

原来在我们的上面,有一张端庄安详、微露笑容的脸庞出现在我们的眼前,那就是奉先寺著名的卢舍那雕像。高十七公尺,膝部以下已崩落,但全部体态仍十分匀称平衡;尤其是脸部,仿佛有无限的魅力,你一见那张慈爱温厚的脸容,内心就不禁油然地滋生出一种喜悦的情绪。

这是七世纪七十年代的产物,距今已有一千三百年的历史,虽经长时期的风雨剥蚀,然而不管你从哪个侧面看上去,它总是那样匀称!那样慈爱温厚和那样端庄安详!甚至当我们走到伊水的对岸,站在看经寺洞前来回望它的时候,它那慈祥的脸容,却依然是那样动人。

偶一看,它会给你带来一些喜悦的情绪;但仔细再瞧瞧,你又会觉得它有与众不同的地方。我们曾看过北魏的造像(如龙门的"宾阳中洞""古阳洞""莲花洞"的造像),这些造像都是脸部秀长,眉作弧形,鼻长,目大,颈平,唇厚,而且胸部平直。这些造像虽然也表现了辉煌的艺术智慧,但它们却更多地保留了外来的艺术的痕迹。然而到了唐代,不但继承了北魏艺术的优秀传统,吸收了当时西方艺术的优点,同时也融合汉民族固有的色彩,使造像更加雄劲生动,更柔和自然。奉先寺的卢舍那的造像,就是杰出的代表作品。你看吧,卢舍那的脸部多么丰满:鼻端,口正,两耳下垂,眉作新月形,目稍向下凝视,胸脯微凸……如果拿北魏的造像来比较,显然卢舍那的造像是更有民族特色了。

奉先寺是龙门最大的佛洞,南北约三十公尺,东西约三十五公尺。据说是唐咸亨三年(公元672年)开工,一直到上元二年(公元675年)十二月三十日才造成,整整费时三年零九个月。可惜,右面的菩萨、天王、力士和供养人等,大部被风雨剥蚀,残缺不全,好在左面的诸像大部分还完好无损。特别值得一提的,是那力士像。乍一看,你会觉得他十分勇猛,有劲!仔细看,你会发现他的颈部和手臂的肌肉显露,筋络分明。充分发挥了艺术上的夸张手法,但大部却符合人体的解剖原理,这是难得的珍品。

四

我们怀着愉快的心情离开了奉先寺之后,继续参观了十几个佛洞,如西山的万佛洞、敬善寺、老龙洞、千佛洞、八仙洞、无名造像、药方洞和东山的四雁洞、二莲花洞、看经寺等等以及石壁间无数的佛龛。

真是美不胜收!当你默默地望着神采奕奕的佛像出神的时候,同时在你的耳边就响着不断的赞赏:"多洗练的衣纹!""多优美多姿!"

在万佛洞外的半壁上,我们看见了一个菩萨,约一公尺高,右手执"拂尘",左手提水瓶,上身微向右倾,头部却向左弯,优美多姿,传神得很,实是唐刻观音的杰作。唉!可惜头部已被击碎,可恨又复可叹!

在敬善寺内,也有两个菩萨,姿态端丽而体态富有变化;可惜头部也被凿去了!八仙洞里的雕像,其体态之多姿,使人不能不"啧啧"称道;然而,它们的头部同样被凿去了。

使人深为惋惜的,是这种"凿去头部"的现象,竟这样普遍!在龙门的许许多多的佛洞中,除了极少数的佛像(如看经寺的罗汉群像以及像奉先寺、宾阳洞的一些高大的巨像)还完好无损之外,可以说,绝大部分雕像的头部都被凿走了。

这真是龙门石刻艺术的浩劫!其实,破坏龙门石刻的活动在唐武宗时期就开始了,以后又历经了多次的变乱,石刻被毁的现象,日复一日地严重起来,特别是在国民党反动统治时期,美国帝国主义勾通官僚奸商,大肆盗凿龙门的石刻艺术。那时候,龙门完全无人管理,任何人都可以任意凿走雕像。据说,每凿下一个头像,即可得到二十块现洋的报酬。在这种严重的破坏之下,万佛洞的佛像再也难得找到完好的了!所有石壁间精致的佛龛里的佛像,全部被凿去了脑袋!在东山南端的成佛沟里,无数唐代成熟的壁上雕刻,几乎全部被砍去了头部!有的是整个地被凿走了!

看了这种种现象,使人痛心!帝国主义为劫掠我国古代的艺术珍品,竟敢勾结官僚奸商大肆盗凿,同时以小利诱惑不法居民进行不间断的破坏,以致使龙门的石刻艺术遭到了严重的无法弥补的损失!

亲爱的读者,请你们牢牢地记住,现在,在美国纽约博物馆和坎察斯博物馆以及波士顿博物馆里,还藏着好几种龙门石刻艺术的珍品!其一,是宾阳中洞两壁的《皇后礼佛图》及《皇帝礼佛图》,这是两幅构图美妙的浮雕,是我国一千四百年前在雕刻艺术上的杰作。1935年，美国强盗普利斯贿通古玩奸商岳彬，勾结国民党反动政府，把这两幅珍贵的浮雕盗凿下来，然后运到美国。其二，是万佛洞里的飞天和洞口的一对石狮子。狮子一脚翘起，作攫物状，极雄伟壮观，是我国七世纪的艺术名作。美帝国主义竟将狮子连同飞天一起盗走，现藏在波士顿博物馆。

记住！亲爱的读者，牢牢地记住啊！这笔债将来一定要算清！

五

我们从万佛沟走出来，天空跟我们的心情都变得阴沉了。西风刮起了漫天风沙，道路更难走了。

我们沿着伊水向北走去。尘土扑面，眼睛都很难睁开。走了很久，才走到香山寺前。这是著名诗人白居易死前居住洛阳十八年，常来游历的地方，在这里，据说他和洛阳其他的几位诗人结过"九老社"，朝夕相聚，曾留下不少动人的诗篇。

再沿着山路向北走，行约一里路，眼前出现了一道山梁；在山梁的尽处，却是一片密密的柏树林。

有人告诉我们："白居易就葬在这柏树林里，现在叫做白冢。"

我们放眼远望：奇怪！一个"琵琶"清晰地映在我们的眼前。你看，这道山梁和柏树林不正好构成一个"琵琶"么？——这也许是后人为纪念诗人的名诗"琵琶行"而特地装点出来的吧。再远些，在柏树林的背后，是伊水，是热闹的小镇，是苍苍茫茫的原野，是烟雾，是密密的烟囱……

西风刮得呜呜直响，我们顺着山梁，一直向柏树林俯冲下来，风声在我们的耳边呼啸着，尖叫着，在风声里，我们仿佛听到这样的声音：

……九月降霜秋早寒，
禾穗未熟皆青干；
长吏明知不申破，
急敛暴征求考课；
典桑卖地纳官租，
明年衣食将何如？

剥我身上帛,
夺我口中粟;
虐人害物即豺狼,
何必钩爪锯牙食人肉?

  一口气跑到了白居易的墓前,我们忽然都严肃起来了。谁都不愿说一句话,仿佛谁都怕惊扰了诗人的构思。
  其实,在我们的面前只有一块石碑:"唐少傅白公墓"。风来时,柏树摇摇摆摆,反而显得无限的静穆。
  诗人,静静地睡吧,你曾经诅咒过的"食人肉"的社会,已经被你的子孙消灭了!你看,在柏树林的隙缝里,你难道没有看见远远的红旗在飘展么?西风,你别吵吧!让我们的诗人听听他的子孙怎样歌唱他们的幸福吧!

桃子又熟了……*
——忆仓夷

一

我永远忘不了一九四六年八月八日那一天。

火红的石榴花，在我眼前开放过十次，也凋谢了十次；南飞的雁群十次在我头上飞过，我又十次望见它们飞回北方。……时光的流逝，有如湍急的溪流，一转眼，竟把一九四六年远远地抛在后面。然而，时光不能冲淡我的记忆，也无法冲淡我心头的悼念。

就是在这一天的早晨，我们乘着一辆敞篷的吉普车，从东山坡向飞机场驶去。初升的太阳，迎面照射过来，我们都眯缝着眼睛，沉默着。一向爱笑爱闹的仓夷，这会儿却出奇地沉静，他好像正在想着什么心事，把眼睛眯成一条缝，凝神地望着前面。

我没有打扰他的深思，只把背脊贴紧了靠椅，翻阅着当天的《晋察冀日报》，几个炫目的标题立即映入我的眼帘：大同周围的战事正紧，平津公路上的安平镇又发生了所谓"共军袭击美军"的事件；北平军事调处执行部为了这事，还成立了第二十五特别执行小组……

现在，我和仓夷正要赶到北平去参加二十五小组的工作。事情为什么这样凑巧，二月间，也是我和仓夷两个人，一起到北平去的；我们一起在那里紧张地斗争了四个

---
* 载1957年《红旗飘飘》第一集，1978年在《广东文艺》第5期发表时题为《桃子又熟了……忆仓夷》，本文为1984年2月版《萧殷自选集》收录的版本。

月，国民党的暗探也整整在我们身后跟踪了四个月；后来，只因《解放》（三日刊）被封闭了，我们才不得不在六月初回到张家口来。在解放区里，我们也同样地忙碌着，但却可以自由地走来走去，这儿的一草一木，都使人生爱，甚至天上的白云或晚夕的霞光，也会给我们带来特别愉快的感觉；然而，一想到北平那种使人窒息的空气，却要使人恶心。……

飞机的嗡嗡声，把我从沉思中唤醒，我抬起头，见一架草绿色的飞机斜斜地向机场降落。可是仓夷却还是那副架势，沉静地凝视着前面，他好像什么也没有听到。

"怎么啦？"我拿拳头重重地在他肩膀上捶了一下，"有什么心事呀？"

他猛然回转头来，露出那两颗闪光的金牙，微笑着："我正在构思我那个中篇小说里的一个战争场面哩。"

"这几天，老看你趴在桌上写，快写完了吧？"

"哪里，一半还不到哩。"他兴奋起来，脸颊泛起红晕，"我打算等二十五小组的工作一结束，就回到张家口来，赶快把这篇小说写完，然后，至迟过了中秋节以后，我就到延安去！"说到这里，他习惯地耸耸肩膀。"你知道，我一直到现在，还没到过延安，也没见过毛主席啊！"

"可能吗？"我问他。

"没有问题，领导上已经同意了。"

我听他说得那样轻松，侧过脸，微笑地望着他："如果美国鬼子不同意，怎么办！"

他呵呵地笑起来，好像他又觉察到他自己又一次忽略了对敌斗争的复杂性，于是，狠狠地拿拳头向前一劈："鬼子不同意？妈的，就跟他泡下去！他们不让我到延安去过十月革命节，他们也休想回美国去过圣诞节。……"

吉普车忽然停住了，原来我们已经到了飞机场休息室的门前。我们跳下车，在休息室里转了一圈，然后在一张大沙发上坐下来。然而，仓夷并没有安静下来，他东张西望了一阵，忽然像发现了什么稀罕物件，又像被沙发弹起来似的，急忙向水果柜那边跑过去。我抬头一看，已猜到七八分：那里摆着许多水蜜桃，我知道仓夷是很喜欢这类水果的。接着果然捧来了十几个大桃子，满脸堆笑地走回来，一面还称赞着："你看，这桃子多大！多漂亮呀！"他啃了一口，几乎手舞足蹈起来，"老萧，你尝尝，水真多呀！像这样的好桃子，到了北平就很难吃得到啦！"

我一向对桃子没有什么兴趣，经他这么一称赞，就拣了个最熟的啃了一口；水的确不少，但味道并不美，我连忙摇摇头，表示不同意他的说法，仓夷见我对桃子这么冷淡，就闪出顽皮的眼色，叹息起来："简直是蜜味的，你不吃，多可惜！到了北平，你可不要后悔呀！"

这时，又一架飞机，在机场上降落。

我看了看壁上的挂钟，长针已指着"4"字，再过十分钟飞机就要起飞了。于是我望着仓夷笑起来："怎么？你打算把这一大堆宝贝桃子怎么办？通通塞进肚子里，还是带到北平去？"

这时，他才发现他那胀鼓鼓的提包，已经到了饱和点，桃子再也塞不进去了，于是他又格格地笑起来："劳驾！劳驾！你的提包还空着不少地方，与其在这里囫囵吞枣地将这些好桃子啃光，反不如带到北平去细细地来品一品它的蜜味。"

当我刚刚把八九个桃子塞进提包里，翻译同志来了，他说飞机就要起飞，叫我们立刻上飞机去。

走出休息室，翻译同志领着我们向最近的那架飞机走去。一掌平的深草，在我们面前展开，青碧一色，一直迤逦到远远的山麓和村边。我用力吸了一口气，仿佛第一次闻到这样清新的掺和着草花香味的空气。……回头再望望远处那些红色的屋顶，依依的别情，就不禁涌上心头："再见吧！人民的城市！"

我们刚踏上飞机扶梯，一个长着满脸肉刺的美国兵，忽然拦住舱口，用极快的速度吐出许多"特"音和"斯"音，同时也以同样的速度喷射着大量的唾沫；经过翻译，我们才闹明白了，他是说，这架飞机是专到大同去的，他不能把张家口的人载到北平去。

于是我们从扶梯上退下来。紧接着有个通信员背着一大捆的报纸走上扶梯去，那个惯于把唾沫向别人脸上喷射的美国兵，又张开两臂拦住舱口，用奇怪的眼光望着那捆东西；翻译同志就告诉他，这是《晋察冀日报》。

他问："带这玩艺儿干吗？北平的报纸有的是。"

"执行部中共代表团需要这些报纸。"

他摊开双手，耸耸肩膀，表示他无法理解这样的事情，但他再不阻拦通信员把报纸送进机舱里。

于是，我们向另一架飞机走去。

两个美国人正坐在机翼下面谈话，见我们走近扶梯，其中一个红头发的瘦个子，连叼在嘴上的烟卷也未拿开，就含含糊糊地问："是到北平去的么？"

"是的。"翻译同志回答他。

"几个人？"

"两个。"

瘦个子向我们三个人从头到脚打量了一阵，然后把脸扭到一边，继续吸了两口烟，爱理不理地说："这架飞机，只能坐一个人。"

"为什么？"

瘦个子站起来，狠狠地拿烟头往身边一摔："为什么？因为这架飞机上只有一个降落伞。"

仓夷说："我们不需要降落伞！"

"你们不需要是你们自己的事，但没有降落伞，我可不能把你们带到空中去。"

这样谈下去，显然只会闹成僵局，翻译同志改换了语气询问他，这是不是北平——张家口的班机？既然是班机，你们当然知道有多少人要搭机到北平去的……

没有等翻译同志把所有的问题都提出来，那个美国人竟脸红耳赤地吼起来："不管你有多少理由，现在我既然只带了一个降落伞，就只能让一个人坐这架飞机到北平去……"接着他吐出了一连串极粗鲁的话。

看情况，即使继续交涉下去，也不会有什么结果了；仓夷显然很激动，但他只反复地说："真没有道理！真没有道理！"

我们之间彼此交换了激动的眼色，最后，翻译同志对我说："萧同志，你先上去吧！"

我望着仓夷。他微微一笑，说："我回头搭那架飞机去，到大同就到大同，多在空中绕个圈子罢了。他还难得住我！哼！真没道理！喂！老萧，你在北平机场等我啊！我估计十一点钟就可以到了。"

我走上扶梯，靠着舱口，向他们挥了挥手，他们才走开。我望着仓夷的背影，南风飘起他那雪白的衣襟，那条他最喜爱的红领带却给飘到肩膀上，摆动着。他正在指手画脚地向翻译同志谈论着什么，但忽然，他转过脸，用双手作成喇叭向我高喊："我……们中午……到东安市场……吃奶酪……一同去……去……哈哈……哈！"

不久，飞机起飞了。我凭着小窗眼，恋恋地望着弯弯曲曲的清水河和张家口市区的红屋顶；可是，机翼一摆一摆的，只摆了几下，红屋顶和河流都被摆到群山背后去了。于是我回过头来，发现偌大的机舱里，只有我一个人；几只大汽油桶和十来个扁木箱，占去了机舱的一半；顺着往舱顶看，我忽然看见十几个降落伞，整整齐齐地塞在悬架上。……

一股怒火涌上我的心头。我觉得脸上热乎乎的，大概我的耳朵都红了。……我沉思了一阵之后，猛然翻开笔记本，狠狠地写了四个字："欺人太甚！"也许是我用了全身的力量去对付这四个字吧，铅条竟折断了两次。

我还准备写点什么，但忽然感到气浪冲激着我的耳膜，我急忙张开嘴，可是已经迟了：耳鼓里仿佛给塞进了一块什么，嗡嗡地响着。望窗外，飞机正急速下降，闪光的昆明湖和翠绿的万寿山，刚刚在机翼下面掠过，飞机就斜斜地俯向跑道冲下去。

走出了机舱，我在机翼的阴影里坐下来。我准备等仓夷一起进城去，然后一起到东安市场去吃奶酪。于是，为消磨时间，我拿出卡达耶夫的《妻》来阅读。这里很静，除了草虫的叫鸣和不时地传来一阵飞机的嗡嗡声之外，几乎什么声音也听不到了。……不知不觉我已把小说读了半本，时间也已经到了十一点钟，然而，然而仓夷却没有来。每隔三五分钟，就有一架草绿色的军用运输机降落，尽管我费尽眼力，可是没有看见一个穿白西服的人。最后，我离开了机翼的阴影，走到一处每架飞机所必经的跑道旁边；飞机虽然不断地从空中降落，每架飞机虽然都走出一群人，但却始终没有仓夷。时间已过响午，太阳火一样地烤着地面，草叶都卷起来，有的叶尖已低垂下去，远处还冒着发颤的热气。我渴极了，但我仍站在那里，向耀眼的白云堆里搜索着黑点。等黑点逐渐变大，于是我又怀着希望；可是当这黑点逐渐飞近，逐渐由嗡嗡声变成隆隆声，当它已经滑到了跑道的终点，当一群人从它那里走出来的时候，我又失望了。

在这短短的时间里，我心头曾怀过多少次的希望，又尝过多少次失望的痛苦啊。慢慢地，由失望到怀疑，由怀疑到心情焦灼。一直等到下午三点钟，太阳已经西斜了，才怀着一颗焦虑的心，离开了飞机场。

二

当晚，那捆《晋察冀日报》已经送来了；可是仓夷没有来到。

夜里，我将那些大桃子安放在一个高脚的玻璃盆上，为防止它们发干，我又在桃子上洒上一些清水。然后，我走进隔壁的华同志的房间里。他又一次问起仓夷是否来到了，我只摇了摇头；他默默地沉思了一会，然后说："大概不会有什么问题。近来，国民党的特务的确很猖獗，这确实应当引起我们的警惕。在半个月之前，他们竟敢在西直门绑架了我们代表团的工作人员，连同刚从延安运来的一汽车物资，一起被弄到特务机关里。一直找了好几天，我们才找到了线索……"他顿了一会，忽然问我："在北平工作的一段时间里，你觉得仓夷怎样？"

我一时弄不清他这问话的意思，只说："很好嘛。"

"不！"华同志大约发觉自己没有把问题说清楚，忽然自己笑起来，"我不是问这个，我是问仓夷在工作中和生活中，你感到他有什么不够的地方没有？"

为什么问这些呢？我仍然摸不清他的意思。我匆匆把脑子里的杂乱印象整理了一下，说："我认为仓夷无论在哪方面都是很好的，他不怕任何困难，敢到处钻，到处闯；为了党的利益，他敢出生入死，不顾任何危险！其次，在和一般人接触中，他时刻都维护着党的利益，维护着党的声誉，遇到有损污党的声誉的言论，不管对方是什么人，他会严加驳斥……"

在华同志的脸上，泛起一种柔和而又亲切的笑容，但他立刻打断我的话："这些，我全知道……"

"你别忙呀！"我抢着说，"总之，我觉得仓夷在工作中，是个好干部；在生活中，是个好朋友！当然，我并不是说他没有缺点，譬如说，他在北平工作的这段时间里，我就感到他对国民党反动派的一些恶毒的措施，常常是极其大意的，有时候，他对这方面好像完全失去了警惕……"

"对！"华同志喷出一口浓烟，连连点头，"对！我有同样的感觉。"接着，他又转了话题，猜测着仓夷现在的情况，据他看，一方面仓夷可能没有登上飞机，现在也许还留在张家口；另一方面，仓夷可能已经到了大同。可是，他接着问自己，"那捆《晋察冀日报》已经到了，但仓夷为什么没有到？那架到大同去的飞机既然不让他上去，是不是到了大同之后那飞行员又找他的麻烦？现在大同周围打得很紧！……我所担心的，倒不是仓夷是否到了大同，使人担心的，却是他有时表现出来的那种孩子气！"说到这里，他向窗外的星空瞥了一眼，呵呵地笑起来，说："我们也许是多虑！人家仓夷也许现在正坐在桌旁写文章哩！"

他这一笑，的确减轻了我心头的焦虑。于是我推开门，走到露台上，依着栏杆，俯视着冷静的长安街，嘘出了一口气……

月亮，快要西沉，夜，已经很深了。

第二天黄昏，我的心情又沉重起来。刚刚从张家口来的同志告诉我："仓夷昨天已搭飞机离开了张家口。"此外，他再也没法告诉我任何别的情况了。于是我又焦灼地等待着执行部美国代表团的答复。时间过得真慢！一直到七点钟，秘书处的刘同志来告诉我："美方的答复：简单得近似敷衍，只说仓夷到了大同，又被送回解放区去了。"刘同志立即又补充说，已向张家口和大同执行小组发出急电，大约明天早上就能将情况弄明白的。

是怎么回事？我脑子里塞满了疑问，也塞满了焦虑。

可是这一夜，我却无论如何也无法使自己的心境平静下来。我虽然翻着书页，但仓夷的脸影，却不断地在我脑海里闪过。……

大约是一九四五年十一月最末的几天，是我到达张家口半个月左右的光景。这一天，我从办公室里走出来，发现天气格外晴朗，蓝天里只飘着几朵薄棉絮似的白云，这是塞外冬天少有的好天气。但是当我刚走到一片旷阔的空地，河对岸却忽然响起了凄厉的空袭警报，猛一抬头，几架国民党的飞机已进入市空，紧接着是一长串的机关炮；我急忙跳进近边的壕沟里，伏卧着。不一会，敌机回转头来，又向这一片空地扫射了一阵，碎石片和子弹在空中呼啸着，就在这忽儿，一个人"呼"的从我上头跳下来，敏捷地趴下去，跟我正面对面地俯伏着。从他的动作看来，这个小伙子是蛮机灵的，在浓浓的眉毛下面，闪着一对很有神采的眼睛，他微微地笑着，两颗金牙在嘴里闪了一下，他问：

"同志，你是哪个单位的？"

我说："晋察冀日报社。"

"咦？"他表示奇怪，"我也是报社的，怎么不认识你？"

"我才来半个月。你呢，贵姓？"

"我叫仓夷。"

……等警报解除的时候，我们已经成了朋友。我们跳出了壕沟，拍去了身上的泥土，就并肩地回到宿舍里。这天下午，我们谈得非常痛快，由文艺谈到生活，由战斗又谈到各人的经历。也是从这次谈话里,才知道他是从新加坡回来的华侨,一九三八年,也即是他十六岁的那一年,他就从遥远的海外回到祖国;就在那一年,他经过千山万水跑到吕梁山,开始了革命的生涯。……

从这以后,我们之间的接触就多起来,我们的友谊也就更加深厚了。

到了北平之后,有一天他忽然拿出一张照片给我看,那是一个美丽的姑娘。从微微合拢的嘴唇上和水灵灵的眼眸里,都流露出少女无限的情意;她似乎在含笑凝思,但又微微有点忧伤。

我问:"她是谁?"

"是我的未婚妻。在我回国那年,我们就订婚了。"他的音调变得柔和了,音调里包藏着炽热的爱情,"整整八年没有看见她了,就是在战争最紧张的日子里,我也没有忘记过她;可是,那时候我们无法通信。最近我一连收到她两封信,并且还寄来了照片……"

我很感动,也替他高兴。他静默了一会,继续说:"家里来了几次信催我们结婚,我同意了;我希望她回国来结婚,将来我们可以一起做革命工作;但我妈妈认为这是人生大事,一定要我回到新加坡去结婚,老人家的态度很固执,看样子,大约我们今年还不能见面……"

"你自己怎么打算?"

"只好延迟一两年再说,家里的老人是不习惯从政治上来想问题的。你想想,现在四平街打得这么紧,国民党还扬言要夺取长春和整个东北;我看,一场大战很快就要爆发。在这年头,我怎么能回新加坡去结婚?内战的炮火一点燃,交通就断了,那时要回解放区就难于上青天了!……"说到这里,他使劲做了个手势,像要紧紧同党的主力靠在一起。接着他顺手把衣架上的草帽戴到头上,推着车子匆匆出去了。

仓夷的那副神气和他那背影,现在仍然在我的眼前闪动。我继续无意识地揭着书页,但我竟看不清其中的任何的一行字和一句话;仓夷的面影仍旧固执地出现在我的眼前;但这一次,却是一张带着几分淘气表情的脸庞。……

记得那是三月间的某个深夜里,时间已过了十一点钟,但仓夷还没有回到报社来,我们曾打电话向中共代表团各单位去询问,但都说那里没有他。自从我们的报社搬到方壶斋九号以后,国民党反动派不但派出大批暗探和打手分住在报社周围的家家户户;同时,还在我们经常出入的宣武门加强了岗哨;一到晚上七点钟,就有二十个全副武装的哨兵，分成两排把守着城门洞，两溜刺刀闪着寒光，如临大敌。这情况，仓夷是知道的；并且曾经告诉他，如果没有特别事故，一定要在七点以前回到报社。……然而，一直到十一点半，他才笑嘻嘻地回来。一问他，他悄悄伸了伸舌头，微笑着；他说，他正要离开北京饭店，忽然遇到一位刚从延安来的老朋友，因多年不见，一聊开了话就没有完，竟把时间也忘了。说到这里，他又淘气地伸舌头，格格地笑了。

"同志，"我劝告他，"在这里不像在解放区，胆大是好的，但还要心细，你对于国民党的特务，可不能大意呀！"

他仍然微笑着："不要紧！他们敢对我怎么样！"

……我担心地抬起头来，那几个大桃子又映在我眼前，我不禁地叹息起来："仓夷呀！你这种孩子气曾使多少同志为你担惊！"

三

上午九点钟，我照例到协和医院三楼去参加二十五特别执行小组的会议，然而会议的情况跟昨天几乎完全一样，也同昨天那样只开了十分钟，就散会了。

美国的代表戴维斯上校，照例坐在主席的席位上，照例把两只毛茸茸的手臂撑在桌面上，还拿一只手不断地抚摸着他那多肉的下巴。他矮小而肥胖；只有极稀薄几绺黄发，贴在前脑的两侧；虽然他费尽心机拿一绺横贴着前脑，但却盖不住那秃得发亮的脑瓜。在这下面，便是金丝眼镜罩着的两只灰绿色的矜持的眼睛，和一个像小榔头似的鼻子。他傲慢地但慢吞吞地重复着昨天的话："……关于安平镇事件的调查，今天就请美军士兵丘克君……来作证，他们已经来到休息室。共方的意见怎样？"

我们很明白，戴维斯有个阴谋，他妄想拿美国士兵的所谓"作证"来代替全面事实的调查，并且企图拿他一方面的"作证"当作调查结果向世界公布。他根本不打算听到安平镇我方驻军的报告。因此，我们的代表提出，必须先确定双方证人发言的程序；在程序未确定之前，不同意丘克等来报告。

当译员翻译这段话时，戴维斯一时望望窗外，一时又看看他的手表；还未等把话听完，他就侧过左边，向国民党的代表问："国方的意见怎样？"

国民党的代表显出一副奴才相，应声虫似的嗡嗡着："我们完全同意美方的意见。"于是戴维斯宣布："现在请丘克来作证。"我们的代表立刻严词指斥戴维斯：

"在外交史上，从来不能找出这样的事例，在我方的译员还没有译完我的意见，你就打断了他的话，现在我要向你这种无理的举动提出抗议！其次，我再一次重申我方的意见，在程序未确定之前，不同意丘克等来报告。"

戴维斯不动声色的听完了这段话，然后用毫无表情的声调宣布："现在散会。明日九点继续开会。"

我回到宿舍里，心里仍然非常激动。为了完成我对每次会议的报道任务，我不能不回忆戴维斯那副嘴脸。我发觉他同机场上那个红头发的家伙很相似，他们都善于耍无赖和玩弄流氓手段；同时我也看到，在这些流氓手段的背后，都隐藏着美国白宫最毒辣的阴谋。……我顺着这条思路想了很久，最终我摸着了戴维斯的诡计的实质，于是我急速地写着，我激动，我要向世界宣布他们这恶毒的诡计。

可是，还没等把新闻电讯写完，有人敲门了，原来是秘书处的刘同志。一看见他，我立刻又想起了仓夷，于是我性急地问；他的眼色已经表明他的内心十分焦虑，但他仍用极平静的音调告诉我：张家口已复了电报，说只知道仓夷八日搭飞机离开了张家口，此后，再没有听到关于他的任何消息了；大同小组的复电没有说情况，只说今日下午有人来北平，准备面谈。

沉默了一会，我问："刘同志，你估计仓夷会不会遇到什么意外？"我明明知道这是一句傻话，但还是忍不住地说出来了。

刘同志犹豫着，舌头似乎僵硬了，憋了好一会，才说："大概不会吧！"

"我也这样想，大概不会吧！"

于是，我们都苦笑起来。

午饭时，我知道大同小组的那个翻译同志已经来到；一吃完饭，我就到三楼去找他。他告诉我：那天那架飞机到达大同时，事先并不知道那里有我们自己的人，所以机场上没有我方的人员。当天，他只因偶然的事情到飞机场去了一趟，可是，当他走进机场时，风波已经结束了，只听说有个新华社的记者被送走了。……后来，还是从美方一个翻译的嘴里才弄清了事情的经过。

那架飞机在九点钟就飞到大同，降落后不久，就有十几个国民党的党棍拥上飞机去，他们看见机舱里坐着一个挂着新华社小牌牌的人，就嗡嗡着，要求驾驶人员拿出名单来查对。

不久，那个惯于把唾沫喷到人家脸上的美国兵，手里捏着一个纸夹，从前舱走到后舱来,他望着仓夷,竭力装出滑稽的样子说:"亲爱的朋友,劝你别上来,你说多坐一个人没关系,好!你看!现在该怎么办?"

仓夷脸红红的,显然有点为难;但他挺直胸膛,不动声色地坐在那里。

党棍们要求立刻查对名单,于是那个美国兵问了仓夷的名字,接着他宣布:从北平执行部带来的名单里,没有仓夷这名字。

这一来,机舱里立刻迸出一阵狗吠似的吼声:

"叫他滚下去!"

"别占着我们的座位!"

仓夷气极了,愤愤地站起来,登登地下了飞机。他才走了几步;有个别着上校领章的军人在背后呼喊仓夷,那人自称是大同小组的国方代表,后面还跟着一个勤务兵。首先他对仓夷不能立即到北平去,表示遗憾,接着他说:"由于共军的围攻,大同已经朝不保夕。执行小组的共方代表,说回去请示,但到现在还没回来。执行小组已决定撤出大同,北平大同之间的班机下星期就要停航。在这样混乱的情况下,你如果留在大同,想再到北平去,困难只会一天天增加。小弟的意思,你不如即刻回张家口去,从那里到北平的机会多,不知你的意见怎样?这纯粹是替你设想,你如果不同意,你当然也可以留在大同……"

仓夷大概被刚才那阵吼叫气晕了,他一直没有说什么,最后,他只冷冷地向对方问了几句简单的话,然后,就跟那个国民党的代表坐上一辆吉普车,驶出了飞机场……

听到这里,我的全部神经都紧张起来,忙问:"到哪里去啦?"

"以后的情况,是由我们的司机同志向一个替国民党代表开车的司机那里打听出来的。"

他用力吸了一口烟,继续往下说:

……出了飞机场,大家都没有说什么话,路很不好,汽车走的很慢,大约走了一刻钟光景,在离前面村庄还有三四里的一处野地上,上校叫把吉普车停下来。他首先从车上跳下来,紧跟着,仓夷跳下来;接着,上校的勤务兵跳下来。

上校指着前面的村庄,对仓夷说:"喏,你看,前面这个村庄就是国方的最前线了,再过去,就是共方管辖的地区。为了让我能知道你已安全地离开了国方的最前线,我希望你到了这村之后,给我写个简单的字据,好让我放心!……勤务兵,你记住,把这位先生送到村子以后,千万别忘了带回字据来!好,你走吧,我不便往前走了。……"

仓夷默默地走开,勤务兵在后面跟着。

上校没有立即离开这里,只嫌太阳晒得头痛,叫把吉普车开进一处树荫里。他似乎很愉快,一个接着一个的烟圈,不间断地从他嘴里喷出来。

大约过了四十分钟,那个勤务兵果然带着仓夷的字据回来了。

"写些什么?"我问。

"后来,我们问国民党代表要来了这张字据,据熟悉仓夷的人说,确是他的笔迹。上面写着'我已出了国方的最前线',下面是签字。"

"出了国方最前线?"我问自己,"那么张家口为什么会一点不知道?"

"问题就在这里,"翻译同志说,"据我们所了解的情况,国民党在那一带的防线,其纵深不会那么浅;其次,根据那个汽车司机所谈的情况,那一带哪里有一点最前线的迹象呢?可是,国民党代表却一口咬定:仓夷已安全地出了国方的最前线,他认为最有力的证据,莫过于仓夷自己的亲笔字。……"

是凶呢还是吉?似乎越想越渺茫然了。

也许是由于战事太紧,也许由于旁的原因,所以前沿部队还来不及给张家口发电报?也许,张家口今天才收到前沿部队的电报?也许明天这里就会收到张家口的电报?

也许,仓夷会突然出现在我的眼前。

于是,我又向那盆桃子洒了一些清水。

四

又是黄昏。

刚刚结束了紧张的白天生活,我又站在露台上,望着街头的黄昏出神。

要是在张家口,正是我和仓夷在东山坡僻静的小径里散步的时候。我们常常喜欢迎着柔软的晚风,踏着自己瘦长的影子;一面慢步地走着,一面谈述着战斗的故事和各人有趣的见闻……就这样,一直踏尽了黄昏的影子,远处的灯光才把我们召回。……然而现在,当晚霞同样变幻万状的时分,仓夷的消息却渺茫了。

我怅然地望着西边的天际。当几面飘卷在晚风里的美国国旗清晰地映入我眼帘的时候，我感到气闷；戴维斯和那个红头发的家伙，以及那些喝得烂醉的满嘴臭话的美国丘八，那些到处横撞直闯狂妄自大的"M.P"①……都一齐掠过我的脑际；那曾在四月三日早晨闯进解放报社的特务们以及二十五小组那个令人切齿的奴才，都一齐掠过我的脑际；我恨不能把他们的牙齿都敲掉！

"仓夷啊！在这斗争最激烈的时候，我们是多么需要你！"

在过去斗争的岁月里，他的智慧、他的忠贞以及他的勇敢，都曾闪过光。……

记得二月间的某一日，北平的许多中外记者去参观日本战犯的时候。仓夷进去时，几乎使他吃了一惊：许多国民党报纸的记者，竟和日本战犯亲热地握起手来，并且亲昵地向这些刽子手问寒问暖；于是这些杀人犯乐起来，恢复了他们进行大屠杀时的劲头，畅快地笑开了；他们俨然成了这间房屋的主人，谈笑自若地与人握手，交谈。……仓夷被这情景激怒了，当一个日本战犯笑呵呵地走近来与仓夷握手时，仓夷冷冷地把手收起来，然后望定对方，严峻地斥道："谁跟你笑？你乐！你乐什么？难道你们忘记了自己屠杀了多少中国人吗？"这一下子，全场立即变得鸦雀无声，杀人犯们站着不动了，一大群国民党报纸的记者也愣住了。仓夷直挺挺地站在那里，向所有的人扫了一眼，但谁敢抬起头来接触这严峻的目光？……

于是我又想着，在四月三日那一天的斗争中，仓夷的表现也是出色的。那天侵晨，国民党特务机关原想在天亮之前，就偷偷摸摸地将《解放报》的全体人员"一网打尽"的。在他们强拉硬扯地拖走一部分同志之后，我们发觉了这一二百个军队、宪兵和警察，只受一个人指挥。这个人穿着美式军服，耀武扬威地吼叫着，从这个房间走到那个房间，他到了哪里，哪里就会有人被捕；只要他一离开，喽啰们就会没有事情可做。这时，这个穿美式军服的特务，正在楼上指挥捕人，他自然就无法顾到楼下，自然更顾不到门外了。我们利用了这个漏洞，当喽啰们把我们押到大门口时，我们再也不走了。我们的人，一个一个地被弄出来，人一多，形成一种声势，我们嚷开了，四邻的居民都悄悄地从门缝向外探望着，仓夷就凑近门缝，大声说："乡亲们，因为我们的报纸替老百姓说了话，国民党反动派就恨我们，现在还想逮捕我们……"西茶食胡同口这时也拥来了很多老百姓，一个警察想去赶，被我们的一位女同志喝住了："你为什么赶？你们干的事是不敢见人的吗？"……仓夷很活跃，跑来跑去；一

---

① "M.P"是"宪兵"的英文简写。

会他把照相机拿出来了,一会他告诉我:"已经有人给叶剑英同志打了电话了。"果然,不多久中共代表团的人来了。这时候,那个特务才从里面溜出来,仓夷准备把他的嘴脸摄下来,拿照相机对着他;那家伙像遇到照妖镜,急忙把脸扭向墙边,一面拿手枪对着仓夷;而仓夷则毫无畏惧地继续拿眼睛对着镜箱,瞄着他;快门刚响过,这个特务缩头缩脑地蹑蠕地绕过了墙角,就撒开腿向胡同口跑去……

这一天,恰好是星期五,匆匆吃了早饭,仓夷就骑着车子出去了,他要赶去出席伪北平市副市长张伯谨的例行记者招待会。他到得很早,为了将消息尽快地透露出去,仓夷故意只向个别记者私语着。记者们见他们这样悄悄私语,反而注意起来,都围上去,但仓夷没有改变声调,继续细声地谈着,到最后几乎所有的记者都围拢来,静静地听着。有些没听清楚的,还提出问题来问他。……不久,招待会开始了,当张伯谨念完了那篇枯燥乏味的,没有一点真实内容的发言稿之后,仓夷立即站起来,用洪亮的声音问:"副市长,今天早晨,有大批的军警宪特绑架解放报社人员的事件发生,你知道么?"

"不知道。"

"不知道么,"仓夷继续说,"事情是这样……"他说得很快,但很清楚,只说了六七分钟,就把事件的经过说完了;最后,他加重语气说:"……这事关系到国内的和平,请你注意。"

张伯谨显然有点狼狈,他竟没有回答记者们提出的问题,就匆匆宣布结束招待会了。

刚走出门口,有个记者对仓夷说:"这次招待会的发言人,不像是张伯谨,倒似乎是老兄了。"

……想到这里,我几乎想笑起来;但忽然,一种刺耳的刹车声,将我从沉思中惊醒;往下一望,竟不由地全身战栗了一下:有个女孩子,被一辆飞快驶过的吉普车轧得血肉模糊。烂醉的美国兵只停下车望了一会,又吼叫着把车子开跑了。

"混蛋!总有一天咱们要狠狠地把你们赶出去!"

我不忍再看,愤愤地回到房间里。……

夕阳,血红地映在窗玻璃上。……

五

　　戴维斯继续玩弄他那套流氓手段,会议没有什么进展。一星期过去了,十天也过去了,会议的程序问题,还没有解决。

　　玻璃盆上的那些桃子,已经由柔软逐渐腐烂起来;可是仓夷的消息,却越来越渺茫了。……

六

　　八月二十四日早晨,我要回张家口去。

　　在我离开北京饭店之前,华同志递给我一封信,他稍微有些激动,说:"这大概是仓夷家里寄给他的信,已经在我这里搁了三个星期;现在还是交给你吧!将来也许你还能看见他。请你记住,希望你一回到张家口,就写信来!"

　　接过信,我一看那纤秀的字迹,知道是仓夷未婚妻的来信,我小心地把它放进提包里,然后就下楼去。……

　　八点钟,我到了张家口机场。这里还像半个月以前那样,仍然是草色青青,一片碧绿,蓝色的小花比半个月前开得更欢了;然而,我的心境却不像离开时那样平静,再也无心去欣赏这美妙的景色了。我匆匆向机场的休息室走去,急着去找熟悉的人。刚进门,就看见翻译同志,我第一句就问:"仓夷回来了没有?"

　　他收敛了笑容,摇了摇头:"没有!……"

　　我的心本来是悬挂着的,听了他的话,心一沉,什么话也说不出来;一直静默地站了几分钟,然后才坐到桌边,摊开纸,心绪纷乱地写着:

华同志:
　　张家口也没有仓夷。我看是凶多吉少了!
　　我不愿意胡思乱想,但是从各方面的事实来看,却不能不使人担心!匆匆
　　祝你好!

　　　　　　　　　　　　　　　　　　　　　　萧殷八月二十四日飞机场

……我一回到报社，许多同志都围上来探问仓夷的信息，然而我的回答，却使他们变得沉默，有的竟叹息起来。

等我把行李整理停当，又把仓夷未婚妻的来信连同她的照片，都妥帖地压在我书桌上的玻璃板下面之后，我正准备到办公室去，这时，墙外忽然传来一阵响亮的叫卖声：

"水蜜桃呵，又大又甜的水蜜桃！……"

七

桃子的季节，一转眼就已经过去，塞北的天气渐渐寒冷起来；小径里已堆满了落叶，篱边的白菊花也开始枯黄。

随着秋风的加紧，战火，也越来越迫近张家口的大门。不久，怀来前线的激战开始了，张北的战云也开始弥漫。从十月九日起，敌人的飞机疯狂地向张家口轮番地轰炸了两整天。市区的空际不断地卷起黑腾腾的浓烟。丈把高的火苗从屋顶冲上来。

十日傍黑时分，我们才从东山坡回到宿舍里。然而屋里的天花板被震得破碎了，七零八落地悬在上面；地板上是一层厚厚的泥土、木屑和玻璃碎片；玻璃窗全被弹片打得稀烂，冷风从窗缝里灌进来，使人全身都觉得冷飕飕的。

电灯已断了电。我点着两支蜡烛，急忙坐下来编发明日报纸的副刊稿；可是稿子还没编齐，老陈忽然急匆匆地闪进房来，他通知我，不要编稿子了，马上要撤出张家口。

这个通知使我吃了一惊："为什么？东线不是打得很好吗？为什么要撤退？"

"东线的确打得好！可是张北方面不太妙！从张北望张家口是居高临下，不能不防！好，我不能多耽搁，请你抓紧时间把要带走的东西收拾一下，八点半集合！……"

老陈一走，心绪更加纷乱。脑子里尽是"为什么"，虽然我明白"不在一城一地的得失"的战略意义，可是当我回想起这个城市在这一年中的巨大变化，劳动人民和我们的干部在这一年中的辛勤创造，以及广大人民在这一年中所获得的一切，唉！到明天，一下子全都要落到敌人手里，心里却不免感到难过。

烛光被一阵阵的冷风吹得摇摇晃晃，屋子里寒冷而又阴暗。

我正收拾着书籍和衣物，我的视线却忽然落到玻璃板下面的那封信上，那几个纤秀的字，仿佛格外显眼地映在我眼前。我即刻把它取出来，准备一起搁进提包里，可是我又惆怅起来：仓夷什么时候才会读到这封信呢？他还能读到这封信么？仓夷这时候在哪里呢？是在黑暗的牢房里，正在那里沉思；还是正在忍受着残酷的拷打；或者是，他已流尽了自己的热血，早已离开了人间？

一阵冷风从破窗口吹进来，烛火给刮灭了；天花板上沙沙地掉下许多沙土来。我又将蜡烛点着，继续对着那封信发怔；我仿佛又看见那微微合拢的嘴唇和那水灵灵的眼睛，我心头感到一阵寒冷。

仓夷也许能读到这封信！我们好些坚强的战士，不是经历过种种非凡的遭遇之后，又从死亡的门口回到生活的路上，又拿起武器继续跟敌人战斗吗？仓夷大概也会是这样！他是不屈的，说不定有一天，他会冲破敌人重重的障碍，回到解放区来，回到他的亲爱的战斗伙伴中间来。到那时候，我再把这封信原封不动地交给他。

于是，我将信夹在一本书里面，再把它搁进提包里，然后，我才离开了这寒冷的房间，向集合的地点奔去……

天上，有暗淡的月色，但冷风却越吹越紧了。

八

到第二年，桃子熟了的时候，我们的大军已突过了黄河，浩浩荡荡地向中原地区进发；华北各战场，我军也正到处向敌人展开了攻势……

虽然那封信还平平正正地夹在书页里，然而仓夷呢？仓夷的消息更加渺茫了！……

到一九四八年的秋天，当桃子又熟了的时候，辽沈战役已接近胜利结束，淮海的大歼灭战刚在开始；当我们正满怀信心，用更坚实的工作来迎接胜利的时候，可是我们还是听不到仓夷的消息……

九

一直到一九四九年的七月末秒，当我们天天都因接到胜利消息而欢腾鼓舞的时候，当全部大陆快要解放的时候，我终于听到了仓夷的消息了；可是一直到这时候，我才痛心地叹息：他的确再不能读到那封信了！

杀害仓夷的刽子手，已经捕获！从刽子手的口供里，我才知道，原来就在一九四六年八月八日上午十点钟，当我正坐在飞机的阴影里读着卡达耶夫小说等待他的时候，刽子手就拿刺刀将仓夷活活地杀死了。

血，必须用血来偿还！刽子手自然逃不脱人民的惩罚！

啊啊！多雨的季节已经过去，桃子又快熟了。

可是，可是仓夷啊！他却永远不再归来！……

一九五七年四月于北京

保卫为人民服务的权利*

为人民服务，——是我们一种庄严的权利！是一种不容侵犯的自由！是民主权利中一项重要的内容！

但是，在蒋匪帮的黑暗统治下，人民没有一点民主权利，自然更没有为人民服务的自由！那时候，谁敢接近劳动人民，谁敢替劳动人民说话，谁就会被列为思想"左"倾，且随时都有突然"失踪"的危险；谁敢代被剥削、被压迫的人们叫屈，谁就会被列入黑名单，跟着，逮捕、笞刑、杀戮的厄运，随时都可能来到。在那黑暗的岁月，谁敢与群众联系，谁敢标榜为群众写作，谁敢提到为解放劳动人民而写作，谁就被蒋匪帮视为"危险分子"，由盯梢、监视，一直到逮捕、屠杀。左翼作家中有多少革命者，曾为争取这种权利，而"抛头颅，洒热血"，在刑场慷慨悲歌，视死如归！

劳动人民是物质财富和文化财产的创造者，为他们服务，替他们的幸福生活设想，按理，是天经地义的事；可是在蒋匪帮的暴政下，连人民为自己前途设想的权利也被剥夺精光，而且还把这种"设想"视为犯法。像剥夺人民的其他民主权利一样，蒋匪帮竟不惜用皮鞭、用电刑、用屠刀来剥夺为人民服务的自由。相反，蒋匪帮对于那些反人民、反民主的言论和行为，却给予物质的和精神的奖励。

那时候，人们多么向往有为人民服务的自由啊！

一直到推倒了蒋家王朝，埋葬了独裁制度，我们才获得了民主权利，获得了为人民服务的自由。这种自由是不容易得来；是用鲜血、用长期斗争挣来的；而且只有在

---

* 载《作品》1962年新一卷第七期。

人民当家作主的社会主义制度下,这种自由,才能得到充分的保障和发挥。

十多年来,这种自由曾鼓舞作家艺术家创造了多少优秀的作品!这些作品又曾激励了多少劳动人民的革命意志和建设热情!

现在,蒋介石残余匪帮妄图卷土重来,妄图夺回我们的胜利果实,也妄想夺去"为人民服务"的自由。办不到,绝对办不到!这是神圣不容侵犯的权利,是重大的胜利成果。为了保卫"为人民服务的自由",我们要拿起武器来战斗!

我怎样走上文学道路[*]

一　灰色的童年

我出生在广东龙川县佗城竹园里一个贫穷的家庭。佗城面临东江,背靠嶅山,山清水秀,景色宜人,处处古刹,古色古香,是南越王赵佗称帝的古城,但到我懂事的时候,它和全国农村一样,正面临着农村经济的破产。"农民头上三把刀,地主官吏高利贷"。加上连年遭灾,农民纷纷逃荒要饭,美丽的故乡满目疮痍,一片凄凉。

我的家庭和其他农民兄弟的遭遇一样,生活相当困难。八岁的时候,父亲病故,母亲因风湿长期卧床,嫂嫂是个脾气古怪的人,哥哥不在家,在城里当店员,每月只拿五元工资。靠这微薄的收入,除了帮助家庭,还供我上学。

当时的政府根本不顾人民的死活,每年早晚两造,从惠州府派来的"粮官"仍然依期坐着轿子到乡下催粮,威风凛凛,前呼后拥。所到之处,老百姓都要杀猪宰鸡敬奉。这种人压迫人、人剥削人的黑暗社会,在我幼小的心灵中埋下仇恨的种子,我有一肚子不平,有一肚子愤怒,想向世界控诉。

一九二五年,"北伐军"第二次东征,以周恩来同志为政治部主任的东征军,主力是黄埔军校的学生军,共产党员和共青团员是其中的骨干。他们打败了盘踞在东江一带的军阀陈炯明,又点燃了东江人民革命之火。东征军张贴出"有田耕,有工做,有饭吃,有书读"的巨幅标语,使灾难深重的农民看到了希望的曙光,它像磁石一样吸引着挨饥受冻的广大农民。

---

[*] 初载《特区文学》1982年第二期,题目为《回忆录》,1984年2月收入《萧殷自选集》时改名《我怎样走上文学道路》。本文为《萧殷自选集》收录的版本。

这时我正好十岁，读小学四年级。这动人的标语，对我这穷孩子也是很大的鼓舞和启发。我第一次打开了眼界，开始憧憬着未来，梦想着一种人人有工做、有田耕，各尽所能的大同社会。

我的国文教师，是个很有革命朝气的人。既教语文，又教音乐。他上课的时候，经常离开课本讲天下大事，热情地向学生传播革命火种。我们小学的礼堂里也开始挂着马克思、列宁、孙中山"世界三伟人"的像片。日益浓烈的革命气氛，冲击着萧条贫困的农村。我开始意识到：做一个人要像人那样生活，要有一个公平合理的社会环境。可是，环顾四周破产的农村，满目疮痍，处处不平，是人间？又似地狱？我心里似乎有很多话要说，要控诉、控诉这不合理的社会。为了寄托我心头的不平之气和爱憎感情，于是我开始接触民间传说和民间歌谣。

我上了高小，很爱体育活动，也喜欢用功读书，连中午都不放过。我的成绩很好，高小四个学期成绩都是第一，除了用功，更重要的原因是我身体好、记忆力强。每当老师讲课时，我的精神都非常集中，除了老师讲课，几乎什么声音我也听不见，因此老师所讲的，我全都听懂，全都记得。所以晚上自修，也不费气力。到考试的时候，成绩几乎都达到一百分。

由于成绩优良，课本已远远不能满足我的学习要求。而我的求知欲又那样强烈，因此，除了背诵、默写英文生字外，我把大量时间，包括早晨、晚上的自修时间，都用来阅读课外书，特别接触了大量中、外文学读物，除蒋光慈的《鸭绿江上》和《少年飘泊者》之外，连荷马的名著《奥特赛》（它当时的普及本叫做《俄德西冒险记》）也没有放过。

二　中学时代

由于几位小学教师积极帮助，替我缴了学费，我才能进入中学，此外，还靠教师向高班同学借来课本，才省去了买书的钱，可是每逢更换教科书（比如由"新学制"换成"新时代"）时，就如遇到了难关。

还是初一的时候，我就开始写作。我记得当时曾写了好几篇散文，都在学校墙报上发表。有一篇叫《风雨之夜》，内容是反映一个家庭贫困的学生，因为第二天要交学费，到处奔走借钱，但自己周围都是穷亲戚，他们的日子也不好过，而那些富裕之家又不肯借，在这风雨之夜，分外凄凉，"我"失望、痛苦、悲愤、焦急，明天，明天就要交学费了，该怎么办？

这篇文章，其实是自己生活的写照。是压抑在心头中的一簇愤怒之火，是对不公平的、人剥削人的旧社会的控诉和反抗。文章后来在广州一个全省展览会获得二等奖。这件事，对我这立志要干出一番事业的穷学生，是一个很大的鼓舞。

同一时期，我还写了一篇散文《挑水妇》。我读书的那间中学，几百个师生，只靠几个女工挑水。不管酷暑严冬，不管下雨刮风，那几个妇女都要到半里外的小河里去挑水，供几百人吃用。这些默默无语的劳动者，在我心灵中留下不可磨灭的印象。我的《挑水妇》就是同情、歌颂这些劳动人民的作品。

初中时，我和高中一部分同学办了一个文学期刊《湖畔》。起这个名字，可能是受到英国"湖畔诗人"华兹渥夫的影响。

《湖畔》曾发表过好些进步的作品，也团结了一部分爱好文学的同学。我在《湖畔》第二期发表过一篇小说《明天》，写的也是自己交不起学费的不幸遭遇。

初中二年级时，我不能不考虑自己的前途。想在理工方面谋出路，需要经过大学的教育，因为家里穷，供不起学费，肯定是没有希望了。对绘画，自己本来有很浓烈的兴趣，但考虑到绘画的工具，尤其是画油画，需要画布、画笔和颜料，也是无力购买的。想来想去，不得已，写点文学作品大概还有可能吧；不管纸张好不好，只要可以写字，总可以买得起，总可以写东西。这样一想，自己便悄悄下了决心。为了实现这一志愿，我拼命下苦功读书。同学们都起得很早，利用早晨在校园里读英语。我为了能精读小说，比他们还要早起一个钟头，独自一个人在琢磨人家的作品，对出色的章节，不惜时间反复推敲。那时，我就揣摩出人物和情节的关系，也猜度到文学作品动人的力量在哪里。除了小说，我写过许多新诗，有的还在上海泰东书店出版的《学生文艺丛刊》发表过。其中一本手抄诗集，还在毕业展览会上展出。此外，我也画过一些中国画，记得大多数是意笔画，裱制后也在毕业展览会展出。

由于家庭贫穷，根本没有上大学的希望，当时摆在我面前的只有一条出路——准备去当店员，决心自食其力养活自己。但我没有想到，在几个同学的鼓动和帮助下，我忽然离开佗城，离开家乡，搭上一只木船，在苍茫的暮霭中，扯起人生的风帆驶向省城——南中国的大都会广州。

三　我进了美术专校

广州，车水马龙，红灯绿酒，繁华热闹，它依然是富人的天堂、穷人的地狱。但是，革命的风暴狂飙席卷，使这个城市在二十年代和三十年代多次受到革命的洗礼，已成为革命的中心，成为多少革命青年正朝夕向往的英雄城。

刚从农村出来的穷青年，彷徨在这座繁华的都会，眼前是一片缭乱和迷惘。我住在惠爱东路小里弄里一个旧祠堂的破陋房子里，地面是湿漉漉的烂泥地，用木板间隔成一小间一小间。我就在这地方安身，住了一个多月。

有一天，在日报上看到了广州市立美术学校的招生广告。这诱人的广告，使我反复考虑，去不去报考？我想学画，可是家庭确实太穷了。连一块钱报名费都拿不出来，即使考取了，谁来负担我的费用呢？好些同来的同学，都鼓励我："去吧，郑文生（我的原名），去试一试也好，反正我们已来到广州，总不能老呆在这里，总得找工条出路呵。"有几位家境较好、经济比较宽裕的同学，给我凑了一块钱报名费。于是我决心去应试一番。

我的入学考试成绩不错，作文、英语的成绩都很好，绘画考试题是"自由题"，当时只带了一块赭石，连绿的颜色都没有，这条件决定我只能画一幅丹枫之类的东西，由于一时感兴，遂竟画成一幅从枫树刚要起飞的喜鹊：

一棵大枫树上，抹着一层金色的阳光，一只喜鹊刚刚张开翅膀，正欲离开枝干，从树上俯冲下去……

考试结果，我作为第四名被取录。我在市美，是靠哥哥 "凑会"来的钱供给的，这是客家地区一种流行的"经济互助"。每份五元、十元不等，这种办法，可以集中一点钱解决某一个人的紧急困难，比高利贷剥削要合理得多。

我靠哥哥的支持，勉勉强强读了一年。这一年，我在老师指导下成天描摹"古美人"。不但不能学习西洋画，连高奇峰、高剑父的作品也不能借鉴。学校一部分教师把这些有点创新的画派斥为"折衷派"。认为他们的作品全是不中不西的。不但不能在课室内公开向他们学习，任何时候都不允许模仿他们。其实，高剑父等人的作品是吸收了西洋画某些精华的。这种固执、保守的作风使我反感、失望，由于这种心境，我不但想学西洋画，甚至让我转到图案系也愿意。但始终未能取得学校的同意。整天坐在课室里呆板地描摹几千年前的古美人，离现实生活何止十万八千里。可是目前的

现实却不能让人宁静，整个社会面对着农村破产的悲惨情景和风起云涌的革命斗争，面对着日本帝国主义的侵略，我再也抑制不住自己炽热的心。我觉得，我应该从"古美人"的圈子里冲出来，勇敢地去反映现实，去诉说我内心的不平，急不可耐希望采用别的武器去参加如火如荼的救亡运动和现实斗争。于是我饥不择食地拿起笔来写小说。《乌龟》《疯子》等，就是在这种心情下写出来的小说。

四　我的处女作《乌龟》

《乌龟》的基本情节和主题思想：

……我和一群孩子，在码头附近玩耍，忽然迎来了一个身材高大、面色沉郁的码头工人，小孩头看见了，他便领着大家，举着棍棒，一拥而上，连声叫嚷："乌龟！乌龟！"

一天，我刚爬起来站在床沿上，妈妈正替我穿衣服，我向窗外一望，忽然大声叫嚷："乌龟！乌龟！"妈妈吓了一跳，惊奇地问我："你怎么这样无礼？"我指着窗外低头走路的一位工人，告诉妈妈："看，他就是乌龟。"妈妈难过地对我说："他是你的救命恩人！是陆伯伯！"她叹了一口气，同情地添了一句："可怜的陆伯伯呵！"

有一次，我在门外玩蚂蚁。弄了一只苍蝇让蚂蚁抬来拖去，等快拖到洞口时，又把苍蝇拿得远远的，让蚂蚁再一次拖向洞口，真好玩呵……

就在这时候，突然有只手摸着我的头顶，还喊了一声："孩子！"我吃了一惊，回头一看，原来是"乌龟"。

"孩子，你想听乌龟的故事吗？"

我这时正玩得来劲，回头一看，苍蝇已被蚂蚁拖进洞里了。我急得直跺脚，又哭又闹，向"乌龟"抬脚就踢……

有一次我问妈妈："那个乌龟怎么会是我的救命恩人？"妈妈说了下面一件事：有一天，我和孩子们在码头附近游泳。玩得正高兴的时候，忽然从一处浅滩滑向一处深潭，喝了大量的河水，便迷晕了……妈妈说："要不是陆伯伯当时潜入深水中把你救起来，你早没命了！"从此，不仅常听妈妈感激陆伯伯的话，我自己对这个"乌龟"也不那么讨厌了。

有一段时间，我们没见到陆伯伯。妈妈对我说："怎么好久没见到陆伯伯呢？是不是生病了，还是发生了什么事？"妈妈煮了点好吃的，叫我去陆伯伯家里看看。

我来到陆伯伯的家，看到他病倒在床上，脸上十分憔悴。只孤零零的一个人，住在非常破漏的房子里，境况十分凄凉。

我一连几次上陆伯伯家，慢慢对他改变了看法。我觉得"乌龟"为人正直、勤恳、善良。但他总好像有一肚子的话要倾诉似的。

有一天，他终于向我诉说了他不幸的遭遇，我听得似懂非懂：

陆伯伯忧国忧民，对旧社会一腔怒火，强烈的愤怒和对革命的追求，使他毅然离开了年轻的妻子，参加了东征军。

在他和勇士们讨伐军阀的时候，他的在富商家里当保姆的妻子给财主强奸了。她受到凌辱，满腔悲情，牙一咬，跑到林子里自杀了。

东征胜利后，陆伯伯回到广州，他向法院控告迫死他妻子的东家。但是，控告结果不但坏蛋没有得到惩办，自己反而被扣上莫须有的罪名，进了班房，判了两年徒刑。

刑满后，陆伯伯由于生活所迫，只好在码头上当苦力，他被人看作"乌龟"，受尽了人间的凌辱……陆伯伯的病越来越重，最后，终于含恨死去，埋在郊区的乱葬岗上。不久，妈妈带我来到郊区的乱葬岗。正是黄昏，夕阳西下，秋风萧索，陆伯伯的坟墓周围，乱草萋萋，秋风在啾啾哀鸣，我仿佛觉得一切都变了，一切都涂上了一层悲伤的色调，只有妈妈在吞声地啜泣。最后，妈妈领着我向陆伯伯深深鞠了一躬……

《乌龟》的情节大致就是如此。作品在《广州民国日报·东西南北》发表后，还被人改成话剧上演过。

《乌龟》是我一九三二年写的几篇小说中的一篇，也是我前期的代表作之一，它是我的创作道路的起点。

一九三四年（或一九三五年）初，在发表《乌龟》不久，我又在《东西南北》发表另一篇小说《疯子》，主题是控诉黑暗的旧社会，对一个农民的不幸遭遇表示深切的同情。

我之所以走上文学的道路，原因就是我很早就对新的社会制度有朦胧的理想，因之对剥削阶级的所作所为，怀着强烈的憎恨。同时，我对周围的农村生活十分熟悉，不仅熟悉邻居们的愿望和思想，连他们的痛苦和悲哀也了如指掌。特别是"九一八"

事变以后，由于日本帝国主义的步步逼近，不仅农村破产更加恶化，亡国的威胁也日益加深。于是，心中有许多激情要迸发，有许多积愤要呐喊，有些不平的事要宣泄，描摹古美人既使我厌倦，我便急不可耐地拿起笔杆来倾诉心中满腔悲愤，正是这种种促使我走上文学道路。

五　在故乡佗城

我在市美学习一年，只是描摹古美人和花鸟虫鱼，远离现实生活，内心日益焦躁不安；再加上家庭困难，经济拮据，这种种使我无法在市美继续留下去。不得已，于一九三三年夏，我回到故乡，并侥幸地在川乡村师范找了一份工作——教绘画。那年暑假，本来曾约好市美同学梁荣芬同赴杭州，打算转学杭州艺专。可是，这只是一种空想而已。家庭这么穷，哪有条件把空想变成现实？摆在面前迫切的问题，是找工作，谋饭碗。

乡村师范的校长程本海是安徽人。他是著名教育家陶行知先生的学生。他对教育事业很有理想，且与人民的劳动观点和群众观点结合起来。他自己担课，还带领学生从事农业劳动。他固然很有学识，而他的品德和为人，更引起当地人民的敬重和称赞。可惜第二年春，乡村师范就关门停办了。一九三四年春，我便转到佗城小学教书。

这一期间，我写了一些散文诗。比较有印象的是《第一次颤栗》《牵牛花》。

《牵牛花》以象征的手法，以物喻人。我在作品中歌颂生命虽短促、却迎着晨光开放的牵牛花。

《第一次颤栗》也是一篇散文诗。两个天真烂漫的小姑娘，正在森林里跳舞，忽然一个恶魔从丛林中冲出来，把她们痛打一顿，打得她们莫名其妙。借此讽喻当时好人受欺凌、坏人当道的黑暗社会。

在佗城小学或民众教育馆工作期间，每年暑假，我都到广州找职业，有个同学曾介绍我到一家报馆当校对，但因无裙带关系，愿望还是落空。到秋天落叶满地时，我只能怀着失望的心情怅然回到家乡。

一九三六年春，我在龙川县民众教育馆工作期间，国民党军队有一个团驻在佗城。该团政治部有个"同志"，经常来借书，和我搞得很熟。后来，不仅从谈话中知道他是个革命者，而且，他还不时带来一些宣传革命统一战线的书刊。我从中选了些呼吁"停止内战，一致对外"的文章，赶刻蜡版，趁黑夜，与工友徐阿香悄悄油印了数十份，然后由阿香带到佗城几个地方去张贴并散发。

这时期，我开始把眼光注视整个革命形势的变化，并和一些活动的知识分子接触。除了和吕蒙、赖少其等同学通信外，我和吴有恒也开始建立通信联系。

六 在故乡的创作活动

在佗城工作时期，我写了不少诗歌、散文和小说。除上面提到的散文诗《牵牛花》《第一次颤栗》和小说《乌龟》《疯子》外，尚有小说《借贷》《车夫阿火》《哥哥的脸》《沉落》《倒闭》《灾》和报告文学《年关杂写》等等。

如果《车夫阿火》《哥哥的脸》还局限于反压迫，同情劳动人民的不幸遭遇，那么，《倒闭》《沉落》《借贷》《乌龟》《疯子》《灾》等作品，接触的却是比较重大的社会主题。这期间，我写的小说大都发表在《广州民国日报》的副刊《东西南北》上。有些诗则在《岭东民国日报》刊出。

我和《东西南北》的编辑从未见面，也未通过信，可我寄给《东西南北》的作品，从没有退稿，全都发表了。我之所以走上文学道路并继续努力，与一个对文学作品有鉴别力的编辑是分不开的。我衷心地感谢他们。

七 炽热的革命年华

一九三六年七月，我离开佗城来到广州。

从一九三四年开始，为了找寻出路，我每年暑假都跑到广州。一方面因未上过大学，社会上又瞧不起低级职员，总不安心在这小城里工作；其次，有一小撮反动家伙背后说我是共产党，随时想陷害我，一有机会就造谣攻击，为此，我很想离开这个环境到另外一些地方去。可是两年暑假都找不到工作，以致耽误到九月过后才回到佗城，因而下半年便再找不到工作。可以说，出路一直未找到。我每年下半年都失业。这一次离佗城，我暗暗下了决心，不管遭遇怎样，我决不轻易回佗城了。我向中山大学地质系学生莫柱荪打听，结果，我决定住到中大宿舍。自七月到十二月，我在那里度过了最难忘的岁月。在那里，我参加过许多革命文学活动，写过许多矛头直指国民党反动派的杂文，参加了党所组织的革命活动，不仅印象深刻，而且还促进我的思想发生了质的飞跃。

一九三六年八月的一个晚上，我们四十多人在财厅前上海杂志公司楼上开了一个会。当时一个从日本回来的陈达人，站在国民党反动派的立场，在会上反复强调国民党那套思想统一，根本不提一致对外。在会上，展开了激烈的争论。会议虽然勉强成立了一个文艺团体，但大家都不把它当作一回事。因为我们（我只记得有李桦、楼栖、赖少其等）都得到第二天到白云山去参加另一个会议的通知。

第二天，我们在白云山半山一个凉亭里开会。参加这次会议的有一百多人。我只记得杜埃、叶红（有一位姓袁的），别的人都忘记了。大概是广东文学界的一次联合会。会议提出的口号非常鲜明，就是号召大家一致对外，团结抗日。会上，成立了广东艺术界联合会，下设小说、诗歌、歌咏、戏剧等组。此后，各个小组开展活动，我主要参加小说组，有时也参加诗歌组。记得还有一个歌咏团。这些组织，团结了一大批进步青年。

当时，各种文艺思想、各种风格流派都非常活跃，但也非常复杂。各活动小组经常展开激烈的争论。例如，诗歌组就经常和一个写怪诗的柳木下（原名刘暮霞）发生争论，气氛相当活跃。参加这个组的成员很多，现在留在记忆里的，只有温流、黄宁婴、陈芦荻、李六石等。同时在社会上的斗争也相当尖锐复杂，各种思想、各派别的政治力量，都在互相拼搏，都在争取青年。有一天早晨，在中大食堂一张饭桌上，就发现了两种传单——共产党的和国民党蓝衣社的，针锋相对，斗争异常激烈。这在我们当中引起强烈的震动和反应。青年的大多数，都赞扬共产党的抗日主张，痛斥国民党的"先安内而后攘外"的反动谬论。这意味着斗争越来越激烈，越往前走，困难就越多，风险就越大了。

中山大学法学院院长郑彦棻是国民党的一个党棍，国民党右派的一个头目。此人阴险狡猾，他看许多学生越来越左倾，拥护共产党的青年越来越多，便想出各种花招拉拢学生。他们向学生许愿：法学院图书馆藏书很多，可以向学生开放。欢迎大家借阅，并答应购进一批新书。我们知道这是郑彦棻要的鬼把戏，便将计就计，开了一大批"生活书店""上海杂志公司"出版的新书目录。在这场斗争中，郑彦棻梦想拉拢青年并没有成功，相反，青年人倒看到了不少不易买到的进步书刊。

一九三六年夏，陈济棠已退走，蒋介石的势力已到达广东。蒋介石的行营已迁到广州黄埔。有一天，那个行营主任刘健群来中大讲演。他竟公然叫嚷："你们中山大学的共产党员们，我警告你们……"对共产党和青年学生的爱国运动咬牙切齿，简直到了刻骨的仇恨。

刘健群这一招，不但没有把我们吓倒，相反，倒激发我们同他们展开针锋相对的斗争。许多学生对他的反动气焰忍受不住，纷纷退场。讲演开始时，有两千多听众，到末尾时，只剩下不足两百人。从这件事情上可以看出人心的向背。刘健群还在礼堂上漫骂时，我们就组织壁报，共几十个人分别反击，各自编写成十几个壁报，挂在礼堂两边墙壁。同刘健群的胡言乱语针锋相对，大杀他的威风。第三天，香港《珠江日报》还发表了我们驳斥刘健群谬论的杂文。这对当时的反蒋斗争，是一个有力的鼓舞。

我们在建于山头的中大法学院礼堂里，开过一次震撼人心的会议。

记得是一个秋日黄昏，我们按时来到法学院草坪上。可是，都不让进去。据说，礼堂的电灯出了故障，正在修理。于是，我们就在门口草坪上，三三两两地闲聊或散步。当时我们蹲在草坪上闲谈，距我们不远的坪上，有一对男女青年也像我们一样等候开会，但他俩似谈得很亲密。与我们蹲在一起的刘仑说："如果要用象征派的手法来抒写这情景，可以说：罗曼斯在草地上跳舞。"这话给我留下深刻的印象。正因此，所以只记得刘仑参加了这次会议。至于别的人，全忘记了。

等太阳下山了，才有人通知，说礼堂的电灯修复了，请大家进去。可是里面的电灯并没有亮，引路人用手电把我们引进礼堂。等大家坐定了，又将大门关紧，然后，才开了电灯，眼前出现了万道霞光，舞台上面，高高悬挂着马、恩、列、斯的巨幅画像。大家都呆了，都非常激动。这时，我们才明白刚才不让大家进入会场的原因。这件事发生在蒋管区，是一件大胆的震动人心的壮举。

类似的会议，我们开过不少。有一次，我们在中山大学开了个追悼会，是悼念冯道先和其他几个被军阀陈济棠杀害的中大学生。这个丧心病狂的军阀，竟在撤离广州之前把一批在荔湾事件时被捕的革命青年捆入麻袋，抛进白鹅潭中……

追悼会会场庄严肃穆。两边的对联很有特色，大部分用广州话写成，只记得其中之一的起句：

右边是"丢那妈……"

左边是"冚家铲……"

追悼会开得非常激动，有人痛哭，有人怒骂，整个会场简直成了诅咒国民党罪行的控诉大会。

这个时期，我们经常到中大农场（今棠下村附近）去漫谈时局或传递长征消息。

八　怒向刀丛

一九三六年下半年，自蒋介石的反动势力潜入广东之后，我们再不能在《民国日报》发表我们的小说了。不得已我们只好把稿件投寄到香港去。

《珠江日报》是当时桂系的反蒋报纸，由于他们积极反蒋，我们便利用这个地盘，作为临时的战斗阵地。

这时候，为了战斗的需要，我暂时不太写小说，而把主要精力都投进抨击国民党的杂文上，当时杜埃、楼栖和我在香港报纸上都发表了许多杂文。有时我们不约而同地对一个事件发表连续性的杂文，例如，对于"七君子"被逮的事件上，他们（不知是杜埃还是楼栖）发表了一篇《痒》，我立即也写了一篇《抓》，接着他们（不是杜埃，就是楼栖）又写了一篇接上去。三个人虽然常常不见面，但在香港发表的杂文，却一篇接一篇，而且彼此有连续性，好像事先商量好了似的。

当然，我也还写了一些散文，在《黑暗》和中大中文系《文学生活》以及《市民日报》发表。在这段时间，除散文、诗歌等作品，更多的是写杂文，把矛头直接指向反动派，指向蒋介石，和他们的反动统治。正如杜埃同志说的：那时，我们恨不得第二天就把蒋介石搞垮台。这些行动表现了我们对敌斗争嫉恶如仇的决心，沸腾的热血在我们心中翻滚；从此，我们更直接用笔参加了爱国救亡活动和广州革命活动，以及广州革命的文学活动，这和党、和党领导的革命斗争是紧密地联结着的。

九 我和鲁迅

斗争形势越来越险恶，国民党便衣特务常到中大校部，用打电话到宿舍找人的花招，把要抓的人骗到理学院门口，然后硬架上汽车迅速载走。但是，特务始终不敢进入宿舍区。我们对此作了严密的防范，不管校部谁打电话进来，都不出去会见，如一定要会见，非让他们来宿舍不可，这一着使特务无法施展伎俩。

这半年来，我们一直注意着鲁迅先生，应该说，我们的革命文学活动，始终没有离开鲁迅。我们总是密切地注视着鲁迅的动向，把他当作我们斗争的旗帜。尤其在这革命更加复杂、更加艰苦的关头，盼望能得到他指导的愿望更加强烈了。正是在这时候，十月初，我怀着崇敬的心情，给鲁迅先生写了一封信。我向他简略地反映了广州反动势力的猖狂和与之斗争的形势，汇报了我正以杂文为武器参加了战斗。在这封信里，我还把散文《温热的手》寄去，希望得到鲁迅先生的指教。

信寄出去后，我天天盼望鲁迅先生的回信。但没有料想到，这位伟大的文学巨匠在收到我的信十天后，竟与世长辞了。鲁迅先生只在十月九日的日记上记上一句："得萧英信并稿。"噩耗传来，我们悲痛欲绝，天啊，我们心灵中的精神支柱仿佛失去了支点，都沉湎于悲痛之中。

我和杜埃、楼栖等参加了鲁迅先生追悼会。会堂设在文明路原中山大学礼堂里。许广平的妹妹许月平也参加了追悼会。杜埃在台上记录，发言者义愤填膺，声泪俱下，慷慨激昂，把追悼会变成对国民党反动派的控诉会。在礼堂的走廊上来回走动的便衣特务，本来打算破坏追悼会，却被礼堂里台下台上的愤激情绪所震惊，慑于群众的威力，他们始终不敢动手。

十 别了，广州

有一段时间，每逢星期六，我和赖少其等照例到惠爱西路（今中山六路）陈曙光（市美的同学）家里碰头。在她那里零零碎碎地交换些对于目前斗争形势的看法，讨论一些斗争策略，尤其引起我们警惕的，是"左"的口号问题，当时的托洛茨基分子常用极左词句，把一些热血青年诱上"破坏革命"的"罪恶之路"。我们这些青年最容易受"过左口号"的诱惑，为了避免上当，我们几乎每次相聚都谈及这类问题。鲁迅先生追悼会以后，形势更加紧张，特务盯梢、监视、逮捕等活动更加猖狂。

记得在十月的一个周末，我照例向陈曙光家里走去。在大东门，刚从校车跳下来，便遇见一位老乡，在政治上我很讨厌这个人，但他硬把我拉上一家茶楼，只喝一杯茶，因话不投机，十分无聊，勉强敷衍了半个钟头，遂告辞下楼。没料到，就是这半个钟头使我免于被捕。我赶到陈曙光家附近，就发现两个警察守在陈曙光家门口。想退退不得，只有硬着头皮，满不在乎地穿过小巷，临近她窗口，我斜眼一看，只见衣物凌乱，显然正在搜查。我走出小巷，雇了一辆黄包车赶回大东门，然后搭中大校车，赶回石牌，并把这消息告诉了莫柱荪。

第二天《黑暗》的编辑梁逸骑单车来，通知我说：陈曙光和几个市美同学已被捕，要我提高警惕。白色恐怖气氛日益严重，形势日益紧张，反动派天天捕人，据说我们这些人，已上了敌人的黑名单。于是赖少其与刘仑到惠州去了，另一批人则到九龙去了，我寂然蛰居中大，极少外出。既不能活动，也不能外出，向《珠江日报》投稿，也不似以前那样顺利……我深感到，长此下去不是办法，于是建议由赖少其与上海的吕蒙联系，我们准备离开广州。

十二月底，赖少其从惠州回来，我匆匆向中大学生李日华借了十元钱，便在白鹅潭上了一艘客轮。

动身前，有件令人悲痛的消息，诗人温流去世了。温流生前经常和我们一起参加革命文学活动。他的为人很使我钦佩。他是一个很有才华的青年诗人。出版过诗集《我们的堡》，他是由于鱼骨鲠喉，在动手术前注射麻醉药致死的。他的死，使我们失去一位知心的好战友。因船票买好，我和赖少其都来不及参加他的追悼会，只留下向温流告别致哀的文章；而我和少其，也万事牵心，告别了生活战斗了多年的广州，怀着一股青春热血，茫然向陌生的上海寻找新的战壕……

别了，广州！好啊，上海。

一九八二年三月程贤章根据录音整理

315~328

诗
歌

月光浴着我的孤灵*

月光浴着我的孤灵，
我偶偶踱在珠江之滨。
寒飕无情的迎面吹来；
吹冻了我这创伤的心！

我踏着碎的树影，
背着手在江畔沉吟。
对岸映在水中的灯火，
似天际闪烁的寒星。

街灯暗淡得像鬼窟的青磷，
马路似一条深巷地凄清，
听，我轻轻的步声；
更托出寂寞而阴沉。

月光浴着我的孤灵，
月旁有一片白云，
那白云忽向我的故乡飞行！
我呆呆地对着白云幻想，
喉唇里禁不住迸出了一声"母亲"！

---

* 载《学生文艺丛刊》1934年第8卷第1期，署名郑文生。

再见吧,北平*

再见吧,北平!
我带着一颗沉重的心离开你,
但我怕回顾你憔瘦的身影。
只要一想起你那憔悴的面孔,
你那破碎又微弱的声音;
和你这数年来深重的苦难,
我就无法压抑我心头的悲愤!

不要炫夸颐和园或北海景色的秀美,
不要骄傲故都的典章文物;
也不要满足故都深苍的幽静!
而广大的人民早失去欣赏古玩的心情,
他们却正吞饮着酸辛的眼泪。

我提醒你,北平,你的血液快被吸吮干净,
反动派正拿你的鲜血去杀害故都的人民。
你看,街头的碉堡工事……
你看那横视阔步的党棍们和无耻的特务,

---

* 载1946年6月20日《晋察冀日报》,署名司徒达。

他们都是吸血鬼，都是绞杀人民的刽子手！
他们的职业就最发财和内战，
任意敲诈逮捕和暗害人民，正是他们法定的自由；
他们都是丧尽人性的动物，
愚弄，造谣，藉端杀人却是他们的天性。
就这样，北平变成了大监狱，
就这样，人民失去了所有的权利和自由！
如果有人忍不住了，偶然叫喊几声，
也许当天夜晚就有人来敲门，
接着是官方报纸宣告你"失踪"。

工厂里的烟囱再不冒烟，
物价却日日飞腾！
大批的男女流落到街头卖淫乞食。
百十万的人民啃着窝窝头度日；
可怜的小职员常常扮演自杀的悲剧，
这文化古都早就失却了昔日的宁静。

啊啊！北平，你血管里长满了毒菌，
你正害着严重的贫血症。
你被窒息了，你想喊，
但有时候，你竟没有一点声音。
无怪我常常只听见你悄悄哭泣，
你难道已丧尽了大喊大叫的气力？

我分明看见你咬紧牙根，擦着拳头。
但现在，你却悲愤得悄悄啜泣。
你生来并不如些脆弱，
"一二九""一二一六"是你不朽的杰作。

在争民主的岁月,你曾掀起这巨大的风浪,
你的名字曾被歌者长久地颂扬!
你的光荣永垂不朽,
而今天仍有无数的眼睛注视着你的动静!

一位县委书记*
——省党代会速写

他讲话像滔滔的洪流,
淳朴的言辞掩不住他的兴奋和自豪;
黝黑的脸孔闪出欢乐的红光,
朝气蓬勃,仿佛是初升的太阳;
他的心胸有如壮阔的大海,
一瞬间,像要吞吐亿万吨的海水;
别小看他的模样儿那样平凡,
他的壮志却比直搏云天的苍鹰还高远,
比浩瀚的大海还阔大!
只要党发出一声号召,
它可以把高山削成平地,把沙漠变成绿洲。
你听,他在爽朗地笑,满怀信心地响应号召:
"一定要把稻田变成谷仓,一定叫河流变成鱼塘;
让荒山都变成果山,让农村都变成花园!"
他说着,又使劲伸出了手掌,
仿佛要一掌把海水拨开,
又像要把一切的障碍都一脚踢翻!

---

* 载1957年12月9日《羊城晚报》副刊《花地》。

啊！多么坚强！多么自信和多么豪迈！

啊啊！像这样忠贞的好儿女何止万千！

当木棉花再红几遍，谁敢说美好的理想不变成现实！

最好的玫瑰，谁说不会在我们眼前开放！

一九五七年十一月三十日夜于广州

把村庄喊醒*
　　——记一个村支书的话

喂，快醒来，老陈！
寒潮已经过去，天已放晴！
你瞧，窗外月色多明，
天空多清净！
晴得那样透，那样清，
也不留一丝儿云影，
天空深蓝得快透明！
怎么还不起？可要急死人！
哦？你还不相信？你听听：
草坪上的蛐蛐在叫鸣，
荔枝园里没一点儿风声。
多么和暖的夜晚啊，
你为什么要辜负这好时辰？

怎么？更深夜静不该喊醒人？
你忘了？寒潮已叫咱们歇了三天整？

---

* 载1958年2月12日《羊城晚报》。

别迟延了，快起来穿上衣裳吧！
然后咱们分头去，把村里人都喊醒！
叫他们都到水库工地去，
把山水都拦回山！
让春水流走了太可惜，
但也别让稻田给冲成了大沙滩！
跟时间竞赛吧！趁这月亮天，
咱们一定要把溪口都堵严，
让春雨落到咱们远远的后面！
你别瞧红棉树现在没一点儿嫩叶，
一转眼，春天就会悄悄溜到你身边。
莫拖延！等春天悄悄在枝头一露面，
紧跟着，准是绵绵的雨天！

好！现在咱们去把村庄喊醒！
你到村东去，我就站在古井边，
大声喊！要把所有的男女都喊醒！
喊醒拐腿李！喊醒愣头雁！
把寡妇马凤姐喊醒来，
也喊醒村里的懒汉刘砂眼！
不管是庄稼汉，也不管是中学毕业生，
管他是磨豆腐的还是卖仙丹……
一定把他们通通都喊醒！
叫他们快起来！带上土筐和铁锹，
也带上鸡公车和挑土的扁担！
还要告诉他们，大伙都多加一点劲！
要知道，这是一场改变贫穷面孔的大斗争！
嗨，你别笑！赶水库一修完，你看看：
管它滚滚的山洪冲下山；

管它三个月天上没一丝儿云影；
什么也不怕！咱们的庄稼还是照样青！
到那时，谁稀罕亩产稻谷七百斤，
我说九百斤也并不难……
哦，多好的夜晚！多宝贵的时辰！
要抓紧时间啊，好老陈！
谁说"人不能胜天"？
咱们偏要跟春天比比劲！

一九五八年二月七日于竹园里

番禺印象*

水稻世界夺冠军

番禺人民志气雄，
劲头十足趁东风；
三千嫌少要一万，
水稻世界夺冠军！

这个指标有保证

番薯亩产百万斤[②]，
客人听见都吃惊。
主人笑问惊什么；
"这个指标有保证！"

---

* 载1958年8月12日《羊城晚报》副刊《花地》。
② 礼村社有一百万斤番薯试验田。——原注

秋收场上看低高

（一）南浦挑战书
拔开山西，①
压倒沙溪②
谁敢应战？
亩产万四！

（二）山西社应战书
乘东风，破巨涛，
誓与南浦比英豪！
力争亩产一万五，
秋收场上看低高！

定要搞出五万粮

鸡蛋花开一村香，
儿童冒雨插秧忙，
别看他们年纪小，
雄心要比大人壮。
问他生产多少谷，
"定要搞出五万粮！"③

一九五八年八月九日于大石乡

---

① 山西社，亩产千斤社。——原注
② 沙溪社，两年来都是千斤社。——原注
③ 礼村小学有五万斤水稻试验田。——原注

直顶天上北斗星*
——仿客家山歌

村庄外面一片金,
谷穗绵绵连千顷;
纵横小溪隔不断,
山连山来金连金。
放眼四望望不尽,
渺渺茫茫比海深;
莫说白鹭难飞过,
老鹰飞起也担心。
鹧鸪连声赞"谷好"!
笑的柳枝也弯身!
若把谷粒堆成山,
谷堆定插天门顶;
莫说顶破岭上云,
直顶天上北斗星!

---

* 载1958年10月8日《人民日报》。

329~366

报
道

鲁迅艺术学院的轮廓画*

在黄土高原上的一个古城的北门外,罗列着密密的荒冢,几根石柱伴着砖红剥落的"文庙"的牌坊。废墟上还有几个已经湮没了一半的什么礼义廉耻的残碑,这些都说明这里也曾经有过巍峨的宫殿,有过金碧辉煌的好景,但在时代车轮不断地进展中,环绕他周围的只剩下寂寞的荒冢了!

随着抗敌浪潮的高涨,这古城——延安——的一切,都欣欣向荣的复活起来了,在这荒凉的北门外的土窑洞里,同样的活跃着无数的青年,他们拿起锄头和笔杆不倦地工作着,学习着。他们骄傲的唱着:"我们是艺术工作者,我们是抗日的战士,踏着鲁迅开辟的道路,为建立新的抗战艺术,为继承他的革命传统,努力不懈……"这一切也同样的说明在这荒漠的废墟和荒冢中,正创建着新的抗战艺术。

今年春天,为了纪念"一·二八",曾来了一个《血祭上海》的集体创作;这三幕话剧在延安公演了十多次,每次都得到各方面的好评。在这情况下于是有要求组织艺术学校的必要。为了适应这实际的客观的要求,鲁迅艺术学院就产生了。第一期学生差不多全数是从抗大、陕公来的,那时只有美术、戏剧、音乐三系。人数不满一百人。在上课一个月之后,他们为了检阅自己的成绩,所以马上举行了一个美术展览会和戏剧音乐的公演。在这短期中已经表现了惊人的成绩,后来继续有五卅公演,抗战音乐晚会,七一——七七的戏剧节的公演,更加轰动了整个延安,他们创作了不少新的剧本、新的歌曲、小调和民谣、木刻漫画,几乎随处可见,这一切他们都尽了组织和推动的作用。最近又成立了一个实验剧团,不久以后,他们一定可以向全国人士做新

---
* 初载1938年10月28日《新华日报》,题为《抗战艺术在肤施——鲁迅艺术学院的轮廓画》,署名萧英;1938年11月7日载《战斗》第三十二期、三十三期,署名萧英。本文为《战斗》收录的版本。

的贡献，还有木刻研究会，预备聘请苏联作家前来指导，做更进一步的研究。

鲁迅艺术学院的教育计划以三个月为一期，读完第一期后，到外面实习三个月，再回来学习三个月才毕业，七月间第一届学生的第一期的学习已经完毕，分发到前线后方实习去了。为了短期中能够表现出如许多成绩，为了适应实现的需要，第二届便扩大了，并增设了文学系，原定招生一百五十名，可是，现在达到二百人了，录取条件虽然没有严格规定（学历方面），但最低限度必须有相当的艺术修养和技能，这一届来考的几达三百余人，取录的只能达全数五分之三。

副院长是沙可夫先生，教员有周扬、徐懋庸、沙汀、何其芳、丁里、沃渣、胡一川、吕骥、向隅、左明、张庚、崔嵬、王震等。还有洛甫、成仿吾、丁玲等在百忙中，抽空到那里去演讲。这些人都能放弃过去养尊处优的生活，而穿起草鞋，吃小米，住窑洞，不断地为抗战艺术而努力。

因为教员和物质的缺乏，主要的仍是靠学生自动的学习，因此，在土窑洞里，在青草地上、在山崖边，经常可以见到他们热烈的集体的学习，开讨论会，排戏，练歌，绘画，写作。他们都孜孜不倦的争取一分一秒的学习时间。至于课程，文学系有艺术论、旧形式研究、世界文学、中国文艺运动史、名著研究、俄文、创作；美术系有解剖学、透视学、美术座谈、野外写生、室内写生、中国文艺运动、艺术论、社会科学；音乐系有音乐概论、作曲法、指挥、练耳、视唱乐器练习、艺术论、中国文艺运动、社会科学；戏剧系有读词、化妆术、戏剧概论、排戏、作剧法、表演术等。除了这些外，各系还有各种研究小组和课外文化活动。

延安物质条件的困难是谁都知道的，尤其是初创办的"鲁艺"，在物质方面更加困难。因为没有屋子，学生们经常在雨淋日炙中学习，在风沙弥漫中生活。他们不独不屈服于这恶劣的环境下，相反的，他们时时刻刻都用最大的力量去克服一切困难！

有时，他们还跟工人们打成一片，帮助厨师烧饭，帮工人运砖石。他们不怕艰苦，不怕困难，他们虽然吃小米，穿草鞋，住窑洞，睡地铺，然而他们却非常愉快而活泼。他们过着纪律化的生活，学习着吃苦耐劳的精神，经常有热烈的生活检讨会，反对个人主义和过去那种散漫的艺术家的作风，他们强调精神团结，相互帮助……

总之，他们把理论与实践密切的连在一起了。在这样艰苦的学习环境中，锻炼出来的艺术青年，不但可以拿笔，同时也可以拿枪！

延安记者开始组织*

××兄：

自接到总会××组延安通讯处后，曾与徐冰先生商谈过一次，最后，由新中华报、解放社、通讯社发起登记留延新闻记者，我曾乘这机会与该负责人汪崙先生谈及组织青年记者学会延安分会事，颇得他赞许，并即去函总会。会员现已登记七十六名，谅下星期可成立。分会成立时，我一定会给新闻记者写一篇报告！

---

* 载1938年12月10日《新闻记者》第一卷九、十期，署名萧英。

中国青年新闻记者学会延安分会成立大会记*

延安通讯：自武汉不守后，抗战形势已走入一个更艰苦的阶段了。这时候，各党派、各阶层、各生产部门及文化部门的从业员，应该更加团结，集中更多的力量，才能粉碎敌人的进攻。应着这需要，筹备不久的中国青年新闻记者学会延安分会于十一月六日假座边区文化协会宣布成立了。

是一个温暖而明媚的秋晨，许多活泼带着笑脸的青年记者，向大会会场一涌而来。在那晒满了阳光的露天院落里，摆着一张大餐桌，长凳分两三组的外围着。青年记者们签了名，热烈地握过手，就坐在这？愉快地谈笑起来。这里有来自各省的青年记者，也有各式各样的报人；然而，大家却兄弟一样亲切，兄弟一样亲爱，而且大家都有一张微笑的脸孔，一颗相同的心——打倒日寇。

"当！当！……"钟楼那边嘹亮地传来了钟声，院落里已坐着了五十多位青年记者。当筹备会负责人说了一声"开会"后，全场骤然肃静下来，并通过了开会程序。

"今天是中国青年新闻记者学会延安分会的成立大会"，就在这时候"新中华"报负责人向仲华同志代表筹备会报告筹备经过，说明："从筹备至召开成立大会。一月余光景，已登记的记者共有七十余人……"

筹备会的报告结束后，接着大会推举蒋委员长、毛泽东先生、范长江先生、萧同慈先生、丁文安先生、王亚明先生、王芸生先生、邹韬奋先生、吴克坚先生等为大会名誉主席团，又推定徐冰、向仲华、汪伦、雷炜、萧英、员宪千、方树民等同志为大会正式主席团。刘毅、黎光两同志为大会记录。

---

* 载1939年1月14日《新中华报》，署名萧英。

徐冰同志起来。他穿着灰军服,脸孔泛着一层傲悦的光泽,用着一种非常兴奋的语调说:"今天我们大会很幸运的,请了一位新闻界的前辈,同时又是中共领导之一的康生先生来参加我们的成立大会,现在请他讲话。"在一阵热烈的掌声中,康生先生走近了桌旁。他有一副魁伟的体魄,有和蔼可亲的态度,有滔滔不绝的讲话才能。首先说他今天很高兴地在九点钟就到了会,接着谈到大会成立的意义和今后的任务;最后提出一个好新闻记者,必定是一个好的政治家、军事家、群众的领袖和文学家。"从前有人说'记者是无冕之王',今天我们应改为'记者是无冕的博士'。"并且他热烈地希望记者们能成为"正义和平的拥护者,野蛮侵略的控告者"和做到"一笔横扫三军"把日本帝国主义扫出中国去,来建立三民主义的新中国。

这时,几架摄影机在四周活跃着,经一个小时,他的话才停止了。雷一般的掌声继续了好几分钟……

接着康先生的讲词以后,潘汉年先生站起来说了:"同志们:我们延安分会在此抗战紧张形势之下成立,有它特殊重大的意义的。今天我们是从城市转入乡村去反抗日本帝国主义,和生长新的力量准备反攻的时候了。我们记者的任务与整个政治是不可分离的,无论从军民的动员工作上,或检讨抗战的缺点和优点上,都要我们记者认清目标,站在抗日民族统一战线的立场,来完成我们应有的任务,这里我不必多说的。

"康生同志给我们的任务,尤其是控告日本法西斯的任务,我们今后应该加紧来完成它!现在我还要贡献一点意见,就是:十六个月来,我们记者有一个弱点,暴露军政的缺点很多。是的,这当然也是很需要的;但是在此描写一些弱点,在群众看来,容易丧失他们抗战的信心。我们除此之外,还要多收集一些光明的材料,例如上海八百壮士的壮烈精神、宝山孤军的英勇牺牲等。我们记者应该有系统地、具体地把它的事实内容,用生动的笔调,把他描写出来。不要教条式的写一些政治条文就算完事。我们记者今后的任务,应该把这一点强调起来!……"

大会进行到这时,已过中午了,休息了片刻,又进行大会程序第六项开始讨论:首先由汪蔷同志诵读筹备会所拟的分会章程,由各会员配合边区特殊情形和提拟总会章程的原则总会章程,大家很热烈的讨论、修正和通过。程序第七项推选理事,结果以徐冰、向仲华、汪蔷、萧英、沙凡、雷烨、方树民、田野、方绥、周游、员宪千、刘人寿、马寒冰等十三人当选。

接着，继续讨论经费来源、出版刊物、通讯联络等问题，并通过大会宣言及致总会电等。

最后，是茶会。在热烈的茶会中，同时还举行会员的自我介绍。到三点钟大会圆满地闭幕了。太阳爬过天心□□而去，这五十余位活泼的青年记者也在这愉快的空气里欢畅地握别了。

井圪塔的血*

距吉县西北六七里外的一个山头上，散布着好些土窑和房屋，几株光秃秃的老树随着西风飘摇，一只黑狗懒洋洋地躺在太阳下……

这是井圪塔村。

由村庄环视四周，四周的山头都是被开垦了的田庄，每年春天，村民在那里播下了糜子、麦子和玉米的种子；秋天一到，满山飘荡着糜子芬芳的气息，一片金黄。二十多年来，每年都是一样。这儿没有什么变故，也没有战争。虽然村民仍旧保有着那副平板的脸孔，可是他们实实在在生活在平静中。

然而，突然有一天，一个惊人的消息，从县城里传到井圪塔村来，"东洋鬼子进兵中国，现在正在攻省城哩！"虽然他们曾因此有过一个短时间的惊慌与忧虑，可是很快就平静下来……

以后接连传来了很多可怕的残杀的消息，如：太原附近的一个村庄里有一家人家共男女七口，当他们还未跑出家门，敌人就来了，结果是惨遭杀戮。另外还有一个六十多岁的老头儿送他的孙女到婆家去，不幸路上遇到了几个日寇，孙女被抓着就被轮奸，老头儿跪下哀求，反被杀害了，那几个"野兽"泄了兽欲以后，就在少妇阴部插进一把刀，扬长而去……

这些惨痛的传说，同样在他们质朴的意识中发生了作用，他们开始认识了敌人，开始种下了仇恨的种子。

可是有一样事实却是他们没有想到的，就是在这短短的岁月中，敌人会两度来蹂

---

* 载1939年3月23、24、25日《新华日报》，署名萧英。本文为1984年2月版《萧殷自选集》收录的版本。

蹦吉县。第一次是太原陷落后的第四个月，当时敌人杀了许多他们认识的居民，抢去了许多财物，一直使他们在山沟里困了一个多月，最后等守军把敌人击退了，才重回村庄，重见春风飘荡中的青天白日。

第二次，是八个月以后的冬天，远近的山头还积着皑皑的白雪。鬼子要来的消息一传到平静的井乾塔村，土窑里，小屋里，马上掀起一阵很久的骚动。人们着急地呼唤着孩子，忙乱地收拾着财物和用具，最后，他们赶着驴马，重又踏上亡命的途程。

村民们都迈过山头，向万山丛中爬去。只有三十二人转入了离村庄只半里路光景的小沟。

这是一个少人知道的地方，没有路，没有人迹，三面都是高山，只有一面是一条曲折的山径，可以通大路的。但是这是荒僻的山径呵。在山沟的南面，有一块土坡，坡的顶点连接着一块一丈来高的陡峭的土壁。这里，用不着夸张，土壁的的确确是壁一样峭立，若不凭一把梯子一根麻绳，谁也不能爬上。上了土壁，眼前便又展开了一条狭小陡斜的山径；起码总有三四丈高，滑溜溜的，没有抓攀的地方，也没有站得住的所在，若你一定要爬上，非小心翼翼地手脚着地，否则便有滑落的危险。两旁的山壁紧紧的夹成一条"一线天"。若窑口滚落一块土块，山坑里马上发出"骨碌骨碌"的巨响，像大石崩落似的会使人害怕。窑洞是躲隐在山壁的两旁，又有山壁突出的部分掩藏着。因此从窑口可以望尽下面的山坑，可是，从山坑，或从土壁下面向上望，却没法看得见窑口。这样奇怪的地方，谁会怀疑它呢？然而，敌人还是知道了。

据说敌人第一次占领吉县时，曾抢去几十万元的烟土，发了大财。这当然还未能使日寇满足。这班家伙本来就是以偷窃为业，无恶不作的，平日与居民结下了很多怨仇。这次卷土重来，他们一面为了报复，一面梦想发财，——这正是惨剧的祸根。

村民们眼见敌人进了吉县城，于是他们也就开始布置了：老年人和孩子留在窑里看家，青年小伙子出去放哨，天一亮，他们就凭着一把梯子从土壁上溜下去，爬上山头，分别了望着两条来路。不料，在吹着大北风的一天——一月一日，有汉奸日寇八九人，避开了放哨人的视线，悄悄地从山沟里爬进来，凭着那把梯子，敌人没有阻挡地爬上了土窑。留在窑里的老年人和孩子们，自然没有抵挡的力量，只眼巴巴地看着这班强盗肆意搜索，眼巴巴地看着日寇抢去了七百多块钱，十几两烟土和几床被窝。……

这场意外的巨劫，使他们大大地警惕起来。首先，把土壁上的梯子搬走，使敌人不能爬上；第二，他们在窑口堆起了一堆土块，准备对付。这时，他们脑子里虽然曾映出了一些敌人刺杀中国老百姓的影子，可是，两边是大路，再也不能逃走了……

果然，苦战在第二天开始了。敌人十余人，一登上土坡就得意扬扬的向上爬。居民们呢？后来据一个逃出来的孩子说，他们早就伏在窑口紧紧地盯着山坑，等敌人爬上了土壁，正艰难地像乌贼似的爬进的时候，他们就抓起一块土块，对准最前面的一个使劲一扔，应着土块的碎裂，山径里立刻骚乱起来；原来，土块正打到最前面一个家伙的头上，头破碎了，于是人像石头一样直滚下去，爬在后面的几个"家伙"，也像石头一样被压着滚下去。当这些"家伙"由土壁滚落土坡的时候，土坡上马上发出蓬蓬的像巨石着地的巨响，和扬起一股浓厚的泥尘……

敌人不会就此罢手的，于是用步枪猛烈向上射击，然而藏在暗处的窑口是看不见的，村民们仍然可以伏在窑口，抓着巨大的土块，在等候野兽的来临。敌人经过两三次的爬进，都失败了，最后，才悻悻的退走。

后来据说，这次敌人给打死了两个，受伤的四五个。自然，见人就杀的"野兽"会用更大的力量来吞噬人类的；果然，第四日，敌人增加到五六十个了。一拥进山沟，就大声吆喝，猛烈地进行盲目的射击。村民见来势汹汹，就拿土块、煤屑、瓦罐、水缸、油瓶拼命抵抗。敌人虽然接二连三地爬进，可是不能爬上……

一直激战了两三个钟点，窑里的土块渐渐少了。后来据一个被刺了四刀而未死的孩子说："那时候，我们正在窑里着急了，只好拿菜刀拼命在窑壁上乱砍，把砍落的土块搬出窑口，又继续打下去……"

这样，由上午八时一直苦战到下午六时，敌人终于到达了窑口。敌人怎样到达窑口的，这里却有三种传说：一是窑里的土块、煤屑、瓦罐、水缸都扔光了，失了最低限度的抵抗力量；一是敌人搭了木梯，以步枪掩护爬进；一是由窑顶的山头，用麻绳把敌人吊落，被吊落的敌人在空际就不断向窑口射击，因为事后发现了许多由里朝外、由上向下射击的弹痕。

总之，敌人是到达了窑口，随着几声枪响之后，一张狰狞的脸孔，立即出现在窑门。白德禄首先中弹倒在血泊里死了。这当儿，几张狰狞的脸孔又陆续窜进，五六把尖利的刺刀，耀着寒森森的白光，正在找寻刺的对象。可是，窑深而黑，且有三个横窑，不容易辨认里面的东西。这群手无寸铁的可怜的同胞，就缩做一团蜷伏在黑暗里。时间一分一秒地过去，然而无情的刺刀终于逼近了他们的胸膛，他们凄惨地睁大了恐怖的眼睛,抖着身子,而残酷的"野兽"反而狞笑了。因为他们都是"兽",没有一点人类的感情,他们杀一个人,认为是一种极为有趣的游戏。这时,村民的胸脯已清楚的映进了野兽的眼睛,于是,使劲地一刺刀,就刺进了血肉的胸膛,刺进了血肉的脑袋,一刹那间,二十八个善良的人,就作了野兽们刹那间的游戏……他们都倒在血泊里……

三十二个人只剩下四个了,可是聪明的读者,你们不要以为这是日寇的宽恕,"野兽"从不曾轻易放过一个人。据说在横窑中的暗角落里蜷伏着两个五岁的女娃,敌人枪杀白德禄时,她们就紧紧伏在母亲的背脊后不敢动弹了。大屠杀开始后,几具尸体马上倒压着她们,同时她们被吓晕了,所以敌人无从发觉。另外一个十四五岁的孩子,给敌人一连刺了四刀,两刀着头,两刀着胸,虽然鲜血流了一头一脸,然而,他没有死。还有一个三十岁左右的中年庄稼汉,是第二天就离开了窑洞下山去的。上面这三条小生命,都是他在当夜悄悄地去抱出来的。

有三位中年妇女死得最惨。后来当我亲临其境而经过一条下临万丈深沟的小路时,一个村民指着一堆淡淡的血迹说:"那三位妇女就是在这里被推落山沟的!"血,是洒在临崖的边沿,也许刺刀刚进胸口,她们还未吐出最后一口气的时候,敌人就把她们推落深沟了。她们的尸体都在深沟里,下身裸露着,胸口还凝着鲜血的血浆。她们的脸色惨白得可怕,血液停止了奔流,可是,她们中的一位还紧紧地咬着一束头发,另一位高高地举起一只拳头……

啊,拳头,井圪塔的血会把它渐渐滋养成一个铁拳,一个毁灭"野兽"的铁拳呵!

一九三九年二月十三夜于山西吉县中市

母与子*

在吉县东北六十里的县底村，我们发现了一个最光荣的抗战的家庭。

当我们走近一间上窑的前面，一张悬挂在门上的抗战军人家属的"光荣"牌就映进我们的眼帘。羡慕的目光，洋溢在我们的眉宇间，一种好奇的念头，牵动了我的手，使它很自然的去揭开了那块白门帘。

"谁呀？请进来，"里面同时飘出一种很和蔼的诚恳的响音，当我们把头探进了房门，一个穿着长袍的老太太笑颜可亲的迎上来，"先生，请进来！"

窑内很清洁，一切都使人感到简雅、舒适。炕上还有一个抱着三岁小儿的少妇和一个短发的十六七岁的少女。她们都很有礼貌，态度也很自然。被抱在怀中的小孩正在哇啦哇啦地用不正确的字音唱着"王家庄"的头两句。他一见我们进来，就睁圆眼睛望着。

"小×给先生们行个军礼！"

果然，小孩马上举起小手贴在额角上。一直等我们说了"好"，他才笑开嘴巴把手放下。

于是，闲谈起来。我们虽是陌生人，可是老太太诚恳和热烈的态度深深的感动了我们。她已五十多岁了，然而她识字，而且很健谈。他家里姓"白"，信奉耶稣教，她的丈夫现在十九军当连长。幼子在民族革命小学念书。接着她又谈起他的大儿子来："鸿宾嘛，也在决死队里当排长，他年青人，有血性，本应该为国劳！"说到这里，她像想起什么似的。

---

* 载1939年2月25日《新中华报》，署名萧英。

"他常常给你写信吗？"

"是的。前两天还接到他的信，哈哈……"她的话还未说完就在一处壁角里摸出一束信来，她自己翻了一下，抽出一封来说，"你看！这是鸿宾寄回的。"

于是我们看下去"……亡国奴不如丧家犬，是句真正天良的话……母亲呵，儿子为不愿作亡国奴，为了不愿让亲爱的父母兄弟姐妹妻子儿女作亡国奴，更为了四万万五千万同胞不作亡国奴，所以决定和日本鬼子拼命到底……母亲！我没有忘记家乡，更没有忘记你，弟弟小妹妹和朴实的菊香。每天也不知要在我的眼帘里打几个圈子，我的眼一瞥，就会看见你们坐在家中的炕上、椅子上；可是接着就会有日本强盗凶恶的面孔和寒森森的刀枪来扰乱我的心。在这个时候，我的眼帘内可爱的家乡和我最亲爱的一群，都给鲜红的血掩盖着啦，轰隆的炮弹打断了这一条美丽的可爱的"家乡之路"，只有战，只有拼，才能冲出这血腥的烟幕，才能永久团圆着最亲爱的父母弟妹和妻子……母亲！我愿意你喜欢、你高兴，你有这样的儿子打日本鬼子，你要时常来信鼓励你的儿子，你（也）应该发动很多的人来信鼓励你的儿子！"

我们深深被这封信所感动了。当我们读完了信问道："你答复了他这封信没有？老太太！"

"哈哈，我复了！当时我的确很高兴，我复他的信是鼓励他要坚决杀敌的，"她满意地微笑着，"据鸿宾回信还登在报上啦！"于是她又递过第二封信来说："你看！"

"……母亲呵，亲爱的母亲！我想不到你的思想这么前进，你的脑筋，这样灵敏！我只有勇敢的杀鬼子，努力的求解放，来答复你老人家的希望和要求。听呵！我们已经在战场上'杀杀……消灭他们……活捉他们'，把日本鬼子杀完，消灭尽……去年你来的那封信，也是这样鼓励，部队都很赞扬我有这样的母亲，他们把你那封信登了报，让全体同志看，标题是'一爱国母亲给儿子的一封信'，很光荣的登在报纸上，大家都羡慕得很……听说你们都参加了妇救会，更是使我欢跃异常，在今日这样是对的，在我们这儿赵城，也是这样的开展着，妇救会、儿救会、农救会等，都是在突飞猛进的开展着，希望你们更能把咱全县的所有力量都发挥起来，都组织起来，武装起来……"

看完信，我的情绪还在激动中，就向老太太说："真是一个好男儿！！"

"不，先生们客气，"老太太的笑痕总是永远泛在唇边，"鸿宾参加杀鬼子是应该的。"

我们带着一颗兴奋景仰的心，辞别了老太太。

苏联报业的轮廓画*

苏联几个五年计划的伟大成功，国内的文盲数量大大地减少了，于是报纸读者一天天增加，报纸需要的数量，也一天天增涨。它增涨的迅速，与销售数量的巨大，可以看下面的事实。

报纸，当一九一三年时只有识八百五十九种，到一九三八年便已增到八千五百二十一种。每日发行的份数，一九一三年只有二百七十二万份，一九三八年便跃升至三千七百五十万份。在同一时期内，以各种不同的语言所出版的报纸，由二十七种增加到七十种。

苏联报纸发行数，一九二三年时已达到战前的水准，并且从那时起开始迅速地增长。两年之后，曾有一千一百二十种报纸出现，每日发行的总数达八百万份。第一次五年计划结束时，报纸的种数增加至七千五百三十六家，发行的总数为三千五百五十万份。较之第一次五年计划开始的一九二八年，新闻纸纲增加六倍以上，销行数目增加四倍以上。

一九三八年，报纸的种类已十倍于一九一三年。发行数目亦等于一九一三年的十四倍。

现在大部分苏联报纸的种类，是沙皇俄罗斯所没有的：大学的报纸，工厂的报纸，农村的报纸，北极的报纸……甚至还有关于象棋和棋手的报纸，此外有专为半识字的读者的出版物。

那么，苏联报纸的内容的特质怎样呢？一句话，它是教育的工具。在苏联报纸

---

* 载1939年11月17、19日《新华日报》（华北版）。

上，犯罪的新闻每天只有一两行，个人趣味，造谣的消息是一概不登的。苏联报纸的努力，并不是给读者以安慰，或给以空泛的事实，而是鼓励他们去实践。就是发表犯罪的新闻，其目的也在反对犯罪。

卓越的论文，社会性的杂文、速写形成了苏联报纸的一种特色。关于理论问题的有教育性的文章，在报上占着很大的篇幅。

同时，苏联报纸也是一种研究的资料。读者常常非常热烈地讨论着报上的材料。党、政府与外交官的演讲，政府的命令，报上都有全文刊载。这不但使政府透过报纸向人民"报账"，而且还给了读者的时事教育。

文艺理论与创作，也常常有。只要一看真理报或消息报，经常以半页篇幅来刊登M.萧洛霍夫的最近作品、A.托尔斯泰的论文，或是其他文学家的小说。

苏联新闻记者的写作与处理其他事情的态度，也是富有社会意识的。在你读到下面这段文字的时候，你就明白。当F.维格多洛维奇，参与了远东哈桑湖的战斗时，他写道：

"我的文章已经脱稿，然而我如何将它发出去呢？……电线是堆积着军事消息……我觉察到，以我的文章来阻塞电线，定将引起军事行动的某些程度上的损害。因此，我把文章留给电报员并请求他：'电线空下来的时候，请你将它拍出去。'"

在这里，我们认为最重要的是这位新闻读者的态度。报纸的利益和在战争中的人们的利益是一致的，苏联的新闻记者明白看出二者利益的一致。

在资产阶级的新闻记者，必须为他的职务斗争，必须使用一切方法吸引读者，在明与暗的竞争上获得第一，为他们发行人谋利。但是，苏联的新闻记者却不干这种为金钱所支配的竞争。他们的竞争不是表现在获取动人的消息以便售卖报纸，竞争的标准，乃是科学上的透彻，优美的文字，确实性，丰富的记述。

苏联出版界竞赛的保证，是对手间的互相协助。为什么不相互协助呢？那里又没有抢读者，抢广告的斗争。只有为改进对一切读者的服务而努力。

苏联新闻记者的最大满足，就是实践他们的创造力。

"一九三一年，"一个苏联的新闻记者写道，"真理报派我去观察石油运输的状况。我从亚斯特拉罕到莫斯科，舟行两月。当时我有十四篇文章刊出在报上。转来的时候，路过高尔基城，我已看出我的批评文字的效力。我看到我的通讯受着人们的检讨，而他们取得的议决都是根据了我的批评。我看出我的工作的直接效果。新闻记者的最高的满足，就是在这上面。"

他们创造的目标，无疑问的是改进苏维埃制度的工作。不但是新闻从业员是如此，其他的工农通讯员、读者，也同样向着这个目标迈进。

说到工农通讯员，在苏联也有惊人的数目：一九二六年有工农通讯员三十五万人，而一九二九年已经发展到三百万人了。

在革命的初期，这些非职业的通讯员，曾因暴露了破坏与怠工的阴谋而遭受到苏联政府敌人的谋杀。

托洛斯基匪帮——布哈林分子的法西斯主义的间谍们，曾企图削弱工农通讯员的运动，因为这些通讯员对于破坏阴谋的揭露，打击了苏维埃政府的敌人。但是，随着敌人巢穴的扫除，工人通讯员的运动获得了长足的生长。

工农通讯员的运动，高尔基认为它内部蕴藏着新的天才的泉源，它将产生出许多作家和新闻记者。

苏联报纸不仅争取大量外部的撰述者，而且努力去训练他们，帮助他们学习写作。下面事实就是一个好例：铁路工人的"笛声报"近来曾派出一队的工人到东南各地去成立工人通讯员的研究班。

因为，那个报纸不去教育它的工人通讯员，那个报纸就不能长久的维持下去。

正因为如此，许多非职业的人们的营垒内出现了大批职业的新闻工作者。

由工农通讯员得到的材料，内容往往是批评。一些国外反苏联的新闻记者，常常把这些坦白批评，拿来作证明苏联的"黑暗"，那是可笑的。

批评是一个健康的现象。苏联共产党和苏维埃政府是一项奖励批评的。

不满和批评由个人带到报馆来，带着各式各样的请求到"真理报"馆的读者，每年总在一万七千人以上。

是不是将那些批评、不满，和建议送到报馆之后，便完事呢？不是的。苏联报纸常常举行固定的读者会议，讨论报纸的错误以及如何改正的方法，并且解决读者对编者所提出的一些问题。……如果不能即时接受这类批评的编辑，便不能成为苏联报纸的编辑。

倘若编者轻轻放过报上的批评，会发生怎样的事呢？在严重的情形下，他将被去职，开除党籍，遭受谴责或申诉，倘使能得以轻轻幸免，这就会成为关于出版界杂志的讽刺文字，或者是成为几乎所有报纸的"书报批评"栏内的题目。

不管是报纸上的问题，或者是其他什么问题，只要是妨碍苏联政府与人民利益的，都热烈的提了出来。

因此，每家报纸，每天都可以接到大批读者的来信。

《真理报》在最初一百期中，刊载过一千七百八十三封读者的来信。到一九三七年，《真理报》每日平均收到九百三十八封读者的来信。

在一天以内收不到几十封读者来信的苏联报纸，就没有多大价值。在苏联公民看来，这样的报纸是"与群众失掉联系"的报纸。

苏联的新闻从业员像他的读者组一样，同是一个学生。他们在馆内不断地学习。也在他的各个俱乐部中学习。

在苏联，每个重要城市都有记者俱乐部。那里面有图书馆、电影院、餐馆、游戏室等，也有各国文字、党史、速记、摄影、编报的研究小组。此外，还有网球场、游泳池、冬季运动、骑马、驾车与射击等设备。他们的孩子们被邀去参加集会，傀儡剧院，音乐会，儿童作家会议。也有为成年人所开的演奏会，戏剧，电影试映，□□人士的聚会，及美术、报纸、音乐、戏剧、科学、历史、时事、和世界政治的演讲和艺术展览……

通过敌人封锁线*

正当晋东南战况紧急的时候,我们渡过了黄河。沿途闪躲前进,像跟敌人捉迷藏一样。

猛烈的战争,天天在我们的周围进行,有时因离战场相隔太近,整夜不解包袱睡觉。突然一阵惊呼:"敌人来了!"就背起包袱走路。抵阳城是敌人退出该城第二天城中破烂不堪,臭气难闻!敌人除在那里留下一片血腥,还在街头巷尾张贴着好些宣传品说:"皇军到处,人民就享有太平!"——然而,当我们走到街尾碰着一位刚从山沟里逃难归来的质朴老百姓时,他却用非常愤怒的言语来描写敌人的残暴,最后,他说:"不管敌人说得怎么好听,但,我们闻了它的味就要跑的!"

离开阳城,正是管城大会战,那时,我们在东沟一带绕圈子,炮火在闪烁,炮弹刻刻吼叫,然而,我们惯了,经验也多了,因此平安地到达沁水。

当到高平,敌人忽又进占该城,去路截断了,不得已又退回沁水。有一天夜里,我们接得前方战报,调高平敌人已部分撤退,于是,乘星夜出发,以最高速度的夜行军来突过这敌人的包围线……

接着是陵川、壶关、平顺、黎城而武乡。这些地方,在日本帝国主义所给的地图上已插上它的太阳旗,然而,实际怎样呢?——在那里,民众用最愤恨的言语诅咒着敌人,以最喜悦的眼色来迎接国军,民众在那里活跃着,学习着,工作着,游击小组不断地进行破路、摸索、割电线,我军时时刻刻给敌人以致命的打击。

其实,那里不但活跃,紧张,同时也安静。

---

* 载1939年12月29日《前线日报》,署名萧英。

天气像一块蓝纸，浮云牛乳似的飘动，溪水淙淙地流过山峡，在乱石中暴跳。……中饭过后，就轻飘飘的走到溪边去，我们选择最湍急的地方坐下来，让水冲激着身腰……青山像一块绿毯，又仿佛是一片馥郁而繁茂的大草原，苍翠的高粱，深草一样长遍了山野，一些尖形的深青的柏树，一簇一簇的突于高粱地里……"华北局面已告明朗，抗日军已完全肃清！"这是敌人自欺欺人的屁话。

当我们将到目的地时，前面忽然又展开了猛烈的血战。不得已，我们只好从黎城与东阳关之间绕过去，然而这里又是一道被敌控制着的封锁线。

五六十人结成的行列，在一个村庄里歇息了几分钟，队长就命令继续前进，他说："再走二里地就是敌人的汽车道了，步伐放轻点！"

天空的星子燎然，南风吹得很紧，茫茫地一片原野，不断传达着狂急的犬吠声。在疏落的高粱地里，仿佛到处都埋藏着敌人，到处都是黑魆魆的机关枪的黑嘴巴……一直在这样的野地里走了一个多钟头，却还看不见汽车道，于是大家开始疑惧起来，是走错了路么？

奇怪，我们又转入一个大村庄了。在那里除一片杂乱的犬吠，一切都静悄悄的。走在我们前头的骡马，发出巨大的蹄声。这时候，我们真想敌人会出来截击。我们时时刻刻都准备着：一声凶恶的口令，或在角落吧里吐出一阵机关枪的火苗……可是，两个、三个村庄都平静地过去了，一切意外的事都没有发生——然而，离开那个休息的村子已两个钟头了，为什么还不见汽车道呢？队长不是说过"走二里地就是汽车道"么？

行列，突然停止了——引路的老乡再不愿继续前进。我们生怕他是汉奸，所以一面劝他，一面用"中国人不打中国人"去感动他……

又到了一个村子，这时候有人说：一路走错了！于是，走在前面的骡或与骑着先向后边折回。于是，马刚走不久，又有人说："这里可以去！"于是即刻派人往后面追骡马，可是茫茫原野，又遇着三叉路口，骡马的影子也找不着。不得已，我们仍继续前进……

然而，行列又在一个浓郁的村庄里停下来，露水浓重得沾着草丛，但我们在那里坐下来了。这时候，据说：护送我们的武装同志不见了，走在前面的××××个人也不见了。还有骡马始终不见转来……怎么办呢？引路的老乡没有人来了怎么应付？……武装没有了，敌×××……这里是不是敌人窝呢？——这些，使我们却着急了。老实说,那时候,我们都准备牺牲,在每个人的脑际里都构出一幅悲惨的被俘的图画……

原野这么广阔,夜又这样深,怎么分辨方向呢?一个指导员拼命找寻添上的北斗星,希望找出一个方向。幸好,在这刹那,前面来了一个老百姓,他急匆匆地说:"快走,敌人离这里只有一里地哩,向那边跑!"

不管脚下是水沟、石头、庄稼,我们飞快的一个跟一个地前进着,走了约半点钟,才发现了我们的武装哨兵,他们缩伏在高粱地里窥视着。

一条汽车道,很快就出现了,于是心一松,飞快地奔过去…

可是,仍是大平野,仍是危险地带——汽车道在原野的中间,于是,还得继续……

"妈的,又是村庄,又狗吠!"

突然,一连串的枪声从空中鞭打过来。——今早,据那走在前头与我们失了联络的十几个人说:"当我们走近一个山坡时,有三个敌哨即刻向我们开起火来,当时,只还了他一枪,敌人就跑得无影无踪了。……"

在原野上整整走了六个钟头。——当我们到达西北边的山岭时,已是夜半二时了。下弦月从高×杆背后露出一张惨红的脸孔。大地凄凉而寂然。——这时候,我们开始感到难堪的疲倦与脚痛……

"但是,那几匹骡马呢?——唉,还有一位女同志呵!"

大家都担心着他们,大家都以为他们一定牺牲了。——一直到第二天中午,他们才到来。据说,他们自失了联络后,因分不清方向,而误入敌人的窝里去。当时骡马发出很大的蹄音,走过住着敌人的村庄时,不但听到了日本人在屋子里说东洋话,而且还看见抱枪盹觉的敌哨,可是,他们一惊醒就跑开了。至于屋子里的,一个也不敢出来了!……

大破击在冀南*

一九四〇年八月初，八路军冀南部队忙于整军，敌寇乘机在各基干铁道、公路大肆活动，尤以平汉线活动得最厉害；有的敌寇则乘机有规律的有时间性的兵车、粮车和客车，每天南北对开在六次以上。钢甲车、汽车的来往，亦极频繁。德石线方面，敌人自动车亦往返甚密，尤以从德州运送修理器材至龙华一带的汽车，每日往返数次，其他如邯郸大名、邢台威县等线，敌寇汽车往返频繁的程度，实不在各铁路线之下。东往汽车多运给养、弹药，由东往西者，多运棉、粮及所掠夺来的资财。此外，还时常派出警备队，沿线四出抢粮，抓夫，奸淫烧杀，猖獗异常！

八月二十日，华北"百团大战"全面开展，一二九师在刘师长、邓政委的统一指挥下，冀南军区的部队在陈再道司令员、宋任穷政委直接领导下，数十万军民，遂开始向各线作猛烈的大破击。

八月二十一日，我军各线主动攻击，剧烈的战斗，在内邱、邢台、沙河等处，同时开始。激战五昼夜，将内邱、十里堡间埋伏之敌，悉数歼灭，并攻占邢台车站和碉堡数座。同时在巨鹿，我军以最迅速、最坚决的白刃战术将援敌二百余人歼灭一百二十名，获胜利品颇多。在德石线方面，我在苍皇口以五分钟的伏击，将掩护修路之敌全数消灭，并焚汽车三辆。枣强方面，有敌三百余，自故城出动，企图打击我破击部队，与我军遭遇于枣强之东西高村，激战五小时，毙敌冈岛中队长以下一百余名，获八八式野炮一门。

其他如南宫大小辛集、青兰，龙华及邯大线、方家营、吴家庄、柏乡之东王庄，

---

* 载1940年12月11日《新华日报》（华北版），署名萧英。

各基干公路，均同时展开猛烈破击，共计大小战斗七〇五次之多。计此次战斗总结，获得如下成绩：攻占碉堡八座，拔去据点七个，毙伤敌伪一千五百三十七名，毙马一百一十三匹，俘敌兵三名，俘伪军二百〇四名，缴获步马枪二百一十三支、轻重机关枪九挺、野炮一门、步枪弹二万三千一百七十发、毒瓦斯四〇筒，其他军用品甚多。

战斗的一面已如上述，另一面就是广大民众配合军队破路。在内邱、高邑段，有千余民众乘我军与敌激战中，将该段铁道彻底破坏，并炸毁铁桥两座、石桥四座、木桥八座、碉堡四个，破公路八里，拔电线杆一百六十余根。在邢台、沙河间有民众八百余，将该段铁道路基大部彻底破坏。在德石线上，我军某旅一部配合民众万余，彻底破坏路基二十五公里，挖深沟二千九百六十五条，破铁路二十多处，炸铁桥二座，收铁轨四十二条，焚烧枕木五百三十五根，拆电线杆八百三十七条，收电线九千八百五十一斤。这里的民众大部是自动参加，情绪至为热烈。邯大线方面，有我游击队配合民众二万七千三百五十人，将该路破坏二十五里，挖深沟九百余条，炸石桥二座。邯（郸）永（年）曲（周）公路也有我游击队配合民众万余，彻底将该路破坏，计长约八十五里，挖深沟七百一十六条。

除上述基干线被我大部破坏外，其他如石（家庄）南（宫）线及各支线等，也被我破坏不少。总计炸毁铁路五百米，炸铁桥六座、石桥十三座、木桥十五座、烧枕木五百八十五根，炸火车三列，炸火车头两个，破坏未修成路基二百六十处，破公路长约三百四十里，挖深沟四千八百四十条，烧电杆三百六十根，砍电杆一千八百余根，收电线二万一千四百余斤。

在"百团大战"第一阶段中，由于我一二九师冀南部队及广大人民的努力，获得了如上辉煌的成绩，断绝冀南敌主要铁道、公路交通十余日，给敌寇增加了许多困难。但是，敌后的战争是残酷的，长期的，敌后的交通战更是残酷的，长期的。因此，今后冀南交通战应采取积极地、主动勇敢地面向敌人交通线作不断的破击。这次经验教训，告诉了我们今后应该：（一）在铁路公路线上集中我优势兵力，择重要的交通建筑，实行彻底破坏；（二）在基干线或附近支线上，实行普遍的不分昼夜的破路，但有中心点，在中心点上布置重兵，使敌不知援救何处；（三）经过深入宣传与解释，将铁道、公路所在区的军民总动员起来，在整个布置下，实行破击，但也有中心，使敌困守据点，不敢伸头；（四）全区游击队普遍动作起来，相机自动进行破击，各游击小组实行每夜出动破路，但地址必须常常变换，找寻敌人不易修复的交通建筑（如桥梁等）彻底破坏之；（五）不断地分段分组负责破坏，如敌修复某段，负责某段的村庄，立即负责破坏之；但每夜分组轮流出动，使部队、民众可轮流休息；（六）随时打击或消灭修路之小股敌人，解救被迫修路之群众。

冀南抗日根据地能否更进一步地巩固扩大，冀南交通战能否取得胜利是一个重要条件。

一九四〇年十二月十一日

平固故事*

一

一九四〇年二月末，一天的傍晚，平固店村边的塔影，长长的拖在野地里，夕阳快临地平线了。庄稼汉赶着牛背踏上归途，西天抹着一片淡淡的橘红的晚霞……

这时，一小队敌人像一条蟒蛇似的，悄悄地，突然卷入了平固店。静谧的村庄立时变成一只惊弓小鸟，慌乱了。

可是，敌人进村以后，行动却有点古怪，代替往常立刻杀人的习惯的，却用全力去对付村旁那座灰褐的、为风雨所剥蚀了的古塔……

"统统的把它炸平！"原田队长大声地命令着，他用仇视的眼光盯视着那峨然屹立的古塔。

于是，锄头响动声和吆喝声，在暮色里激荡成一片哗然的噪音！塔像一个衰弱的老妇，巍颤颤的兀立着，苦痛的，默然的忍受着这突然来到的鞭笞与侮辱……

第二天，在峭寒的晨风中，黄色炸药轰然地爆发了，古塔颓然地崩倒下来。原田队长和他的喽啰，在古塔的废墟旁，列成整齐的队形，把枪高高举起来，大声地无礼的发出了哄笑。

二

一年前，同样是杜梨花盛开的季节，当原田小队闯入平固店时，村里已空寂无

---

* 载1941年5月7日《新华日报》（华北版）《新华增刊》第六期，署名萧英。

人，只有两个八路军便衣的侦探，为了侦察敌人的行动方向还停留在村旁。这样的事，在原田看来，对"皇军"简直是一种刻骨的侮辱，于是他愤怒了，他立刻向他的喽啰们大声的吆喝着："去！捉住那两个'匪军'来！"

原田小队的喽啰们开始向村外追击。八路军的侦察员觉察到敌人已发现了自己，便奔跑起来。刚跑到那村外古塔底下，敌人的骑兵逼近了。在这慌乱的情况中，他们两个便钻进古塔里，并且迅速的爬上了塔顶。

古塔被敌人重重包围着，正像一群野兽要吞噬一条小生命一样，敌人高兴地叫起来。不到两分钟，激烈的战斗开始了：机关枪猛烈扫射着塔顶，塔砖被打碎，一片片的滚落下来。但是，机警的侦察员，安然无恙地蜷伏在塔顶上，不时搬着巨大的砖块打下来。……

一个"皇军"刚钻进塔洞口，一大块砖正打中他的脑袋，头碎了，一只眼睛冒出来，他像一××××××便丧失了生命！这几个小喽啰的丧命，使原田队长张惶起来。他愤怒到极点，但是他不知怎样办才好，最后，他狂叫起来："从外面爬上去抓下来！"

三

时间已迫近夕暮了。原田队长大声命令着两个"上等"喽啰：要爬上去活捉下那"该死的畜生"来！

被指定的"皇军"终于畏缩地向塔顶爬上去。

侦察员呢，他们被下面的足音声惊动了。其中一个即刻抓住了一块砖头说："敌人爬上来了，看见没有？""看见了。"另一个正张大眼睛向下面盯着，像一只猎犬似的伺候着。××××××××。瞄准，砖块都落空了。……

"怎么样？""怎么样！"张着大眼伺候着的那个说："如果他有勇气爬上来，就给他拼个你死我活。"

四

夕阳早已沉没在地平线了，猫头鹰远远的在树林里啼叫着，散在塔四周的原田小队,他们有的屏着气担心着,有的高兴地等待着那两个捕猎物的来到。

忽然,蓬隆!蓬隆两声,像有两捆东西沉重的落到塔下,接着一阵浓重的,黄雾似的尘土从塔里飞扬出来……

事情的发生,完全出乎原田小队的意料之外。当他们走入塔内看见四具××××××,一双紧抱着的手臂压在"皇军"尸首上的时候,原田队长丧然了。……他愤怒到极点,但他不知怎样去对付那两个死了的"匪军"才好,最后,他咆哮了:"把他们统统的弄个稀烂。"

可是,天已昏暗,平固店近旁的村庄忽然又密集的响起枪声,他们知道八路军又出动了。他们不能不仓皇地退去。

五

一九四一年夏,我好几次经过平固店,出于好奇心的驱使,我几乎每次都去看那颓然卧倒的古塔……

依然是盛夏,依然是馥郁的绿野。平固店的人民,依然过着愉快的战胜的日子。

活跃于冀中大平原的群众生活*

冀中——这一块广袤的大平原,位于华北敌人的心脏——北平、天津之侧,直接威胁着敌人的生存。冀中出产丰富(收一年,可以吃三年),人力广多,成为敌我必争之地。加上冀中地形平坦,交通发达,据点密集(近则十里、八里,远则二三十里),因此,冀中的环境是恶劣的,斗争是剧烈的、残酷的。然而冀中今天是模范抗日民主根据地,晋察冀的重要组成部分之一,坚持华北抗战的坚强堡垒,有力的反攻前哨。她之所以成为模范根据地,当然有各方面原因,其中主要原因之一,是群众已经发动起来,组织起来,充分发挥了斗争的积极性。仅据作者所知,略为介绍一二。

一、活跃的自卫队

自卫队在冀中已经普遍组织起来,有男自卫队,并有女自卫队。当天还没有大亮的时候就可听到他们"一、二、三、四"的喊操声。不论是白天还是黑夜,他们在根据地都星罗棋布地布了岗哨,有的手执红缨枪,有的背着粪筐或扛着莳弄庄稼的工具,但都有一个共同的任务,认真地警戒着,不但汉奸无隙可乘,就是敌人一举一动也逃不出他们锐利的眼睛,成为驻军与政权机关可靠的屏障。有一次,敌人出动,离敌十里的我村公所,在半小时之内,得到十多起敌人出动的相同的情报。各种文件、宣传品,经过他们之手,不论远近,不论什么时候,都可以送到预定人手中而万无一

---

* 载1941年6月10日《江淮日报》,署名萧英。

失。遇有紧急情况时，只要县府一个戒严令，在两小时之内，全县就完全进入戒严状态，再没有一个人自由活动。在每一次的大会上，你都会看到他们一个个雄赳赳气昂昂，或肩着红缨枪，或拿着大刀，刀枪林立，威风凛凛，使你肃然起敬。如果二三十个鬼子遇上他们，就会受到他们不客气招待，有来无往。

二、老太婆也站岗放哨

在冀中假如一个人外出，不论是谁，如果你忘带路条的话，那你到处会碰壁。有一次我们亲眼看见一个老太婆坐在村口，手拿着针线活（替抗日军做鞋袜）。你以为她光是在做活，那你就错了。如果你想通过而没有路条，那她就会问你："同志！你是哪一部分的？有路条没有？""没有路条？！对不起，这是上级的规矩，没有路条不准走！"如果你有路条，经过她：仔细地对那上面有红红大印的路条审视后（有时还找人看，因为她不识字），认为没有错，那她的态度就转变得非常温和："对不起！同志！误了你的公事！"

如果你以为这种现象奇怪的话，反而会遭受他们轻视。当我们第一次踏上冀察晋根据地时，看到这种现象，多少有些奇怪，就边走边谈起来："这里妇女也放哨哩！"恰巧旁边就有一个中年妇女在放哨，她就对另一妇女说："你看这些人，还稀罕呢？"倒弄得我们不好意思。

三、天真烂漫的儿童团

我们队伍一到裔贵地，就被一大群小孩子围住，要求教他们唱歌。如果你不唱，那么他们就会来一个"啦啦"，喊着"不要忸忸怩怩，不要羞羞答答"。

你要叫他们唱，他们就大大方方唱起来，而且不止唱一个。他们唱后，你要脱身，那他们好几双小手会拉住你不放，好坏终得回答他们一个才"拉倒"。

冀中儿童团员不仅活跃，而且在扩军工作中起了相当大的作用。当他们听到老师讲"现在要扩兵了"这消息后，顿时，在他们中引起一阵热潮。他们争胜性很强，不甘落后，回家后就半驱迫半动员地鼓励他们的父兄去当兵。他们不仅鼓励他们的父兄去当兵，自己也要起"模范作用"，参加队伍的兴趣很高。当他见到我们队伍上同志,就问:"你们要小同志不要?"我们答说:"要,欢迎!"那他喜出望外,就拉住你的手,一定要你到他家给他家里人说一声。我们有的同志好奇,就跟到他家里去了。当他母亲说"他年纪还小,走不得路,现在不能去",那他的小眼珠会直望着你翻,甚至掉下泪来。有的小孩子为了达到参军的目的,预先打听好队伍什么时候走,尤其是在黑夜,他提着小包袱偷偷从家里跑出来,或在路上埋伏好,实行"开小差"办法。你要送他回去,那他会比什么也难过。

四、妇救会主任感化了伪军

冀中地方妇女干部,有一相当数量,有来自平津的学生,有土生土长的,文化程度一般相当高。她们生活很朴素,装束与农民一样,使你看不出是知识分子出身。她们在斗争中锻炼得非常勇敢、机智。曾经发生过这样一件事:

有一个妇救会主任,被伪军一排人劫去,伪军始则调戏,继则想动手耍流氓。但她沉着、坚定、机智、勇敢地向伪军讲了一通大道理,把那些伪军说得首则沉默无语,继则惭愧莫名,最后则感于大义,义愤填膺,在她的一声号召下,一排伪军全部拖枪反正。这不是"赔了夫人又折兵",倒是"夫人未失又赚兵"!

五、小学生也能打游击

冀中的小学生也学会打游击。一般小学校在敌人扫荡时也不停止上课,而是采取游击式上课,今天到东村,明天到西村,敌人到王村,他们就到李村,敌走后他们又回来。小学生每人一张小板凳,随身带着走;门板,就是他们的黑板。他们有时在树林里上课,放上哨,一见那个村里有什么动静,即忙报信,采取相应行动,以应付敌人。他们把这称为"野外演习"。

更为巧妙的是,距敌人据点五六里内之小学,一样读抗日读本。为了防止敌人来检查,预先在外面放上岗,发现鬼子或伪督学到来,岗哨即以预定的手势或音响报警,于是屋内小学生都把预备好的《三字经》《千字文》《防共》读本之类拿出高声诵读。敌人看后尚洋洋得意,以为奴化教育成功。其实,他们前面走,后边又把抗日读本翻出,先生又大讲其"中国抗战已到第二阶段……最后胜利一定是中国的……"

　　我想仅仅举述上面几个例子，就可说明冀中平原群众战斗活动的一斑了。谁说平原游击战争不能坚持，谁说群众是应该被屠宰的羔羊！！请他睁眼看看吧！冀中的群众就是我中华民族抗日救国的代表，说明我民族的不可侮和必然胜利。

《解放》（三日刊）出版前后[*]
——北平通讯

一

妄图破坏政协会一切民主方案的实施，北平一部分报纸，特别是臭名远扬的《建国日报》与《华北日报》，与中国反动派协同一致，拼命制造舆论，制造侮蔑解放区的"新闻"。它们以最恶毒、最下流的字眼来谩骂解放区的民主设施，诬我民主政府"杀人放火"，以影射笔法，谩骂中国共产党为"出卖民族的罪人"，这一切都是以它们自己龌龊的想法为基础，而制造出来的东西。然而造谣毕竟是造谣，谩骂毕竟是谩骂，虽然北平人民每天所能接触的，都是这些"造谣生非""蓄意挑拨"的东西，但绝大多数的北平人到底还具有慧眼，他们对于这类东西不仅采取姑妄听之态度，而且许多人简直嗤之以鼻。有一位大学职员说："他们天天破口大骂，今天说解放区如何杀人，明天又说八路军如何破坏交通，我总觉得事情不会如此简单的，如果共产党真是这么可怕，但试问他怎么能在解放区立足呢？"还有一个辅仁大学的学生，愤激地说："反动派的报纸天天无耻地花言巧语，宣传着他们如何忠于民族，忠于人民利益。但是我只举一个例子，就可以证明他们口是心非，他们一来到北平，北平的物价就飞速高涨，北平人民挨饿、失业，而他们自己却收买金条，购买屋产，买汽车，这里还有一点'为人民利益'的味儿么？虽然出版工具操在他们手中，但事实绝不会因

---

[*] 初载1946年3月29日《晋察冀日报》，署名"萧盈"；1946年4月7日载《解放日报》，署名"萧英"；1946年5月1日载《解放》周刊，署名"萧英"。本文为《解放》周刊发表时的版本。

为他们的花言巧语而消失！"

由于大多数北平人对于报上"新闻""言论"普遍怀疑，于是就有人盼望着另一种公正报纸的出现。从一月底开始，北平就神秘地流行着"共产党将在北平出版一种报纸"的传闻，这消息流传极速，使亲者喜、仇者惧。自此之后，青年学生和店员一遇到执行部的中共人员，都不约而同的问道："你们的报纸什么时候出版呀？"如久旱待雨，人们都希望我们的报纸能早日出版。

二

二月初，我们已决定出版《解放日报》北平版，开始筹设社址时，即遇到许多不应有的困难，整整奔走了半个月，才买到一幢可以勉强安置的房屋，但由于"人家"不予方便，且处处延宕，故一直到现在，许多必需的设备还毫无头绪。至于印刷事宜那就遇到更严重的阻碍了。

由于上述种种不应有的困难与阻碍，使我们的"日报"不能及时与读者见面，但《解放》（三日刊）却终于二月二十二日在北平出现了。在中国历史上，这是出现于北平的第一张公开的中共机关报，自然不免惊动了这"多难的故都！"

那天早晨，报童在北平各街道叫喊着："解放报！解放报！共产党的报纸出版了！"于是报童被人们包围着，购买者都争先恐后，唯恐"解放"被人抢买光了。凡是贴有"解放"的贴报处都挤满了读者。过路的人一看见"解放"，都不免惊奇，他们中有的立刻止了步，挤进人堆里，仰起头，踮着脚趾，贪婪地阅读着。有的嫌人太多，立刻跑报摊上购买去了。

当天下午，我经过王府井大街时，发现报摊上再没有《解放》（三日刊）了。我正奇怪，忽然一位青年走近报贩跟前小声问："有《解放》（三日刊）吗？"报贩从报纸堆中抽出一张来，青年人付了钱，小心将报纸纳入大衣袋里，才走开。"再报告你一点小事。"一个读者来信写道："就是我有好几次购买贵刊的时候，总发现报贩把它压在一堆别的报纸底下，从没有像'政治向导'（托派叶青编的——记者注）那样大明大白地摆着过。他们许下了'出版自由'的诺言，在发售的时候却要加以限制，（我想不限制的话，报贩不会那么藏）。反动派的行为卑劣得多么可耻啊！"

到第二期"解放"出版后，西单东城各街道都有警察公开撕毁报纸，没收报纸的事情发生。报贩问是为什么，答称"系奉上级命"。最近还有特工分子骑着自行车到各报摊抢收"解放"的。他们不说买报，也不声张，只向报纸摊里乱翻乱搅，翻出了"解放"，夹着就走。但报童不服，愤慨质问："为什么拿走人家报纸？"答是"贩私"。报童追问道："鸦片是贩私有布告，为什么'解放'贩私无布告呢？解放报社是公开的，为什么是贩私？"他们无法对答。海燕书店的经理因售卖"解放"，竟遭便衣暴徒一场凶殴。二月二十六日，北平举行反苏示威游行，在事前，特务分子发动捣毁解放报社，因学生代表反对，终不成功。

虽然环境如此恶劣，反动派拼命破坏，但"解放"的销售量并不稍受影响。第一期只印七千份，但转眼即售完，不得已只好增印三千，但很快又被争购一空。第二期增至一万五千份，但距读者所要求的数量还很远。印发数量今后须不断增加，是势所必然。

当"解放"出版的第二天，发行处即接到从天津、保定各地寄来订购函件，一周后，从四川、云南、河南、上海等地的订购函件，也源源寄到了。

派报所的人，每日早早蜂拥在发行处里，他们总是为多派报刊而争噪着。有几位派报，嚷着说："派我五千吧！"但因不够分配，发行处的同志只答应派他一千份或一千二百份。读者已如此众多，印发数量又这样少，供不应求的现象，当然不能消除。热心的读者找遍各报贩仍然买不到一份"解放"之后，都不惜远道奔走，跑到编辑部或发行处来，他们要求让买一份，在这情形下，我们常将自己仅有的一份，也只好赠送给他们了，于是门上的电铃整日地响，使得发行处的同志"应接不暇"。

三

每日上门来的"不速之客"，小部分是派报所的人们，绝大多数是学生、青年和军官、警察、侦缉，也有特务……

自从国民党接收大员飞到北平后，北平的物价就飞速上涨，据统计，现在的物价比日寇刚投降时上涨了二十倍。失业的有四十多万，占北平人口五分之一强。现在北平人民有百分之八十是专靠吃窝窝头糊口，而且有许多人还无法温饱，他们挣扎在饥饿线上，彷徨于街头，于是抢案不断发生，卖淫现象也普遍出现。各校学生被"训导处"压得失去了自由，偶尔喊几声民主口号，便有忽然"失踪"的危险。但是接收大员与所谓"地下工作者"呢?他们收买黄金、汽车、购置房产,讨摩登女郎,终日粤菜西餐,山珍海味极尽奢侈之能事,北平人民流行着这样的歌谣:"等了八年半,来了一群王八蛋!""此处不留爷,自有留爷处,处处不留爷,只有土八路!"可见北平人民情绪的一般。人民满腹怨恨,无处申诉,于敌寇占领期间,一直屈辱了八年,日寇投降后,不仅不见任何改善反而变本加厉,环境如此恶劣,人民连诉苦的自由也被剥夺了。难怪"解放"在北平出现后,无数青年学生和小职员跑来申诉他们的怨苦了。

这些"不速之客",无论是学生、军官、警察,他们都愤愤不平地倾吐着内心的痛苦。但他们兴奋地说:"'解放'出版后,使我知道中国还有希望,我也增加勇气了!"他们说"解放"是"黑夜里的一盏明灯",是"代表真理,报道真实的报纸",他们要求我们更多的介绍解放区各种建设。"拿事实去驳斥反动报纸的造谣侮蔑!"他们说:"可惜三天只出一张,太少了,《解放日报》能快出版才好!"

有一天,我正在屋子里整理材料,忽然来了一个警察,我还以为来找麻烦的,谁知他一坐下,即发起牢骚来。他埋怨当局不公平,他讲述着从重庆飞来的人员与本地原有人员不平待遇的事实与数目字。他说,他自己每月只有数千元收入,每日两顿窝窝头也无法维持。最后他悲苦地说:"许多人都是如此,但谁也不敢说。要不是知道你们是民主的,我也不敢说,听说以后还要继续裁员,说不定那一天,我这仅有的数千元收入,也会忽然丧失。"

张家口华北联大招生广告在《解放》(三日刊)公布后,无数向往解放区学术自由,与追求真理的青年,纷纷跑到报社来询问该校学习情形与投考经过。这些人中有校官、大学生、银行职员等,他们所一致痛心疾首的,是特务横行霸道。不仅学生职员时时受特务监视,即军官也无"求民主"的自由。有一位老先生说的好:"国民党反动派有这样的特点,就是:只看系统,不用人才;只顾斗争,不管是非;不但对党外,而且对党内。"由于这种种,他们要脱离"恢复区",准备到联大去学一套本领,决心从此为民主事业奋斗到底。

四

虽然政协会获得圆满的协议,虽然蒋主席一再申述其实现所有民主方案的决心,

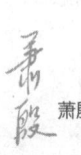

但国民党内的反动派唯恐"失业"而死力挣扎，进行着或明或暗的破坏行为。北平《解放》（三日刊）出版后，立即就向报童与派报所施行无耻的恫吓；继即有特务分子给报社写恐吓信，称"要烧毁你们的房屋""请你们当心手榴弹"云云。我们依照政协会"言论出版自由"的决定刊行《解放》（三日刊），乃光明正大、合理合法的事，绝不是这批宵小无赖的恐吓信所能吓倒。我们不仅决心继续维持"三日刊"，而且准备扩充篇幅，改出大型日报。

二月底市政府社会局又出头通知，要"解放"在未取得登记证之前，停止出版。但我们指出：我们出报是合理合法的，不让我们出报，或限制阻挠我们出报乃是不合法的。

反动派真是无孔不入，他们妙想天开的把魔手伸进印刷所里，企图勒住我们的咽喉，从根本上来阻遏我们报纸的印刷。他们召开了所谓"工会"，强令各印刷所拒印《解放》（三日刊），并狂妄地叫嚣着："谁给共产党印报，谁就是汉奸！"但是，我们的报纸并不因此脱期，热心的读者仍能按期读到"解放"。到现在，反动派又拼命在报贩报童身上下工夫了。他们拿出手枪威吓报童，迫令以后不准卖"解放"，否则就逮捕，在这里，让我抄引一个报贩"控诉文"吧。

"自从《解放》（三日刊）在北平出版第一期，我就拿了几份卖，我卖这报有两种目的，第一是解放为人民大家伙说话，卖的时候精神觉得痛快，第二是兼代着赚几个钱资助大哥担养一家老小的生命……一次在西长安街，一个警察拖住了我：'卖解放报不行，谁叫你卖？'他想抢走我的报，我赶紧摆脱跑开了。第二次是在西单商场门口，两个穿西服的人拦住了我，把解放报抢去就撕，一面骂我：'混蛋！卖这种报应该押起你来！'我想和他们厮打，其中一个摸着屁股后的手枪向我威吓：'你动？打死你'……"（录自《鲁迅晚报》）

类似的事太多了，真写不完。每天我们都接触，几位报贩，他们愤愤地申诉着捣乱分子的不法罪行。最近，又有一个便衣特务，径自跑进一个派报所去，自称是来买报，说要将屋子里所有的书报一起买去。并硬叫派报的把书报搬出门口，派报者见势不妙，诿言"无工夫。"对方盛气凌人，非搬不可。派报的坚向他索款，对方则谓："搬出门就给。"当书报被迫搬至门口，置于洋车上，那特务即驱车就走。派报的拖住车把，要求付给书报费，那特务竟抽出一支手枪，面目狰狞地说："要钱？这就是钱！"

特务分子如此无法无天,地方当局竟置若罔闻,岂非咄咄怪事?!

此后,随着逆流的急转,这种捣乱行为,将不断发生。但是他吓不倒"求民主"的人民,吓不倒我们。

五

一个文具店员的话,却能说明反动派捣乱的动机。他说:"国民党的报纸天天破口大骂,而共产党的报纸却平心和气的讲理。国民党自知理短心虚,害怕人揭穿,所以总是想封闭人家的嘴!"

367~431

杂感随笔

上海《大美晚报》被禁发行与纵容侵略*

四月八日上海路透社电:"据日方宣称:嗣后《大美晚报》及《密勒氏评论报》若有反日或不利于日方之记载时,将受禁止邮寄之处分。昨日《大美晚报》因登载日人抢劫英人房屋之新闻,已被禁止发行……"

日本法西斯强盗直接以压迫的方式加到美人在华的言论机关上,也许有人会奇怪。其实,他此次的军事冒险,是依着田中奏折所规定而企图独占中国,独占东亚的。因此,他不但企图把中国的财富与文化施以残酷的劫掠与摧毁,就是第三国在华已得的利益与言论自由权,同时也企图一举扫荡而尽!

许多国家政府当局妄想与日寇妥协来作保护其在华利益的手段。其实这是百分之百的梦想。事实上,日本强盗正贪婪地希望获得更多的市场与原料生产地;尤其是橡皮和油的产地之抢夺,更是田中奏折所规定的一个步骤。到那时,不但第三国的经济利益会将遭到无耻的劫掠,而政治、文化也将遇到最凶猛的打击,甚至于被摧毁!

现在上海《大美晚报》无理被禁止发行,就是这种发展步骤的初步。但是我不知道主张"孤立政策"的美国当局,和以妥协外交纵容侵略的英国张伯伦首相,听了这个消息后,究竟作何感想?

---

* 载《新闻记者》1938年第一卷第二期,署名萧英。

以打击庸报的手段去打击一切民族罪人*

日本法西斯强盗企图永远占领中国,和奴化整个中华民族,到处收买汉奸报纸,以图逐步奴化中国之阴谋。

可是,中国人民早已认清了这种毒辣的诡计,无论怎样的甜言蜜语,也欺骗不了耿耿的中国人民。据五月七日香港电:

"津讯:敌在津所收买之庸报,设于法租界,六日晚九时许被炸,查该报前日所载敌方之荒谬无稽消息,民众甚为愤恨,今被投手榴弹炸毁一部,足见华北人心不死"云。

这种事实说明了什么?这就是给日寇与汉奸一个最有力的警告:中国人民是不可欺骗和不可屈服的,也不会误认敌人为友人;谁是真,谁是伪,在中国人民的眼底里是非常清楚的。上海报贩英勇的烧毁敌人传单,已给敌人一个冷冰冰的警告,这次汉奸庸报又被炸,更证明了中国人民随时随地都跟日寇作英勇的斗争,说明了中华民族将为正义而与日寇血拼到底的精神。

其实,用这样的方式去打击敌人后方,还是开始哩,以后我们可以预料到:同样的事件将会不断的发生,将会给敌人以最无情、最彻底的打击与破坏。直至日寇坐卧不安,而滚出中国为止。

这种打击敌人的精神,不但被占领区域内的同胞应该效法和发扬,后方的人民也应该学习。因为在我们后方正存在着不少专以破坏"中国抗战力量"的组织与阴谋。例如"托派汉奸"所办的刊物,处处都以挑拨离间,削减抗战力量为目的;企图以

---

* 载《新闻记者》1938年第一卷第三期,署名萧英。

"杀人不见血"的最毒辣的方法来危害中华民族。这种阴险的言论,和庸报的荒谬消息同样是做了日寇的帮凶,同样是企图陷害中国人民,同样为中国人民所憎恶。

被占领区内的同胞已拿出了最有力的手段去打击日寇与汉奸,在后方的同胞也要拿出这样卓绝的精神来对付一切"破坏统一战线"的阴谋者!要拿出对付汉奸庸报的手段去对付这般最阴险、最无耻的"人民罪人"!

利用汉奸内部的矛盾加速其崩溃*

上海讯："《新青年日报》自发刊以来，内部迭生纠纷，先为总编辑傅彦长与社长钱九威对社报之态度，发生意见，宣告退出。六月一日起，又编辑王铁华、周大融等声明退出该报，闻真实原因，王等尚不甘心为汉奸所利用，同时待遇不良，日方津贴，大部分为钱九威所中饱，该报自两次发生内部纠纷后，人事上已不健全，主持人张峰对钱九威之办事不力，特将钱撤职云。"

由这短短的消息中，我们可以看出汉奸群中的许多矛盾来。本来汉奸之产生，完全建筑在自私自利的基础上，因此，争权夺利，就成为汉奸们"角逐"内容的中心。争夺不均就起纠纷或崩溃，甚至消灭，也是必然的结果。

汉奸记者多是一些最龌龊、最卑污的文化流氓的变相。他们在平时就想尽了许多最卑鄙的手段去敲诈民财，出卖大众利益。当敌人进占后，他们认为这是"发财"最好的时机。于是，无耻，龌龊，卑鄙，残酷，简直是无恶不作了，为了私囊，竟不惜出卖民族利益，出卖自己的灵魂。这种丧心病狂的民族罪人，因我们坚决的抗战，将死于我们面前，也是必然的。

我们不能坐着等待。相反的，应该积极地利用其内部的每一个矛盾而进行最深入地宣传、破坏与打击！以加速其崩溃与消灭！这是抗日阵线内的新闻记者的神圣任务！也是打击敌人，破坏敌人营垒的一种手段！

---

* 载《新闻记者》1938年第一卷第五期，署名萧英。

日本法西斯死灭的前夕*

一 死灭的必然性

日本军阀在中国的军事冒险，我国军政领袖早在抗战之前就指出其必然失败的前途。因为（一）这种军事行动是背叛日本人民利益。（二）是侵害第三国利益，破坏世界和平。（三）战略上速战速决的错误。

日本军阀的进兵中国，不但蓄意危害中华民族，同样也危害日本人民。掠夺殖民地的侵略战争之本身，就是不利于人民的东西。这种战争胜利了，只有利于少数的军阀和财阀，只有加强其野蛮的统治力量，加强其剥削的政治机构，而人民的痛苦不但不会因侵略战争的胜利而稍减，相反的，将更加深化与恶化。这原是法西斯政治发展的必然结果。

但是，日本人民是否能任这种野蛮力发展下去呢？不能。日本共产党，满洲军政府部内派遣士兵反战同盟，广大的工农大众，无数的中国台湾，朝鲜的革命青年，时时刻刻都在与日本法西斯军阀作无情的斗争。而且这种斗争日趋剧烈的发展着，膨胀着。这些力量必然会成为一个巨大的摧溃法西斯的铁拳。

其次，日本军阀侵略中国的目的，不但企图独占中国市场，夺取欧美在华的商业利益，而且还有侵占南太平洋各岛屿的野心。因此造成了日本与欧美各列强的尖锐对立，造成了日本孤立的国际形势。

虽然这形势还未曾达到联合制裁日本的程度，可是由于我们的精诚团结，坚持持

---

* 载《西线》1939年第五期，署名萧英。

久抗战,与日本军事行动的退步性与野蛮性,将更促成国际和平力量的扩大与发展,将更利于我们的抗战。

日本军阀根据中国过去的情况,而定下了速战速决的荒谬战略,殊不知我们正对着它的缺点而定下了持久抗战的对策,使敌人骑虎难下,进退绝望。

这三种方策,是日本法西斯发展到最高点的必有的产物,也是法西斯本身矛盾发展的应有结果。因为法西斯的目的就是榨取大众血汗,夺取第三国利益的东西,同时又因日本国小,人少,寡助,没有长期作战的条件。因此,这些矛盾就成为法西斯自掘的坟墓,也是其必然失败的内在因素。

二 总崩溃的开端

日本军阀用种种欺骗和强迫的手段,征调了百万的日本壮丁,来华作战,在动员时,他们听说几个月就可以占领中国全部,几个月之后就可以"凯旋"的。可是,一月、二月、半年、一年半的时间过去了,战争仍然没有结果,而且还遥遥无期的延长下去,同时,随时随地又受到我方的奇袭与猛烈的攻击,使敌兵死亡枕藉,他们食住已不安,又置身于死亡线上,再加之他们不明战争的目的,于是由怀疑而消极绝望,甚至于厌战自杀。如"洪洞城内敌兵七名,在小关庙内聚首诉苦,最后均自缢"(民革社一月十二日电);"二月十八日午后又有敌兵五人自杀于一室内,遗书谓:中国地大物博,人口众多,日本地小人少,纵尽调国内之壮丁来华作战,亦无胜利把握云"(人民革社河曲电);还有因家人生活困难家破人亡,愤而自杀的,如"蒙城敌一中队长于一月二十八日在该村庙切腹自杀,遗书谓:自伊被征来华后,父母均忧死,近得家报,知妻复穷困无以为生,此故思乡厌战,遂决心自杀"(民革社电);还有"侯马敌二十师团中队长绢川贞夫新接国内来信得知伊母妻室,皆因冻馁忧郁,于去年十二月死亡,绢川得悉之余,即放声大哭,并大骂军阀,当晚即自杀身亡"。这种自杀现象,不但发生于中下层士兵官佐,连高级将领,因其内部矛盾也渐渐蔓延,"敌航空兵团德川好敏中将,因愤慨少壮军人逐渐把持该部势力,于一月三日在汉口以军刀自杀"(桂林电)。

别一种意志刚强的,虽因厌战,并不消极自杀,相反的,他们组织了反战分子积极暴动,如"江阴敌五百余人,目前全部哗变,敌司令亦被枪杀"(《阵中日报》）。又据被俘敌兵山口供称："该兵团于去年十月一部分官兵在山海关发生革命暴动，各级军官被杀百二十余人，士兵死数百。"（榆林电）还有"二月八日晨朝鲜籍士兵六千余名在广州，大举暴动，击杀敌官兵甚多"（香港电）。其实类似这种反战的事实不但普遍于陆军而且已波及空军了。香港二月十九日外讯："武昌南湖飞机场管理人员，因不满军事之延长，于十一日至十三日暗中举火焚烧在场轰炸机十三架，汽油仓库等亦均被焚毁。"又"通州近郊机场机库于十二日午后突然起火，经扑灭后，已将侦察机两架毁焚，放火犯两名，当场被捕，系日本北海道籍，当日解津宪兵队"（香港电）。

这些现象不但使其日本军阀头痛，也使他发抖，然而他们黔驴技穷，只好用欺骗惯技，向士兵狂言"不日凯旋"，可是真能"凯旋"么？不能。我们看了下面的事实，就更明白：一月八日有"敌运输舰一艘由沪开抵塘沽，载敌约二千余人，该舰之四周，均有'华中日军凯旋回国'等字样，到达时下舰登录，距该舰敌军一致拒绝登录，敌华北司令杉山，恐发生事变，既另调青岛兵舰三艘来塘沽，将该舰严密监视，并向东京大本营请示处治办法"（香港电）。

日本士兵厌战和反战的事态已如此严重，"敌寇当局恐酿成巨变，近特将四十岁以上之士兵一律调回国内，用以示惠。"（兴集电）然而单是四十岁以上的士兵调回国内，并不能减低其他官兵反战的情绪。能够减低反战情绪的是真正的"调回"，可是真能调回么？也不能。因为日本人少兵少的条件，决定这个困难的存在。现在敌人已达到黔驴技穷，国内兵员恐慌，只好强征女子与小孩了，在"安阳西北观台镇原驻之敌百余人，悉数他调，接防者为童子军一小队，约六十人，均在十五岁左右，终日潜伏不敢外出，有警报甚至惊而哭者。又武宁之敌二千余，其中有女兵二百，担任警戒"（洛阳电）。据闻朔县也开到敌童子军数百，均系十五岁上下之青年（民革社电）。

这些事实，说明敌人征兵的穷蹙，说明日本的兵员的恐慌。日本法西斯军阀本来以为利用伪军以华制华是有十足把握的，可是事实告诉他们，伪军也靠不住了。在一月二十至二十九日这短短的时间内就闻到许多反正的事实。"保定×部伪军三千全部反正，并擒来六名日本顾问奉献"（六日讯）。"灵邱伪警官兵近因不堪暴敌压迫宣布反正"（民革社二十一日电）。"临汾车站驻有伪军三百余，敌令开浮山，该部于到达浮山后即全部反正"（兴集二十五日电）。"蒙伪军与寇近岔水火，伪自治军于志谦部第四团于日前全部哗变"(河曲二十二日电)。"荣河伪皇协自卫军某因不堪日军压迫,于二十二日率所部五百余人在光华镇全部反正,并扣日人及汉奸甚多"(大荔电)。

在中国战场上的反战情形已那么激烈,在日本和日本殖民地内又怎样呢?这我在上面已经说过,日本共产党满洲军政部内派遣士兵反战同盟,广大的工农大众,无数的中国台湾,朝鲜革命青年时时刻刻都在与日本法西斯军阀作无情的斗争。据香港二月八日电,我们看到这样的情形:"日本帝大经济部教授河合等与荒木冲突,已联名总辞职,宣言指责文部,该校经济部学生千余人罢课。又"日反战行动日趋积极,近如福冈县煤矿,于上月二十八日被工人炸毁,台北煤矿亦被工人爆炸,最近敌国内各地征兵发出时,士兵家属,卧轨者达六里许,当时火车之司机生竟因此痛心自杀"(民革社电)。

日本政界也同样因种种矛盾,而发生了很大的内讧,最近政友会议员河野一郎,对平沼内阁的正面攻击,正是一个最明显的事实。这种矛盾必然将随着其侵略战争困难而加剧。

上面所述种种事实,都说明了日本法西斯死灭的来到,同时由于日本法西斯本身矛盾的存在,这种毒素将继续发展,继续扩大,以至于促成日本法西斯整个的灭亡。

三 我们不要等待

自然,法西斯本身发展的极端,就是促成其自身的死灭,然而我们不能坐着等待。相反的,我们要加强力量以速其死亡。

怎样加强力量呢?

(一)巩固与坚持——精诚团结,集中全国全民的一点一滴的力量,去打击日寇,粉碎敌人"以华制华"的阴谋。(二)坚持持久抗战,针对着敌人的弱点以加深其国内矛盾和国际的对立,大量消耗其军力财力,颓靡其士气。(三)广泛地建立游击根据地,构成犬牙交错的夹攻火线,使敌人时时刻刻,在我威胁下,使沦陷区域时时刻刻在慌乱中,无法利用占领地区内的人力、资源与生产工具。(四)建立大量机械化新军准备全面的反攻。(五)充实经济生产,保证粮秣军需品源源不缺。(六)改新政治、文化充实人民精神武装,创造我们日新月异的抗战力量。

总之，我们越有办法，敌人的困难就越多，其国内矛盾愈深，其国际间的对立也越尖锐化。这些矛盾现在正剧烈的向着这个地方发展着，到了一定程度它就渐变到突变，在我们必构成内线与外线的坚强力量，剧烈反攻，在敌人必回引起国内外广大工农士兵反战情绪的总爆发，与我们一样的要求解放，这时候，便是日本法西斯整个的灭亡。

展开战地通讯运动*

一个朋友从浙西写信来说:"在这里,看到后方一些杂志上的战地描写,觉得可笑得很。"那对我们实在太辽远了。我真不懂这些作家为什么会这样"富于幻想",这说明了目前一个严重现象,就是参加实际工作者没有很好地来尽报道的任务,而纵容某些文化人依据粗浮的材料和片段的回忆,去产生一些"瘄寐求之"的作品来替代。可是是不是那些实际工作者真的不想写呢?不是的,抗战把人们卷进空前热烈,紧张的丰富斗争生活里,也卷起了他们将这种生活实践展示给社会的渴望,特别是反应力最强、感受力最敏锐的青年们。抗战后通讯报告的飞速发展,便是很好的说明。不过,由于:一、自己觉得写得修养不够,怕写出来没有地方发表,有的写一篇寄出去没有回信,就再也没有勇气执笔;二、工作过忙,没有时间;三、没有认识这一工作重大之意义,因而没有把这一工作放到工作日程里去,写与不写,纯视自己高兴与否,结果便不免马马虎虎过去了。这在战地,更特别表现得厉害,但这些困难是可以克服的。

首先,我们应当认识这不是简单的写作和报告问题,它有着很大的政治意义。在战地,有敌寇汉奸的横暴丑恶,可以提高人们的抗战情绪,打击动摇妥协的分子;有英勇果敢的各色各样的斗争和血肉拼搏的场面,可以激扬人们抗战的决心和勇气;有丰富的新奇的工作经验教训,可以相互交换,相互改进。还有许多许多动人的故事和景面,本身都或多或少带有一定的有利抗战的意义。因此,战地通讯(一般通信也一样)不仅有着消息的反映观察的作用,而且有着积极的推动抗战的力量。在斗争异常

---

* 载《战地》1939年第四卷第一期,署名萧英。

繁复丰富的战地,这一意义更为显明,更为重大。我们绝不应当忽视这样的工作,我们要把它看为整个工作的一部分,和加紧其他工作一样加强它。

自然,过去也有过不少的人注意到这个工作,好几个政工大队曾经准备成立记者团、通讯社等组织,第三区还组织了一个战旗记者团,挺进敌后,做过许多通信工作,其他青年、妇女、少年各营也似乎有过负责通信的组织,再如主要地为了反映生活和工作的小型油印刊物(进攻,突击,女战士,前线妇女,革命女儿……)的建立,也帮助了通讯工作的展开。但这是非常不够的,新闻记者式的记者团的组织,更是一种"客人"的隔靴搔痒的工作,不是好的通讯工作,也不是我们所期望的通讯工作。最好的通讯,应当是产生于那忠实地改进工作斗争,真正能去工作和斗争一同呼吸的工作者,而不是走马观花的记者所可代替的。

我们希望每一个实际工作者,同时又是一个通讯工作者,我们要建立一个健全的战地通讯网。这网的布置是:

在各个战地工作的每一个单位团体里,建立一个通讯组,等于一个通站(团体单位,在战地服务团,省政工队为一中队,在各县政工队则为整个县政工队,其他团体亦依此标准而定)。通讯组由各分队选举一人组织,负责发动同志们写通讯,并收集、发行工作,同时用集体讨论方式选择稿件,对于不采用的通讯稿应恳切地加以说明,批评,指出改进的方法,鼓励他再写。这任务,主要地需要分队里选出来的同志去完成,他应当在分队会议上好好分配大家写作,时时去督促,帮助,提供写作意见,限期完成。

第二,各部队以连或中队为单位成立通讯组,由连政治指导员负责选拔各班优秀士兵一人组织,并负责领导。这种工作偏重在教育、练习方面,对外通讯,主要地当以团为单位,以各级政治指导员为基础,吸收能写作的军官组织之,由团政治指导员负责领导。师政治部则可如政工大队一样单独组织。

第三,各县县政府自动组织通讯组,这在后方□□□难,在浙西青年很多服务县府的情形下,是很可能的。

第四,各地知识分子、小学教员,都依地方范围来组织,当地政工人员应当去帮助他们,有时可以负责领导。

这是一个最粗略的提供,具体的组织当然还是需要各自根据各自的情况去决定。不过我们希望各青年团体首先能完成这一工作,起先锋号召作用。像战地服务团、政工队,都是有基础的,不难马上建立起来。其他如吴兴国风社等类青年组织,也是最有力的基干部队。

那么,什么是这些通讯组织的中心呢?它们靠什么来联系呢?这正是"战地"的任务,这个完全为战地而建立的刊物,完全愿意担负起这样的任务。它将与各个通讯组保持密切的联系,尽量发表各通讯组的通讯稿,多下的便分发各刊物发表。它将奖励最优秀的通讯写作者,锻炼出千百优秀的通讯员,达到每一个实际工作者同时是一个通讯工作者的目的。过去广大通讯网的建立,《救亡日报》曾尽过中心领导的作用,现在"战地"也希望能负担起这一伟大神圣的任务,当然,"战地"的力量是有限的,它需要大家的帮助,群策群力地来完成。

在这里,我们要求战地工作同志们认识:

第一,每个同志应当有写作的自信力,不要怕幼稚,写作能力不是天才,而是从艰苦的学习中锻炼出来的。事实上,像在《进攻》《突击》……这些刊物上面发表的都是难得的作品,如"馨"的《皇军监狱半月记》更是非常优秀的报告文学。你们应当自信:你们第一个优良条件是有着丰富的生活、工作和斗争做基础。

第二,同志们的工作自然忙,但并不能因此限制了写作,问题是在有没有写作的决心和计划,如有,写作的机会正是多得很。现在不是有很多蹲在战壕里写通讯的人么?

这么,我们就可以展开战地通信的写作问题的讨论:

首先要说的是怎样写。我的意见是:

第一,要确定一个中心,这就是一篇作品的主题,是动笔以前就要想好的。一篇通讯要能起点作用,就要能给人一个明确深刻的印象,这种印象的明确和深刻程度,是由作者能否处处撼心、紧紧配合而决定的。假如在一篇通信里,东说一点,西拉一点,毫无目的地把一切所知道的材料都写上去,结果会弄得一片模糊,好像一笔糊涂账。这是材料丰富的人最容易犯的毛病,材料多了,觉得都重要,丢掉可惜,于是一起拉上去,一大篇,使人茫然找不到头绪。我们一定要克服这种毛病,材料多,可以分做好几篇写,写汉奸的丑恶,要在一切的叙述上密切注意汉奸的无耻罪行的暴露,使其他条件(如游击队和老百姓的痛恨)也能配合着来加强这个主题,使人一看就真正能认识而且痛恨汉奸。自然,这也并不是说通讯一定只需要单纯的主题的意思,主题是可以多的,如暴露汉奸的丑恶之外,还可以写游击队的英勇和老百姓的抗敌情绪，不过要能组织得起相互配合、相互加强的作用，并行地铺上去，不加修剪，是会失败的。

第二，要抓住特性，战地的事物，是在战地出现的，它必定带有战地这一特殊环境里的一切特性，所以把它们用通讯传达出来，也应当保持这些特性，才能生动、现实。假如把它们脱离战地的特性而写出来，就毫无意义了，譬如写一个群众大会，也只是写些开会的仪式、演讲、群众的歌声和口号……那不跟后方一模一样么？我们应当注意这会在什么环境下筹备，开起来的，怎样号召群众的，为什么能不受敌人的干涉，等等，才有战地的气味，才能给人的新的认识。有许多人不仔细去熔炼自己的题材，寻求最有力的表现方法，只摹仿别人的手法，这毛病是很容易犯的。

第三，要把握题材，修剪题材，避免流水账式的记录，战地的生活实践是复杂的，材料是繁多的，如果把它们都记下来，会使人不知如何下手。我们一定要把它们加以修剪，从那里面找出最富于特性，最新鲜，最有力量的部分，去掉无关紧要、大都差不多的部分，很多人喜欢写从××至××的流水账，甚至连吃一顿饭花几毛钱，看见一个农夫唱山歌也都写出来，这是最不好的倾向。自然，这类通讯并不是绝对不能写，不过，我们尽可以把这里的几个最新鲜而突出的场面写出来，去掉那些身边琐碎，把材料集中到几个中心上去。

第四，要根据题材找寻最适当的传达方法。一篇题材，传达的方法好不好也有决定的意义，譬如关于各种情形的记述，可用普通叙述法，描写什么工作或斗争场面，最好用表现法，述说一个片段的印象和场面，当用速写素描的手法，如果混乱用了，那就好比掘土不用锄头而用斧头。

在这些注意点之外，最要紧的还是写作态度和立场。无论写什么，我们一定先要有明确的立场，从这一立场出发，去决定对题材的处理态度，辨别好坏、真伪，确定对事件的夸耀，詈骂，打击，讽刺，等等描写方法，在今日，我们的立场当然是抗战建国，不过这也不是很简单的，究竟那些应当夸耀，歌颂，那些应当讽刺，詈骂，打击，那些黑暗应当暴露，那些应当暂时隐瞒，它们的程度又应当怎样，还有那些斗争是必要的，那些斗争是错误的，这都需要我们对整个和战地的军事，政治，经济，文化……各方面都有很好的把握，才能运用得适当。

那么，究竟写些什么呢？

第一是战地的一般情形的综合的报道，如军事对抗战形势、政治斗争、敌寇汉奸阴谋、经济争夺、傀儡政权现状等等。它们能在某一个问题上，给人以一个有系统的全面的认识，所以它应当有明确的根据事实的分析，有前因后果的具体说明。如果能渗进一些生动的具体事象则更能帮助文字的生动，给人以更深刻的印象。

第二是工作生活和斗争得记述，将个人的集体的有意义的生活情形，工作的经过，艰苦奋斗的过程和宝贵的经验教训传达出来，他如抢运食盐或者抢收丝茧的斗争，争取民众的斗争经过，都是很好的资料。

第三是各种故事的描写，如游击队袭击敌人的经过，政工队员给敌人抓去又逃回来的经过，刺杀汉奸的经过，某农民用计诱杀敌人情形，这是透过具体事实去表征一种政治意义的。同时也可以从某些个人的或个别的小的事件，去象征大的事件的动向，如写一个土匪的转变，以表现一个游击队从几个土匪的聚合到成长为一个坚强的部队的过程。

第四是带有短促的时间性和地方性的片面的事件的速写，如一个纪念会、一次敌人的暴行的描写等，但这在通讯里，不算怎样重要的部分。

当然，在各种材料特别丰富的战地，可写的东西对得很，决不是这些所能包括。老实说，这样机械地把它们分开，也并不能算是妥善的，不过是为了使大家有一个简明的认识罢了。

我们希望在战地的每个同志都能参加这一工作，迅速建立通讯网，展开战地的通讯运动。在写作方面，可多用集体创作方式，使写作技术较低的同志也能练习写作，使通讯的内容更加充实，达到每个实际工作者同时又是通讯工作者的目的！

时感二题*

一 "国民"与"人民团体"

中央社二十三日上海电:"马叙伦等自称为上海人民代表,拟往南京请愿,虽经各团体声明否认,马等一行八人仍于二十三日晨八时许,前往北站乘车赴京"云云。

论者曰:这里的"各团体"指的当然是各特务团体或"难民团体"。

中国特务头子在《中国之命运》一书中,曾把少数的"喝血者"——中国大地主、大买办、大银行家,硬充作中华民族的主体,硬把他们少数人的利益,说是民族国家的利益,硬是死不要脸地自称为中国人民的元首,由此出发,凡是服从他或他一派的,才叫"国民"(否则,都被称为"匪"),只有经他的爪牙操纵了的团体,方准叫"人民团体"(与他无关的,统被称作"所谓人民团体"或诬之为"盗用名义"的团体)。

每次血案都几乎有"人民团体"出头,奇怪的,每次都是凶殴之后,把手无寸铁的人打倒在血泊里,宪警才假惺惺的出来"干涉"。较场口不是有刘野樵的"人民团体"么?捣乱执行部不是有特务操纵的什么"难民团体"么?北平中山公园事件中,不是同样有时特务机关所组织的什么"遇难烈士家属"么?那一次事件宪警不出来放"马后炮"呢?

由此推论,凡是服从蒋记特务机关的,才叫"国民",凡是反对法西斯独裁、反对内战的都不是国民了。凡是愿为他作喇叭筒的言论机关,方准登记批案,才可

---

* 载《时代妇女》1946年第一卷第二期。

以叫"人民言论机关",否则,都被视为"不合法",一律勒令查封。但是要把四万万五千万人民都变成"国民"或"难民",却不是件容易事,怎么办呢?唯一的办法就是"杀!"

非"国民"的人民人数太多,要一一砍杀,亦不可能。况且人民并非猪羊,可以顺驯就戮。如果一旦全国人民一齐拿起菜刀,"造"起"反"来。蒋介石的头颈不是也难保么?所以杀还是要杀,但必须像"曲线救国"那样来进行。譬如杀了闻一多之后,官方报纸不妨来一套"捕拿凶手",打了马叙伦之后,不妨宣布"当场逮捕凶手八名"——既可掩饰杀机,又不失"民主国"风度,既可混淆视听,又可继续顺利的"杀"下去,一举两得,何乐而不为?

但是,把戏耍得太多,人民看出闷葫芦里的货色了,任你如何耍,但杀人者还不仍旧是那些被豢养着的"人民团体"很"国民"么?

二 论"冲突事件"

彭学沛之流把反动派一手制造的下关车站的血案,称为"苏北难民与从上海来之所谓反内战请愿者冲突事件"。真是妙文妙事,无奇不有。

其实也用不着怪异,妙事正多,妙文也正多。君不见:沧白堂上刘野樵率领一大群"雄赳赳"的"人民团体会员",殴伤郭沫若与李公朴?而事后中央社不是称为"民众互殴""双方互有打伤"么?君不见北平音乐堂中,那群彪形的什么"遇难烈士家属",以石块鸡蛋殴辱陈瑾昆与福斯特,还大喊"抓解放报记者",肆意撕毁孙中山遗像,而事后中央社与华北日报不也说是"双方互殴""遇难烈士家属与所谓国大选举学演讲会人员的冲突"么?

够了,类似这样的"冲突事件",在国民党统治区内,何止千万计?

倘如此便叫"冲突事件",那么"甲殴乙,乙被无理殴辱或殴伤"都应叫作"甲乙互殴"的"冲突事件"。但倘被殴者忍无可忍,稍一还手,那么被殴者就该是"蓄意报复国家的危险分子"了。依此逻辑,无怪反动派侵陷了宣化店后,还大叫"中原共军大举进犯国军",无怪中央社天天叫嚷"共军于某月某日'进攻国军'了。

依照反动派的看法,徐州中学的学生群起质问国民党军连长之无理辱骂而遭枪杀,自然是"军民冲突";蓝田中学的学生因故与警察口角,警察枪伤了八名学生,当然也是"互相殴打"的"冲突事件"。照这样推论下去,那么结论就是:蒋家特务殴打人民,都一律只准称为"民众冲突"。倘被殴者稍一还手,就应以"危害国家"治罪,如有反抗随时可以逮捕或以武力镇压之。

故谚云"只准州官放火,不许百姓点灯",此之谓也——这大概正是中国法西斯的法律么?

但倘"冲突事件"发生太多,逼得人民走投无路而铤而走险。大家都一齐拿起菜刀土枪干起来,"儿皇帝"突然做不成了,更重要的,则是那个"人民团体"的头目,将永远被视作"案枪第二",铸成铁像,以供万世子孙怒目唾骂……其实,这倒是他们最合理的结局。

"阴谋"*

日本战犯的美国辩护律师麦马纳斯，公然在远东国际法庭上声称：日本法西斯"占有中国领土的一部分是'全日本人民'的要求，不能是认为阴谋"。并将侵略我东北的日本首要战犯的滔天罪恶，诡称"那是国家的政策"，不能认为是个人的阴谋。

这不是阴谋么？未免使我有些糊涂起来：

倘参加决定或执行该"国家"侵略"政策"的人，一旦都被宣告无罪，那么，德意法西斯首脑人物，是否也准备免罪呢？倘如此，美国故总统罗斯福派遣美国军队远征德意法西斯的贤民措置，不是白白徒劳么？在欧洲战场上牺牲了的美国反法西斯的健儿们，不也将永远含冤于九泉之下么？

真正的英雄算是白白流血牺牲，那么墨索里尼一定也悻悻于黄土堆中。如果他当时不"倒霉地"遇着忠勇的北意人民游击队，那么他今天一定会从麦马纳斯口中获得启示，而大肆叫喊："意大利的侵略计划也是'全意人民'的要求"了。倘使他又在法庭上遇上麦马纳斯之流，我想，墨索里尼不仅不会被处死，大概还可以不在战犯之列噢？！

但我要问：这种"要求""占有领土"的诡辩学说，倘一旦在国际法庭被认为合理之后，那么美国帝国主义分子是否也准备盗用"全美人民"的名义，要求"占有中国领土的那一部"或全部呢？

倘如是，那么麦马纳斯之流的诡辩，不仅消极地为日本法西斯作辩护，而且是积极地暴露了美国少数野心家的巨大阴谋！

一九四六年七月

---

* 具体发表日期待考。

只有恨[*]

卖国贼蒋介石开始灭绝人性地滥炸张家口了，这无异宣布全面破裂。所谓"停战十天"，所谓"进攻张垣可能突然中止"等等，证明全系烟幕，全系骗术。

我会无数次的听到老百姓这样诅咒着，"日本在时，连蒋介石飞机的影子也看不见，日本投降了，蒋介石竟耀武扬威，拿美国的飞机来屠杀张老百姓！"——这正是卖国贼的本色！蒋贼的血腥历史，早已证明了他是人民的死敌，谁如果对他还抱一丝一毫的幻想，谁就只会招致灾难与死亡，对于蒋介石，我们只有恨，只有刻骨的恨，如果他不停止进攻解放区，不撤回一月十三日以前的位置，我们不惜血战到底，非战出一个和平民主的新中国，我们决不罢休！

现在，我不想来检讨这个卖国贼头子的横暴与无耻，因为他的历史早就道出其丑恶与罪恶的全部。令人莫名其妙的，倒是所谓"调停人"马歇尔，一年来他眼见蒋介石拿着美国武器屠杀中国共产党、中国民主人士以及中国无辜的老百姓，但他始终不哼一声，可是当蒋介石在四平街碰了钉子，如今又见蒋介石在怀来碰得头破血流的时候，他却又假仁假义的出来"调停"了。够了！请不要再假惺惺的耍那两面把戏吧！我们早已看出那些不怀好意的异邦野心家们是什么货色了。我们知道美国反动派要帮助蒋介石把中国变成"菲律宾第二"，妄想把四亿五千万的中国同胞变为你们夺取世界的炮灰，这是你们美丽的想象，我们也决不禁止你们去想象，但是我们中国人决不做任何帝国主义的奴隶！

为了和平民主的新中国，我们决不吝惜任何的牺牲。

---

[*] 载1946年10月10日《晋察冀日报》。

今日张家口的轰炸正是中美反动派狼狈为奸相互勾结的"杰作"。张家口人民的鲜血将永远鲜红地烙印在中国人民的记忆中！它将升华为仇恨，永远督促我们去复仇！

被难同胞的家属和亲友！请不要哭泣，大敌当前，不是落泪的时候，只有恨，只有刻骨的恨，才能够复仇！

论架子[*]

偶然在一个同志处看见鲁迅先生手抄茅盾先生《答苏联国际文学社所问》的原稿，引起我极大的兴趣。据云：当茅盾先生将原稿送给鲁迅先生之后，鲁迅先生即请人译成俄文，连同茅盾手抄的中文原稿，一并寄往苏联。但鲁迅先生怕原稿于途中遗失，又恐茅盾先生须留原稿，鲁迅先生即亲笔誊抄一份，送还茅盾保存。

鲁迅先生手抄原稿的字迹，是蝇头小字，端正不苟，笔笔分明。从这点看出鲁迅为人的伟大与负责的精神。更重要的是鲁迅先生不仅没有丝毫臭架子，而且竟这样负责，这样细心，据云连茅盾先生自己亦大为感动。

于是我又联想起毛主席和列宁许多待人接物的动人故事。论他们的功绩、地位、荣誉，谁能相比？但是他们却如此朴素、谦逊而有礼，而且从来没有对自己的同志摆过丝毫架子。这原因，大概由于他们懂得：为人民，特别是为劳动人民求解放、谋福利，是一个革命者的天经地义的义务，即使在革命过程中有了若干巨大的建树或功绩，也是革命者的本分。绝不应该因立而自尊自夸，或甚至自以为我了不起。其实革命队伍里的同志有千千万万的每人都"各尽所能"地为一个共同信仰出力，不管岗位有不同，职别有高低，但每个革命同志者都同样为革命事业尽一分力量，在职别上虽有差别，但在事业贡献的意义上，都是一样的。

因此，在对待同志的态度上，也是一样的。

可是还有极少一部分同志却不懂得这简单的道理，他们爱炫耀自己的功劳，爱在同志面前摆威风摆架子，处处要显得比别的同志"高出一等"，对待下级或群众总缺

---

[*] 载1947年2月《冀中导报》。本文为1951年1月版《生活·思想·随笔》收录的版本。

乏谦逊与朴素。

这些同志正好和毛主席、列宁、鲁迅先生的作法相反。

到底是什么思想使他们这样做，请这些爱摆架子的同志自己去找寻根源吧！

一九四七年二月

"武力崇拜"与"盲目服从"*

报载：日本战犯第一个证人纳珍，证明日本军事训练对日本学生思想之恶劣影响时称："日本军事训练制度，系日本成为极端的黩武国家主义（即法西斯主义）"，使一般国民对武力疯狂崇拜即盲目服从之主要原因。

真可怜！美人纳珍还以为这是新发现。比起中国反动派来，真是"小巫见大巫"，未免显得太落后了。其实，蒋介石于十五年前即开始强迫全国学生军训，对于军训的意义与效果。他早年留学日本时期已"胸有成竹"，后来集拿破仑、曾国藩等中外军阀学说之大成，加上他自己血腥的经验，熔为一炉，当然有"独到之处"，是理所当然。

反动派所豢养的那一大批特工分子（有时叫"职业难民"亦可）当然都是"疯狂崇拜武力"的。他们不懂主张"铁血""牧复"东北，主张"难民"武力"还乡"，即对于手无寸铁的为民主呼喊的陈瑾昆先生，为和平情愿的马叙伦先生等也要以拳头，石块鸡蛋的武力来解决。——这正是军训和特种训练的结果，这种行为恰好切合了反动派头子的夙愿。要是能使全国人民都变成"职业难民"，都能"盲目服从"，那么"儿皇帝"准做定了，美丽的梦也实现了。那时"朕即国家"，多么威风！

这是一个极大的诱惑！于是决定下令"训"，大训特训！迫令全国高中毕业生一律军训一年始准领文凭。在南京、北平、广州设夏令营，命令各地保甲长从速军训，加强爪牙；强迫北平市民组织"国民自卫团"，加紧军事训练；令济南市民普遍军训，连自由职业者也不准例外。……

---

* 载1946年7月19日《晋察冀日报》，署名萧殷。

军训的意义与效果已"洞若观火",那么,如何"调"呢?请看中国法西斯头子于一九三九年在党政训练班所讲的"军事训练基本动作的意义与效用"吧!这篇演说"精辟"地发挥了所有中外军阀及法西斯祖宗关于军训方法的学说,真是"登峰造极",诚不愧为"希、墨、东、×""世界四大领袖"之一了。

他在这篇演说中,竟以四分之三的时间来谈"立正"这"基本动作"的意义与效用。他说"这基本动作,比什么学问都要紧",因为这"不但是军事训练的起点,而且是军事训练的重点"。为什么呢?盖"立正就是身定与心定二者交融为一的姿势","身定之后,则能气定,气定之后,乃能凝神,凝神之后,才能静肃,静肃之后,长官才能教他;受教的人,也才能专心致志,心领神会,切实做到,然后乃能达于至善(即盲从)的境地",否则,"一切的思想行动,一定乱杂无章"。

好家伙!说了半天,竟原来只有一句话,就是"你要专心听教",以便做"武力疯狂崇拜"与"盲目服从"的模范,以利制造内战!这是关系他的"帝运"之存亡,无怪他说这"比什么学问都紧要"了!

但是不要想像得太美丽了!人民不是三岁孩提,也不是傻瓜:现实的苦难和"惨胜"之灾,比任何"训练"都更有用处。反动派尽管有自由强迫人去"训",但谁能担保你不"训"出千万个刘善本呢?

大家遵守法令*

今天本刊发表了鹏年同志一篇"小意见",指责个别武装同志在公路上行驶大车,违反了民主政府的法令的现象。特别值得注意的是违反法令者本人不但没有认识自己犯了错误,反而恬然去干涉别人,既然干涉别人,可见那位武装同志是知道政府禁止大车在公路上行驶的,但是,他为什么不知自己违法呢?这是值得讨论的问题。

应该肯定的说,我们的子弟兵,绝大多数都具有正确的拥政爱民的观念,都是人民利益坚决的保护者。为了这,他们尽了一切应尽的义务,为了保卫人民胜利的果实,他们含辛茹苦,与敌人作决死的战斗。直到今天我们华北人民能够安居乐业,不能不归功于我们子弟兵的忠勇。这种种惊天地泣鬼神的丰伟劳绩,我们应该时刻铭记。"饮水不忘掘井人",我们不能有一刻忘记了他们。但是我们并不否认,在我们的部队中,的确还有极少数的同志,由于旧意识未完全根除,多少还存留着一些"骑在百姓头上撒尿"的剥削阶级的思想残余。由于这残余思想的作祟,因而就难免发生触犯政府法令与群众纪律的现象。

有个别同志有意无意地把民主政府的法令,看作是专为老百姓而颁发的,因此,他们又有意无意地认为"公家人"对于法令倒可以随便些。这种想法显然极其错误。因为政府的法令,是为全体人民(公家人也在内)利益而颁法的,"公家人"已为人民服务,就绝对不允许有违犯法令的行为。因为损害大家,就是损害自己。我们不仅应像老百姓那样严格遵守法令,而且应该作遵守的模范!

一九四七年二月

---

* 载1946—1947年《冀中导报》,来源于河北一位老文艺工作者提供的《冀中导报》副刊剪报资料,具体发表日期待考证。本文为1951年1月版《生活·思想·随笔》收录的版本。

随感*

在参军运动中,好些优秀的农民子弟,都放下锄头,拿起枪杆参加到解放军的主力里去。这是有血性的男子一种勇壮的行动,值得大书特书。但有小部分人没有认识参军是为了保田保家,而却错误的认为参军是为"报答共产党",这种想法,显然是不够正确的。

共产党是代表广大人民利益的政党,它的全部政策乃至于每一行动,都是为人民福利而奋斗。"保田保家"是人民自己的要求,同时也即是共产党的要求。"共产党和老百姓是一家人"并不是一句空话,两者是患难相连,幸福与共,有着血肉不可分离的关系。

我们可以肯定的说,共产党和人民一定会争得最后胜利。但假设共产党万一失败了,那么广大人民就会遭到巨大的灾难,解放区美丽的村庄就要被"血洗"。只有共产党赢得胜利之后,广大人民才可能丰衣足食,安居乐业。当卖国贼蒋介石进犯的时候,每个青壮年都有责任起来自卫,有责任壮大主力部队。只有主力壮大了,才可以挽救人民的灾难和死亡。这完全是人民自己的责任,绝不是为了"报答"谁。

把参军看做"报答共产党"的想法,实质上就是把人民与共产党的利益看成两个东西。这种看法如继续推论下去,就可能产生"人民可以离开共产党,共产党可以离开人民"的荒谬结论。那是应该警惕的。

---

* 载1946—1947年的《冀中导报》,来源于河北一位老文艺工作者提供的《冀中导报》副刊剪报资料,具体发表日期待考证。署名何远。

爱国运动与自卫战争*

美军在北平强奸中国女学生所引起来的怒火,已燃遍全国各主要都市。平津三万余同学首先举起反抗旗帜,举行抗议示威大游行;接着,上海、南京学生也奋起响应,举行罢课游行示威。杭州、武汉、广州、成都、昆明等地的学生界与文化界,定会接二连三的加入战斗。还未起来的,一定就要起来,因反动派的强烈压制,暂时不能起来的,他们势必把怒愤深埋在心里,只要时机一到,他们会像火山爆裂,挺身投入战斗去。

在蒋管区域,绝大多数知识分子与青年学生,都与工农一样,陷入深重的灾难中。二十来年的痛苦经验,使得他们已认识到参加斗争的必要。在过去,中国知识分子为争取民主、和平、独立,会轰轰烈烈的参加了行动,并表现了无比的英勇,而今天,民族危机又复严重的时候,他们绝不愿坐而待毙,他们一定会奋起行动!

这种反卖国的爱国运动,将随解放区军民的爱国自卫战争的逐步胜利而逐步发展和扩大,我们人民解放军给予敌人的正面打击,恰好是鼓励这种爱国运动的发展,反转来,这种爱国运动又正是配合我们正面的武装斗争。两者互相呼应,互相配合。

因此,我们很重视蒋管区的一切爱国运动。这种爱国运动继续发展的结果,将使蒋管区全部社会陷于混乱。

但是,只有我们解放区军民的不断胜利,蒋管区人民的爱国运动才会不断发展与扩大。因此,要争取胜利,首先要依靠我们自己!至于那些坐待胜利,或盲目乐观的思想,必须受到严格的批评。

---

* 载1946—1947年的《冀中导报》,来源于河北一位老文艺工作者提供的《冀中导报》副刊剪报资料,具体发表日期待考证。

抵制美货*

继出卖中国的领空、航海、海关、捕鱼等主权之后,大汉奸卖国贼蒋介石本月四日又签订一个什么"中美商约"。从此,美国的托拉斯与金融财阀一定会利用这一"商约",在中国大量倾销美货。美国野心家的阴谋至为显明,他们的目的是首先护住中国经济命脉,然后把中国变成美国殖民地。

美货在中国大量倾销的结果,首先当然是手工业者的完全破产,中国民族工业的破减,工人失业,农民荡产,如果我们冀中一不提防,也任美货倾销,同样会弄得我数百万同胞无衣无食,饥寒致死。因为我们的工业大部分还未脱离手工业方式,倘美货流入,我们的生产成品,势必断绝销路。别的不说,若美布流入冀中,则专靠这种棉织布为生的数十万冀中同胞,会立刻遭受严重威胁,以至于破产、失业、挨饿。

还不止这样,经济命脉一被操纵,政权也容易落入其掌握。因此我们很同意工商会的指示:"买卖和使用洋货,就是敌我观念模糊,民族立场不稳。""违法走私,偷运违禁品,是在经济上援助敌人。"

要提防做亡国奴,要挽救灾难,就须要我们警惕起来,万众一心抵制美货,同时提倡土货土产!

---

* 载1946—1947年的《冀中导报》,来源于河北一位老文艺工作者提供的《冀中导报》副刊剪报资料,具体发表日期待考证。

下命令是不民主吗?*

有个工人同志问:"共产党说提倡民主,说工厂是咱们工人自己的工厂。但是,为什么厂的行政人员只下命令,也不跟咱们商量呢?"

共产党不但提倡民主,而且早已实行民主。所谓民主,就是按照最大多数人的正确意见来办事,正因为这样,所以共产党是代表绝大多数人民利益的政党。而国民党蒋介石却完全不顾人民的意见,只按照他们四大家族的意见来办事,所以国民党只代表了极少数的大官僚、大买办、大地主的利益。

工厂是不是工人阶级的呢?是的。凡一切属于国家的东西,都是工人阶级的,也是全体老百姓的(除了蒋家匪帮)。为什么这样说呢?因为新民主主义国家的主人翁,再不是那些大地主、大官僚、大银行家,而是咱们老百姓了。国家既然由咱们老百姓做主(即由老百姓自己选出人来管理国家),国家的财产(矿山、铁路、工厂、银行……)当然就是老百姓的了。所谓老百姓当然是包括工人在内,因此,工厂是工人阶级自己的工厂。

说到这里,也许有工人同志会问:既然工厂是咱们的,现在为什么不多给工人发些工资,让工人的生活过得更好呢?要是论多的发给工资,工厂出品的成本一定会贵,货品的价格也会高。价格太高,许多人就买不起,因而就会影响了出品的销路。一个工厂如果发生了这种情形,它一定维持不下去,最后只好关门。要是工厂不幸都倒闭了怎么能建立经济繁荣的国家呢?怎么能建立自由幸福的新中国呢?咱们老百姓自己的国家,如果建设不好,那么咱们工人阶级能真正解放吗?

---

* 具体发表日期待考。本文为1951年1月版《生活·思想·随笔》收录的版本。

所以，我们劝大家不要只顾眼前的小利。法令，都是根据广大人民的正当要求和愿望来规定的。可是，这些美好的愿望不是一天两天能完全实现的，必须一步一步的去办，正像打墙基一样。如果墙基不打好，大楼房就建不起来。只有一堵一堵的往上垒，而且还可能遭受一些痛苦之后，大楼房才建得起来，如果在筑第一堵墙的时候，就不愿忍受一点痛苦，将来怎么能住得上大厦呢？

因此，共产党员不仅常常照顾到工人们眼前的利益，同时也常常为工人们将来更大的利益费尽心机。现在公营工厂里的行政人员，可以说大致上都能代表工人阶级利益的。只要他们的"所作所为"是为了工人阶级的利益（为现在也为将来），而且做法又合乎客观情况的话，那么，他就是按照了工人们的意见办事，也就合乎民主精神。

所谓民主，并不是"极端民主"，也不是什么"芝麻小事"都是经过大家"商量"，而应该是"在民主的基础上集中，在集中的指导下民主"。只要工厂行政人员的计划与工人阶级的利益相一致，具体执行时，行政人员是有权下命的。这样做并不违反民主精神。要是什么"芝麻小事"都要大家来开会讨论，那么，大家整天都得开会，哪里还有时间从事生产建设呢？

当然，工厂的行政人员必须经常虚心倾听工人们的意见，正确的接受，并付诸实行，不正确的必须耐心解释。但如果不采纳工人们的正确意见，独断独行，事情一定办不好。

一九四八年十月

两条道路，你选择吧[*]

地主阶级是一个吃人肉喝人血的阶级，只有把这阶级彻底消灭了，农民才可能翻身。在土地改革以前，地主用尽各种最野蛮最残酷的手段去霸占农民土地，和吸吮农民的汗血。他们坐享其成，不劳而获；而农民们却被弄得长期不得温饱，有的甚至被逼得卖儿鬻女，家破人亡。提起这些事，农民们真要剥了他们的皮才能解恨。然而农民们"宽大"了他们。因为土地改革的目的并不是要在肉体上消灭他们，而是当做一个封建阶级来消灭，因而，只剥夺了他们封建剥削的条件就够了。只要地主不再剥削农民，在政治上愿向农民低头，农民们仍分给他们同样一份土地。要是他们愿意痛改前非，努力生产，他们是能够跟大家一样地过好日子的，并且他们今后由劳动所得的财富将受到民主政府的保护。

很显然，共产党对地主的处理，是非常宽大的；不仅不杀死他们，而且分同样一份土地。如果他们还有点"良心"的话，是应该对这样宽大的胸怀表示感激的。的确，在土地改革之后，有许多"地主"（即清算了的地主）改变了，他们开始劳动生产，自食其力，并且和农民过着同样的劳动的生活。——这是最正当的一条活路。

然而，也有少数冥顽不化、极其反动的"地主"，他们还念念不忘地留恋着从前的剥削生活，他们希望"变天"，希望共产党垮台，希望再过他们的剥削生活。此次当我们报纸公布了蒋匪帮妄想来偷袭石家庄的消息后，他们竟幸灾乐祸起来；他们勾结匪特，散布谣言，企图破坏，有的竟以为"反清算"的日子快来了。但是"地主"们，请你慢点高兴！看谁笑得最后，谁才笑得最好看。

---

[*] 具体发表日期待考。

记得当正定第一次解放的时候，人民曾斗争了一个恶霸地主，当时共产党与农民群众都本着宽大胸怀，除将他们的土地分给农民外，还分了同样的一份土地给他，以便他能维持生活。当时人民都这么想：只要他勤于生产，遵守政府的法令，以后大家也不会歧视他。但是那家伙却不知天高地厚，当蒋匪重占正定时他勾结蒋匪向农民"反清算"。他既然这样，那么当正定第二次解放时，人民就对他不客气了。……

这是一个活的例子，"地主"们应当引以为戒！

如果以为蒋匪帮这次来偷袭，就会"变天"，那是你在做梦。我们不仅要击败这次偷袭本市的蒋匪，而且将来要彻底消灭全国的蒋家匪帮，这是确定无疑的了。所以，现在"地主"与匪特在本市的"蠢动"，除了更暴露他们的真面目，自寻死路外，他们还能有什么作为呢？

我严厉的正告他们："摆在前面有两条路，一条是造谣破坏，梦想'反清算'，这是死路；另一条是遵守民主政府法令，与人民在一起，这是活路，现在由你自己选择吧！"

一九四八年十一月

美国的自由原来如此*

九月八日某报第二版发表了一条意味深长的消息，报道美国黑人歌王罗伯逊在毕克吉尔在至少两万五千听众面前唱歌的情形，当罗伯逊在听众的热烈欢呼和鼓掌中登台时，听众欢呼达十分钟之久。可是当罗伯逊向听众唱歌时，"一架警察局的飞机围绕着四五架显然是私人的飞机，不断地在听众的头上低低地盘旋，它们的马达声企图淹没罗伯逊的歌声。在音乐会会场外面的路上，几群小流氓吵闹地吹着喇叭敲着鼓，企图达到同一目的"，流氓们还隔着道路向听众投掷石头，并在听众回家时攻击听众，推翻汽车，向公共汽车投石块……

从前，我还以为美国还有些"自由"，现在我才知道所谓"美国式的民主"是什么东西。它原来只是几个金融寡头和几个军阀可以作"主"，人民是不能作"主"的。

有什么根据惹得美国帝国主义这样仇恨罗伯逊呢？我们且听听罗伯逊自己说的话，在"我的歌是和平的武器"一文中，罗伯逊写着：

我喜欢告诉你们一件意外的事情，它发生在纽约州的首府奥尔巴尼，政府当局禁止我开音乐会，后来调停的条件，是我不发表政治的演讲。

我同意了。

那天晚上，我登场仅仅唱了歌，在当地的政府看来满意了。自然当场没有什么政治示威，但是我发现了别的感觉，就是进步的听众表示了失望与愤慨。

---

* 具体发表日期待考。

自从一九三九年回到美国以后,我在每次音乐会利用一切机会,没有一次不反对法西斯主义。

……自然,反动的压迫是到处碰到,我是不管那些荆棘障碍着我的道路。我的艺术是始终为人民服务的。

在奥尔巴尼的插话是一个例子,所谓集会自由与人民自由,在美国就是如此。

美国帝国主义这样战战兢兢的用各种流氓手段去对付一个手无寸铁的艺术家,竟原来是因为这个艺术家敢于"号召斗争与抵抗"(罗伯逊自己的话),敢于唱歌民主,敢于攻击战争贩子和反对法西斯,敢于歌颂耶稣,敢于宣称自己的艺术"始终为人民服务"。

这就是造成美国帝国主义与罗伯逊之间不可调和的矛盾。但是罗伯逊是不屈的民主战士,他到处歌唱人民民主,到处呼喊反对法西斯主义,到处被人民热烈欢迎。他所到之处,就受到广大人民欢呼,正因为这样,杜鲁门、艾奇逊之流就越恨他,甚至用最无耻的手段去企图破坏他的音乐会和攻击他的听众。

哎哟,在美国的所谓人民自由,原来就是如此,罢了!请你美国帝国主义别向我们中国人民来宣传你们的"自由"吧,我们不要它,我们要把它踢回太平洋里去,我们要的是人民的自由,是人民的民主。你瞧!忠实执行你们的"自由"政策的你们的中国走卒蒋介石及其死党,已被我们打倒了。他还梦想在台湾来执行你们的政策,我们要连他的牙齿都拔掉!

一九四九年九月

谈严肃[*]

一天,一位刚从昆明来北京的大学生,忽然向一个共产党的干部问道:"听说共产党员都很严肃,不爱笑,是不是?"那位干部听了这话却忍不住的大笑起来,反问他:"你以为共产党员是人不是?既然他们也是人,哪能不笑呢?一个人心里挺痛快的时候,他怎么能不笑呢?"那大学生觉得奇怪,于是他说:"既然爱笑,那就不是严肃了,但为什么我在昆明时总是听人说共产党干部很严肃呢?"

以为爱笑与严肃是两个对立的现象,恐怕不是个别人的看法。有好些青年朋友,常常认为:板起脸孔来才是严肃,一个人老是露出笑容,怎能有严肃之感呢?于是有人把干部在休息时间向人说说笑笑,看作是"不够严肃",他们评论道:"这同志架子倒没有,就是有时不够严肃。"

把严肃看得那样表面,实在也有些根据的。在旧社会里,有些有地位有权力的人物,常常板起脸孔来表示"威严",其实,这也怪他不得,因为如果他不在外表上"装"严肃,如果他不把脸部的肌肉"绷紧"起来"装"严肃,那他还能用什么方法来表示他的严肃呢?因为人们都有这样印象,使得一部分青年产生了一种错觉:以为严肃仅仅是表现在肌肉外部的现象。而其实,这是一种对"严肃"的曲解。

我们也主张严肃。所谓严肃,主要是指工作作风、思想作风的严肃。这种严肃不一定都表现在脸上,就是说,常常爱笑的人,不一定就是工作作风不严肃的人,常常板起脸孔来"装腔作势"的人,也不一定就是工作作风严肃的人。

严肃,是和散漫、不负责任、粗枝大叶的作风相对立的。共产党要求每个党员有

---

[*] 具体发表日期待考。本文为1951年1月版《生活·思想·随笔》收录的版本。

高度的阶级自觉，要求党员对人民福利有高度的责任心与实事求是的精神，因为不如此，党员就不能养成严肃的工作作风，因为不如此，革命事业就会受到损失。二十多年来轰轰烈烈的革命运动，如果没有一大批具有严肃作风的革命干部，如果没有他们长期地进行严肃的工作，今天能够赢得如此伟大的胜利么？

在抗日战争的艰苦岁月中，在人民解放战争的初期，我曾看见过一些干部咯着血，仍情绪饱满地坚持着工作的情形；我看见过一个战士一面被疟疾袭击得全身抖索，一面咬着牙根拿机关枪向敌人开火的情形；我看见过一个指挥员三天三夜没有睡眠，眼睛充满了血丝，继续指挥作战的情形；我也看见过一个村干部勒紧腰带，空着肚子，忘我地在村公所里细心工作的情形……

同时，我也看见过一些为人民福利而用动人的严肃态度来对待问题的人。那是一个党的县委员会的委员，他与他的在村里担任粮秣工作的弟弟，有着深厚的感情。有一次，当该县委回到本村时，群众向他密告他的弟弟曾贪污了五斗粮食，这事情使他吃惊，但他没有激动，即刻帮助村公所去调查真相，并跟他弟弟谈话，可是他弟弟并不承认，一直到他把赃物搜出来之后，他弟弟才无话可说，于是，他用极严肃的态度说："真想不到你会做出这样丢人的事！好！你贪污了老百姓的公粮，你就要受到老百姓的处罚。"等他回县后，即刻将此事报告了县委会，要求县委对他弟弟的不法行为给予应有的处分。……像这样动人的事例，我真不知看见多少回了。

像这样严肃地对待问题的干部，在老解放区里是很多很多的。这种具有高尚品质的人，常常被一些不了解共产党的人神秘地传说着，说他们不笑，说他们严肃得整天板起来脸孔，有些带点恶意的人，甚至说他们已失去了对人的热情。

共产党员和革命者，既然都是人，而不是"天神"，怎么能不笑？怎么能没有热情呢？他们之所以成了共产党员，只不过因为他们有了高度的政治觉悟，有了为劳动人民福利奋斗到底的决心与自觉。

实际上，严肃的作风与一个人的笑容并无矛盾。许多工作作风与思想作风严肃的革命者，因为他有了高度的政治觉悟，懂得人民的力量，抱着革命必胜的信心，因此，他们具有乐观心理。他们不仅善于严肃地对待革命事业，而且也善于友爱对待同志和朋友。只要真正具有高度阶级自觉的革命者，是绝不在外表上"装腔作势"的，相反，这类人总是和蔼可亲，热情诚恳。

只有一知半解、对革命似懂非懂的人，才会板起脸孔来"装腔作势"。用脸部的肌肉来"表示"他的严肃的。

我们需要严肃的作风，需要严肃地负责任地对待人民事业的作风，因为不如此，我们的革命大业就不能完成。

写到这里，我忽然联想起中央人民政府内务部的"生产救灾等的补充指示"来，指该指示责成："各级人民政府要对救灾负高度的责任，不许饿死一个人！如有对灾情不了解，对春荒无准备，饥饿来临，毫无办法，那就应受到责罚；反之则是人民的功臣，应受到奖励。"

这指示说明了什么呢？这是共产党领导下的人民的政府对人民负责的具体表现，这是最认真最严肃的对待问题的具体表现。

只有用最严肃的作风去对待问题，问题才可能得到解决。

然而，据我所知，有些青年知识分子却害怕过严肃的生活，其实，这有什么可怕呢？

一九五〇年一月八日

华尔街战贩们的逻辑*

美国《生活画报》社长鲁斯的老婆说："宁愿战争发生，而不愿有危机。"

抱着类似想法的，不仅是鲁斯的老婆一人，实际上，这正是华尔街的好战分子们所共有的观念。在他们看来，以为只要有了战争，他们就可以得救。这是他们在第一次和第二次世界大战中所找到的一条"规律"，而且认为是一条永不改变的"规律"，即：只要有了战争，美国就可以大发横财，美国的经济危机就可以得救。

这不禁使我联想起小时候曾听过的一个故事：在一个深山里，住着一只恶狼，饿了就找些野兔山羊来充饥。虽然山羊等有时也会反抗，但终于被它扑倒，咬死，吃掉。于是它常常自鸣得意地说："谁的牙和腿能跟我的比呢？哈哈！"一日，有猎人走入深山，狼看见这"两脚怪物"，以为一定鲜美可口，于是它就马上去捕捉猎人，可是，还没有等他做好"捕捉"的姿势，一颗子弹已打碎了它的脑袋……

奇怪的，是杜鲁门、麦克阿瑟和鲁斯的老婆们的想法，竟和这只狼的想法完全一样：他们根据第一、二次世界大战的经验，便断定在第三次世界大战中一定也可以同样大发横财。美国新闻界名人阿勒索浦就这样大言不惭地说过："在上次大战期间，国家预算每年亏欠五百亿元，然而战争结束之后，国家收入增加了三倍，国家的财富也增加了。这是思考问题的正确方法。"

跟那只狼宣称自己的牙和腿无人可比一样，美国前国防部长詹森宣称他已有了原子弹、原子潜水艇、毁灭神经中枢的气体。——但是，詹森却不敢像那只狼那样自鸣得意，他有比那只狼略胜一筹的地方，就是他并不敢相信这些新武器只有美国才有，而且也知道美国兵源的困难；因而，他们不能不捏造出一些所谓"氢原子弹""飞

---

* 载《人民文学》1950年第14期。

碟"一类的东西，来吓服那些神经脆弱的人。

虽然如此，但当他们想到"战争结束之后，国家收入可以增加三倍"的时候，当他们根据第一、第二次世界大战的经验，想到战争可以大发横财的时候，他们就昏昏然的，完全失去了思想的能力，而变成毫无理性的疯狗了。

于是，他们调来十分之六的地面作战部队，疯狂地向朝鲜人民进犯，同时，以飞机不断侵入我国领空，射击、轰炸我边疆的和平居民，而且还扬言要轰炸东北……在华尔街战犯们的如意算盘里，打算很快地侵占了朝鲜之后，就叫他们的部队回美国去过圣诞节，然后，按照他们的计划出兵越南或欧洲。这是多么"美妙"！以为这样一来，他们就可以"各个击破"地吞食了各个民主国家，然后再向人民民主与世界和平的堡垒——苏联进犯。在华尔街战犯们的想象里，以为这样一来，全世界的土地和人民都会变成他们的奴隶和私有物了。

这算盘的确是很"如意"的。但是，很对不起，事物发展的逻辑，却偏偏和美帝国主义的希望相反。麦克阿瑟、阿尔梦德们的计划却没有为朝鲜人民军和中国的志愿部队所批准。据现在的情形看，美国大兵们回美国去过圣诞节，是完全没有希望了，他们在朝鲜人民军的"俘虏营"里度过一九五〇年的圣诞节，却是大有希望的。

在杜鲁门、麦克阿瑟们的想象里，以为很快就可以"吞食"了这"小小的朝鲜"，很快就可以叫他们的军队回太平洋彼岸去过圣诞节，然后，很快又可以按照他们的"希望"出兵到东北，到越南，到西德去……这样的想象的确是很"美妙"的，也是很合乎他们"思考问题的正确方法"的。但是事实呢，却偏偏不和他们的"想象"一样，恰如英国某报纸所说的："不要过早乐观，朝鲜可能在长期作战中，把美国的精力吸个干净。"（大意）事实上，金日成将军指挥下的军队，已经把它们拖住了，使他们陷在泥坑里，越陷越深。据说华尔街的战犯们为此事大为焦虑，其实这有什么值得"大惊小怪"的呢？这不正是阿勒索浦们的"思考问题的正确方法"的逻辑的结论么？

再如鲁斯太太们，是"宁愿战争发生，而不愿有危机"的，按照这条"逻辑"，好像他们在第三次世界大战之后，华尔街的先生们又照样可以发一大笔横财似的，这确是一个很富有诱惑力量的"想象"。但是，请不要笑得太早，全世界爱好和平民主的人民，绝不容许你们如此狂妄，全世界的人民一定会起来斗争，这斗争的结果，不仅要让鲁斯太太和华尔街的战犯们绝望，而且有一日，还要叫他们在"战犯审判台"上哭泣。

劳动人民爱美么*

据说：某校有个女学生，因为喜欢戴花，被人批评为"小资产阶级的趣味"。那同学很不服气，她想："为什么戴花就是小资产阶级的趣味？难道无产阶级和一切劳动人民就不喜欢花么？"于是她又推论的想下去：无产阶级是否爱美呢？是否也爱艺术呢？

怀着这类似的想法的人，我想不止她一个。在另外一个学校里，有个同学很热情，遇到高兴的事很容易欢欣鼓舞，但一遇挫折，也很容易垂头丧气，忽冷忽热，时喜时忧；当别人直截了当地指出这是小资产阶级的冷热病时，他很不舒服的反问道："是不是无产阶级就没有感情呢？"

这两件事实说明什么呢？一方面说明人们对无产阶级及其政党的政策很不了解，一方面也说明了批评者缺乏耐心分析，只知"扣帽子"，不善于启发式的进行批评，因而，被批评者常常"接受不了"。因为"扣帽子"缺乏具体分析，缺乏科学的说服力，被批评的人不容易理解那"帽子"与他的行为之间的关系，反而容易引起误解。上述两个例子就是证明。

实际上，无产阶级及一切劳动人民都爱美，爱艺术，也喜欢热情。劳动阶级不仅喜爱艺术，而是创作着艺术，也创造着世界与文化；因而，他们的感情最真诚，也最健康。

爱美，爱艺术，这是人（除了白痴和疯子）都具有的本能。只是由于劳动人民长期被剥削阶级压榨着，整年整日地为"温饱"挣扎着，受着苦难，试问他们哪里还有时间与精力去欣赏艺术？哪里还有精力与条件去讲究美呢？就算一个顶讲究美的知识

---

* 具体发表日期待考。本文为1951年1月版《生活·思想·随笔》收录的版本。

分子吧，但当他失了业，家里的"存粮"也快完了的时候，他是否还有心情谈美呢？这不是很明白的事么？

有些自以为有知识、自以为"高雅"的人，一看见衣衫褴褛、满身泥污的劳动人民，就投以鄙视的眼色，认为他们没有教养、粗俗、愚蠢、不懂得感情；其实，这除了表示这些"高雅之士"对劳动人民存在着敌意之外，同时也表示出他们毫无常识。

有这么一件事实：有一个贫农妇女，在土地改革之前，不但穿得很褴褛，连脸上也尽是泥污，房屋、土炕到处是灰尘，烂物拥塞了院落，他整年整月都为着"温饱"而劳动着，常常连脸也不洗。可是在土地改革以后，情形完全变了。秋收之后，我们曾去看过她一次，她的屋子、院里打扫得很干净，而且还在院落的枣树下安置着一个石凳，衣服换了新的，一贯乱蓬蓬的头发，这时也梳得光溜了，脸也洗得很白净，精神焕发，仿佛年轻了十岁。最奇怪的，当我们临走时，她忽然要求我们给他找些花种子。我问："要花种干吗？"她指着干净的院子说："你看这院子光秃秃的，要是种点花花草草多好看哇！"

这又说明什么呢？这是说明：当劳动人民的经济生活有了保障之后，他们接着就一定要求文化生活——学文化，讲卫生，爱美。

目前苏联劳动人民都有着高度的文化生活，各集体农庄，各工厂都有艺术生活。涅克拉索夫所叹息的俄罗斯农民的苦难日子，经过十月革命以后，已一去不复返了。当诗人涅克拉索夫叹息的时候，俄罗斯的农民被鞭笞，不得温饱，那时候，俄罗斯的农民正在死亡线上挣扎着，他们能有心情去讲求美么？然而，现在莫斯科的化妆品据说比世界任何一个都市都多，这不正是说明了苏联人民的生活比任何一个国家都更有保障么？

在陕北也有着这样的事实，当人们的经济生活水平提高之后，农民们普遍要求学习文化，普遍地要求讲求卫生，冬学与乡村小学普遍地建立起来，小孩子被打扮得很漂亮……

所有这一切，都证明劳动人民不是不爱文化生活，不是不爱美和艺术，但文化生活的建立必须在经济生活有了保障之后才有可能。

这样说来，那么，我们戴朵鲜花为什么还被人批评为"小资产阶级的趣味"呢？我以为：这种"扣帽子"的批评方式虽不好，但这顶"帽子"却"戴"的很合适。为什么呢？因为这种戴花的行为，显得是脱离群众、脱离实际的表现，同时是一种从自己趣味出发的自我陶醉的表现。当革命与战争正在进行，当广大的人民正在奋不顾身地为民族独立事业而工作的时候，而你偏偏对这些事实漠不关心，偏偏去玩味一些与大时代不协调的趣味，偏偏在这时候去寻求个人的情趣，这不是脱离群众、脱离现实的表现吗？如果这些人是小资产阶级出身的知识分子，那么这种表现不正是小资产阶级的趣味的露骨表现么？

又比方说，如果当某一个地区的人民因灾荒都穿得褴褛的时候，你偏偏"出众"地打扮得"花枝招展"，这种举动，从你主观的动机来说，你是想表示你爱美，或者表示你懂得美，但在群众眼里，你却是一个最自私的"怪物"。如果你打扮得这样"花枝招展"到那里去工作，群众在情绪上首先就会与你隔着一道鸿沟。既然这样，那么，你就很难做好你要做的工作。

知识分子是人民的一分子，他们的感情趣味应该与人民合调，只有当人民的经济生活水平普遍提高了，人民的文化生活才会普遍提高。到那时，就像现在的苏联一样，不仅人民能充分地创造美的现实，而且也会充分地发挥爱美的本能。

我们都在追求美好的生活，也在追求高度的文化与艺术生活，但是这些美好的理想不是"呆"在房间里"等待"所能得到的，也不是"欣赏情趣"所能得到的。必须与人民在一起去斗争，去争取。

漫谈自由[*]

据说本市某中学,在一天早操时,组长叫一个同学站队,但那同学却不愿站,反而神气十足的说:"站不站是我的自由。要是你硬叫我站队,那你就剥夺了我的自由了!"

还有一个同学,他曾故意破坏了一块窗玻璃,因而受到全班同学严厉的批评。但他于事后却对人说:"打坏了一块玻璃,挨了一顿训,他妈的,真不自由!"

如果依照这两位年青同学的观点来解释自由,那么,所谓"自由",就是:我要怎样胡干就怎样胡干,至于我的胡干会不会妨害别人的利益,那我就不管了。

如果大家都这样"自由"起来,那么,天下不就大乱起来吗?

你愿意去打碎一块窗玻璃,他愿意撕碎你的皮大衣,他要拿走你的家具,大家都在互相侵犯彼此的利益,试问哪里还有什么自由可言?

实际上,只顾自己个人的"自由",而妨害别人自由的人,是最不自由的,因为他把"自由"局限在个人利益的范围内,处处可能与别人发生矛盾,处处要防范别人。只有处处为最大多数的人民利益打算的人,才有最大限度的自由,而且这种自由才是真正的自由。为什么呢?因为这种自由,对最大多数的人民有利,只要处处从大多数人民利益出发去行事,保证没有人反对你,只有如此,你的个性也可以得到发展,你才会觉得自由。而别人(反动派例外)也不会来侵犯你的自由。

因此,我们认为:一切为着大多数人民的长远利益的行动与言论,可以自由;反对大多数人民利益的行动与言论,就不叫他自由。

---

[*] 具体发表日期待考。本文为1951年1月版《生活·思想·随笔》收录的版本。

否则，就没有革命秩序，就没有新社会的伦理了。我们主张只顾个人的"自由"而妨碍别人利益的，这种所谓"自由"应被剥夺。理由很简单，因为这种个人主义的"自由"的发展，显然只会搞乱社会。

凡是有利于争取大多数人民自由（解放）的行为，都是好的。要是专强调个人的自由，一定会妨害争取人民大众的自由解放的事业。只有大家都为着人民大众的自由解放去努力，才能争得真正的民主的自由。我们只需要民主的自由。

谈旧影响*

新国家新社会已经出现,但旧思想与旧影响却不是一下子能够完全肃清。

记得当国民党反动派统治的时候,我每次乘电车,电车上那几行字:"禁止赤背,请勿吐痰,谨防扒手"都刺激着我,使我吃惊于反动阶级的反动气焰竟如此露骨地表现到如此微小的地方,其他方面就可想而知了。我当时想,赤背者是谁呢?绝不是官僚、军阀,也不是绅士,而是贫苦的劳动人民,因而反动派及其帮佣敢于毫不客气的大喝一声:"禁止"!吐痰者是谁呢?也可能是官僚、军阀、绅士,也可能是穷光蛋,因而反动派及其帮佣就得小心些,只好来一个"请勿",被扒的又是谁呢?当然只有那脑胀肠肥者才有财物可扒,于是反动派及其帮佣就特别客气地请他们"谨防"!

从这短短的十二个字,就可以晓得反动的官僚资产阶级及地主阶级占着统治地位的时候,他们心目中的劳动人民——工农——甚至城市贫民是如何的卑微而不足道了。在当时,当然只有官僚资产阶级及地主阶级"吃得开",只有他们才可以被人"尊敬",受到保护,至于占人口最大多数的工农,当然只会被目为"蚁民"的了。

既然是"蚁民",那就当然可以斥骂,殴打,可以骑在你的脖子上拉粪,也可以加个罪名,随便命令把你杀死……

今天,这十二个字已不应再残存在我们人民共和国的电车上,否则就说明是在我们思想上还残留着严重的旧影响。

反动社会的旧影响在我们的头脑中还相当普遍的存在的,因而,旧作风得以残

---

* 具体发表日期待考。本文为1951年1月版《生活·思想·随笔》收录的版本。

存。譬如有个别医生对衣服褴褛的劳动人民看不起,在看病时表现得不细心;譬如某钟表行的店伙对穿粗衣制服的干部表现"不瑣理睬"的神气,说:"不要讲价钱吧!你买不起这只表的!"譬如某医院只准一等病房的病员会客三四小时,三等病房的病员只准会客一小时等现象,都说明一个问题,那就是:只有有钱的人才可以受人重视,才可以享受更多的权利与更多的尊敬。这不是旧社会的旧作风是什么呢?

像这样的旧作风,一定会妨害今天人民世纪的工作,必须加以肃清。虽然这还需要三年五载的尖锐斗争,但最后总必须彻底清除!

英雄事迹的"垄断"*

这件事,发生在鞍钢劳动模范栗根源同志的家里。

那是星期日上午,两个写作者不约而同地去访问栗根源,一位是早先约好的,一位是临时赶来的。他们去访问的目的,都是想从栗根源身上找到创作的素材。栗根源同志因平日太忙——忙工作,忙于应付各种各样的访问者,这天显得有些疲劳。临时赶来的同志,发现这种情况,就提议两个人一起听栗根源的谈话,理由是:既不会浪费时间,又可以让栗根源在下午能得到休息的机会。栗根源对于这建议颇表赞同,可是早先约好的同志却坚决反对,他坚持向栗根源作"个别访问",而且要求栗根源到他宿舍里去谈话。既然如此,争执也无用,临时赶来的同志只好约定下午再来了。可是,到下午栗根源并没有回家,他仍被那位事先约好的同志留在宿舍里进行"个别访问"。据说,一直到晚饭之前,栗根源同志才带着疲乏的脸容走出这位写作者的宿舍……

人们听了这个事实之后,却不能不感到:这位写作者对于英雄事迹的占有欲,竟和资本家对于生产资料的占有欲相仿佛;他为了"专利",竟妄想"垄断"英雄事迹;为了"垄断",他对别人,竟丧失了最起码的关怀。

当我们读到这位写作者在自己的文章里,宣扬着栗根源的新的品质、新的劳动态度——共产主义精神的时候,我们却不能不想到这位写作者的材料,却是用资产阶级的手段得来的……

既然如此,这不正是一幅绝妙的漫画吗?

一九五四年四月,北京

---

* 具体发表日期待考。

"弯弯曲曲的前进"*

在一条小巷里，有个中年人摇摇晃晃地走着：一步向左，忽然又一步向右。说他不是往前走么？他确是逐渐地移向小巷深处；说他朝前走么？却又不太像，因为他一会向左边颠出一大步，定定神，然后又忽然向右边颠出一大步。这叫什么步伐呢？大概只能叫做"缓慢的弯弯曲曲的前进"吧。

其所以这样，据医生说是因为某层脑皮质受刺激太重，失去了主宰作用，以致支配不了两条腿……这道理我反正很难说得清，总之，他是喝醉了。

使人担心的，倒不是这不雅观的姿态，而是太危险了。他面前虽摆着一条笔直的道路，但是路的两旁，却尽是崩颓的墙角和棱角毕露的乱石。……果然，他踉跄了一阵，终于跌倒了，脑门重重地撞到墙角上，撞了个不小的窟窿……

这不能不使我联想到一些旁的事情上。

有些人做工作或看问题，不是也有点像那个醉汉？忽然向左边颠出一大步，定定神，然后又向右边颠出一大步么？

譬如说，有些人很强调社会主义的集体利益，论其动机，是再好不过了；但在这些同志的眼里，无论什么样的个人利益，都是应当放弃的，否则，就是"个人主义"；但经人指出之后，他定了定神，仿佛有所醒悟，可是左脚还来不及站牢，却忽然又向右边颠出一大步去：这会儿，却是一切都是为了个人利益，一股脑儿把集体利益忘得干干净净……

又譬如说，有些人认为现实生活中一切都很好，"天下太平"，连一点"瑕疵"

---

* 具体发表日期待考。

也没有；你说有么？那一定是"造谣"，至少是"夸大"。可是经人批评之后，他定了定神，仿佛有所醒悟，左脚才刚刚收回来，右脚却又颠出了一大步：这会儿，却变成什么都很坏，"一片黑暗"，连明摆着的成就也不愿看一眼……

再譬如说，当提倡衣服的花色与式样多样化时，有些人一看见仍穿蓝布制服的，就讥为"保守分子"；然而同样是这些人，当党提倡俭朴作风时，他们一看见穿新式样衣服的人，却又讥为"资产阶级作风"。

他们难道有一种嗜好，非在崩颓的墙角和棱角毕露的乱石堆中间歪歪扭扭地走路就不过瘾么，否则他们为什么只认定了两极而完全看不见两极之间的道路呢？

如果说，那个醉汉是因为喝醉了酒，失去了控制自己的力量，因而他只能"缓慢的弯弯曲曲的前进"的话；那么，那些常常在两极之间摆来摆去的人，应当如何来解释他们的步伐呢？是由于某层脑皮质失去了主宰的作用？是他们根本忘记了走路的方向，还是虽有方向而没有时刻地望着方向朝前走呢，

大概谁都明白，在海上航行，是难免要遇到一些荒岛、礁石、浅滩和流沙地带的，但不管要绕多少弯路，而航海家总是紧紧盯着罗盘所确定的方向，选择最短的距离绕过这种种障碍，然后朝着目标前进，绝不走无谓的"回头路"的。然而，我们那些在两极摆来摆去的同志，似乎毫无目标，他们不仅没有选择最短的距离绕过障碍物，而且在这些障碍物之间跳来跳去，有时候，他们竟在这坎坷不平的地方兜起圈子来；一会兜向"左"边，一会又兜向右边，然后又兜向"左"边……

不错，前进的道路，常常不是笔直的和平坦的，不免会遇到一些障碍；问题是在障碍物之内兜圈子呢？还是遇到障碍之后，认真研究它，认识它，然后取得教训，继续往前走呢？在前进中，遇到障碍并不稀奇，问题是有些人反反复复地走入这障碍物之中。他们，难道准备让自己宝贵的光阴，就这样在它"左"右，"左"右的圈子里度过吗？

可惜，这种现象，同样在我们的文艺界里，也并没有敛迹。

不是吗？一会儿，是"无冲突论"，一切批判消极现象的作品，都被视为"歪曲现实"；过一会儿，又是所谓"干预生活"，这时，凡是不揭露消极现象的作品，却又被讥为"粉饰现实"。……这会儿，是"重大题材论"，对任何"平凡生活"的描写，都被斥为"无聊"，再过一会儿，又是"通过平凡生活来反映普通人的高贵品质"，于是，如果有人认为"作家有责任去反映史诗般的事件"时，却又被认为"清

规戒律太多"……

难道真的除了两极之外,没有旁的道路可走吗?

这说明什么呢?难道不正说明了这些人对目标模糊吗,要不然,至少也说明了他们在思考问题的时候,把"目标"抛到脑后去了。

对于这些同志,你还能说什么呢?不过应当提醒他们:不能老是这样"忽左忽右"地踉跄下去;否则,将来恐怕难免要撞出个"不小的窟窿"来的。

一九五七年三月

私欲的碰壁*

在某街头的汽车站上,有三四十个人排成长长的队伍,正在秩序井然地等待着公共汽车。但这时来了个四十多岁的妇女,她不但没有按照顺序站到她应站的位置上,却径自走向队伍的前头,恬然地把她自己安排在"最先登车"的位置上。人们对她这种不寻常的行动,都不禁投出奇异的目光。接着有人向她建议:

"大婶!你应当按顺序排队才好!"

你猜这位"大婶"说什么?她向长长的队伍瞥了一眼,冷冷地说:"我为什么要按顺序排队?你们不应当照顾我这老年妇女么?"

于是许多人七嘴八舌地说开了:

——你瞧!排在队伍里的,有挺着肚子的孕妇,有五六十岁的大伯,还有领着两三个孩子的妇女……

——你不能不守秩序呀……

——你不应当把社会对老人的尊敬拿来当作自己的特权呀!何况这队伍里比你年长的人还多着哩……

人们尽管评论着,但那位"大婶"却"稳步"地站在那里,连理也不理,看她那神气,似乎已下定决心,非争取头一个登车不可了。……

到底结果如何,我不知道。但我却想到在公共汽车上常常看见的一些动人的情景:一个老年妇女刚登上汽车,大伙都争着把座位让给老太太,而老太太谦让了一阵,然后才"谢谢你们!谢谢你们"地一面说着,一面坐下去;一位抱着婴孩的年青

---

* 载1957年12月1日《羊城晚报》副刊《花地》,署名燕南。

妇女，顺序地跟着人们走上汽车，虽然她是最末一个上车的，可是人们立刻让给她一个位。……

这是理所当然的，也是新的社会道德品质一种自然的表露。应当这样！因为对于老弱幼小的扶助，是我们年青人应有的义务。

可是，像上述那位"大婶"那样，利用社会上新的良好风气，利用人们对老人的谦让与尊敬，反而不尊重自己，反而把人们的谦让看作是自己的特权，把自己视为与众不同的人物，只要求别人对自己"谦让"，却无视新社会的生活秩序，却是不好的。

要求别人尊重自己，自己首先必须尊重社会和尊重别人。否则，他就没有理由取得社会对他的敬重。

一些美好的东西，例如新社会中的"五助"、礼让等等，都是以集体利益作为出发点的；然而市侩主义者和自私自利之徒，却利用这些美好的社会风气，来满足自己个人主义的私欲，以至于不惜破坏集体秩序和损害集体利益。应当说，这种人与我们社会主义社会的新风习是不合拍的。要告诉这类人：个人主义的私欲愈扩张，他在新社会里就会愈孤立，愈不得人心；就会到处碰壁，以至于最后被人嫌弃。

个人主义者不仅想利用互助、礼让等来达到自己的私欲，而且他们对于其它美好的东西，也想用来为自己的个人主义"效劳"。譬如荣誉吧，这本来是人民给予那些有功于社会的人的一种报答，例如人民给予写出好作品的作家的荣誉，给予有创造性建树的工程师的荣誉……人民给予这种荣誉，是鼓励人们更多地和更好地为人民事业献身，鼓励人们对新社会创造出更大的贡献；可是有些人却拿这种荣誉来抬高自己，拿"成绩"来作为沽名钓誉的资本；他们目空一切，甚至连给他荣誉的人民，也被目为"阿斗"了。请想想看，这样的人，还能继续为人民事业献身么？

但是，请记住，荣誉是可以收回来的。不管你是艺术家或者是工程师，是医生或者是教授；如果你一旦把人民的革命事业抛到一边，只醉心于个人主义私欲的追求，而且还想爬到人民的头上去，那么，你的"荣誉"以及人们对你的尊敬，便算"寿终正寝"了。

我们要歌颂那些以毕生精力忘我地为集体福利而献身的人们，只有他们，才配得到人民永远的尊敬和爱戴！也只有他们，才配得到最高的荣誉！

过关*

在一个苍茫的黄昏,我无意中在一条僻静的小巷里听见了这样的一段对话:

——在大鸣大放时,好在我没说什么,否则,嗯……

——否则,你现在准已成为右派分子了。

——可不是么,好险!

——能平安地过了这道关,总算"阿弥陀佛"……

话怎么谈下去,因人已远去,听不清楚了;但他们因用狡猾的手段隐藏了自己的真面目而沾沾自喜,却是无疑的。

可是,我却不能不替他们捏一把汗。他们真的"过了关"么?真的从此就"阿弥陀佛"了么?其实,这不过是自己骗自己罢了。

不信?请看!这次在文艺界中所揭发出来的一些反社会主义分子,不是也曾经"巧妙"地混过几道关么?他们当时又何尝不为自己能"混过去"而沾沾自喜过?然而,曾几何时,丑恶的面目终究无法掩藏得住,被人揭露出来了。

思想,是无法隐藏的。除非他一辈子把自己关在一个小房间里,永远与社会隔绝;否则,他的言行绝不会替他的思想"保守秘密"。

只要个人主义的思想在头脑里存在一日,反社会主义的根子就在头脑里存在一天。如果你是一个真正的社会主义者,你自然就不能容许个人主义的意识在你的头脑里存在,总是与这种腐朽的意识做激烈的斗争;但,如果你是个个人主义者,或者是私有欲极盛旺的人,那么,一切社会主义的措施,在你的眼前都会变成"势不两立"

---

* 载1958年1月10日《羊城晚报》副刊《花地》,署名柳辛。

的现象。在社会主义这道关口上，或者是为社会主义事业服务，或者是为坚持个人主义的私欲而顽固到底，这是一个分水岭。

凡是能越过这个分水岭的，都将随着时代的步伐迅疾地前进；一切抱着个人主义不放的、只企图以狡猾手段"混过去"的人们，将无法越过这道分水岭，而将被时代抛到远远的后面。

不把个人主义连根拔掉，不来一次脱胎换骨的改造，不树立起坚定不移的共产主义的人生观，你就休想越过这道分水岭；尽管有些人因混过了这次运动而沾沾自喜，然而社会主义这道关，却永远摆在他们的前面。因而，个人主义的沉甸甸的包袱，将长久地压在他们的背上，使他们每时每刻都感到心情沉重，处处会因自己束缚着自己而感到不"自由"。

只有那些真正过了社会主义这道关的人，他们才是心情舒畅的：既有为社会主义事业献身的自由，又有反对一切破坏社会主义言行的自由。……

何必拿个人主义把自己捆绑起来，自讨苦吃呢？社会主义这道关，无论如何总是要过的，大势所趋，人心所向，有如一条奔腾的大江，滚滚流去。一小撮的渣滓和污泥，难道能挡得住社会主义的浩浩千里的奔流？

如果敢来挑衅，就消灭它*

帝国主义者无法无天、作威作福的时代，像腥臭的流尸被一泻千里的洪流冲去了一样，已经成为过去，一去不复返了。

虽则艾森豪威尔们恼羞成怒，暴跳如雷；虽则他们装腔作势，学希特勒那样拉长脸孔、唾沫四溅地狂吼；可是，这一切都徒然。恐吓，威胁，张牙舞爪，以至于搬出什么"武力威慑"或者"有限战争"，都挽救不了他们垂死的命运。至于向上帝祈祷，更是徒劳。

时代已经过去，被践踏的奴隶，已经挣脱了重重的锁链，恢复了人的尊严，一个跟一个地站立起来了。

可是，艾森豪威尔们、麦克米伦们怎么能忘怀过去那种作威作福、心花怒放的年代？

当他们离开了兵舰，扛着洋枪大炮，仿佛走入无人之境，洋洋得意地进入非洲丛林，进入恒河两岸，进入美索不达米亚平原，任意掠夺和尽情杀戮的时候，他们多么心花怒放；

当他们的"八国联军"进入北京，在纵情抢劫之后，又畅快地欣赏了圆明园上空火光冲天的奇景，这时候，他们又是多么心花怒放；

当他们肆无忌惮地从沙面的铁栏后面瞄准了沙基的示威者放射出枪弹，见示威者前仆后继、血流成河的时候，他们当然更加心花怒放；

当美国的丘八驾着吉普车在北平、在上海、在青岛的街道横冲直撞，把儿童压得

---

* 载《作品》1958年9月号。

血肉横飞,仍逍遥法外;当他们强奸了少女和抢劫了古玩铺,仍然没有遇到反击的时候,他们怎能不心花怒放……

这一切,多么使帝国主义者念念不忘!这些无法无天、作威作福的旧梦,多么令他们难割难舍!

然而,时代已经过去,那个可诅咒的时代,永远不复返了。

中国的人民,已经挣脱了重重的枷锁,从帝国主义者的铁蹄下站起来了,像巨人一样站在世界的东方。

虽然我们酷爱和平,但我们不能容忍帝国主义的为所欲为!更不能容忍杜勒斯那伙战争狂人到处点火!

正是因为我们饱尝了殖民主义那股比毒瓦斯更可怕的气味,我们就无法忍受这股气味继续在地球上存在。

不准它在东方存在,也不许它在西方存在!

艾森豪威尔和麦克米伦虽然惯于装模作样和惯于张牙舞爪,然而纸老虎吓不了爱和平的人民!更吓不了社会主义国家的人民!

从珠江一直到伏尔加河,九亿人民心连心、手携手地联结在一起:是巨拳,是钢铁的堡垒,是和平的长城!

我们和苏联人民和社会主义国家的人民永远站在保卫和平的最前线!不作坚决的斗争,人类就永远不会有和平!不管艾森豪威尔们如何狗吠,如何张牙舞爪;也不管他们多么善于耍无赖和如何操纵"安全理事会"的投票机器;但是,我们不许他们轻举妄动!

要么,他们迅速放下屠刀,和平共处;假如他们胡作非为,到处点火,那我们就坚决把艾克们、杜勒斯们、麦克米伦们连同他们的资本主义制度一起送进坟墓。

我们爱和平,但决不怕战争!

如果帝国主义者敢来挑衅,就坚决消灭它!

一九五八年八月十一夜于广州急就

拿起枪来！被激怒的人们！*

提起蒋介石匪帮的滔天罪恶，人们就会感到任何形容词都显得苍白无力。有什么形容词能描述蒋匪帮的罪恶的万分之一？又有什么形容词能表达广大人民在对那撮狐群狗党的刻骨深仇？

十三年过去了，但十三年前那种血腥的统治，还记忆犹新。谁能忘记蒋匪帮的刽子手到处任意逮捕、任意杀戮的情景呢？谁能忘记那群万恶的官僚军阀、地主恶霸到处横行霸道、任意掠夺、任意置人于死地的景象呢？谁又能忘记那些特务地痞逼得人鬻儿卖女、家破人亡的悲惨景象呢？这些深仇大恨，像烈火深埋在心里，语言哪能表达出来？我只看见，人们一谈到蒋匪帮的滔天罪恶，就气愤得脸色铁青，攥紧拳头，把牙齿咬得铮铮响。

现在，正当伟大的中国共产党领导我们建设祖国、为美好的社会主义大厦砌砖铺瓦的时候，这撮被中国人民踢出去的人类渣滓，这批万恶的匪帮，又妄图卷土重来，梦想复辟，梦想把那套血腥的刑具再度勒到人民的身上，妄图再度骑到人民的脖颈上胡作非为，狂妄地想把解放了的中国人民再推进血淋淋的地狱。

妄想！妄想！一百个妄想！

蒋匪帮的血腥统治，我们已经尝够了它的滋味。那种不许人民爱国、只许反动派卖国的滋味；那种只许反动派胡作非为，任意宰割，却不许人叫痛的滋味；那种只能忍受欺侮、忍受无情鞭打、而永远处于惊慌和危险境地的滋味；那种忍受了抢夺、忍受了践踏之后无处申冤的滋味……人民都领教过了。四十岁以上的人，至少都留下一

---

* 载1962年5月29日《羊城晚报》副刊《花地》。

两段惨痛的回忆；较年青的一代人，有多少是被欺侮者、被逼死者、被杀戮者的后代！这一切，人们不会忘记，也永远不会忘记！人们每一提起不如牛马的过去，就泣不成声，热泪纵横；接着，就咬牙切齿，把拳头攥得铁硬。

伟大的中国人民，恨透了四大家族，恨透了他们那套吃人肉喝人血的制度。十三年前，就是这些被激怒的人民，在中国共产党的领导下，狠狠地消灭了蒋匪帮的主力，把一小撮残兵败将赶出了大陆，结束了血腥的统治，埋葬了吃人的制度。可是现在，我们的创伤还有余痛，旧恨未消；而那些卖国贼、刽子手、强盗、二十世纪人类的毒菌，在美帝国主义的怂恿下，又梦想来奴役人民、祸害人民了。"是可忍，孰不可忍！"但是等待它们的，绝不是什么"到处有人响应"，而是被旧恨新仇所激怒了的几亿中国人民狠狠的迎击！是愤怒的烈火和复仇的火焰！是猛烈刺向匪徒心窝的刺刀，是成吨成吨的炮弹！

拿起枪来！被激怒的人们！准备迎头痛击！匪徒们胆敢从哪里窜犯，就坚决把它消灭在哪里！

纠正一种错觉[*]

当北平解放之初,有些市民把洋布衣服锁进箱子里,换上新做的粗布衣裳;如果这是为了表示转向俭朴,未尝不好;可是他们不是从这思想出发,而却是以为共产党不允许人们穿好的,那就完全错了。有一个是市民问一个解放军干部:"听说你们上级只许吃小米,一点好的也不准吃么?"又有人问:"此后老百姓吃好的还行么?"也有人把好看的衣裳和家私往外卖,以为从此以后,生活方式只会变得简陋。市民有如此糊涂的想法,固不足怪,因为他们缺乏政治头脑。但是,一直到现在,仍然有些青年学生还存在着类似的糊涂观念;他们把钱胡花着,大量的浪费着,人们问他为什么,他却说:"从此是新社会,人人都穷,还要个人的财产干吗?"

这些现象的发生,都是由一个错觉产生的,那错觉是什么呢?就是"共产党只主张穷,反对富有"。——其实,这种认识与共产党的政策是没有丝毫共同之点的。

如果这几十万几百万的干部和战士都是"为了穷"来参加革命,这是能够想象吗?帝国主义、封建主义、官僚资本主义的穷凶极恶的长时期的压榨,难道还没有使中国人民"穷"够吗?还没有穷得痛苦够吗?那里还需要共产党来"提倡贫穷"呢?有人看见解放军和共产党的干部穿着粗旧衣裳,吃着粗食,就错误地以为这是共产党解放军的爱好,甚至有人由此得出结论,以为共产党也要使全国人民都穿粗旧衣裳吃粗食,甚至认为从此以后生活只会过得更简陋。

事实上,共产党的政策,没有一条不是为广大人民长远利益打算的。共产党解放军的干部,以及一切参加实际工作的民主爱国分子,没有一个人不抱着美好的理想来

---

[*] 具体发表日期待考。

参加革命的，他们希望将来生活得更好，希望全国人民生活得更好。由于这种理想支持着他们，鼓舞着他们，所以他们能坚忍不拔、英勇不屈地坚持着斗争，为了实现这个理想，为了更广大的人民能够长久地过更美好的生活，他们宁愿放弃个人的利益，放弃个人的生活享受，他们曾睡过野地，吃过树叶草根，没有鞋子把脚板磨破过，总之，为了美好的理想的实现，他们不愿计较个人的享受，他们流汗，流血，有的甚至为使广大人民的生活过得更好，已献出了他们自己的生命。

你想他们喜欢这些么？他们跟大家一样，都希望过美好的生活，但是他们认为：将来美好的生活必须经过严重的斗争，必须忍受一切困难并战胜一切困难之后，才能挣得的，只有战胜了人民的敌人之后，人民（他们自己也在内）才能真正的"生产致富"，因而，他们把一切希望寄托在人民革命事业的努力上，把个人的享受置之度外。——这是大公无私的勇者的精神，是马列主义者的精神。

当一九一八年，英、美、法、日等帝国主义武装干涉苏联的时候，当时苏联的粮食非常缺乏，在莫斯科和彼得格勒，工人每两天只领得八分之一磅的面包，甚至于有完全未发给面包的日子。革命者的生活尤其困难，他们吃得很坏，穿得很破。没有一点政治头脑的人也许又以为他们喜欢破烂，主张生活简陋吧？然而苏联的历史事实明明白白的告诉我们，共产党不是主张贫穷，而是消灭贫穷，使大家都富足。现在苏联人民的生活水平不是比革命之前高得多，富足得多么？今年十月革命节时，联共中央所颁布的口号中，不是明明白白的号召轻工业部门以更多的纺织品、鞋子、衣服、编织品及其他供应品供应人民吗？不是号召以更多的食糖、牛油、肉类、乳酪、鱼类及其他产品供应人民吗？不是号召用本地的原料生产更多的货物，提高消费品等质量吗？不是号召增加空间并改进建造房屋和文化机关的工作质量，以改良城镇和工人住宅区吗？……今天苏联人民的幸福生活，正是我们未来生活的远景。

据说从前化妆品最多的，是巴黎，现在化妆品最多的，却是莫斯科了。这说明一个什么问题呢？这是表明苏联人民的经济生活已很富足。只有经济生活富足了，人民才会去追求文化生活的。

当社会主义建立起来时，人民生活不但不会比以前简陋，而是会超过任何历史时期的华美。这是美丽的远景，也是一定能够实现的理想。

可是，话又得说回来，在敌人还没有彻底肃清，国家的经济建设还没有发展起来的时候，我们还不能够侈谈生活享受，而且必须俭朴。为了人民将来长远的幸福，现在必须做艰苦的坚忍的斗争，只有在军事、政治、经济……各方面都战胜了敌人时，我们才有可能建立真正幸福的生活。好比一只漏水的大船，现在船上的人必须放弃个人暂时的安逸，同大家一同去抢救，只有把漏洞塞住了，船上的人才能安全地渡去彼岸，否则，如果在灾难临头，仍然各顾各的安逸、舒服，那结果非到淹死不止。因而我们认为，人民幸福的生活，必须依靠全体人民的努力去挣得。所谓"挣得"，当然不是很安适的事，要流汗，有时候还要流血；共产党和解放军为什么提倡俭朴呢？这不是因为他们喜欢"穷相"，也不是因为他们喜欢"破烂"，而是由于他们懂得：当绝大多数人民的生活还不富足时，俭朴对人民才最有利。如果大家都俭朴，都能放弃个人的目前的享受，都兢兢业业的为人民事业工作，那么，国家的经济建设，很快就会繁荣起来，而人民的生活水平，自然也就会迅速地提高，为了将来大多数人民的生活过得幸福，目前必须刻苦的工作。

只有没有政治远见的人，才会把共产党员吃苦耐劳的俭朴美德误认为"主张贫穷"。

洋奴思想*

一天，我到东安市场去"观光"，看见宣化葡萄上市了。一问，价钱太高，我便说："太贵了！"那老板见我不想买便带气地说："太贵了？咦，这是美国种的"。

又有一天，我在东单人民市场的鞋摊旁边，听见一段有趣的对话：

——三千元是最便宜的价钱了，你瞧，这是美国皮呀！

——什么？这是美国皮？笑话，你以为我没有见过美国皮吗？

——你见过？但你没见过这种美国皮呀。

那顾客气愤愤的走了，并说："我偏偏不买你这种美国皮。"

我好奇的凑近去看了一下，却是地道的中国皮，正如我在东安市场上所见的宣化葡萄一样，完全是中国的。

在街头巷尾，常常都听得见这类蠢话，在市民中间是如此，在知识分子中间也是这样。仿佛美国的一切都是好的，连美国的法西斯，在他们眼里好像也是好的。

前几年，有人以与美国兵"吊膀子"自傲，有人以"吉普女郎"自傲，有人以吃过美国罐头，穿过玻璃雨衣自傲，有人会以曾在美军服役自傲……

这样"自傲"下去，我看着他们连一点"中国人味"也没有了，本来与美国人民谈谈恋爱，或喜爱某些美国商品，并没有什么出奇，使人出奇的，是他们把美国的一切都认为是好的，"文明"的。甚至把美国帝国主义企图奴役中国人民的侵略文化，也认为是"文明"的。最不要脸的，是伪青年党常燕生，他甚至主张中国妇女应当与美国兵"媾合"，他的理由，认为只有经过这样"媾合"，中国的人种才能输入"文

---

* 具体发表日期待考。

明人"的血液。——常燕生是十足的洋奴，姑勿论他，现在我们要小心，倒是洋奴思想。

我们不是排外主义，同时也不是国粹派，凡是对人民有利的，我们都要，对人民不利的，都不要。英美帝国主义在中国近百年来跟他们的洋枪大炮，商品一同带来了所谓"精神文化"，带来了所谓"文明"，带来了"法西斯主义"最近又通过无线电带来了所谓"民主个人主义"……去你的吧，这一大套原来都是毒害中国人民与中华民族的毒药。

如果有人以为英美帝国主义"奴役中国人民"的东西也认为是"文明"甚至想拿这些"英美文明"来对待咱们老百姓，咱们就告诉他们："洋奴！这不是一九四七年了。滚开吧！"

在小市民层中间，这种洋奴思想普遍存在着，他们直接间接地受了帝国主义长期的奴役，还不自觉，反而说"人家"好，甚至把咱们自己的好东西硬说是"美国种"的，这不是中了洋奴思想的毒太深是什么？